In Trust we Love

Flowers for the Lady

Von Miss Billy Rose

Die Romane von Miss Billy Rose:

In Trust we Love – Flowers for the Lady

Mein schönster Zufall – Reihe

Mein schönster Zufall – Funkensturmtänzerin

Mein schönster Zufall – Taschenherzkämpferin

In Trust we Love

Flowers for the Lady

Von Miss Billy Rose

c/o AutorenServices.de
Birkenallee 24
36037 Fulda

write@missbillyrose.de
www.missbillyrose.de

Covergestaltung und Charakterillustrationen:
Alannah Kottenstede
www.coverhexe.de

Gedicht »Schlüssel«
Copyright by Jasmin Maria Kapsalis
Instagram: @jasmin.kapsalis_texte

Herstellung und Verlag: BoD – Books on
Demand, Norderstedt

In Trust we Love

Flowers for the Lady

Von Miss Billy Rose

Für die verletzten Seelen da draußen,
die nur im Vertrauen Liebe finden.

Schlüssel

In jedes Schloss
passt er nicht.
Gewalt und Zwang,
er bricht.

Gefühl und Liebe,
er bliebe.
Vereint mit Herz,
trotz großem Schmerz.

Die Liebe
findet den Schlüssel.
Wird er passen?
Dieser eine von vielen,
leise und still
ins Herz gelassen?

by Jasmin Maria Kapsalis
Noch viel mehr schöne Worte findest du in dem Gedichtband
»Seelenpuzzle«

Inhaltsverzeichnis

Playlist:

Dr. Dre – The Next Episode
Usher – Yeah
Bruce Springsteen – My Hometown
Amber Mark - What If
Nelly - Dilemma
Silverberg - Get Ready For The Future
Natasha Blume - Black Sea
Kaleo - Way Down We Go
Isabel LaRosa - Favorite
DJ Rebel - Let's Go!

Stell dir vor, wie es wäre,
wenn du plötzlich etwas zu verlieren hättest ...

Prolog

Ich hätte auch einfach gehen können.

Ich hätte ein Taxi rufen können.

Ich hätte dieser Verlockung nicht nachgeben müssen.

Aber ich tat es.

Der dunkle Beat, der bis auf den frostglitzernden Asphalt des Parkplatzes dröhnte, lockte mich wie Zuckerwatte eine Naschkatze. Und ich folgte diesem betörenden Ruf.

Nun stehe ich in einem Nachtclub mit elektrischem Bullen, morscher Holzverkleidung und abgewetzten Ledersätteln, die als Barhocker dienen. Alles nur Cowboykitsch. Und genau deshalb hatte ich ranzige Countrymusik erwartet. Aber anstelle von Dolly Partons Heliumstimme wabern satte Bässe zwischen glattgeschwitzten Schenkeln und stampfenden Boots hindurch. An den Seiten stehen vollbesetzte Tische. Junge und alte Menschen plaudern, lachen und trinken. Die Luft ist schwül und die tanzende Menge kreischt, sobald der satte Beat seinen Höhepunkt erreicht.

Wie in einem 60er-Jahre-Diner, liegen rot-weiß karierte Fliesen auf dem Boden, bis hin zum dunklen Parkett in der Mitte des weitläufigen Lokals. Eine Mischung aus Rockabilly und Country.

Zwischen den großen Fenstern, an den holzvertäfelten Wänden, hängen ausgestopfte Büffelköpfe, Chromfelgen, eingerahmte Zeitungsartikel und Bilder, Zettel mit Unterschriften, alte Cowboystiefel und -hüte oder Schallplatten. Die obligatorische Jukebox steht hellerleuchtet vor dem ersten Tisch.

Aber, der Geschäftsleitung sei Dank, erschallt aus den großen schwarzen Boxen *meine* Musik. Sie bringt mich in die richtige Stimmung und weckt ein leidenschaftsdüsteres Verlangen in mir. Einen zerstörerischen, unvernünftigen Trieb, ein Pulverfass zu entzünden. Wie eine feuerverliebte Höllenfürstin lechze ich nach den alleszerstörenden Flammen, nach Chaos und dem Unvermeidlichen. Meinem Ende.

Die ersten einprägsamen Töne von *The Next Episode* locken mich auf die volle Tanzfläche. Männer balzen genau dort um knappbekleidete Frauen. Ihr Streicheln, Tatschen und Küssen wird nur von Lichtblitzen, passend zum Beat erhellt. Ein wahres Vorspielstakkato, an sich windenden, keuchenden und schwitzenden Leibern, überflutet meine Sinne. Dieses Bild lasse ich mir, wie feinste To'ak-Schokolade auf der Zunge zergehen. Die kaum zu ertragende Sinnesexplosion lässt mich die Augen genussvoll schließen. Nun spüre ich sie auch tief in mir. Die dröhnenden Bässe pulsieren kribbelnd über meine Kopfhaut bis in meine Zehen- und Fingerspitzen. Sie hallen in meiner Brust wieder, bringen meinen Puls zum Rasen und wecken unstillbare Jagdlust in mir.

Während ich mich im Takt der Musik wiege, entschlüpft meiner Kehle ein düsteres Lachen. Es vermischt sich mit dem langsamen, dunklen Beat, der mich antreibt.

Die melodischen Momente des Stücks nutze ich, um wieder zu Atem zu kommen, bis der tiefe Bass erneut einsetzt. Er entreißt mich meinen Bedenken und Ängsten und macht mich gierig.

Einen Arm strecke ich graziös nach oben. So, als ob ich mich an einer unsichtbaren Hand festhielte. Dabei schließe ich flatternd die Augenlider. Ich lege den Kopf in den Nacken. Prickelnder Druck setzt sich tief in meinem Bauch frei. Mit der linken Hand streiche ich an meinem Körper hinab, über meine Wange, den Hals, meine Brust, Taille, Po und bis auf die Oberschenkel. Dabei sinke ich immer tiefer, bis ich langsam mein Gesäß wieder anhebe. Als ob ich es, wie eine formvollendete Verführerin - wie eine Edelhure - an meinem Liebhaber entlang riebe. Beinahe kann ich die Härte, die ich mir ersehne, in meinem Rücken spüren.

Oder ist dort jemand?

Wie in Trance blicke ich über die Schulter. Dabei öffne ich die Lippen und atme keuchend aus. Aber niemand hört es, denn niemand steht hinter mir. Trotzdem verschlingen hungrig blitzende Augenpaare meine sich schnell hebende und senkende Brust. *Jetzt* kann ich es in ihren Augen sehen. Den Wunsch, ihre Namen kämen zusammen mit einem sinnlichen Stöhnen über meine Lippen.

Unbändige Euphorie bricht aus mir hervor. Mein Kopf wird leicht, und ich genieße ihre Begierde, genieße jeden Hüftschwung, jedes auffordernde Lächeln und jeden verlockenden Blick.

Es ist so einfach.

- 13 -

Während ich mich weiter in Stimmung bringe, suche ich unter gesenkten Lidern hervor den Club nach willigem Chauvinistenfleisch ab. Viele betrunkene Kerle sind hier. Potentielle Beute. Aber kein *Gold*. Cowboys, die etwas Wärme für ihre kalten Betten suchen, sitzen in rot gepolsterten Nischen, trinken Bier oder spielen Billard. Daneben stehen City-Slickers auf Countryurlaub. Man erkennt sie an ihren viel zu engen Jeans, den Oversize-Hemden und den Stiefeletten. Schnelle Eroberungen sind ihr Ziel. Sie stehen in kleinen Grüppchen beisammen, zu schüchtern, um auf die Unterstützung ihrer Freunde verzichten zu können. Die einsamen Wölfe hingegen sitzen an der Bar und sehen nur zu. Sie beobachten aus den Schatten ihrer Hutkrempen hervor, picken sich hin und wieder ein kleines Lämmchen heraus, spielen ein wenig und verlieren das Interesse. Aber die großen Chauvis, mit ihren überdimensionierten Uhren, den schicken Lederschuhen und Anzügen, werden, wie in jeder Bar, in jeder Stadt, auf der ganzen Welt, von Frauen umzingelt.

Die Viehhirten und Skihäschen interessieren mich nicht. Sie sind sicherlich nett. Aber nett ist die kleine Schwester der Tristesse. Ich aber brauche Härte und Unbeugsamkeit. Ich brauche einen Mann, der weiß, wie er eine Frau, wie mich, anzupacken hat.

»Entschuldigen Sie, Ma'am.«

Ein scharfer Blitz schießt mir in die Rippen. Schweiß bricht mir aus, aber ich atme ruhig weiter. Gemächlich rolle ich die Schultern, bis ich meine Gesichtszüge wieder unter Kontrolle habe. Dann drehe ich mich um.

Etwa fünfundzwanzig Jahre alt, einsachtzig groß, blonde kurze Haare, kariertes Hemd, Jeans und Boots. Vor mir steht das Musterbeispiel eines Cowboy-Gentleman. Wenn auch etwas zu jung. Trotzdem ist er ganz klar Für-immer-Material.

»Hätten Sie vielleicht Lust, mit mir zu tanzen?« Seinen Hut hält er wie einen Schild vor sich. Mit beiden Händen. Als ob sein Unterbewusstsein meine Krallen sehen könnte und seinen Körper vor jeglichem Schaden bewahren möchte.

Gute Intuition, Engelchen.

Mokant und etwas abfällig lächle ich ihn an. »Frag mich noch einmal, wenn du zugeritten bist, Kleiner.« Sofort bricht eine weitere Schweißwoge wie eine Hitzewallung über mich herein.

Warum in aller Welt benutze ich dieses abgefuckte Wort?

Blondi zieht derweil die Augenbrauen in die Höhe und kratzt sich am Kopf. »Was ... also ich ...« Hilfesuchend blickt er über die Schulter zu seinen grölenden Freunden.

Seine Verwunderung ausnutzend schiebe ich mich durch die wogende Masse davon. In der Menge fühle ich mich sicher. Mit eingezogenem Kopf blicke ich über die Schulter. Der junge Gentlecowboy schlendert kopfschüttelnd davon. Im gleichen Augenblick macht sich Erleichterung in mir breit. So, als ob jemand die Klimaanlage aufgedreht hätte und mich endlich keine Hitzeschübe mehr heimsuchen würden. Da die Gefahr nun gebannt ist, atme ich leise auf. Ich drücke meine Schultern nach unten und sehe mich erneut um. Andere Frauen tanzen neben mir. In der Spiegelfront, vor uns, beobachte ich sie. Große, Kleine, Kurvige, Lange, Dicke, Dünne. Für jeden Geschmack ist etwas dabei. Die meisten von ihnen zieren dunkelblonde, braune oder schwarze Haare. Auch ein paar rothaarige Vamps mischen sich darunter. Aber wirklich blond, bin nur ich. Blonde wilde Locken, rote Lippen und Kurven, die jeder anwesende Kerl und sicherlich auch ein paar Frauen, packen möchten.

Ein helles Lachen lenkt meine Aufmerksamkeit auf ein Pärchen neben mir. Ein Mann und eine Frau wiegen sich sinnlich im Takt. Ihre Unterkörper berühren sich, die Knie haben sie leicht gebeugt. Eine seiner Hände liegt lässig in ihrem Nacken. Er zieht sie näher zu sich. Die Frau neigt schmunzelnd den Kopf, und der Mann flüstert ihr etwas ins Ohr. Sie wirft den Kopf zurück und ihr helles Lachen klingt in meinen Ohren. Dabei funkeln ihre Augen wie Diamanten, während seine bewundernd auf ihr ruhen. Nicht ein einziges Mal schweift sein Blick ab.

Was er wohl in ihr sieht?

Ob mich jemals ein Mann so ansehen wird, als ob ich die letzte Praline in der Schachtel wäre? Aber warum sollte ich das überhaupt wollen?

Wie ein Rammschild, das alle Zweifel aus dem Weg räumt, recke ich das Kinn. Für Männer sind wir Frauen bestenfalls austauschbar. Sie selbst sind grob, beängstigend und immer nur auf einen harten Fick aus. Und dieser Kerl ist sicher nicht anders. Er spielt nur gut und kann fokussieren.

Während mir ein kalter Schauer den Rücken hinabrollt, wende ich mich wieder der Menge zu. Dabei straffe ich bewusst die Schultern und recke das Kinn. Wie eine lästige Staubschicht schüttle ich die unbehaglichen Gedanken ab.

Und trotzdem kann ich mir einen letzten Blick auf das scheinbar verliebte Pärchen nicht verkneifen.»Ich brauche keinen Mann, der mich bändigt und bricht«, wispere ich ungehört in die Anfangsklänge von Ushers *Yeah*. Doch klingen die Worte selbst in meinen Ohren hohl. Wie ein brüchiges Skelett, nur von sprödem Leder umspannt.

Ein harter Stoß bringt mich, noch während ich überlege, aus dem Gleichgewicht.»Hey!«, beschwere ich mich, während ich in die Arme eines Fremden stolpere.

Der grinst allerdings breit.»Na, Süße? Wenn du Bock hast, brauchst du es nur zu sagen. Du musst nicht direkt über mich herfallen.«

»Trottel«, zische ich und reiße mich von dem geleckten Kerl los. Schnaubend wende ich mich um.

Aber seine Hand landet auf meiner Schulter.»Was ist denn jetzt los?«, fragt er.»Warum denn plötzlich so schüchtern?«

Sofort durchfährt mich eine Woge aus Ekel und aufstachelnden Blitzen.»Fass mich nicht an!«, belle ich ihm mitten ins Gesicht und schleudere gleichzeitig seine Drecksfinger von mir.

Jetzt hat er es wohl verstanden. Denn der Typ runzelt plötzlich erzürnt die Stirn und zeigt mir den Mittelfinger.»Fotze!«

»Verpiss dich!«, zische ich mit Herzrasen. Aber ich weiche seinem Blick nicht aus. Mit zusammengebissenen Zähnen und geballten Fäusten starre ich den Stadtjungen an. Bis er kopfschüttelnd abdreht.

Wieder in meiner Komfortzone angelangt, bewege ich mich souverän und routiniert auf meinen Killer-High Heels durch das feiernde Menschengewimmel. Da fällt mein Blick auf einen blonden schlanken Mann. Seine Haut ist wie Karamell. Beinahe golden.

Ein erstauntes Keuchen fließt ungebeten über meine Lippen in die hitzige Clubluft. Aber ich überwinde meine Verwunderung schnell und starre ihm provokant entgegen.

Er sitzt auf einem Barhocker, ein Bein auf dem Boden, das andere steht lässig angewinkelt auf der Fußstütze. An den Seiten trägt er die Haare kurz, nur oben etwas länger. Blonde dicke Längen liegen an seinem Kopf an und enden über einem schmalen Nacken. Haarwachs oder -gel hält es an Ort und Stelle. Der Typ ist groß und sehnig. Sein dunkler Blick richtet sich direkt auf mich.

Ich mustere ihn indessen, starre ihn an und warte auf das unabwendbare Wiedererkennen. Gleich werden seine Augen leuchten. Sein Lächeln wird grausam sein.

Vorsichtig neige ich den Kopf. Beinahe unterwürfig lege ich meinen Hals frei. Die dunklen Augen des Mannes beobachten jede meiner Regungen. Immer wieder neigt er den Kopf von rechts nach links. Wie ein Hund, der sein Frauchen zu verstehen versucht.

Aber *er* würde nicht zögern.

Schnaubend will ich mich abwenden. Aber entgegen meinen Erwartungen, steht der Kerl unerwartet siegesgewiss auf. Geschmeidig und selbstsicher wie eine sattgefressene Raubkatze.

Damit überrascht er mich. Mein Herz setzt einen Schlag aus, nur um dann doppelt so hart weiterzuhämmern. Reflexartig presse ich die Beine zusammen und beiße mir auf die Lippen. Er sieht es und mustert mich von den Zehen- bis zu den Haarspitzen. Dann leckt er sich die Lippen. Die Frau an seiner Seite feuert Giftpfeile aus ihren Augenäpfeln ab. Es ist mir egal. Ich brauche diesen Kick. Kribbelnd schießt er mir direkt in die Brust.

Der Mann schiebt die falsche Blondine von sich. Sein Blick fixiert mich. *Hat er mich letztlich gefunden? Ist er es doch?*

Um mein Herz am Herausspringen zu hindern, lege ich eine Hand auf meine Brust. Auch die Füße ramme ich schulterbreit in den Boden.

Ist diese endlose Flucht endlich vorbei?

Tobt in mir Angst oder Freude? Lust oder Furcht? Gibt es überhaupt einen Unterschied?

Selbst wenn. Es spielt keine Rolle. Denn diese starken Gefühle vermischen sich, werden zu dem Nervenkitzel, dem ich bereits seit Jahren hinterherjage. Der mein *Benzin* ist. Der mich antreibt und am Leben hält. Und dieser Kick ist genau das, was ich jetzt brauche.

Mit wildrasendem Herzen breite ich die Arme aus und hoffe auf meine Erlösung.

Kapitel 1: Das böse Erwachen

Jane Doe

Ein heißglühender Pfeil bohrt sich direkt in meine Schläfen. Donnerhallen in Form von wummernden Kopfschmerzen trommelt mich aus meinem wohlverdienten Schönheitsschlaf. Der Geschmack von Gin Tonic und Galle vermischt sich auf meiner Zunge. Ich schmatze angewidert und räuspere mich. Wie benommen hebe ich die müden Augenlider. Aber ein bleierner Schleier, der mir den Sprung in die Realität erschwert, drückt sie wieder nieder. »Shit!«

Versuchsweise hebe ich einen Arm, aber ich wage es nicht, eine Hand an meinen pochenden Kopf zu legen. Stöhnend lasse ich ihn wieder auf das Bett fallen.

Oh man, der letzte Drink war wohl zu viel. Oder ...?

Panik durchzuckt mich wie ein Peitschenhieb.

Oder habe ich nicht aufgepasst?

Innerlich schüttle ich den Kopf.

Auf was aufgepasst? Woher kommt dieser Gedanke?

Mit zitternden Armen stemmte ich mich in die Höhe. Der seltsam starre Stoff raschelt, als ob er mit zu viel Waschmittel gewaschen worden wäre. Zuerst wundere ich mich noch, aber nur Sekunden später sind die Gedanken an jeglicher Art von Stoffpflege vergessen. Meine Bauchmuskeln machen schlapp. Wie ein Sack Kartoffeln falle ich zurück in die Matratze. Die Welt dreht sich, ein Blitz aus Eis schießt mir in die Schläfen und ein Stöhnen verlässt meine Lippen. Es fühlt sich an, als ob mein Gehirn jeden Moment schmelzen würde.

Das kann nicht nur ein Kater sein!

Nun fasse ich mir doch noch an den Kopf. Meine Fingerspitzen stoßen auf rauen Stoff und ich öffne blinzelnd die Augen. Helles Leuchtstoffröhrenlicht trifft ungefiltert auf meine Netzhaut und zwingt mich, meine Hand schützend vor mein Gesicht zu heben. Dabei gleiten rotmanikürte Fingernägel in mein Blickfeld.

Sind das etwa meine?

Ich mustere auch die andere Hand. Eine kleine weiße Klemme hängt an meinem Zeigefinger. Verwirrt blinzle ich sie eine Weile an. Dann fasse ich mir erneut an die schmerzende Stirn. Rauer Stoff windet sich in langen Bahnen um meinen Kopf.

»Was ...?«, setze ich an. Aber meine Hand fällt schlaff zurück in meinen zugedeckten Schoß.

Stille umfängt mich.

Versuchsweise drehe ich den Kopf. Alles fühlt sich so beschissen surreal an. Weiße Wände umschließen mich wie ein zu groß geratener Kokon. Zwischen zwei Kunststofftüren befinden sich mehrere Knöpfe an der Wand. Kleine grüne und rote Lämpchen blinken daneben. Helle Holzschränke stecken eingelassen in den Wänden und ein Klappstuhl steht neben meinem Bett - einem Krankenhausbett, mit weißer Bettwäsche und silbernem Gestell. An den Seiten sind graue große Tasten angebracht. Ich drücke auf eine, deren Symbol mir vertraut erscheint. Sogleich setzt sich surrend ein Elektromotor in Betrieb. Das Kopfteil schiebt mich in eine sitzende Position.

Ich bin alleine in dem, nach Desinfektionsmittel riechenden Zimmer. Aber man würde auch nur mit Mühe und Not ein zweites Bett in dem kleinen Raum unterbekommen. Auf dem Schränkchen neben mir - eines mit ausklappbarem Tablett - liegt nichts. Ebenso wenig hängen Jacken oder andere Kleidungsstücke an dem Garderobenhaken nahe der Türe. Auch keine Schuhe stehen neben dem Bett.

Mit wachsendem Unbehagen ziehe ich die Decke weg. In den Filmen stecken die Krankenakten immer am Fußende des Betts. Aber nicht hier - in der Realität. Hier klemmt nur ein kleiner weißer Zettel mit einem Barcode darauf.

Ich bin wohl nur eine Nummer.

Frustriert klatsche ich mehrmals die flache Hand aufs Bett. Dabei raschelt ein schmales weißes Armband an meinem Handgelenk. Ich starre es an und stoppe mit dem unnützen Herumgeklopfe.

Während ich mein Handgelenk so weit drehe, bis ich den Aufdruck lesen kann, starre ich verwundert das längliche Stück Papier an. In ordentlicher Druckschrift steht dort, *Jane Doe.*

Unbekannte Leiche. Wie in den Krimiserien, die nachmittags im Fernsehen laufen.

Mit plötzlich ausgetrockneter Kehle starre ich auf die schwarze Schrift.

Ich bin ...

Zu wenig Luft strömt in meine Lungen. Mein Herz flattert und gerät aus dem Takt. Panisch lege ich eine Hand auf meine Brust.

Oder heiße ich wirklich Jane Doe?
Würde eine Mutter ihr Kind nach einer unbekannten Leiche benennen?
So makaber kann niemand sein.
Also? Was ist passiert?
Denk nach!
Die Kopfverletzung deutet auf einen Sturz hin. Vielleicht bin ich zuhause umgekippt und hab mir den Kopf gestoßen. Es gibt ganz bestimmt eine logische Erklärung für meinen überfallartigen Krankenhausaufenthalt. Auf der Suche nach irgendwelchen Hinweisen sehe ich mich weiter um. Ein Monitor steht links neben meinem Bett. Kleine Linien sausen dort im Zickzack auf und ab. Ein Draht führt zu meinem Zeigefinger mit dem Klipp. *EKG und Sauerstoffsättigung.* Daneben prangt ein roter Knopf. Er springt mir regelrecht ins Gesicht. *Und er sieht wichtig aus.* Ohne nachzudenken, drücke ich darauf. Sofort blinkt ein helles rotes Licht an der Türe. Gespannt halte ich den Atem an. Und tatsächlich dauert es nicht lange, bis die Türe im großen Bogen auffliegt.

»Sie sind also endlich wach, Schätzelein«, begrüßt mich eine schnarrende aber freundliche Stimme. »Ich bin Schwester Erin und ich kümmere mich heute um Sie.« Durch die Türe rauscht eine mollige Frau mit roten Haaren. Sie trägt hellblaue Krankenhauskleidung und lächelt mich aufmunternd an. »Heute ist übrigens Freitag, der dritte Januar und es ist elf Uhr vormittags.«

»Ähm hallo Erin«, begrüße ich die nette Krankenschwester. »Und danke für das Update.«

»Gerne doch, Schätzelein.« Sie zwinkert mir mit beiden Augen zu. Und während sie mich dann anlächelt, vermehren sich die kleinen Fältchen in ihren Augenwinkeln.

»Wissen sie zufällig, wie ich hier gelandet bin?«, stelle ich die einzige Frage, die mir wichtig erscheint.

»Das wissen Sie nicht?« Verwundert heben sich ihre schmalen Augenbrauen.

Umgehend krame ich in meinem Gedächtnis nach Informationen zu den letzten Stunden, Monaten oder Jahren. Aber da, wo meine Erinnerungen sein sollten, klafft nur ein endloses schwarzes Loch.

»Sie wurden überfallen, Schätzelein.« Die Krankenschwester tritt nahe an mein Bett heran und tätschelt tröstend meinen Arm.

»Ich wurde ... *was*?« Erschüttert lege ich eine Hand auf meine Brust.
»Aber ... aber ich ... ich erinnere mich nicht daran.« »Zu wenig Luft strömt in meine Lungen und ich öffne den Mund für ein paar schwere Atemzüge.
»Ganz ruhig, Schätzelein.« Die Krankenschwester zieht ein Stethoskop von ihrem Hals und legt das kalte runde Plättchen auf meine Brust. »Gleich kommt Doc Martens und erklärt Ihnen alles.«
Wie aufs Stichwort betritt ein älterer Herr im Arztkittel das Zimmer. Er trägt eine schwarze Brille, ist kaum einssiebzig groß und das Licht der Leuchtstoffröhren spiegelt sich in seiner blankpolierten Halbglatze. In der rechten Hand hält er ein Klemmbrett und in der linken einen Stift. Er murmelt und notiert etwas, bevor er die Brille abnimmt und mich mustert.
»Guten Morgen. Ich bin Doktor Martens, der zuständige Arzt«, stellt er sich vor. »Sie sind also aufgewacht Miss ...?« Abwartend blickt er mich an.
Ich starre geduldig zurück.
Als ob er mit der Nase im Schlamm wühlen würde, dreht er den Kopf langsam hin und her. »Ihr Name, Miss?«
»Mein Name? Wissen Sie den denn nicht? Sie haben doch sicherlich meine Papiere.« Die Tatsache, dass mich der Name auf dem Armband zu einer unbekannten Leiche degradiert, ignoriere ich.
Er schüttelt den Kopf. »Als Sie hier angekommen sind, hatten Sie keine Ausweispapiere bei sich. Sie wurden nur mit der Kleidung, die Sie am Leib getragen haben, eingeliefert.« Er zeigt auf den Schrank am Fenster. »Sie finden ihre Sachen dort drin. Erin, würden sie bitte?« Er nickt der Krankenschwester zu und wendet sich dann wieder mir zu. »Können Sie sich an Ihren Namen erinnern?«
Die Krankenschwester holt meine Habseligkeiten und zeigt mir tatsächlich nur einen roten Fetzen und schwarze High Heels. Kein Höschen, kein BH.
»Wo ist meine Unterwäsche? Wurde ich etwa ...?« Hektisch taste ich meinen Körper entlang. Runde Brüste, *fast* flacher Bauch, hier und da weich, aber straff an anderen Stellen. Keine Verletzungen.
Trotzdem schießen mir heiße Tränen in die Augen.
»Nein.« Der Arzt schüttelt sofort den Kopf. »Es gibt keine Anzeichen, die auf eine Vergewaltigung oder auch nur einvernehmliche sexuelle Aktivitäten hindeuten würden. Die fehlende Unterwäsche kann ich Ihnen nicht erklären. Wie gesagt. Sie wurden nur mit besagten Kleidungsstücken eingewiesen.«
Die Unwissenheit des Arztes verängstigt mich. Wie ein Schutzschild ziehe ich die Bettdecke bis unter mein Kinn.

Das Kleid, die Schuhe und meine fehlende Unterwäsche lassen nur einen Schluss zu. Diese Sachen in Erins Händen gehören einem ... leichten Mädchen. Sie sind zwar nicht unbedingt billig, aber dafür umso nuttiger.

»Wer hat mich denn hierher gebracht? Und wo *ist* hier überhaupt?«

»Sie wurden von den Sanitätern hierher, in das städtische Krankenhaus von Bozeman, gebracht. Eine Bedienstete des *Wild Bull* fand Sie auf dem Parkplatz. Sie hat den Notruf gewählt.«

»Bozeman? Der wilde Bulle?«, wiederhole ich verständnislos.

Doc Martens schüttelt den Kopf. »Bozeman in Montana in den Vereinigten Staaten von Amerika.« Stolz schwingt in seiner Stimme mit. »Das *Wild Bull* ist ein Tanzlokal.«

»Okay«, antworte ich langsam. »Und wann war das?«

»Letzte Nacht, gegen zwei Uhr. Die Dame, die Sie gefunden hat, muss den Angreifer vertrieben haben, denn Sie haben sicherlich noch nicht lange im Schnee gelegen. Sonst hätten Sie Erfrierungen. Nachts ist es empfindlich kalt draußen.«

Neugierde regt sich in meiner Brust. Ich hebe die Bettdecke etwas an und spähe darunter. Meine Beine sind enthaart, die Fingernägel manikürt und meine Haut ist weich und geschmeidig. Definitiv keine Arbeiterhände. Die Haare, die ich auf meinem Kopf ertaste, wellen sich in blonden Beachwaves bis auf meine Brüste, die unter dem Krankenhauskittel ganz natürlich wirken. Kein Silikon. Kein Sixpack. Weiche Kurven, bis zu den Knien. Keine Orangenhaut. Wenn ich meine Arme bewege, sehe ich Sehnen, die sich regen. Kleine Muskeln wölben sich. Ich mache anscheinend Sport. Nicht zu viel, aber immerhin.

Der Doc räuspert sich und neigt den Kopf.

»Was?«, frage ich harscher als beabsichtigt.

»Erinnern Sie sich an Ihren Namen? Oder was auf dem Parkplatz geschehen ist?«

»Mein Name ist ...« Frustriert schnaufe ich aus. »Warum kann ich mich nicht erinnern?«

»Sie haben einen heftigen Schlag auf den Kopf abbekommen. Da ist eine Gedächtnisstörung nicht ungewöhnlich. Versuchen Sie es bitte trotzdem. Oft kommt der Name in alltäglichen Situationen zurück. Stellen Sie sich einfach vor, dass sie sich bekanntmachen wollen. Also ein ganz gewöhnlicher Satz, wie, *ich bin*, oder *mein Name ist* aktiviert schon die richtigen Nervenbahnen. Der Name kommt häufig aus der Gewohnheit zurück ins Gedächtnis.«

Ich runzle skeptisch die Stirn. Aber Erin und der Arzt nicken mir ermutigend zu. Also atme ich tief ein und versuche mein Glück.

»Hallo Doktor Martens.« Lächelnd strecke ich ihm die Hand entgegen. Ebenso höflich ergreift er sie. »Es ist mir ein Vergnügen, Sie kennenzulernen. Nennen Sie mich doch bitte ... *Veronica*.« Verdutzt halte ich inne. »Glaube ich zumindest.« Mit offenem Mund starre ich den Arzt an. »Das ist doch ein Witz, oder?« Doc Martens grinst zufrieden und Erin kräuselt lächelnd die Nase. »*Ve-ro-ni-ca* ... *Ve-ro-ni-ca* ...« Nur zögerlich kommen die einzelnen Silben über meine Lippen. Als ob ich die Laute zuerst wie ein Schulanfänger austesten müsste. Aber das schnelle Ergebnis spornt mich an. »Wie ist mein Nachname?« *Gleich fällt er mir ein. Ganz bestimmt!* »Lassen sie sich Zeit. Sie haben eine hef...« »*Valenty!*«, unterbreche ich aufgeregt den Arzt. »*Veronica Valenty*. Das ist mein Name.« *Ich bin nicht Jane Doe! Und ich habe bestimmt auch ein Zuhause.*

Doc Martens nickt und notiert etwas auf seinem Zettel. Dann sieht er mich direkt an. »Können Sie sich an irgendetwas anderes erinnern, Miss Valenty?«

»Sie meinen, außer, dass ich mit einer Kopfverletzung im Krankenhaus aufgewacht bin und ich keinen Schimmer habe, wer ich bin oder wo mein Zuhause ist?« Heftige Atemstöße drängen sich durch meine geöffneten Lippen. Plötzlich wird mir bewusst, dass ich keine Ahnung habe, wie es mit mir weitergehen soll.

»Es ist alles gut, Miss Valenty. Sie sind in den besten Händen.« Die Krankenschwester lächelt und nickt mir zu. »Wir finden schon heraus, wer Sie sind. Und bis dahin bleiben Sie einfach bei uns und werden erst mal wieder gesund.«

Kapitel 2: Leg dich nicht mit Mr Hunter an

Artur

»Der Parkplatz sollte jederzeit unter Bewachung stehen. Rund um die Uhr. Hatte ich mich da nicht klar genug ausgedrückt?« Wütendes Feuer lodert in meiner Brust und züngelt an meiner Contenance. Aber ich hole tief Luft, zähle in Gedanken bis zehn und richte anschließend meine Aufmerksamkeit auf das Glas in meiner Hand.

Um mich zu beruhigen, sehe ich den goldenen Lichtstrahlen dabei zu, wie sie an dem rauchigen Scotch in meinem Glas brechen. Wie kleine Diamanten tanzen die so entstandenen Prismen über das dunkle Holz meines glänzenden Mahagonischreibtisches. Sie rufen längst vergangene Erinnerungen wach. Erinnerungen von tanzenden Lichtstrahlen auf braungebrannter Haut. Die heißen Sonnenstrahlen der Karibik hatten sich auf dem azurblauen Wasser des Infinitypools gebrochen. Dieses Bild wühlt mich ebenso wie das Versagen meiner Angestellten auf. Aber auf eine andere Art und Weise. Heißer und Endgültiger. Wie ein Inferno überrollt es den kleinen Schwelbrand meiner Unzufriedenheit.

Noch immer wagt es niemand, das Wort an mich zu richten. Und meine leise gesprochenen Worte verhallen allzu schnell. Nur das Klacker der Billardkugeln im Raum nebenan durchbricht die spannungsgeladene Stille. Lautes Gelächter folgt und zieht einen klaren Strich zwischen dem Versagen der drei Menschen vor mir und den gutgelaunten Männern nebenan.

Ich neige den Kopf und lehne mich in das knarzende Leder meines schwarzen Sessels. Es gibt kein besseres Gefühl. Dieser Stuhl ist mein Thron, mein Ort der Macht. Hier, in einem damals noch einfachem Büroraum, hat alles begonnen. Und eines Tages wird es hier enden.

Dunkle, samtbezogene Wände mit Goldfäden durchwirkt, verleihen dem Raum seine Verschwiegenheit. Sie dämpfen alle Geräusche und kreieren eine unheilvolle Atmosphäre. Aber der Parkettboden aus Eichenholz und die steingraue Decke wirken dem entgegen. Sie nehmen dem Raum einen Teil seiner Düsternis und lassen ihn, durch ein perfekt entworfenes Lichtkonzept, edel erstrahlen.

Hinter mir, zwischen zwei beleuchteten Bücherregalen, hängt ein großes Gemälde. Stürmische See bei Nacht. Schäumende Wellen schlagen hoch im Wind, Wolkenberge türmen sich darüber auf, verschlingen den Mond und somit die letzte Hoffnung, für das kleine verwaiste Schiff, das hilflos auf den Wellen tanzt. Die Dramaturgie und Ausweglosigkeit wühlen die Menschen auf. Das Bildnis macht sie nervös. Sie sorgen sich um das kleine Boot.

Ich hingegen sehe mir das Gemälde gerne an. Es beruhigt mich. Denn ich erkenne *mich* darin wider. Ich bin wie das Meer. Martialisch und ungezähmt lassen wir beide, mit einem raschen stürmischen Aufbäumen, Unliebsamkeiten verschwinden. Beide sind wir sanft und mächtig. Beide sind wir unausweichlich.

»Ich glaube ...« Ein spöttisches Schnauben entweicht meiner Kehle. »Nein ... ich *weiß*, euch ist durchaus bewusst, wie sehr ich schnüffelnde Beamte verabscheue. Insbesondere auf meinem Grund und Boden.« Ohne den Kopf zu heben, messe ich sie mit Blicken, die sie alle drei einen festeren Stand suchen lassen. Harte Schuhsohlen scharren laut über den gewachsten Boden. Die Geräusche erinnern mich an kratzfüßige Lakaien. Ihre Unterwürfigkeit besänftigt mich und ermöglicht mir, besonnen zu agieren.

»Boss.« Toni, meine Securityleitung tritt einen Schritt nach vorne.

Diese Frau nennt mehr Eier ihr Eigen als ein Berggorilla.

Ich nicke ihr zu, erlaube ihr, zu sprechen.

»Es war meine Schuld. Ich hab Sean da rein beordert, weil sich in der Eingangshalle plötzlich alle die Köpfe eingeschlagen haben. Das wird nicht noch mal passieren.«

Das war ihr erster Fehler, seit sie vor drei Jahren die Stelle angetreten hat. Toni behält alles im Auge und erledigt für gewöhnlich ihren Job im Blindflug.

Berechnend lade ich meinen schweren Blick auf ihr ab. Schwarze flache Lederboots geben ihr einen sicheren Stand. Eine schwarze Cargohose umschließt athletische Beine und ein einfaches schwarzes Shirt steckt in dem Bund ihrer Hose. Nur die blonden langen Haare und das Make-up passen nicht zu dem Bild der taffen Frau vor mir. Sie erinnern mehr an eine Femme Fatal.

»Boss, gib mir noch eine Chance. Das wird mir nicht noch mal passieren.«

Sie nickt und sieht mich mit festem Blick an. Die Schultern hält sie gestrafft und das Kinn erhoben. Bereit, jede von mir erdachte Strafe über sich ergehen zu lassen.

»Nein, das war dein letzter Fauxpas. Nicht wahr? Ein Fehler dieses Ausmaßes wird dir kein zweites Mal unterlaufen.« Nachdenklich klopfe ich mit dem Zeigefinger an mein Kinn. Ich sehe Toni fest in die Augen. »Unsere lieben Hüter des Rechts haben meine Gastfreundschaft zu genüge strapaziert. Stell sicher, dass sie nichts finden und dann geleite sie hinaus.« Der Scotch fließt wie flüssiges Feuer meine Kehle hinab. »Ich? Du ...? Ich darf meinen Job behalten?« Toni verliert für einen Moment ihre professionelle Gefasstheit. Sie zieht die Augenbrauen nach oben und schluckt.

Zum ersten Mal an diesem Tag, ist mir nach einem Lächeln zumute. »Warum sollte ich dich ...« Mit Verweisblicken suche ich nach der Waffe auf meinem Tisch. Mein Blick verweilt einen Moment auf dem mattschwarzen Stahl. »Warum sollte ich dich feuern?«

Toni strafft augenblicklich die Schultern. »Du verzeihst keine Fehler.« Sie blickt ebenfalls auf die Waffe.

»Für gewöhnlich nicht. Du hast recht. Aber ich wäre nicht da, wo ich heute stehe, wenn ich nicht zwischen einer gewinnbringenden Investition und einer kurativen Intervention unterscheiden könnte.« Ich blicke ihr wieder fest in die Augen. »Du, Toni, stellst eine solche Investition dar.« Mein Blick huscht zu Derek und Soul. Beide sind groß wie Berggorillas und ebenso gewissenlos. Sie weichen meinem Blick aus und beugen den Kopf. *Duckmäuserisch.* »Manch andere stellen mich vor ein Problem.«

Toni räuspert sich und tritt einen weiteren Schritt nach vor. Mitten in meinen Machtbereich. Zu nah.

Aber ich bleibe ruhig, wende mich ihr wieder zu. Mein Lächeln lässt jedoch eine gewisse Wärme missen. Toni will mir keineswegs zu nahetreten. Ich durchschaue ihr Bemühen, mich von den beiden Männern abzulenken. Aber genau deshalb lecken sie ihr die Stiefel. Weil sie sie patronisiert. Und aus diesem Grund brauche ich sie.

Um mir meinen Raum zurückzuerobern, stehe ich auf. Mit jedem Wort, welches über meine Lippen kommt, dränge ich sie weiter zurück. »Seit acht Jahren arbeitest du für mich. Seit drei Jahren stellt dein Können die Fertigkeiten deiner Vorgänger in den Schatten. Ich habe viel Geld und Zeit in dich investiert. Was hätte ich davon, wenn ich dich jetzt verschwinden lassen würde?« Toni schluckt und ich bleibe zufrieden stehen. »Nein. Ich bin davon überzeugt, du wirst nach diesem Fehler *noch* effizienter arbeiten. Deine Wachsamkeit erlangt hierdurch ein neues Niveau. Oder irre ich mich?«

»Nein, du irrst dich nicht. Ich werde noch härter arbeiten. Ich werde dir beweisen, dass mir kein weiterer Fehler passieren wird.« Inbrünstig schlägt sie sich auf die Brust.

»Gut. Denn es wäre dein Letzter.« Gemessenen Schrittes kehre ich an meinen Platz zurück. In aller Ruhe sinke ich in meinen Stuhl. Mit dem Zeigefinger streife ich über den Rand meines Kristallglases. Ein Geschenk von Eleanor. Seit drei Wochen verfolge ich ihre Spur. Nichts deutet auf eine Entführung hin. Und obendrein hatten sich jüngst die Rücklagen in meinem Tresor wie von Zauberhand verkleinert. Wenn ich es nicht besser wüsste, würde ich meinen, sie ist ausgerissen.

Aber niemand verlässt Artur Hunter.

Mit geblähten Nasenflügeln blicke ich auf den Monitor links von mir, auf den Mann, der darauf zu erkennen ist und die Frau, die ihm folgt.

»Findet den Kerl.«

Kapitel 3: Detective Disney

Jack

»Das Krankenhaus ist auf Leitung drei. Gehst du ran? Wegen dieser Jane Doe-Sache.« Sarahs schrille Stimme schallt durch mein Büro. Mit einem kleinen Fluch falle ich zurück in meinen quietschenden Arbeitsstuhl. »Warum ausgerechnet immer dann, wenn ich mir Kaffee holen will?!« Ohne eine Antwort abzuwarten, hebe ich ab. »Detective Shepherd.«

»Jack? Hier ist Erin.«

Ich grinse und lege die Füße auf den Tisch. »Hi Erin. Wie gehts dir?«

»Ach, mein Urlaub ist vorbei. Wie soll es mir da schon gehen? Was ich jedoch dringend brauche, sind noch weitere zehn Wochen sonniger Süden. Wenn ich reich wäre, würde ich den ganzen Winter bei meinem Bruder in Florida verbringen. Hast du vielleicht irgendeine Idee, auf welchem Baum Dollarnoten wachsen?«

Erins gute Laune färbt schnell auf mich ab. »Sollte ich so einen Baum jemals finden, dann wirst du die Erste sein, der ich davon erzähle. Versprochen!«

»Und während du unseren Geldbaum suchst, schaust du vielleicht mal bei mir im Krankenhaus vorbei. Die Kleine mit der Kopfwunde ist aufgewacht.«

Wie ein Flummi schnalze ich im Stuhl nach vorne. »Wie geht es ihr?« Möglichst leise, dafür aber umso hektischer durchwühle ich meinen verwahrlosten Schreibtisch auf der Suche nach Stift und Papier.

»Alles gut bei dir?« Erin klingt besorgt.

»Ha!« Triumphierend halte ich meinen Kugelschreiber in die Luft. »Jep. Hab nur mein Schreibzeugs gesucht. Schieß los.«

»Sie erinnert sich nur an ihren Namen, an sonst nichts. Aber sie ist fit genug, dass ihr mit ihr sprechen könnt.«

»Nur der Name?« Etwas genervt lege ich den Stift beiseite und sinke zurück, gegen die Lehne.

»Ja, tut mir leid. Sie braucht sicherlich ein bisschen Zeit, um sich an den Rest zu erinnern. Gehirnerschütterung. Du kennst das ja.«

»Danke Erin. Ich mache mich gleich auf den Weg.«

Trotz ihrer spärlichen Erinnerungen wird mir der Fall als ein Spaziergang in Erinnerung bleiben. Blondi weiß ihren Namen, und mehr benötige ich nicht, um sie in den Schoß ihrer Familie zurückzuführen. In Sachen Überfall arbeitet die Zeit für uns. Sobald sie sich erinnert, und die Spuren ausgewertet sind, schnappe ich mir das feige Schwein, das ihr aufgelauert hat. Auf Hunters Parkplatz. Schon wieder. Dieses Mal ist es von Beginn an mein Fall. Es wird keine Fehler geben, die die Spuren im Sand verlaufen lassen.

Mit einem Mal räuspert Erin sich am anderen Ende der Leitung und trällert anschließend ein, »*Kaffee schwarz*«, hinterher.

»Erin, Herzchen«, säusle ich, wieder in der Gegenwart. »Glaubst du wirklich, ich könnte das jemals vergessen?«

»Wäre ja nicht das erste Mal«, wirft sie mir verschnupft vor.

»Aber seit du mir den heißen Cappuccino mitten auf die Brust geprustet hast, habe ich es nie wieder vergessen«, erinnere ich sie ganz zuvorkommend.

»Stimmt! Da war ja was. Upsi! Also dann, bis gleich.« Schon höre ich nur noch den Freizeichenton.

Während ich nach Joe rufe, starre ich schmunzelnd auf das Handy. »Wir müssen los. Aschenputtel ist aufgewacht.«

Im Vorbeigehen schnappe ich mir den Autoschlüssel aus der obersten Schublade des Rollcontainers und schiebe ihn in meine Hosentasche.

»Dornröschen!«, brüllt Joe aus dem Raum gegenüber, der Etagenküche.

Sobald er im Flur neben mir steht, starre ich ihn mit gerunzelter Stirn an. »Was?«

»Aschenputtel war die mit dem Ruß im Gesicht. Dornröschen war die im Koma.«

»Alter. Du schaust zu viele Disneyfilme.« Ich schnaube und gehe weiter.

Mein Partner marschiert mir hinterher und hebt vorwurfsvoll die Stimme. »Und wer ist schuld daran?«

»Ich hab dir den Disney-Channel gezeigt, damit du endlich mal Iron Man fertig schaust und nicht, um die nächste Disneyprinzessin zu werden.«

»Da gibts auch Marvel? Wie cool!« Joe grinst breit und klaut Martha den Apfel aus der Hand. Aber nicht, ohne ihr vorher noch einen Schmatz auf die Wange zu drücken. Die sechzigjährige Empfangsdame kichert und winkt Joe hinterher.

Das Stöhnen, welches laut aus meiner Kehle entweicht, ist eines von vielen, von Joe verursachten. Geschlagen lege ich mir die Hand an die Stirn und reibe die beginnenden Kopfschmerzen weg.

»Und wie geht es unserem Dornröschen?«, fragt Joe, sobald ich zu ihm aufgeschlossen habe. Gemeinsam trampeln wir die Treppe ins Erdgeschoss hinunter.

»Erin hat gesagt, dass sie wach ist. Aber sie erinnert sich an nichts außer ihrem Namen.« Ich werfe Joe einen kurzen Blick zu und biege nach rechts ab. Er legt die Stirn in Falten und schüttelt den Kopf. »Vor ein paar Jahren hätte es so etwas noch nicht gegeben.«

»Was meinst du?« Während ich Joe fragend anblicke, drücke ich die schwere Eisentüre, die in den Hinterhof führt, auf.

»Überfälle auf offener Straße, Drogen, Einbrüche, Raubüberfälle, Prostitution. Hast du nicht auch das Gefühl, dass es immer schlimmer wird?«

Ich grunze zynisch und ziehe den Autoschlüssel aus der Tasche. »Bozeman wächst. Und da floriert nun mal nicht nur der Handel. Erfolg zieht auch immer das ganze Gesocks an. Die sind wie Schmeißfliegen, die dem Mist folgen.« Mit zusammengepressten Lippen drücke ich auf einen der Knöpfe auf dem Wagenschlüssel. Klackend entriegeln sich die Türen des Dodge Charger Pursuit, dem schnellsten Wagen des Countys. Meine Stimmung erlebt sofort ein Level-Up. Grinsend öffne ich die Fahrertüre.

»Fünf Dollar, dass sie eine Nutte ist.« Joe schwingt sich auf den Beifahrersitz und nickt.

»Hast du die Schuhe gesehen?«, frage ich rein rhetorisch und falle ebenfalls in das kalte Leder. »So etwas kann sich keine Prostituierte leisten. Ich wette, da steckt mehr dahinter. Vielleicht eine verwöhnte Göre, die ausgebüchst ist, um Daddys Geld auf den Kopf zu hauen.«

»Der Arzt hat gesagt, dass sie keine Unterwäsche an hatte. Und der rote kurze Fummel?« Mein Partner hebt großspurig eine Augenbraue, als ob er den Sieg schon in der Tasche hätte. »Zück schon mal deine Brieftasche.«

Nur zu gut erinnere ich mich an die blonde Frau im Krankenhaus. An das blasse Gesicht und die roten vollen Lippen. Sie lag wirklich wie eine Disneyprinzessin in dem hässlichen Krankenhausbett. Die Decke bis zum Kinn hochgezogen, konnte ich nicht viel von ihr erkennen. Aber das rote Kleid und die Heels ... puh ... wenn da mal nicht etwas richtig Scharfes unter der Bettdecke verborgen liegt.

Noch in Gedanken bei Jane Doe drehe ich den Zündschlüssel um. Der Motor erwacht röhrend zum Leben.

Während ich Joe siegessicher angrinse, klopfe ich mit dem Zeigefinger gegen meinen Nasenflügel. »Mein Riecher sagt mir etwas anderes.«

Kapitel 4: Jelly-Belly

Veronica

Entgegen meinen Erwartungen, in einem öffentlichen Krankenhaus wäre Ruhe Mangelware, herrscht zumindest in diesem Teil des Hospitals eine erstaunliche Stille. Lediglich das gelegentliche Piepen von irgendwelchen Gerätschaften, das leise Geplauder vorbeischlendernder Menschen oder Erins quietschende Gummischuhe sowie der Fernseher aus dem Nachbarzimmer, durchbrechen hin und wieder die Stille.

»*Veronica Valenty*«, nuschle ich in mich hinein.

Der Name klingt vertraut, und doch passt irgendetwas nicht. Wie ein Handschuh, bei dem ein Finger fehlt. Trotzdem ist er der einzige Name, der mir einfällt.

Aber selbst, wenn der Name nicht stimmt, wo komme ich her?

Wer sind meine Eltern?

Bin ich verheiratet?

Ich hebe meine Hände, aber da ist kein Ring.

Dann ist es logisch, dass ich mich an keinen Mann erinnere.

Oder wurde der Ring gestohlen?

Stecke ich nur in einer Beziehung?

Gibt es gar keinen Ring?

Ein lautes Pochen an der Türe schreckt mich auf.

Erin steckt den Kopf herein. »Miss Valenty? Hier sind die Detectives Shepherd und Hart. Sie würden Ihnen gerne ein paar Fragen stellen.« Mit erhobenen Augenbrauen wartet die Krankenschwester auf eine Antwort.

»Aber ja, natürlich. Bitte«, fordere ich sie ungeduldig auf, die beiden Polizisten hereinzulassen.

Bald werde ich wissen, wo ich hingehöre.

Die kaugummikauende Krankenschwester öffnet die Türe weiter. Gespannt setze ich mich aufrecht hin. Mein Blick huscht ein letztes Mal über meine Krankenhaushemdchen. Es bedeckt mich anständig, und lediglich die

Haut an meinem Hals ist zu sehen. Unter der Bettdecke überkreuze ich die Beine zum Schneidersitz. Dann streiche ich die Bettlaken glatt, hebe den Blick und beiße mir direkt auf die Lippen.

Denn bei dem Anblick, der zwei stattlichen Meter Muskel-Cop-Fleisch, rekelt sich meine Fantasie wie eine rollige Katze im Sahnetopf. Er ist groß, mit sportlicher Statur, hat kurze Haare und einen lässigen Gang, der direkt klar macht, *das hier* ist eines dieser außergewöhnlichen männlichen Exemplare, denen egal ist, was andere denken.

Mein Gedanken-Samtpfötchen schüttelt sich wonnig, bis es Schauerwogen regnet. Und jeder dieser kribbelnden Schauerwogen beschert mir eine sinnliche Vision. *Gedankenfickchaos und Kuschelexzesse.* Es stürmt wie heißkaltes Regengeprassel auf mich ein. Bis ich zittrig Luft hole und diese Türe an *Für-immer-Fantasien* schwungvoll zuschlage.

Nicht mit mir!

Stattdessen konzentriere ich mich auf das Wesentliche. Auf den Mann vor mir und die Frage, was die Menschen hier wohl ins Wasser geben, damit ein Kerl so baumlang werden kann.

Als ob ich die Antwort irgendwo auf dem langen Weg, beginnend bei seinen Stiefelspitzen entdecken könnte, wiederhole ich den ersten, zu kurz geratenen, visuellen Rundgang. Aber dieses Mal nehme ich mir mehr Zeit.

Der Schaft der braunen Lederboots verschwindet unter hellem locker sitzendem Jeansstoff. Er umspielt lange kräftige Beine. Lässig sitzt der Hosenbund auf flachen Hüften und ein passender Ledergürtel hält sie an Ort und Stelle. In der Jeans steckt ein schwarzes Shirt. Die ockerfarbene Jacke steht offen und gewährt mir Einblick auf straff gespannten Stoff. Er sitzt stramm auf harten Muskeln, den ganzen schönen Oberkörper hinauf, bis zu den breiten Schultern. Der kräftige Hals geht über in zuckende Kiefermuskeln, die ein markanter Bartschatten überzieht. Ein Mundwinkel seiner ebenmäßigen Lippen hebt sich zu einem Lächeln.

In Spiellaune hebe ich eine Augenbraue.

»Miss?«, wummert es dumpf in meinem Kopf.

Die Lippen bewegen sich und kommen näher.

Ich fasse mir in den Nacken. Genau dort, hinter meinem linken Ohrläppchen will ich diese Lippen spüren.

Das Lächeln wird breiter, Grübchen drängen in mein Sichtfeld und schließen alles andere aus.

Ich weigere mich, den Blick abzuwenden.

»Miss!«, kommt es drängender von rechts.

Mit fliegenden Fingern wedle ich die nervige Stimme davon. Sie soll verschwinden und jemand anderen belästigen. Ich befasse mich lieber mit dem exquisiten Stück Fleisch vor mir.

»Miss!«, bohrt die Stimme weiter.

»*Jetzt! Nicht!*« Mahnend strecke ich einen Zeigefinger nach rechts aus. »Suchen Sie sich jemand anderen, den Sie plagen können.«

Die perfekten Lippen, die so aussehen, als ob sie genau wüssten, worum sie sich schließen müssten, kommen näher und nehmen nun mein komplettes Sichtfeld ein. Der Jelly-Belly-Kirschmundbesitzer neigt den Kopf nach vorne und ich verliere den Blickkontakt zu diesen herrlichen ...

Sanfte braune Augen starren mich wie kleine Diebe an. Diebe, die versuchen, in meine Seele zu gelangen.

Tiefblickende Augen.

Gefährliche Augen.

Im Kontrast zu seinem wachen Blick graben sich jedoch dunkle Schatten in die Lider darunter. Die dunkelbraunen Haare hängen ihm wirr ins Gesicht. Sie verdecken einen Teil der scharfen Linien auf seiner Stirn.

Haben Härte und Unbeugsamkeit diese Spuren hinterlassen?

Oder haben ihm hartnäckige Sorgen Falten in die Stirn gegraben?

Passend zu seinem intensiven Blick umrahmt ein wildwachsender kurzer Bart seinen Mund. Rau, mit harten Kanten. Diesen Mann hätte ich auch bei einem Footballspiel oder in einer Bar antreffen können. Nur hätte ich ihm dort keinerlei Beachtung geschenkt. Aber hier, gefesselt an dieses Bett, habe ich keine andere Wahl. Dieser Mann steht hier und starrt mich an, weil es sein Job ist.

Etwas beunruhigt ziehe ich den Kopf zwischen meine Schultern. Aber um ganz sicherzugehen, wende ich auch noch den Blick ab. Bedächtig atme ich einmal tief durch. Erst dann drehe ich mich der nervenden Stimme zu.

Alles ist besser, wie in diese Zieh-blank-Augen zu starren.

Die aufdringliche Stimme gehört zu einem jungen Polizisten. Im Gegensatz zu dem großen Augenschmeichler misst er nur etwa einenmeterachtzig. Was ihn immer noch groß macht, aber eben nicht so … imposant. Er trägt dunkle Jeans und ein schwarzes Shirt und darüber eine ebenso schwarze Jacke. Er dürfte etwa in meinem Alter sein, die blonden Haare stehen wirr von seinem Kopf ab und er runzelt die Stirn.

»Detectives, wie kann ich Ihnen behilflich sein?« Bedächtig lege ich eine Hand in die andere und straffe die Schultern.

»Eigentlich wollte *ich* das gerade *Sie* fragen. Ich bin Detective Hart.« Zwinkernd zückt er einen Stift aus der Innentasche seiner Jacke. »Und das ist mein Partner, Detective Shepherd«, stellt er die verbotene Frucht vor.

Ich blicke nicht hin.

»Sehr erfreut, Sie kennenzulernen, Detectives. Sie haben bestimmt schon mit dem Arzt gesprochen. Also? Was werden Sie jetzt unternehmen?« Mit gestrafften Schultern nicke ich dem jüngeren Cop zu.

Nur nicht wieder in diese Zieh-blank-Augen blicken! Das ist wie ein beschissenes Pokerspiel, bei dem ich ein leeres Blatt in der Hand halte. Ich kann ihm nichts entgegensetzen, nur meine Unschuldsmiene aufsetzen und hoffen, dass er …

Ja was eigentlich? Warum macht er mich so nervös?

»Der Arzt hat gesagt, dass Sie sich wieder an Ihren Namen erinnern können?« Geschäftsmäßig zieht er einen kleinen Notizblock aus einer der anderen Taschen.

Ich nicke. »Ja, Veronica Valenty. Aber alles andere ist weg. Der Doc meinte, dass es ein paar Tage dauern kann, bis die Erinnerungen zurückkommen.« *Nicht zu Braun-Auge blicken!* »Wie geht es denn jetzt weiter?«

Erst indem ich die Frage laut ausspreche, erschließen sich mir die unschönen Möglichkeiten. Schlagartig formt sich in meinem Hals ein Kloß. »Was, wenn es gar kein Überfall war? Bin ich denn überhaupt sicher? Brauche ich Polizeischutz? Steht draußen ein Beamter? Was, wenn niemand nach mir sucht?« Mitleiderregend piepsig verklingt meine Stimme.

»Miss Valenty. Veronica.« *Boom!*

Fluchend schließe ich die Augen. Denn Jelly-Bellys sanfte Reibeisenstimme schabt wie eine Abrissbirne direkt über meine Brustwarzen.

Scheiße!

»Geht es Ihnen nicht gut, Miss?« Die verheißungsvolle Stimme schlängelt sich näher, sie dringt tiefer in meine Brust ein, windet sich durch meine Eingeweide und schlägt Wurzeln in meinem Venustempel. Kleine Nervenenden erwachen, wie von einem Bannspruch gerufen, zum Leben. Ich beiße die Zähne zusammen und zähle langsam bis zehn. »Verflixter Mist!« Atemlos kralle ich die Hände in die Bettdecke.

Mit hängenden Schultern öffne ich die Augen. Die verboten heißen Lippen bewegen sich, bilden Laute, die konturlos an mir vorbeischwirren. Auf der linken Wange schlummert ein Grübchen, dessen volle Machtentfaltung ich hoffentlich nie über mich ergehen lassen muss.

»Miss Valenty?« Gerunzelte Stirnfalten rutschen in mein Blickfeld.

Die Welt wird schlagartig dumpf, wie unter Wasser. Meine Augenlider flattern zu und mir wird flau. »Ich glaube, mir wird schwindlig«, murmle ich, bevor ich das Gleichgewicht verliere und zur Seite kippe.

»Wouw! Immer langsam!« Starke Arme und ein frischer limonadenartiger Duft fangen meinen Sturz in zweierlei Hinsicht ab. Sowohl mein Körper, als auch meine Sinne landen weich.

Mit der Zungenspitze lecke ich mir schleppend über die Lippen. Mein Kopf ist träge, wie wenn ich zu viel Wein getrunken hätte. »Mhmmm ...«, stöhne ich. »Sie riechen wirklich lecker. Wie Zitronenkuchen«, seufze ich und und nehme einen tiefen Atemzug.

Jetzt lächelt er.

Verdammt!

Jelly-Belly ist ein Zuckerwürfel-Gesamtpacket. Er hat definitiv harte Kanten, aber wenn ich daran lecken würde, würde er mir garantiert weich und formbar, wie ein Marshmallow auf der Zunge zergehen.

Halt! Bitte, WAS?!

Von mir selbst schockiert schlage ich den Blick nieder.

Was ist nur los mit mir?

Verwirrt sehe ich von links nach rechts. Als ob ich hier irgendwo auf eine Erklärung für meine schrillen Gedanken stoßen könnte.

Bin ich etwa immer so?

Ist das mein wahres Ich?

Oder benehme ich mich gerade peinlich?

Ist mir überhaupt wichtig, was andere von mir denken?

»Miss Valenty«, spricht er mich wieder an, tritt aber einen Schritt zurück. Nur seine großen Hände stützen mich noch an den Oberarmen.

Mit verkniffenem Mund und geblähten Nasenflügeln sehe ich zu ihm auf. Jelly-Bellys Blick sackt für einen Moment auf mein Dekolleté ab. Ich schiele ebenfalls hinab auf meine Brust.

Unter einem grün-weißen Krankenhauskittel recken sich meine eigenwilligen Nippel keck dem menschlichen Zuckerstück entgegen.

Nicht wirklich überrascht, aber doch etwas schockiert hebe ich roboterhaft meinen starren Blick an.

Detective Shepherd gafft mit großen Augen auf meine züchtig bedeckte Brust.

»Stimmt etwas nicht?«, frage ich biestig.

»Was?« Ruckartig hebt er seinen Kopf und löst die Hände von mir.

Der Cop rechts von mir prustet einmal laut und zieht dabei den Kopf zwischen die Schultern.

Drakonisch starre ich ihn nieder, bis er sich an den Hals fasst und schluckt.

»Entschuldigen Sie, Miss Valenty. Trockener Hals«, versucht Detective Hart, sich zu retten.

Abwechselnd starre ich die beiden Möchtegernkomiker nieder. »Wenn Sie mich und meine hoffentlich nur vorübergehende Amnesie nicht ernst nehmen, dann schicken Sie mir bitte zwei echte Cops, die etwas von ihrem Job verstehen.« Gebieterisch verschränke ich die Arme vor der Brust.

Detective Shepherd bekommt große Augen und macht einen schnelle Schritt nach rechts, neben seinen Partner. Als ob er ihn in Schutz nehmen will. »Es tut uns leid, Miss Valenty. Ich möchte mich für unser Verhalten entschuldigen. Es kommt nur einfach so gut wie nie vor, dass wir einer so schönen Frau aus der Patsche helfen dürfen.«

Detective Hart nickt nur hektisch.

»Aus der Patsche helfen?«, wiederhole ich aufgebracht und balle wütend die Fäuste. »Aus der Patsche?! Sehe ich vielleicht so aus, als ob ich nur mal eben meine Börse verlegt hätte und ich sie um ein paar Dollar anhauen würde? Herr Gott nochmal! Ich wurde brutal überfallen und weiß nicht mehr, wer ich bin!«

»Miss Valenty! Beruhigen Sie sich! Bitte!« Der kleinere Polizist springt in die Bresche. »Was mein Partner sagen will, ...«

Aber Jelly-Belly gibt seinem jüngeren Kollegen einen Knuff in die Seite und tritt einen weiteren Schritt auf mich zu. »Sie können sich sicher sein, dass wir, mein Partner und ich ... wir werden unser Bestes geben und uns um Sie ... um *Ihr* Anliegen kümmern.«

Misstrauisch starre ich das bizarre Szenarion vor mir an. Jelly-Bellys Nacken wird rot bis unter die Haarspitzen und der Grünschnabel platzt gleich, weil er kaum sein Lachen unterdrücken kann. »Aha.« Skeptisch blicke ich von einem zum anderen. »Und was wird jetzt passieren?«, frage ich und gebe ihnen damit eine Chance, wieder eine gewisse Professionalität an den Tag zu legen.

Beide schnaufen tief durch. Aber nur Detective Shepherd tritt noch näher an mein Bett und lächelt mich aufmunternd an. Verschwunden ist der unhöfliche Spanner. Vor mir steht ein souveräner Beschützer, mit straffen Schultern, gerecktem Kinn und festem Blick. »Es wird alles wieder gut.«

»Danke«, antworte ich überrascht. In dem Moment wird mir klar, dass der fremde Mann vor mir genau das ausgesprochen hat, was ich hatte hören müssen.

Für einen Moment schließt der ungeschliffene Detective die Augen und kneift sich in den Nasenrücken. Dann richtet er sich wieder zu seiner vollen Größe auf. Er schiebt die Hände in die Jackentaschen und nickt. »Wir haben ja nun Ihren Namen. Und sicherlich wurden Sie schon von Freunden oder ihrer Familie als vermisst gemeldet.« Ruhelos landen beide Hände in den hinteren Hosentaschen seiner Jeans. »Spätestens morgen werden wir wissen, wohin Sie gehören.« Seine Sandpapierstimme brennt runter, wie fünfundzwanzig Jahre alter Talisker.

Ich nicke nur und starre ihn an.

Ebenfalls nickend flirrt sein Blick noch einmal auf meine Brust hinab. »Sie brauchen wirklich keine Angst zu haben.« Detective Shepherd schluckt rau und drückt seine Schultern nach unten. Gestrafft steht er vor mir, die langen Arme baumeln nun locker neben der Waffe an seinem Gürtel. Sein Lächeln soll wohl beschwichtigend sein. Aber es triggert etwas in mir. Mein Herz beginnt zu rasen. Plötzlich schrillen Sturmglocken in meinem Kopf, meine Kehle wird eng und ich schlucke krampfhaft.

Langsam, als ob die beiden Detectives, Raubtiere wären, die ich nicht aufschrecken möchte, fasse ich nach meiner Bettdecke. Bis zum Kinn ziehe ich sie hoch. Dann stelle ich die Füße auf und ziehe die Oberschenkel an meine Brust. »Mein Kopf schmerzt wieder. Ich möchte mich ausruhen.« Ohne die Polizisten anzusehen, drehe ich ihnen den Rücken zu und lege mich hin.

Was stimmt nicht mit mir?

Bin ich verrückt?

»Natürlich. Wir lassen Sie dann mal wieder in Ruhe. Wir melden uns, sobald wir etwas Neues wissen. Sicherheitshalber lasse ich Ihnen aber meine Karte hier. Falls Ihnen etwas einfallen sollte. Ich lege sie auf Tisch.«

Leise Schritte verlassen das Zimmer.

»Und Veronica?«, rauscht die Reibeisenstimme meine Kopfhaut entlang.

Langsam wende ich mich um.

»Ich bekomme das hin. Versprochen.« Mit einem feierlichen Nicken schlüpft der braunhaarige Detective Shepherd zur Türe hinaus.

Kapitel 5: Genießen ist eine Kunst

Jack

Heilige Scheiße!
So hat sie gestern, als wir den Fall aufgenommen hatten aber nicht ausgesehen. Joe und ich waren kurz hereingeschneit. Und nur ein blonder Schopf hatte unter dem Bettlaken hervorgeblitzt. Und selbst der wurde zur Hälfte von einem Verband verdeckt.

Heute hatten ihr die weißen Stoffbahnen die Ausstrahlung einer Königin verliehen. Sie waren ihre Krone. Und nicht nur diese frei phantasierte, heilige Insigne hatte sie für mich unantastbar erscheinen lassen. Auch die blonden Locken, die ihr wie die eines Engels über die Schultern herabgefallen waren, hatten mir den Atem stocken lassen. Ihr Anblick war wie ein Versprecher auf Erlösung. Die Erlösung einer Königin. Denn wie eine Königin hatte sie im Bett gesessen. Der Rücken war gerade gewesen und die Hände hatte sie im Schoß gefaltet. So, als ob sie uns eine Audienz gewährt hätte.

Zumindest zu Beginn. Denn als ich durch die Türe getreten war und mich ihr musternder Blick getroffen hatte, war ich ins Stocken geraten. Wie ein bescheuerter Ochse hatte ich dagestanden und mich begaffen lassen. Aber auf eine verdrehte Art und Weise hatte es mir gefallen. Wie eine warme Berührung war ihr Blick über mich geglitten und hatte Dutzende von Lämpchen in meinem Kopf angeknipst. Als ob verdammte Sensoren auf mir sprießen würden, und sie die Einzige wäre, die sie mit ihrem sündhaften Augenaufschlag auslösen könnte. Schon lange war ich von einer Frau nicht mehr so fasziniert gewesen. Und als sie Joe dann auch noch herrisch den Zeigefinger entgegengestreckt hatte, musste ich mich am Riemen reißen, um ihr nicht direkt meinen Stempel aufzudrücken.

Miss Valenty wusste genau, was sie will, und es war ihr keine Sekunde lang peinlich.

Interessant!

»Was war *das* denn, Alter?« Joe schlägt mir auf die Schulter und lacht.

»Fühlst du dich jetzt irgendwie benutzt?«

»Halts Maul«, murre ich und wende den Kopf ab.

»Also ich an deiner Stelle würde jetzt dringend duschen wollen.« Mein Partner klatscht sich lachend auf die Oberschenkel, bevor sein Blick wieder ernst wird und er seine Taschen abklopft.

»Stimmt etwas nicht?« Aufmerksam neige ich den Kopf in seine Richtung.

»Ich würde dir ja jetzt gerne die obligatorische Zigarette danach anbieten, aber bei der Schleimspur, die du da hinterlassen hast, würde ich sowieso kein Feuer anbekommen.«

»Fick dich, Joe!«, knurre ich und marschiere los.

Mein Partner schließt lachend auf. Er neigt den Kopf und blinzelt übertrieben, als ob er mich anhimmeln würde. »Veronica«, näselt er. »Ich werde dich retten! Versprochen!«

»Halt endlich die Klappe, du Denkzwerg«, erwidere ich gefrustet. »Sie hatte echt Angst und ich wollte nur nett sein.«

Genervt nutze ich die Tatsache aus, dass meine Beine mindestens fünf Zentimeter länger sind als seine. Joe muss laufen, um mit mir Schritt zu halten.

»Seit wann versprechen wir Fremden, dass alles wieder gut wird? Das darfst du gar nicht. Dafür sind die Seelsorger da«, plärrt er mir hinterher.

Mit ausgebreiteten Armen bleibe ich stehen. »Denkst du, ich wüsste das nicht?! Ich weiß das, Mann! Aber ihr scheint gerade erst bewusst geworden zu sein, in was für einer beschissenen Lage sie steckt. Sie weiß nicht, wer sie ist und wie es jetzt weitergehen soll. Tut dir die Frau denn kein Bisschen leid?«

Joe stemmt die Hände in die Hüften und reckt herausfordernd das Kinn. »Als wir vor ein paar Monaten den verwirrten Opa aufgegriffen haben, hast du ihm nicht versprochen, seine Welt wieder ins Lot zu rücken.«

»Ich habe auch Veronica nichts dergleichen versprochen«, verteidige ich mich.

»Jetzt sind wir also schon bei *Veronica* angelangt?«

»*Miss Valenty!*«, belle ich. »Ist doch egal. Veronica, Valenty, Miss Valenty. Ist alles dasselbe.«

»Wer es glaubt, wird selig.« Joe schnaubt.

»Was willst du eigentlich von mir hören? Das mir ihre Situation egal ist?« Mein Partner schüttelt den Kopf und sieht mich mitleidig an. »Bei Mr Cooper hast du den Fall aufgenommen und gesagt, dass du dein Bestes tun wirst.« Jetzt neigt er auch noch den Kopf und hebt vorwurfsvoll die Augenbrauen.

»Pfft.« Hastig weiche ich seinem Blick aus. »Das war eine ganz andere Situation.«

»Ja, er hatte keine blonden Locken und schöne runde Titten.« Mein Partner hält beide Hände vor seine Brust, als ob er sich selbst begrabschen möchte.

»So einer bin ich nicht und das weißt du.« Verärgert remple ich ihn mit der Schulter an.

Aber Joe lässt sich nicht abschütteln. Er folgt mir dichtauf. »Nein, du hast recht. So kenne ich dich gar nicht. Normalerweise stehen die Frauen auf *mich*.« Schlagartig krallt Joe sich in meinem Ärmel fest und bleibt stehen. Bestürzt reißt er die Augen auf. »Ich habe mein Mojo verloren! Wie kann sie auf *dich* stehen, wenn sie *mich* haben kann? Bestimmt geht gleich die Welt unter!« Übertrieben schockiert starrt er mich an.

»Du bist echt bekloppt. Geschieht dir ganz recht, dass dein Ego mal einen Dämpfer abbekommt.« Ich boxe ihm lax in die Seite und grinse.

»Ach Blödsinn! Ich gönn es dir doch. Schließlich sollst du nicht als Jungfrau mit dicken Eiern sterben müssen.« Er grinst und schlägt mir im Vorbeigehen auf die Schulter.

Damit entlockt er mir nur ein belustigtes Schnauben. Meine Schultern fallen herab und ich folge ihm durch den Haupteingang nach draußen.

Im Wagen setze ich unser Gespräch fort. »Als ich das erste Mal gevögelt habe, hast du noch im Sandkasten gespielt, Milchbart. Also halt lieber den Ball flach. Und jetzt geb mal ihren Namen ein. Vielleicht finden wir gleich was.«

Joe schnaubt und entsperrt den Laptop. Er drückt ein paar Tasten und lehnt sich zurück. »Aber jetzt mal im Ernst. Normalerweise verhältst du dich bei jedem Mann, jeder Frau und selbst bei den Kids völlig korrekt. Du würdest absolut niemandem versprechen, dass wieder alles gut wird, obwohl du kein Hintergrundwissen besitzt. Was hat dich denn wirklich zu dem Mist getrieben?«

Joes ehrliches Interesse nimmt mir den Wind aus den Segeln. Ich lasse den Kopf hängen und schnaufe langsam aus. »Keine Ahnung, Mann.« Ratlos hebe ich die Schultern. »Aber hast du ihr zugehört. Hast du sie *gesehen*? Sie

erinnert sich *nur* an ihren Namen und sitzt trotzdem mit gestrafften Schultern und gerecktem Kinn in ihrem Bett. Ich hatte eine verweinte junge Frau erwartet und nicht diese blonde Königin. Ich war einfach ... überrascht.«

Joe nickt. »Wenn sie mich so angesehen hätte, dann wäre ich wohl direkt über sie hergefallen. Wie hast du das nur ausgehalten? Sie hat jeden Zentimeter von dir regelrecht abgewirtschaftet.«

»Ihr hat gefallen, was sie gesehen hat.« Achselzuckend erinnere ich mich an ihren Schlafzimmerblick. »Warum hätte ich nervös sein sollen?«

»Jetzt grins nicht so selbstgefällig!« Joe grunzt und schlägt mir an die Schulter.

Mit Stolz erinnere ich mich an ihren hungrigen Blick. Es tut gut, gewollt zu werden. »Ich bin zwar nicht so ein Weiberheld wie du, aber selbst ich brauche hin und wieder eine Frau, die mich auf andere Gedanken bringt. Und ich hätte nichts dagegen, wenn Aschenputtel, nach ihrer Rettung, da weiter macht, wo sie heute aufgehört hat.«

Kapitel 6: Ein Gruß vom schönsten Zufall

Artur

Wie so oft, stehe ich in der privaten Lounge meines Clubs, dem *Wild Bull*. Ich blicke durch die Glasfront nach unten auf die feiernde Menge, mein Atem kommt schwer über meine Lippen und mein Puls donnert in meiner Brust. Ich grenze mich ab, ziehe eine Linie und schließe mich aus. Und ich bin damit zufrieden. Viel lieber vergnüge ich mich auf meiner eigenen Party. Intimer und wesentlich befriedigender.

In der einen Hand halte ich ein Glas Scotch und in der anderen den Haarschopf einer meiner ... *Entspannungshilfen.* Meine einzige Chance, die rotierenden Gedanken zu verlangsamen und ruhig zu bleiben.

Hinter dem Glas, welches mich von dem lauten Gegröle der Betrunkenen abschottet, starre ich blind in die Menge. Die geistlose Meute kann uns nicht sehen, denn wir stehen hinter einer Spiegelwand, die nur von dieser Seite aus zu durchblicken ist.

Vor mir kniet eine gestiefelte Liebesdienerin. Mit ihren vollen roten Lippen saugt sie rhythmisch an meinem Schwanz.

Ich stöhne und lege den Kopf in den Nacken. »Eleanor«, wispere ich.

Wo ist sie nur?

Warum hat sie mich verlassen?

»Eleanor.«

Habe ich sie denn nicht wie eine Prinzessin behandelt?

Hätte ich ihr mehr geben sollen?

Die dralle Blondine ringt keuchend nach Luft. »Mein Name ist Cynthia. Aber du .... mmmuammm«, bricht sie ab, als ich ihre roten Lippen wieder über meinen Schwanz schiebe.

»Nicht reden«, zische ich und dränge meine Hüften nach vorne.

Sie würgt. Ich lächle. Roter Lippenstift glänzt auf der Haut rund um meinen Schwanz. Und eine einzelne Träne läuft ihr über die Wange. Aber die grünen Augen lächeln zu mir auf. Sie weiß, dass meine zahme Unbarmherzigkeit nur ein kleiner Preis, für das ist, was sie im Gegenzug erhält. Schutz und Luxus.

Das zarte Gefühl von kraulenden Fingernägeln auf meinen Hoden entringt mir das nächste Stöhnen. Ich genieße die Enge ihrer Kehle, stelle mir vor ...

»Boss«, unterbricht Sean meine verbotenen Gedanken.

»Was?«, murre ich, während das fleißige Püppchen immer weiter saugt.

»Mr Casey hat gerade eben den Parkplatz betreten.« Und schon steigt meine Stimmung.

»Schneller!«, befehle ich.

Die Blondine saugt, während ich immer rascher zustoße.

»Genau so.« Die Enge ihrer Kehle ausnutzend, schiebe ich meinen Schwanz tief in ihren Rachen.

Ihr Würgereiz schickt mich über die Klippe. Ich spritze ab und beiße nur Sekunden später frustriert die Zähne zusammen. Denn dieses Zwischenspiel war selbst für ein Intermezzo zu kurz. Es war ausgesprochen unspektakulär und hatte nichts mit der Erleichterung gemein, welche ich mir erhofft hatte. *Warum steckt sie in meinem Kopf fest?*

Diesem verbotenen Verlangen nachzugeben, wäre ebenso töricht, wie vor einem Kampf eine blanke Rasierklinge in die Faust zu nehmen. Bei jedem Schlag würde sie sich tief in meine Haut fressen.

»Habe ich dich nicht befriedigt?« Die Blondine senkt den Kopf und faltet die Hände im Schoß. Noch immer kniet sie vor mir.

»Du kannst gehen.« Ich streiche ihr über den Kopf und lächle. Es liegt nicht in ihrer Macht, meine düstere Stimmung zu vertreiben. Das vermochte keine Frau, die ich bisher hatte. Lediglich diese nackte nervöse Energie können sie mir nehmen. Was zurückbleibt, ist mein blanker Scharfsinn, befreit von dem lästigen Bedürfnis nach Erlösung zu suchen.

Während sie elegant aufsteht, wischt sie sich mit einem weißen Tuch über den Mund. Sean reicht ihr die Hand und sie ergreift sie lächelnd.

Während ich meine Hose schließe, nicke ich meinem Leibwächter zu. »Fünf Minuten.«

Er nickt stramm und verschwindet zusammen mit der Nymphomanin durch eine Seitentüre.

Während ich mein Erscheinungsbild zurechtrücke, wundere ich mich über solch hohen Besuch. Ich hatte damit gerechnet, Casey nach unserer letzten Begegnung nie wieder zu sehen.

Ungeduldig schweift mein Blick durch die feierwütige Menge. Männer mit Cowboyhüten, karierten Hemden und Lederstiefeln scharwenzeln um Frauen herum, die Jeansshorts, tiefe Dekolletés und hohe Absätze tragen. Das gleiche Bild wie jeden Abend.

Ein besonders athletisches Exemplar Mann springt von der hölzernen Umrandung des elektrischen Bullen, mit den Füßen voran, auf dessen Rücken. Die Ladys lieben diese Showeinlagen. Mit wiegenden Hüften hält er sich auf dem vor- und zurückschaukelnden Bullen. Hin und wieder landet er mit einem schwungvollen Satz im Sattel des Stiers. Mit wendigen Hüftbewegungen bezwingt er das Lederbiest und bringt gleichzeitig die anwesende Damenwelt zum Kreischen.

Dieser und andere Typen werden gut für ihre Performance bezahlt. Muskulöse ungezügelte Männer locken hübsche junge Frauen an. Und die wiederum bringen mir die Kundschaft ein, die mir jeden Abend die Kassen füllt. Liebesdurstige Milchbärte, Typen, auf der Suche nach willigen Girls und alte Männer, die gerne zusehen und trinken.

Zusätzlich stehen hinter der Bar Trish, Debby und Donna. Trish ist der Traum eines jeden Bikers. Tätowiert, vollbusig und schlank, steckt sie in einer Lederhose und einem knappen Shirt. Debby ist das Mäuschen im Minirock, mit den niedlichen Zöpfen. Donna ist dunkel, kurvig und unnahbar. Geheimnisvoll.

Aber das ist nichts im Vergleich zur Ladiesnight. Denn dann spielt die ganze Stadt verrückt. In diesen lukrativen Nächten stehen halbnackte Männer hinter der Bar und auf der Tanzfläche. Zügellos werden sie von Frauen betatscht, die sonntags mit züchtigen Kleidern und gesenktem Blick brav in der Kirche sitzen.

Alles Heuchler!

Außer einer. Ein großer Kerl, nicht anders gekleidet, als die restlichen Männer, erregt meine Aufmerksamkeit. Gemessenen Schrittes betritt er die Tanzfläche. Mit einer Hand in der Hosentasche trete ich nach vorne. Still steht er zwischen den Tanzenden und starrt auf die Spiegelfront über ihm. Er weiß, wo ich bin.

»Sean. Bring ihn zu mir«, spreche ich über die Schulter. Und mein Angestellter bringt mir meinen vormals besten Kämpfer.

»Casey, welchem Umstand verdanke ich diesen unerwarteten Besuch?«, begrüße ich meinen Freund aus Kindheitstagen. Sein Vater hat mich, als wir kaum alt genug für die Schule waren, mehr als nur einmal übers Knie gelegt. Aber dank ihm lernte ich Werte wie Ehre und Stolz, Manieren und Höflichkeit.

Dessen ungeachtet sind unsere Kindheitstage lange vergangen, und der Junge von damals existiert nicht mehr. Niemand würde es mehr wagen, Artur Hunter übers Knie zu legen. Heute würde es auch keiner mehr überleben.

Casey und ich, wir sind uns fremd geworden. Unsere geschäftlichen Berührungspunkte machen eine Freundschaft unmöglich. Ungeachtet dessen gehört er zu den braven Steuerzahlern. Er weiß nicht die Hälfte von dem, was ich wirke. Und das bleibt auch besser so.

»Artur. Danke, dass du für mich Zeit hast.« Casey reicht mir nickend die Hand.

»Willst du etwas trinken? Scotch? Whisky? Wasser?« Ich winke Sean zu, und er greift unmittelbar nach einem Glas.

»Whisky, bitte.«

Mit der linken Hand deute ich auf die schwarze Ledercouch. Casey setzt sich und Sean reicht ihm den Drink.

»Willst du unsere Geschäftsbeziehung wieder aufleben lassen?« Im Geiste zähle ich bereits die Dollar, welche ich mit einem weiteren Kampf verdienen könnte.

»Wohl eher nicht.« Casey schüttelt den Kopf, und meine Hoffnungen werden jäh enttäuscht. Dann stützt er die Ellbogen auf die Knie und sein Blick huscht von links nach rechts. »Unter uns gesagt, Lisa würde mir den Hals umdrehen.«

»Du meinst deine kleine Füchsin, die so töricht war und bei unserer letzten Begegnung meine Vorgehensweise in Frage gestellt hat? Bis heute kann ich mich noch immer nicht entscheiden, ob sie mutig oder einfach nur naiv ist.«

Casey schnaubt. »Beides. Mutig, wenn es nicht nötig wäre und naiv, wenn sie mich damit in Schwierigkeiten bringen kann.«

»Das hört sich nach einer Frau an, die es wert ist.« Nachdenklich starre ich auf das Glas in meiner Hand.

»Das ist sie.« Casey blickt mit gerunzelter Stirn in sein eigenes Glas. Dabei schwenkt er es langsam im Kreis.

»Wenn du also nicht hier bist, um mit mir Geschäfte zu machen, warum dann?« Neugierig lege ich den Kopf auf die Seite.

»Ich will ehrlich sein.« Er nickt und stellt den Whisky auf den kleinen Tisch vor sich.

»Nichts anderes erwarte ich von dir.« Gespannt lege ich einen Arm auf die Lehne und stütze mein Kinn auf Zeigefinger und Daumen. »Nur zu«, fordere ich ihn auf.

Casey stellt die Ellbogen auf seine Knie und kneift die Augen zusammen.

»Hast du Logan gefunden?«

Ich nehme mir einen Moment Zeit und mustere mein Gegenüber. Aber Casey starrt mich nur weiter fragend an. »Warum willst du das wissen?«

»Weil er noch immer verschwunden ist. Aber ich weiß nicht, ob er jetzt wirklich mit deiner Lady abgehauen ist oder ... ob etwas Schlimmeres passiert ist.« Casey mustert mich von oben bis unten. »Es lässt mir einfach keine Ruhe.«

Ich rege keinen Muskel und beiße nur für einen Moment die Zähne zusammen. »Es ist noch gar nicht so lange her, da hat er dich gehasst, nachdem du ihn in den Knast gebracht hast. Wollte er dich nicht sogar tot sehen?«

»Ja, schon. Aber ... es gab da einen Moment, der die Situation zwischen ihm und mir verändert hat.«

»Und welcher Moment wäre das gewesen?«

»Die Kurzfassung?«

Ich nicke.

»Wir haben uns geprügelt und ausgesprochen. Dann habe ich ihm mein Wort gegeben, ihn nicht mehr hängen zu lassen.« Casey starrt mir fest in die Augen.

»Du und ich, wir haben eine Vereinbarung.« Widerwillen regt sich in mir. »Du wusstest, ich würde ihn für sein Handeln zur Rechenschaft ziehen.«

»Ja, aber die Situation hat sich geändert.« Casey seufzt und reibt sich die Stirn. »Also gut. Karten auf den Tisch. Logan hat mir, vor der ganzen Sache mit Hamburg gebeichtet, dass er in Schwierigkeiten steckt. Er schuldet irgendjemandem Geld und der Typ lässt nicht locker.« Casey mustert mich einen Moment lang. »Er scheint sein Geld noch immer zu wollen und die einzige Spur, die er hat, verläuft anscheinend direkt zu mir. Er bedroht meine Familie.«

»Von welchem Betrag sprechen wir hier?« Ich winke Sean heran und flüstere ihm zu, dass er Toni holen soll. Die stille Anschuldigung in Caseys Blick übergehe ich. Er traut mir genauso wenig, wie ich ihm.

»Etwas mehr wie sechzigtausend.« Casey kneift die Augen zusammen.

Ich blicke ihm stur entgegen.

»Wenn er die Schulden bei dir hat ... Du weißt, dass ich notfalls wieder für dich kämpfen würde.« Casey legt die Hände aneinander. Die Geste wirkt verzweifelt. »Ich würde es bei dir abarbeiten. Wenn er also Schulden bei dir hat, dann sag es mir und wir beide finden eine Einigung, mit der auch meine Frau leben kann.«

Etwas mehr wie sechzigtausend Dollar.

Sieben Bündel an Einhundert-Dollar-Scheinen verschwanden allem Anschein nach, noch vor Hamburg aus meinem Tresor.

Zufall oder nicht?

Ein Klopfen schreckt mich aus meinen Überlegungen auf.

Toni und Sean betreten nacheinander den Raum.

»Mr Hunter.« Meine Sicherheitschefin bleibt vor mir stehen.

»Casey, ich befürchte, du musst uns jetzt verlassen. Wichtige Geschäfte. Du verstehst sicherlich.« Ohne weiter auf Casey zu achten, stehe ich auf und schreite Toni hinterher.

Sean tritt derweil neben Casey und weißt höflich zur Türe.

Casey zögert jedoch und runzelt die Stirn. »Sag mir nur, ob du es bist. Dann bist du mich los.« Mit geballten Fäusten erhebt er sich von der Couch.

Um der alten Zeiten Willen bleibe ich stehen. »Es tut mir leid, Matthew. Das Wort Datenschutz ist dir sicherlich ein Begriff.«

Er schnaubt abfällig und verschränkt die Arme vor der Brust. »Echt jetzt?«

Tief luftholend trete ich wieder einen Schritt näher. »Glaubst du wirklich, wenn ich es wäre, würde ich dich und deine Familie behelligen? Du weißt, wie es ablaufen würde.«

Casey nickt langsam. Er lässt den Kopf hängen »Das hatte ich befürchtet.«

»Es wird bald vorbei sein.« Mehr werde ich ihm nicht geben.

»Danke.« Matthew nickt und schluckt. »Ich weiß das zu schätzen.«

Ohne auf seine herzerweichenden Worte einzugehen, drehe ich mich um. Ich nicke Toni zu und spreche zu Sean. »Bitte begleite unseren Freund zur Türe.«

Zusammen mit Toni verlasse ich den Raum. Wir durchschreiten stumm die Gänge. Erst in dem kleinen Büro, auf der Rückseite des Clubs bleibe ich stehen.

»Hast du den Kerl gefunden?«

»Ja, Boss. Soll ich ihn *feuern*?«

Zufrieden lege ich Toni eine Hand auf die Schulter.

»Wird ihn jemand suchen?«

»Nein.« Sie schüttelt den Kopf.

»Dann erledige es. Es kann nicht angehen, dass jedes Jahr die Bullen aufschlagen, weil irgendein Schwachsinniger, der eigentlich keinen Schuss Pulver wert ist, meint, Leute auf meinem Grund und Boden überfallen zu

müssen. Das wird nicht noch einmal passieren. Stell Wachen ab und lass Kameras installieren. Aber so, dass sie keiner sieht. Und schick Wallace eine Nachricht. Ich habe einen Auftrag für ihn.«

Kapitel 7: Die Erinnerungen, die man sich zu Herzen nimmt, sind am schwersten zu vergessen

Veronica

»Hier Schätzelein. Da drin sind Duschgel und Shampoo und so´n Zeugs.« Die rothaarige Krankenschwester lächelt mich an und hält mir einen pinken Kulturbeutel hin.

Dankbar greife ich nach dem Minitäschchen. »Erin, Sie sind ein Engel.« Der beruhigende Duft von Lavendel, der dem Stückchen Plüschstoff entsteigt, legt sich wie ein Pflaster auf meine gedrückte Stimmung.

Heute Morgen wurde der Verband an meinem Kopf entfernt und ein wasserfestes Pflaster klebt jetzt an meiner rechten Schläfe. Der Arzt meinte, wenn ich vorsichtig sei, dürfte ich sogar duschen. Aber eine Krankenschwester müsse anwesend sein, falls mir schwindlig werden sollte.

»Na dann geh dich mal schick machen. Bestimmt kommen Jack und Joe heute noch mal vorbei.« Sie zwinkert mir zu und schüttelt dabei das Kissen auf.

»Wer?« Fragend rümpfe ich die Nase.

»Na die beiden Detectives«, trällert Erin und schiebt mich grinsend aus dem Bett.

»Warum sollten die so schnell noch einmal kommen?« *Unschuldsmiene!*

»Ist nur so eine Ahnung.« Erin schmunzelt geheimnisvoll und scheucht mich weiter.

Wie ein kicherndes Kind verschwinde ich im Badezimmer. Wobei ich nichts dagegen hätte, Jelly-Belly noch einmal zu sehen. Aber ohne diese seelenjagenden Augen. Die hatten mich regelrecht durchwühlt. Als ob ein Stadionscheinwerfer bis in die hintersten Ecken meines Gehirns strahlen würde. Ich hatte Angst vor dem, was er dort finden könnte.

Was, wenn ich eine Verbrecherin bin?

Oder eine Prostituierte?

Vielleicht bin ich verrückt?

Was ist, wenn er etwas findet, dass mir nicht gefällt?

Mit zusammengepressten Lippen stütze ich mich links und rechts neben dem Waschbecken ab. Als ob mein Spiegelbild die Wahrheit über meine Vergangenheit bereithielte und ich es lediglich mit Hilfe eines Codes abrufen müsste, starrt es mich abwartend an. Hellgrüne Augen sehen mir aus einem herzförmigen Gesicht entgegen. Sie geben nichts preis. Langsam richte ich mich auf und drehe dabei den Kopf von links nach rechts. Blonde Locken mit dunkleren Strähnen fallen mir bis über die Brust.

Balayage, drängt sich der Fachbegriff für diese Färbetechnik in meinen Kopf.

Bin ich etwa Friseurin?

Die Frau im Spiegel runzelt die Stirn. Volle Lippen, hohe Wangenknochen und ein spitzes Kinn zieren ihr Gesicht. Schmale Schultern, runde Brüste, Taille und ein nicht zu verachtender Arsch. Nicht richtig schlank, aber auch nicht dick. Die kurzen Beine erklären auch die High Heels.

Hmmm... sinnierend reibe ich mir über das Kinn.

Ich spreche flüssig amerikanisch. Ich bin definitiv eine Frau. Von Geburt an. Und ich kenne mich mit Färbetechniken aus.

Was noch?

Da muss doch noch mehr sein.

Verdammt!

Frustriert schlage ich mir mit dem Handballen gegen die Stirn. Da flammt ein scharfer, greller Schmerz, beinahe wie ein Nadelstich, in meinem Kopf auf. Ich zische und presse die Augenlider fest zusammen. Reiße sie aber beinahe im selben Moment erschrocken wieder auf. Zusammen mit dem Schmerz dringt ein alptraumhaftes Bild in meinen Kopf ein. Wie eine beißend helle Neonreklame leuchtet es hinter meiner Stirn auf. Mein Atem quält sich wie bei einem Sterbenden durch meine gequetschte Kehle. Ich hole röchelnd Luft.

Goldene Hände, die mich packen, die mich anfassen, betatschen und festhalten. Über mir ragen goldene Hörner auf. Rote Augen starren mir in die Seele, während ein goldener Bart über meine Haut kratzt. Gold, Gold, nur Gold. Überall, egal wo ich hinblicke. Auf den Haaren, der Kleidung und der Haut. Einfach alles schillert golden. Selbst die Fesseln, die schmerzvolle Striemen hinterlassen, glitzern in Gold. Gold ist böse. Er ist böse. Ich aber nicht. Ich bin jung. Meine Brüste kaum vorhanden. Ich habe Angst. Meine Haut brennt. Tränen laufen meine Wangen hinab. Männer lachen und stoßen mich auf die Knie. Nackt übergebe ich mich in den

Dreck unter mir. Ein Schwall kaltes Wasser trifft mich. Schlamm unter meinen Händen. Zitternd liege ich auf dem Boden. Eine Hand berührt meine Schulter. Goldene Fesseln auf der Erde.
»Oh mein Gott!«, würge ich zusammen mit einem Schluchzen hervor. Meine Knie geben nach und ich knalle mit dem Rücken gegen die Wand. Mit einer Hand vor dem Mund falle ich in das Grauen meiner Vergangenheit.
»Nein«, flüstere ich und schüttle den Kopf. »Das kann nicht wahr sein. Das darf einfach nicht wahr sein.« Ein zweiter Schluchzer bricht aus meiner Kehle hervor.
Erin stürzt herein und bleibt wie erstarrt stehen. Nach endlosen Sekunden der Musterung verzieht sie mitfühlend das Gesicht.
»Ich wünschte, ich könnte mich nicht an meine Vergangenheit erinnern«, flüstere ich mit tonloser Stimme.
»Manche Erinnerungen sollten besser verschollen bleiben.« Erin seufzt und kniet sich auf die kalten Fliesen neben mir. Sie schließt mich in die Arme und drückt mich fest an sich.
Dankbar sacke ich gegen ihre mütterliche Wärme. Leise weinend vergrabe das Gesicht an ihrer Brust.
»Schhhh... alles wird gut. Du bist ja jetzt in Sicherheit. Ich pass schon auf dich auf.« Beruhigend wie der Lavendelduft aus dem Stoffbeutel dringen Erins Worte in meinen Kopf. »Das ist alles längst vorbei. Keiner kann dir hier wehtun.«
Nach einigen Minuten glaube ich ihr und höre, zu schluchzen auf. Sie zwingt mich nicht, die Erinnerungen laut auszusprechen. Im Gegenteil, sie wischt mir die salzige Feuchtigkeit von den Wangen und stellt mich unter die Dusche. Gefühllos lasse ich mich von ihr Waschen.
»Ich will keine Erinnerungen. Ich will sie nicht«, wispere ich ihr zu.
Die füllige Krankenschwester sieht mich traurig an und schüttelt den Kopf. »Mädchen, du kannst dir deine Erinnerungen nicht aussuchen. Aber gib ihnen nicht zu viel Macht. Das Leben ist wie eine Autofahrt. Die Erinnerungen sind lediglich der Rückwärtsgang. Den brauchst du nicht, denn er bringt dich nicht voran. Leg den ersten Gang ein und fahr los. Schau nicht zurück.« Sie nickt und fährt mir mit dem Kamm durch meine nassen Haare.
Ich stehe nur da und schiebe die Bilder weit von mir.
Keine goldenen Hände, keine Männer, kein Lachen und keine Nacktheit.

Sobald Erin mich fertig abgetrocknet hat, steckt sie mich wie eine willenlose Puppe ins Bett und deckt mich zu. Ich drehe den Kopf auf die Seite und beiße die Zähne zusammen.

Wie singt *Meat Loaf* so schön? *Objects in the rear view mirror may appear closer than they are.* Alles, was im Rückspiegel zu sehen ist, erscheint größer, als es in Wirklichkeit ist. Aber die Wirklichkeit ist hässlich wie ein verfaulter Fisch und lässt sich ebenso wenig verdrängen, wie der süßliche Gestank der Verwesung.

Die nächsten Stunden über stürzen immer mehr Erinnerungen auf mich ein. Wie nachtschwarze, reißzahnbestückte Vampire. Jeder einzelne Blick in die Vergangenheit ist wie ein Griff in meine Eingeweide, der mir ätzende Galle den Hals hinauf treibt und mich würgen lässt. Ein goldener Teufel, der mir grauenhafte Schmerzen zufügt, mich anderen Männern ausliefert, mich vor ihnen demütigt und bricht. Ein Monster, das mich kaltlächelnd und mit rotglühenden Augen würgt, während es in mich stößt.

Die Scham und das Gefühl ausgeliefert zu sein, entringen mir ein lautes Schluchzen. Um die Nachfolgenden zu unterdrücken, beiße ich fest in meine Faust.

Der Teufel hat mir eingebläut, dass man durch Schmerz und absolutem Gehorsam Erlösung finden kann.

Weinend drehe ich das Gesicht in das weiße Daunenkissen. Weiß, wie die Unschuld. Weiß, wie Flügel. Weiß, wie ...

Keuchend reiße ich die Augen auf.

Es ist, als ob sich die Welt plötzlich auf den Kopf drehen würde.

Ich erinnere mich!

Ich erinnere mich an den weißen Engel, der weit die Arme geöffnet hatte. Es war Nacht. Warmes Licht war durch eine geöffnete Türe auf die nassglänzende Straße gefallen. Ein Mann war daraus hervorgetreten. *Er* war der Engel. *Er* hat mich aufgefangen, war meine Rettung. *Er* hat mir ein neues Leben geschenkt. Jede Faser meines Seins hatte damals laut, *lauf, versteck dich* geschrien. Diese glockenhelle Stimme hallt noch immer in meinem Kopf wider.

Sie gehört einem hageren Mann. Er hat kurze braune Haare und lächelt mich an.

Habe ich Angst vor ihm?

Nein, vor ihm habe ich keine Angst. Er hilft mir.

Aber ich soll laufen, soll mich verstecken. Sie dürfen mich nicht finden.

Mein Herz beginnt zu rasen.

Was, wenn sie mich jetzt gefunden haben?

Was, wenn der Überfall kein Zufall war?

Dann sitze ich in meinem schicken Krankenhausbett auf dem Präsentierteller. Denn jeden Moment könnte der nächste ...

Hastig blicke ich zur Türe.

Kapitel 8: Man(n) muss immer etwas haben, worauf man(n) sich freuen kann

Jack

Prüfend schwinge ich die neue Angelrute durch die Luft. Sie zischt leise und liegt gut in meiner Hand. Optimistisch nickend schiebe ich sie in ihre Schutzhülle und lege sie auf die Ladefläche des Pick-ups. Den Rest meiner Sachen hole ich aus der kleinen roten Hütte, die ich derzeit mein Zuhause nenne.

Die Nacht hat den Tag bereits abgelöst, und nur die kleine Leuchte an der weißen Holztüre erhellt mir den Weg. Aber das stört mich nicht. Leichtfüßig hüpfe ich die drei Stufen der Veranda hinauf und bleibe stehen. Ich hole tief Luft und schließe dabei die Augen.

Endlich ein freier Tag.

Sobald morgen die Sonne aufgeht, werde ich in Jims Pick-up sitzen und in Richtung Westen starten. Innerhalb einer Stunde werde ich am Mighty Mo stehen und meine Angelrute schwingen.

»Das Leben könnte so schön sein«, flüstere ich in die kalte Nachtluft.

Aber sobald die Worte über meine Lippen sind, erdrückt mich mein schlechtes Gewissen. Denn *ich* lebe noch. Und wenn ich damals zuhause geblieben wäre, anstatt blind vor Karrieregeilheit nach Chicago zu hetzen, dann ...

Kopfschüttelnd greife ich nach dem vollbeladenen Rucksack. Er steht fertig gepackt neben der Türe.

Meine Schwester hat recht, ich muss aufhören, mir ständig die Schuld zu geben. Stattdessen sollte ich mich darauf konzentrieren, Beweise zu finden.

Vorsichtig stelle ich den Rucksack mit den Ködern und dem Bier auf die Ladefläche neben den Rest der Ausrüstung. Dann ziehe ich die Plane darüber und zurre sie fest. Die Tasche mit der Anglerhose und den Gummistiefeln, dem Fleecepullover, der Mütze und der Jacke lege ich auf die Rücksitzbank.

Dabei fällt mir Joes hässliche Ghostbustersmütze in die Hände. Sie liegt auf dem Boden, hinter dem Fahrersitz. Er sucht das alberne Ding schon seit Tagen. Schmunzelnd werfe ich sie nach vorne auf die Ablage. Mit Joe zu arbeiten macht einen Heidenspaß, aber nach fünf Tagen, die er mir ständig auf die Pelle rückt, brauche ich dringend eine Pause. Genauso, wie ein Rancher eine Pause von seinen störrischen Rindviechern braucht.

Mit verschränkten Armen mustere ich den nachtgrauen Himmel. Die letzten Tage war es nahezu völlig windstill gewesen. Hin und wieder war Schnee gefallen, aber nicht viel. Beinahe perfekte Bedingungen zum Fliegenfischen. Fehlt nur noch ein bisschen Wärme. Denn der Herbst, und somit die Hauptsaison zum Angeln ist längst vorbei. Aber wer fährt schon nur zum Angeln raus? Ich brauche dringend Zeit, um nachzudenken und meine Akkus aufzuladen.

Die Suche nach einer Veronica Valenty hat bisher keine Ergebnisse geliefert. Niemand vermisst die blonde Schönheit. Und der Name kommt auch in keiner Datenbank vor. Zumindest nicht in dieser Konstellation. Das wirft im Moment nur noch mehr Fragen auf.

Es wäre durchaus denkbar, dass sie sich an den falschen Namen erinnert oder dass es ein nicht eingetragener Künstlername ist. Vielleicht war sie aber auch einfach nur im Kino und der Name, Veronica Valenty, hat ihr gefallen. Es gibt viele potentielle Faktoren, die bedacht werden müssen. Unter Umständen ist sie sogar nur auf der Durchreise und hat hier lediglich einen kurzen Boxenstopp eingelegt. Vielleicht wurde sie deshalb noch nicht als vermisst gemeldet. Weil sie noch nicht am Ziel ihrer Reise angelangt ist.

Beinahe lautlos vibriert mein Handy in meiner Brusttasche. Ein Blick auf das Display genügt und ich verdrehe genervt die Augen.

»Ja?«, knurre ich ins Telefon. »Was willst du, Joe?«

»Begrüßt man so etwa seinen Lieblingspartner? Egal. Ich vergebe dir, wenn du mit in den *Bull* kommst. Heute ist Ladiesnight.«

Um Geduld flehend blicke ich in den Himmel. »Nein. Und jetzt lass mich in Ruhe.«

»Jack, bitte! Zusammen sind wir unschlagbar. Wie Batman und Robin!«

»Nein. Such dir einen anderen Idioten. Ich werde jetzt etwas essen, die Füße hochlegen und dann ins Bett gehen.«

Joe holt tief Luft, um etwas einzuwerfen, also spreche ich schnell weiter.

»Alleine! Damit ich morgen, bei Sonnenaufgang, im Wagen sitzen kann.«

»Du willst doch nicht etwa schon wieder bei der Scheißkälte zum Angeln fahren?«

»Doch. Und weißt du, was das Gute daran ist?!«

»Sorry, aber daran, sich die Sackhaare abzufrieren, ist absolut nichts Gutes.«

»Das Gute daran ist, *du* wirst garantiert *nicht* dabei sein.« Grinsend lege ich auf.

Aber Joe gibt nicht auf. Es klingelt wieder.

Ich hebe ab und belle sofort ein »*Nein*« ins Display.

»Die nächsten zehn Kaffee gehen auf mich«, versucht er es.

»Wie beim letzten Mal? Die kostenlose Brühe aus der Kantine von nebenan? Auf den Mist falle ich nicht noch mal rein.«

»Okay, das war ...«

»Joe, du wirst mich nicht umstimmen. Nicht du und ganz sicher nicht eine der Harpyien aus dem *Bull*. Die bedeuten nur Ärger. Also ruf mich auch nicht an, wenn du mal wieder im Bett einer verheirateten Frau gelandet bist und jemanden brauchst, der dich nackt von irgendeinem Verandadach rettet.«

»Das war nur einmal und sie hat gesagt, sie sei single.«

»*Ladiesnight!*«, antworte ich, als ob das Erklärung genug wäre. »Die würden alles sagen, um einen halbwegs ansehnlichen Kerl in die Kiste zu bekommen.« Ächzend hebe ich noch den Werkzeugkoffer, um den Roxy mich gebeten hatte, auf die Ladefläche des Pick-ups.

»Das liegt an diesem Hunter. Der Typ weiß genau, wie er die Kundschaft locken kann. Der Mann ist ein Gott, wenn es um Partys geht.«

»Du solltest dich von ihm fernhalten. Der Kerl bedeutet nur Ärger.«

»*Ihn* will ich ja auch nicht flachlegen. Aber die Weiber, die in seinem Club tanzen, *die* will ich flachlegen!«

»Gute Nacht Joe.«

Er gluckst. »Falls du deine schöne Nachbarin siehst, richte ihr doch bitte ganz liebe Grüße von mir aus.«

»Einen Teufel werde ich tun.« Schnaubend lege ich auf. »Vorher gefriert die Hölle zu.«

Zuletzt packe ich den Proviant und eine Decke in meinen Wagen. Morgen brauche ich nur noch aus dem Bett zu fallen und ins Auto zu steigen.

Zufrieden hebe ich die Cap von meinem Kopf und streiche mir die Haare zurück. Sie sind etwas zu lang und brauchen dringend einen Schnitt. Aber den letzten Termin habe ich verpasst und ein Neuer ist nur schwer zu bekommen.

Schulterzuckend und mit dem Gedanken spielend, mir die Haare einfach wachsen zu lassen, wende ich mich um. Dabei fällt mein Blick auf die dunkle Silhouette des Ross Peak vor mir. Am Tag sieht man flache Weiden in Hügel übergehen, die immer höher werden. Ein jeder hat einen Buckel in der Mitte, als ob sich eine Rieseneidechse unter der Erde den Berg hinaufschlängeln und nur ihr Rückgrat unter einer Decke aus grünen Tannen und kahlen Stellen hervorstechen würde. Weiter oben stehen schroffe Felsen stramm nebeneinander. Als ob ein Riese sie mit großen Händen zusammengeschoben hätte. Schwere Schneewolken hängen in den Spitzen fest und drohen ihre Last fallen zu lassen. Wie schon den ganzen Dezember hindurch. Der Beweis liegt in weißen Wogen auf den Berghängen. Und die Schneemassen locken die Touristen.

Mit einem halben Lächeln drehe ich mich um und sehe zu den Lichtern des Resorts. Ich hätte Lust, Roxy einen Besuch abzustatten. Einen Grund dafür hätte ich. Sie braucht mein Werkzeug. Aber sie sitzt garantiert in ihrem Büro fest und brütet über den Büchern. Ich sollte sie nicht von der Arbeit abhalten.

Mein Blick schweift weiter, den Horizont entlang.

Ein paar Meilen westlich betreibt mein älterer Bruder Jim eine Rinderaufzucht. Joe, mein kleiner Bruder arbeitet für ihn. Ab und an, wenn ich mich auspowern muss, helfe ich den beiden. Auf einer Farm gibt es immer schwere Arbeiten zu erledigen. Und so komme ich auch mal raus aus der Stadt. Joe verdient sich etwas Geld dazu, indem er Pferde vertickt. Es läuft ganz gut für ihn. Irgendwie findet er für jeden den passenden Gaul. Dafür hatte er schon immer ein Händchen. Er und mein Partner kennen sich aus der Highschool. Joe und Joe. Die beiden treiben sich regelmäßig auf irgendwelchen Rodeos herum. Nur heute hat mein Bruder wohl keine Zeit. Was ungewöhnlich ist. In der kalten Jahreszeit sucht er immer nach einem Zeitvertreib für die langen Nächte. Denn die Sonne geht im Januar erst spät auf. Mein kleines Bungalow wird sogar noch bis zum Mittag im Schatten des Ross Peak liegen. Erst dann werden die Sonnenstrahlen die Schindeln des brauner Dachs erreichen. Dafür habe ich den ganzen Sommer über Sonne satt auf meiner kleinen Veranda.

Etwas wehmütig blicke ich an dem alten Holz entlang und bleibe prompt auf dem durchhängenden und spröden Handlauf der Treppe hängen. Selbst im Dunkeln sieht man, dass die Hütte einen neuen Anstrich und ein paar Reparaturen vertragen könnte. Die rote Farbe blättert an den Ecken ab und die Dielen auf den Stufen knarzen. Auf der rechten Seite hängt ein Spalier, an dem kahles Gestrüpp wild nach oben wuchert, und vor den Stufen befindet

sich grundsätzlich eine Matschpfütze. Ich sollte einen kleinen Weg pflastern und den Hof gleich mit dazu, bis zur Schotterauffahrt. Sobald es wärmer wird und ich mir nicht mehr die Finger abfrieren muss, werde ich mich darum kümmern.

Aber jetzt werde ich nur noch den Burger, den ich mir auf dem Nachhauseweg besorgt habe verschlingen und ins Bett fallen.

Mit knurrendem Magen überbrücke ich die drei Stufen der Veranda und öffne die Türe. Sobald ich im Warmen stehe, schlage ich die Hände aneinander, um die Kälte aus meinen Fingern zu vertreiben. Dabei fällt mein Blick auf das prasselnde Feuer, das in dem Holzofen brennt. Er steht in der Mitte des Raums und beheizt das ganze Haus. Was nicht sonderlich schwer ist. Es besteht nur aus einem großen Zimmer, einem Vorratsraum, einem Schlafzimmer und einem Badezimmer. Mehr brauche ich nicht.

Die Styroporbox mit dem Essen steht auf meinem Couchtisch. Hungrig hebe ich den Deckel an und werfe einen Blick hinein. Eine weitere Schachtel wartet darauf, geöffnet zu werden. Und darin wartet der beste Burger des Countys darauf, von mir vertilgt zu werden. Rindfleischpatty und Tacos.

Ich liebe es!

Die Käsesoße tropft zäh auf den Tisch, aber es ist mir egal. Ein Wunder, dass die Buns halten und nicht zerbröseln. Der nächste Bissen entringt mir ein zufriedenes Stöhnen.

So stelle ich mir einen gelungenen Sonntagabend vor. Gutes Essen, ein kühles Bier und Frieden. Es war schließlich nicht immer so. Meine Zeit als Officer in Chicago war turbulent und brutal. Aber es war das, was ich gesucht hatte. Ich wurde ernst genommen und hatte das Gefühl, etwas bewegen zu können, wichtig zu sein. Trotzdem war mir nichts anderes übriggeblieben, wie nach Bozeman zurückzukehren. Denn ich hätte es dort keinen Tag länger ausgehalten. Nicht mit den mitleidigen Blicken meiner Kollegen.

Kapitel 9: Ein Bild spricht mehr als tausend Worte

Artur

Grübelnd sitze ich auf der Rückbank meiner schwarzen Limousine. Toni befindet sich auf dem Beifahrersitz und Derek fährt. Neben mir liegt eine rote Damenhandtasche und in der Hand halte ich eine dazu passende Geldbörse. Das Bild der blonden *Betty Boop*, welches mich daraus anlächelt, versetzt mich in Spiellaune.

Wer ist dieses Prachtweib?

Valenty steht auf dem Ausweis. Sie kommt aus Deutschland und ist erst süße sechsundzwanzig Jahre alt. Sie lächelt kaum, aber in ihren Augen sehe ich die Lust, Tango zu tanzen. Eine Frau, die weiß, was sie will.

»Derek, wir machen einen Umweg«, teile ich meinem Fahrer mit, ohne aufzublicken. »Toni, wo ist sie?«

»Im Krankenhaus. Zimmer vierhundertsechs. Sie hat eine Kopfverletzung und ist auf Beobachtung dort.«

»Ist sie ansprechbar?«

»Ja, und ihre Vitalwerte sind im grünen Bereich.«

»Dann sollten wir der Lady wohl unsere Aufwartung machen.«

Derek wird langsamer und biegt ab.

Am Krankenhaus angelangt bereitet es mir keinerlei Schwierigkeiten, mir, auch zu so später Stunde noch, Zutritt zu verschaffen. Nickend winkt man mich durch die verlassene Seitentüre.

Auf den Gängen ist es still. Der ordinäre braune Teppich, der hier und da die Gänge verunziert, ist sicherlich ein Überbleibsel aus den Siebzigern. Aber so hässlich er auch ist, dämpft er doch meine Schritte, so dass ich beinahe lautlos durch das dämmrige Krankenhaus schreiten kann. Nur aus dem Schwesternzimmer dringt leises Gelächter hervor. Ungehört husche ich vorbei. Und auch der ältere Mann, welcher auf einem Stuhl im Flur schläft, hört mich nicht.

Wie sie wohl reagieren wird?

Sicherlich wird die Lady mir außerordentlich dankbar sein, wenn ich ihr die verlorengeglaubte Handtasche zurückbringe. Vielleicht begegnet sie mir sogar mit etwas mehr, wie nur Dankbarkeit.

Zuversichtlich drehe ich den Knauf von Zimmernummer vierhundertsechs.

Vor mir tritt eine sehr überraschte und sehr nackte *Betty Boop* zu Tage. Ihr Schattenbild hebt sich dunkel vom kalten Mondlicht ab, welches glitzernd vom Schnee aufgefangen wird.

Dünne Arme, große Brüste und ein runder Arsch, der in kurze, aber wohlgeformte Beine übergeht.

Der Anblick lässt mich schwer schlucken. Erinnert er mich doch an das, was ich verloren habe.

»Eleanor?«, entweicht mir der Name, der mich nicht zur Ruhe kommen lässt.

Aber die Erscheinung vor mir keucht nur erschrocken und presst ein Stück Stoff an ihre Brust. »Wer sind Sie?« Panik schwingt in der fremden Stimme mit, und ich finde strauchelnd zurück in meine alte Form.

»Was für eine ... außerordentlich erfreuliche Begrüßung.« Formvollendet verneige ich mich.

»Was wollen Sie?« *Betty Boop* reißt die Augen auf und schlüpft hektisch in ihr Kleid.

Schade.

»Verzeihen Sie mein spätnächtliches Aufwarten. Aber es steht zu vermuten, dass die gegenwärtigen Gegebenheiten, meine Impertinenz, unangekündigt einzutreten, rechtfertigen. Mein Name ist Artur Hunter. Sie, Madame, wurden auf dem Parkplatz meines Clubs überfallen. Dieser Umstand macht mein Kopfkissen doch sehr unbequem. Deshalb möchte ich mit einer wohlwollenden Geste einen gewissen Ausgleich schaffen, und somit auch meinem Gewissen zu Erleichterung verhelfen, auf dass mein Seelenfrieden wieder hergestellt wird und meine Nachtruhe zu ihrer erholsamen Ursprünglichkeit zurückfinden kann. Wenn Sie also erlauben, möchte ich Ihnen Ihr Eigentum aushändigen. Diese Handtasche wurde von einem meiner Angestellten in den Büschen, nahe des Parkplatzes gefunden. Der Dieb bekam es wohl mit der Angst zu tun und warf sie in die Sträucher.«

Lächelnd halte ich ihr die Tasche hin.

»Sie haben ... *was?*« *Betty Boop* schließt die Augen und schüttelt verwirrt den Kopf. »Ich danke Ihnen, Mr Hunter. Aber wie Sie sehen können, habe ich es gerade ein wenig eilig.« Flink greift sie nach der Tasche. Sie hängt sie sich, ohne einen Blick hineinzuwerfen, um.

Es ist mitten in der Nacht und Betty Boop will verschwinden?

Da bin ich ihr doch gerne behilflich.

»Lassen Sie mich Ihr rettender Engel sein. Selbstverständlich bringe ich Sie an jeden Ort Ihrer Wahl.« Ich neige den Kopf und lege eine Hand auf meine Brust.

»Ich weiß nicht so recht.« Die blonde *Betty Boop* runzelt die Stirn und mustert mich. »Ich kenne Sie gar nicht.«

»Sie scheinen aufgebracht. Dann stelle ich mich mit dem größten Vergnügen noch einmal vor. Wie ich eben schon erwähnt hatte, ist mein Name Artur Hunter. Ich bin Eigentümer diverser Clubs, Hotels und Bars. Meine Geschäfte reichen weit über Montana hinaus, also zögern Sie nicht und verraten Sie mir, womit ich Ihnen zu Diensten sein kann.«

»Machen Sie das, weil Sie befürchten, ich könnte Sie verklagen?«

»Nein, Miss Valenty.« *Niemand verklagt Artur Hunter.* »Ich mache das, weil Sie offensichtlich in Not gerieten. Meine gute Herkunft verbietet es mir, mich abzuwenden. Also bitte, lassen Sie mich helfen. Es wäre mir ein Vergnügen.« *Gleich habe ich sie.*

Ihre Hände ballt sie zu lockeren Fäusten, mit dem rechten Fuß tippt sie unruhig auf den hässlichen Linoleumboden und ihr Blick huscht zum Fenster.

»Erscheint es Ihnen nicht seltsam, dass ich mitten in der Nacht aus dem Krankenhaus abhaue?« Sie legt den Kopf schief und verschränkt die Arme.

Ein breites Grinsen unterdrückend zwinge ich mich zu einer ruhigen Antwort. »Ich würde mir nie anmaßen, die Beweggründe einer Lady in Frage zu stellen.«

Sie mustert mich verwundert. »Sind Sie denn gar nicht neugierig?«

»Im Gegenteil, Miss Valenty. Ich brenne vor Neugierde.«

Sie schüttelt den Kopf und kneift die Augen zusammen. »Und da bleiben sie einfach ruhig?«

»Einfach? Mitnichten.« Ich lächle und hebe das Kinn. »Es kostet mich eine nicht unerhebliche Menge an Selbstbeherrschung, die Contenance zu wahren.«

»Und wie schaffen Sie es, sich zu mäßigen, wenn die Versuchung anscheinend doch so groß ist?« Unvermutet blitzt Amüsement in ihrem plötzlich kühnen Blick auf.

»Mein Angebot und ihre offensichtliche Notlage, sowie die daraus resultierende Wahrscheinlichkeit, ihrerseits, mein Angebot anzunehmen, bilden das Fundament meines eisernen Willens.«

»Im Klartext bedeutet das also, Sie halten sich nur zurück, weil ich in Ihren Augen sowieso keine andere Wahl habe, wie Ihr Angebot anzunehmen.« Sie stemmt eine Hand in die Hüfte und hebt fragend die Augenbrauen.

»Exakt.« Anerkennend neige ich den Kopf.

»Sie wissen schon, dass das nicht gerade vertrauenserweckend ist?«

»Das mag sein, aber wenn Sie eine andere Option hätten, würden wir nicht disputieren. Zudem, Miss Valenty, scheinen Sie zu vergessen, dass ich Ihnen nichts Böses will. Im Gegenteil, ich brachte Ihnen Ihr Eigentum zurück.«

»Warum dann? Warum wollen Sie mir helfen?«

»In meinem ... Berufsfeld geschieht es äußerst selten, dass mich eine Situation überrascht. Ihr plötzliches Erscheinen und die damit einhergehenden Umstände vermochten es, meine Neugierde zu wecken. Sie scheinen ein exquisites Intermezzo zu sein. Aber bitte, fühlen Sie sich von mir nicht bedrängt. Betrachten Sie mich als einen interessierten Zaungast.«

»Also reizt Sie das Unerwartete?«

»Exakt. Ich bin regelrecht fasziniert.«

Sie blinzelt verwirrt und schluckt. »Ich sollte das wohl besser als ein Kompliment auffassen.«

»Das liegt in Ihrem Ermessen. Aber gemeint war es als ein Solches.«

»Na gut. Dann strapaziere ich Ihre Selbstbeherrschung besser nicht länger wie nötig. Wenn Ihr Angebot noch gilt, würde ich gerne darauf zurückkommen.«

»Mit dem größten Vergnügen.« Wie ein schlichter Diener knicke ich meine Oberkörper ein wenig ein.

Miss Valenty lächelt und zieht eine Schulter hoch. »Na gut, Mr Hunter. Sie könnten mich tatsächlich ein Stück mitnehmen.«

Damit sie mir mein selbstzufriedenes Grinsen nicht ansieht, lege ich direkt eine Hand in ihren schmalen Rücken und dirigieren ihre kurvige Gestalt zur Türe hinaus.

Kapitel 10: Aus dem Paradies kannst du zu jeder Zeit hinausgeworfen werden

Jack

Brrrrr ... brrrrrr .... brrrrrrr ...

»Niemals. Es kann unmöglich schon morgen sein.« Ich stöhne langgezogen und reibe mir verschlafen über die Augen. Aber mein Gefühl scheint mich nicht zu trügen, denn durch das Fenster strömt kein Sonnenschein. Stattdessen erhellt fahles Mondlicht den Boden neben meinem Bett. Auf meinem Nachttisch tanzt mein Smartphone.

Ein Notfall?

Mit einem leisen Ächzen schnappe ich mir das Handy.

Es ist halb vier und Joe ruft an. Schon wieder. Meine Laune sinkt.

»Mann, hast du keine Freunde? Es ist mitten in der ...«

»Jack!«, unterbricht er mich, als ob es tatsächlich ein Notfall wäre. »Die Valenty ist weg. Susan hat gerade angerufen.«

»*Was?*« Vergessen ist die Müdigkeit. Wie bei einem harten Workout schnalze ich in eine sitzende Position auf. Dabei rutscht die Decke von meiner nackten Brust und die Kälte im Raum verpasst mir eine hartnäckige Gänsehaut. Fröstelnd reibe ich mir mit der freien Hand über den Oberarm.

»Mann! Jack! Schalt endlich dein Hirn ein. Veronica Valenty? Die Ich-rette-Dich-Tussi? Dornröschen? Du erinnerst dich vielleicht?«

»Hör schon auf. Natürlich erinnere ich mich. Was ist los?« Alarmiert von Joes Atemlosigkeit, schlage ich die Bettdecke zur Seite und stehe auf. Die Kälte kriecht vom harten Holzboden direkt in meine Zehen. Eilig krame ich nach meinen Socken und stülpe sie mir über die Füße. Meine ordentlich zusammengefaltete Hose liegt auf dem Hocker neben dem Bett. Ich schnappe sie mir, klemme das Handy zwischen Schulter und Ohr und ziehe sie an.

»Das Krankenhaus hat auf dem Revier angerufen. Valenty ist spurlos verschwunden. Das Kleid und die Schuhe sind auch weg. Aber keiner hat sie das Gebäude verlassen sehen.«

»Bin schon unterwegs.« Ich lege auf und werfe in einer fließenden Bewegung das Handy aufs Bett.

»Das war es dann mit meinem freien Tag«, jammere ich in den leeren Raum und ziehe mich fertig an, schnalle meinen Holster um und schlüpfe vorsichtshalber in die Schutzweste.

Innerhalb von nur zwanzig Minuten komme ich am Krankenhaus an. Joe steht vor dem Haupteingang und läuft ungeduldig auf und ab.

»Ist Erin da?« Sie ist immer am redseligsten.

»Nein, Lil-Ann hat Dienst. Ihr ist nichts aufgefallen. Niemandem.«

»Die Türen sind nachts doch verriegelt. Nur die Pforte kann sie öffnen und schließen. Das muss doch jemand mitbekommen haben.« Fassungslos breite ich die Hände aus.

Joe schüttelt den Kopf und zuckt die Schultern.

»Lil-Ann«, spreche ich die junge Frau auf Station vier an. Die schwarzen Haare hat sie zu einem Pferdeschwanz gebunden. Er fällt lose auf ihr weißes Hemd. Hellblaue Baumwollhosen umschließen ihre schlanken Beine und ihre Füße stecken in grünen Pantoffeln.

»Hallo Joe. Hallo Jack. Gut, dass ihr da seid.« Sie lächelt meinen Partner unter gesenkten Lidern hervor an.

»Susan hat gesagt, dass Miss Valenty verschwunden ist«, fängt Joe an.

Die Kleine nickt. »Ja, is mir aufgefallen, als ich eine Runde gedreht hab. Das machen wir so ungefähr alle zwei Stunden.« Sie schielt zu Joe auf und ihre Wangen röten sich.

Mein Partner nickt mit ernster Miene und kritzelt fleißig auf seinen Block. »Wann genau ist dir aufgefallen, dass sie weg ist.« Er lächelt Lil-Ann freundlich an.

»Das war so gegen zwei Uhr. Ich hab in ihr Zimmer gesehen und sie war nicht da. Zuerst dachte ich, sie sei auf dem Klo, aber da hat kein Licht gebrannt. Also hab ich nachgesehen und leise nach ihr gerufen. Aber sie war weg. Dann hab ich in den Schrank geschaut und ihre Sachen waren auch weg. Also das Kleid und die Schuhe.«

»Und dann hast du gleich auf dem Revier angerufen?« Joe runzelt die Stirn. Es ist bereits vier Uhr morgens.

»Nein. Ich hab erst noch eine Weile gesucht. Vielleicht wollte sie sich ja die Beine vertreten. Viele Leute können im Krankenhaus nicht schlafen. Aber nach einer knappen Stunde hab ich dann doch lieber angerufen.«

»Wann wurde sie zuletzt von jemandem gesehen?« Neugierig neige ich den Kopf.

»Das war dann wohl am späten Abend. Corinn hat die leeren Essenstabletts aus den Zimmern geholt. Da hat die Patientin ganz ruhig geschlafen.« Die brünette Krankenschwester zuckt mit den schmalen Schultern.

»Wann genau war das?«, bohrt Joe nach.

Lil-Ann sieht auf die große Uhr im Flur und zieht spekulierend die Mundwinkel nach unten. »Gegen acht?«

»Und danach hat sie keiner mehr gesehen?« *Das ist ein echt großes Zeitfenster.*

»Erin ist um zehn gegangen. Ich hab sie abgelöst und gleich die erste Runde gedreht. Da war sie noch da. Um zwölf war sie auch noch da und um zwei dann nicht mehr.« Sie nickt eifrig und blickt von Joe zu mir.

»Also ist sie irgendwann zwischen null und zwei Uhr abhandengekommen.« Joe sieht mir einen Moment in die Augen.

Ich nicke.

»Wir würden gerne noch einen Blick in das Zimmer werfen.«

Lil-Ann wendet sich unvermittelt um und läuft los. Aber ich halte sie auf.

»Wir kennen den Weg. Bleib du bitte hier. Vielleicht kommt Miss Valenty ja wieder zurück oder jemand ruft wegen einer verwirrten jungen Dame an. Dann sollte jemand hier sein.«

Die Krankenschwester nickt, und Joe und ich marschieren los.

Im Zimmer ist alles normal. Das Fenster ist verschlossen, die Bettdecke zurückgeschlagen und das Licht aus.

»Jack«, ruft Joe aus dem Badezimmer.

An der Wand, gegenüber der Dusche, hängt die Krankenhauskleidung, die Miss Valenty an hatte, als wir bei ihr waren. So wie die Sache aussieht, hat sie sich umgezogen und aus freien Stücken das Krankenhaus verlassen. Es gibt keine verrutschten Möbel, keine kaputten oder herumliegenden Gegenstände und nichts, was auf einen Gewaltakt hindeuten würde. Es ist, als ob sie einfach aufgestanden und gegangen wäre.

»Wir müssen die Überwachwungsvideos sehen.«

Joe nickt und wir verlassen zielstrebig das Zimmer.

»Nichts!« Joe wirft die Hände in die Luft. »Auf keiner Kamera ist etwas zu sehen. Sie muss das Krankenhaus über einen Notausgang oder irgendein Fenster verlassen haben. Alle Haupt- und Nebeneingänge sind videoüberwacht.«

In den Wartebereichen hängen ebenfalls Kameras. Um die Patienten zu überwachen und im Notfall schnell reagieren zu können. Auch die haben wir kontrolliert.

Nichts. Sie ist weg. Wie vom Erdboden verschluckt.

Kapitel 11: Liebe unerwartete, glückliche Wendung, ich wäre dann so weit

Veronica

Mr Hunters schwarzer Anzug wirft kaum Falten, als er mir in feinster Manier die Hintertüre seiner schwarzen Limousine aufhält. Das Licht der Straßenlaternen verfängt sich in seinem dunklen Haar. Völlig zeitlos liegt jede schwarze Strähne akkurat an seinem Haupt an. Sie formen eine dezente Welle seinen Kopf entlang, bis sie in einer scharfen Linie wenige Millimeter über seinem Hemdkragen enden. Das kleine Lächeln, das nonchalant seine Mundwinkel umspielt, steht ihm dabei gut zu Gesicht. Es unterstreicht das entschlossene Blitzen in seinen rauchblauen Augen.

Ich kenne dieses Lächeln. Es gleitet so selbstverständlich über mich, wie kühle Seide. Dabei weiß ich doch, dass es mir Angst bereiten, meinen Puls rasen lassen und mich zur Flucht antreiben sollte. Aber nichts dergleichen geschieht. Ich nehme einen entspannten Atemzug und spüre seinen wachen Blick über meine verhüllte Gestalt streifen. Mr Hunter hat mir beim Verlassen des Krankenhauses seinen schwarzen Mantel übergelegt. Wie eine weiche Wolke umhüllt mich der mit Satin gefütterte Stoff und wiegt mich in trügerische Sicherheit.

Ich schlage den Blick nieder und lächle. Es ist nur ein Spiel. Ein Spiel, das es seit Jahrhunderten zwischen, zwei, drei, vier oder mehr Menschen gibt. Im besten Fall sind alle beteiligten Gewinner. Im schlechtesten bin ich die Verliererin.

»Wollen wir?« Mr Hunter legt eine Hand sachte auf meinen Rücken. Mit der anderen zeigt er auf den Innenraum der Limousine.

Sein Wagen ist keine dieser überlangen Luxusschlitten, aber trotzdem beeindruckend. Getönte Scheiben verhindern, dass man nach innen blicken kann und der mattschwarze Lack matcht perfekt mit den verchromten Details.

Unentschlossen stehe ich mit einem Fuß im Fahrzeug. Jetzt rast mein Herz doch ein wenig. Verunsichert spähe ich über die Schulter.

Dieser Mann ist groß und breit wie ein Schwergewichtsboxer. Sein Kinn ist kantig und wird von einem Bartschatten bedeckt. Den Kopf hat er stolz erhoben. Eindeutig ein Anführer. Der Mann weiß, was er will. Er ist ein stinkreicher Clubbesitzer und will nur höflich sein. Ich bin davon überzeugt, er will nur sichergehen, dass ich ihn nicht anzeigen werde.

»Haben Sie Ihre Meinung geändert, Miss Valenty?« Er steht hinter mir. Meine linke Hand liegt in seiner. Mit der rechten Hand klammere ich mich am Türrahmen fest. Über die Schulter blicke ich ihn an. »Nein, Mr Hunter. Ich hatte nur gerade das Gefühl, etwas vergessen zu habe.« *Und zwar, wo ich überhaupt hin will.*

Unschlüssig steige ich in den Wagen. Aber ich lasse mir meine Zweifel nicht anmerken. Stattdessen ziehe ich die rote Handtasche auf meinen Schoß. Ich öffne die Klappe und spähe hinein.

Während ich fieberhaft, wie ein gestresster Maulwurf, darin herumwühle – denn die Tasche ist wirklich groß – sieht Mr Hunter mir mit erhobener Augenbraue zu.

»Suchen Sie etwas Bestimmtes? Oder fehlt etwas?«

»Ich weiß noch nicht.« Ein Schminktäschchen, Taschentücher, Lippenstift, Geldbeutel, Kaugummis, Feuchttücher, Tampons und eine kleine weiße Karte. Langsam ziehe ich sie hervor.

»*Ross Peak Resort*«, lese ich langsam vor. Und sofort schlägt mein Herz schneller. Vielleicht wartet dort der Rest meiner Erinnerungen auf mich. »Dahin bitte. Zum Ross Peak Resort. Kennen Sie den Weg?« Jetzt erst hebe ich den Blick und nehme wahr, dass vorne im Wagen ein glatzköpfiger Mann und eine Frau mit blondem Pferdeschwanz sitzen.

»Derek, du hast gehört, wo die Lady hinmöchte.« Mr Hunter schwenkt anmutig seine Hand und neigt gewillt den Kopf.

Der Fahrer nickt und legt den Wählhebel auf *Drive*. Geschmeidig setzen wir uns in Bewegung.

»Danke nochmal, dass Sie mich fahren. Das ist wirklich sehr nett von Ihnen.« Ich nicke dem schwarzhaarigen Mann neben mir zu.

»Mit dem größten Vergnügen. Aber sagen Sie, Miss Valenty, was führt Sie im Januar nach Montana? Sicherlich nicht das warme Wetter.« Mr Hunter zeigt nach draußen, wo das Mondlicht glitzernd auf frisch gefallenen Schnee trifft.

»Nein, natürlich nicht. Da haben Sie recht.« Ich zögere einen Moment und räuspere mich. »Wissen Sie, ...« Nervös lecke ich mir die Lippen. »Ich wollte einfach für ein paar Tage raus. Etwas Neues sehen. Und Montana war gerade

im Angebot. Also im Reisebüro. Und ich dachte mir, warum nicht? Hauptsache raus aus dem Alltagstrott. Ausgehen kann ich schließlich überall«, lüge ich ihm schamlos ins Gesicht. Aber eine bessere Antwort habe ich nicht. Ich erinnere mich nicht. Aber das geht Mister Schlipsträger nichts an.

»Und dafür fliegen Sie über den großen Ozean? In Italien wäre das Wetter weitaus angenehmer gewesen und die Reise um so vieles kürzer.« Er neigt den Kopf und kneift die Augen zusammen.

Ich hebe eine Augenbraue und spitze die Lippen. »Haben Sie etwa in meiner Tasche geschnüffelt?« Mahnend wackle ich mit dem Zeigefinger.

Mr Hunter hebt leicht die Schultern. »Wie hätte ich sonst wissen sollen, wem ich die Tasche bringen darf.«

»Natürlich, Mr Hunter.« Sarkastisch verziehe ich die Lippen. »Und Sie wussten auch direkt, dass ich im Krankenhaus sein würde.«

Er schnaubt. »Miss Valenty, bitte beleidigen Sie mich nicht, mit der ungerechtfertigten Annahme, ich könnte einfachste Sachverhalte nicht treffend kombinieren.«

Doch nicht nur ein dummer Clubbesitzer. Ich mustere ihn mit neu erwachtem Interesse. »Ich muss mich entschuldigen, Mr Hunter. Sicherlich ist Ihre Kombinationsgabe gestochen scharf wie der Blick eines Adlers.« Ich lächle und neige den Kopf auf die andere Seite. »Aber irgendetwas lässt mich glauben, Sie hätten diese Handtasche nicht persönlich abgeliefert, wenn es sich bei der Besitzerin um eine achtzigjährige Dame aus dem Altersheim handeln würde.«

»Nein. Sie vermuten richtig.« Raschelnd lehnt er sich zu mir herüber. »In den Genuss meiner ... privatimen Aufwartung kommen nur sehr wenige Menschen.«

Seine Nähe raubt mir den Atem. Mein Herz flattert und ich muss mich zwingen, ruhig weiterzureden. »In Italien war ich schon so oft«, flüchte ich rückwärts. »Und ich wollte etwas Neues sehen. Etwas Neues erleben.«

Mr Hunter schmunzelt und sinkt zurück gegen die Lehne. »Und da fürchten Sie sich nicht, Miss Valenty? Eine so schöne Frau sollte nicht ohne Begleitung auf Reisen gehen.« Sein Blick huscht über meine Kinnlinie, zu meinem Dekolleté.

»Nun, ich wollte ausbrechen und unberechenbar sein. Da trifft man die ungewöhnlichsten und interessantesten Menschen.«

»Haben Sie denn schon jemanden Interessantes kennengelernt?«

Sofort schießt mir ein Bild von Detective Shepherds Jelly-Belly-Mund in den Kopf. Ich nicke. »Ich glaube schon.«

»Dann hat sich die Reise wohl bereits gelohnt.« Der schwarzhaarige Clubbesitzer schmunzelt und mustert meine überschlagenen Beine. Sein Blick weckt in mir kein Unbehagen, aber auch keinerlei Lust auf mehr. Verwundert neige ich den Kopf. Artur Hunter sollte eigentlich genau in mein Beuteschema passen. Ein gepflegter und höflicher Mann, der das gleiche im Sinn hat, wie ich. Zumindest was ich sonst so im Sinn hatte. Das ist bestimmt noch der Schock und die Ungewissheit.

Die Erinnerungen sind beinahe alle wieder zurück, nur die letzten achtundvierzig Stunden scheinen zu fehlen. Aber, so schnell, wie meine Erinnerungen bisher zurückgekehrt sind, sollte ich in spätestens zwei oder drei Tagen wieder alles wissen. Solange das aber nicht der Fall ist, werde ich mich in mein Zimmer einschließen und höchstens zum Essen herauskommen.

»Ist Ihnen nicht nach Reden zumute?« Mr Hunter lächelt träge.

»Um ehrlich zu sein, bekomme ich leichte Kopfschmerzen. Ich würde mich gerne ausruhen, wenn es Ihnen nichts ausmacht.« Ich lächle entschuldigend.

Mr Hunter runzelt die Stirn, bleibt aber höflich. »Selbstverständlich gebe ich Ihrem Befinden den Vorzug. Ruhen Sie sich aus. Ich wecke Sie, wenn wir am Resort angelangt sind.« Seine Kiefern mahlen, aber ich bin froh, dass er nicht weiterbohrt.

Bis wir anhalten, lege ich den Kopf auf die Seite und schließe die Augen.

Mit einem unsanften Ruck werde ich aus meinem Nickerchen gerissen. Wie bei einem Sturz reiße ich weit die Augen auf und strecke gleichzeitig beide Arme von mir. Eine Hand landet klatschend auf der kühlen Türverkleidung neben mir, während die andere dumpf auf harte Muskeln trifft.

Widersprüchlich weicher Stoff raschelt unter meinen Fingerspitzen, und ich blicke zu Mr Hunter hinüber. Langsam legt er seine linke Hand auf meine. Wärme umfängt mich, dort, wo seine Haut samtig und glatt auf meine trifft.

»Wir sind da«, teilt er mir leise mit.

Sekundenlang beobachte ich seine streichelnden Fingerspitzen. Die Berührung ist erschreckend intim und ich entziehe ihm aufgewühlt meine Hand.

Mr. Hunter lächelt.

Unbehaglich zupfe ich am Saum meines Kleides. Dabei werfe ich einen Blick aus dem Fenster. Vor mir ragt ein ansehnliches Gebäude weit in den Nachthimmel auf. Über dem gläsernen Eingang prangt ein großes Schild. Darauf steht *Ross Peak Resort*.

Ich hole tief Luft und ziehe am Türöffner. Mr Hunter schreitet bereits gemessenen Schrittes um den Wagen herum. Er reicht mir die Hand und ich steige aus.

»Soll ich Sie noch auf Ihr Zimmer begleiten, Miss Valenty?« Dunkel und verführerisch kriechen die Worte in meine Gehörgänge.

Hätte ich nicht so viele Bedenken, würde ich das Angebot vielleicht sogar annehmen. Aber so, wie die Lage derzeit ist, muss ich zuerst meinen ganzen Kram auf die Reihe bekommen, bevor ich mich in noch mehr Chaos stürze.

»Das ist sehr nett von Ihnen, Mr Hunter. Aber ich muss Ihr Angebot leider ausschlagen. Vielleicht ein anderes Mal?« Ich blinzle und lächle ihn zuckersüß an.

Mein Begleiter nickt. Nur der angespannte Kiefer verrät sein Missfallen.

»Dann bleibt mir nichts anderes übrig, wie Ihnen einen angenehmen Morgen zu wünschen.« Mr Hunter neigt noch einmal den Kopf und streckt die rechte Hand in Richtung Eingang aus, während die linke auf seiner Brust liegt.

Wow! Der Kerl wurde definitiv von einem Mann der alten Schule erzogen. Ich wette, dass er einer Frau zum ersten Date auch Blumen mitbringt.

Für einen Moment gerät mein Entschluss, alleine auf mein Zimmer zu gehen, ins Wanken. Ratlos drehe ich mich hin und her.

»Stimmt etwas nicht? Miss Valenty?« Mr Hunter tritt einen Schritt näher. Er rollt die Schultern. Wie ein Gepard, der zum Sprung ansetzt. »Haben Sie es sich anders überlegt?«

»Nein«, kommt es schleppend über meine Lippen.

Er lächelt ein Haifischlächeln. »Sind Sie sich sicher?«

Als ob in meinem Kopf ein Schalter umgelegt worden wäre, fällt ein roter Schleier über meine Gefühlslage. Schlagartig verfliegen meine Zweifel.

»Sind wir hier etwa bei Microsoft?«, frage ich schnippisch.

Mein Gegenüber hebt überrascht die Augenbrauen.

In einem Anflug von Selbstsicherheit straffe ich die Schultern und recke das Kinn. »Ja, ich bin mir sicher.« Ich hätte mir meine Zweifel niemals anmerken lassen sollen. »Wobei ich mir allerdings nicht sicher bin, ist, ob ich Ihnen die Hand reichen oder einen Abschiedskuss auf die Wange geben soll. Ich kenne mich mit den hiesigen Gepflogenheiten nicht aus.«

Während sich Mr Hunters Mundwinkel träge heben, senkt er die Augenbrauen wieder ab. Belustigt zwinkert er mir zu. Dann nimmt er meine Hand in seine. Ohne meinen Blick auszulassen, beugt er sich darüber und haucht einen Kuss darauf. »Möge Ihr Tag Licht auf all die Schatten werfen, die Sie zweifeln lassen.«

Während Mr Hunter sich abwendet, denke ich über den Mann und seine Worte nach.

Er weiß, wann er keine Chance hat, und wird trotzdem nicht aufdringlich. Das überrascht mich. Ich hätte zumindest einen zweiten Versuch erwartet. Aber er lächelt nur und steigt artig in den Wagen.

Verwirrt blicke ich der davonfahrenden Limousine hinterher.

»Verrückt«, flüstere ich in den beginnenden Tag hinein und hoffe, dass diese Begegnung, dass Aufregendste war, dass die nächsten Tage zu bieten haben.

Dann wende ich mich wieder dem Eingang zu. Eine hell erleuchtete Lobby nimmt mich in Empfang. Aber in mir regt sich kein Erkennen.

Die freundliche Dame an der Rezeption nickt mir zu und gibt mir höflich Auskunft über meinen Aufenthalt.

Vor zwei Tagen habe ich eingecheckt und für zwei Wochen im Voraus bezahlt. Mit der Option zu verlängern.

Jetzt bin ich genauso schlau wie vorher.

Vielleicht wartet eine weitere Überraschung in meinem Zimmer?

Kapitel 12: Frühstück mit Schuss

Jack

Nachdem wir zwei Stunden planlos die Straßen abgefahren und eine Vermisstenmeldung herausgegeben haben, halte ich trübsinnig bei mir zu Hause an.

Im Radio läuft *My Hometown* von Bruce Springsteen. Ein Klassiker, der mich müde auflachen lässt. Denn auch ich wuchs in einer Kleinstadt auf und lernte auf den Knien meines Dads das Autofahren. Nur herrscht in meiner Heimatstadt keine traurige Leere wie in dem Song. Im Gegenteil. Bozeman floriert und immer mehr Menschen ziehen weg aus den Großstädten und hier her, aufs Land. Mehr, als sie abwandern. Das bedeutet, es gibt viele neue Gesichter. Und umso schneller verläuft die Suche nach der kleinen selbstbewussten Blondine, die es mir mit ihrer verletzlichen Seite angetan hat, im Sand.

Keine Ahnung, wohin sie verschwunden ist, aber ich mache mir Sorgen. Hinter Veronica Valenty verbirgt sich mehr wie nur eine junge Frau, die überfallen wurde.

Warum sonst sollte Sie einfach abhauen?

Die einzige logische Erklärung wäre, wenn Sie sich wieder erinnern könnte und die Erinnerungen nicht ohne wären.

Vielleicht ist sie auch in Gefahr?

Wird sie verfolgt?

Warum ist sie dann nicht zur Polizei, zu mir, gekommen?

Sie hat meine Karte. Sie kann sich jederzeit melden.

Warum tut sie es nicht?

War die Karte noch im Krankenhaus?

Hat sie sie vergessen?

Ich kann mich nicht erinnern, sie gesehen zu haben, und schüttle genervt den Kopf.

»Konzentrier dich auf das Wesentliche«, ermahne ich mich.

Was macht eine Frau ohne Unterwäsche, nur in einem kurzen Kleid und High Heels, mitten in der Nacht auf dem Parkplatz des *Wild Bull*?

Die logischste Erklärung wäre ein Stelldichein.

Hat sie sich mit einem Mann verabredet und es sich dann doch in letzter Sekunde anders überlegt?

Aber nachts hat es Minusgrade. Nur Alkohol oder Drogen machen es möglich über so eine lausige Kälte hinwegzusehen. In den Blutergebnissen stand nichts von Alkohol oder Rauschgift. Dennoch wäre eine kleine Barbekanntschaft möglich.

Hat sie vielleicht nein zu einem Kerl gesagt? Und der hat den Korb möglicherweise nicht akzeptiert und wurde handgreiflich? Oder sind vielleicht doch Drogen im Spiel. Vertickt sie etwas? Dann wäre sie absolut tabu. Das würde bedeuten, sie hätte Dreck am Stecken.

Also keine Heldenbelohnung für Detective Shepherd.

Schnaubend fahre ich mir mit Daumen und Zeigefinger über die Augen. Dann lege ich die Unterarme auf dem Lenkrad ab und blicke in die Dunkelheit hinter der Windschutzscheibe.

Sitzt sie jetzt gerade irgendwo dort draußen und fürchtet sich?

Nicht mal die Bettdecke der Klinik fehlt. Sie geistert also irgendwo in der Eiseskälte in einem zu kurzen Kleid und unbequemen Schuhen umher.

Und was ist, wenn sie friert?

Wenn sie die Orientierung verliert?

Vielleicht ist sie verwirrt und hat Angst.

Fluchend starte ich wieder den Wagen.

Wie soll ich mich ausruhen, wenn ich mir Sorgen mache?

Mein rechter Fuß steht wippend auf der Bremse.

Aber wo soll ich mit der Suche beginnen?

Joe und ich haben alle offenen Lokale angefahren. Ein paar Kollegen haben uns geholfen. Alle halten die Augen offen. Aber keiner hat sie gesehen.

»Fuck!« Wütend schlage ich auf das Lenkrad.

Die nächste Schicht hat die Suche längst übernommen. Es sind gute Männer, die wissen, was sie tun.

»Ich sollte mich wirklich aufs Ohr hauen.« Im Kühlschrank wartet ein Sixpack Budweiser auf mich. Danach schlafe ich garantiert selig wie Matts fauler Hund, der immer alle viere in die Luft streckt.

Trotz des unseligen Gefühls in meinem Nacken schnalle ich mich ab und drehe den Schlüssel im Zündschloss. Blubbernd verstummt der Motor. Während ich über mein weiteres Vorgehen nachdenke, kratze ich mir das Kinn. Dabei schaben raue Bartstoppeln über meine Fingerspitzen und ich strecke den Hals.

Es gibt einfach nichts, was ich jetzt tun könnte. Die zweite Schicht sucht nach ihr. Ich habe ein paar Stunden Pause, bevor ich wieder am Revier erscheinen muss. Und hoffentlich wird die kleine Königin bis dahin gefunden.

Gerade, als ich aussteigen will, schreckt mich das nervende Vibrieren meines Handys auf.

»Bitte nicht Joe«, flehe ich und schließe die Augen. Blind ziehe ich das Smartphone aus meiner Tasche und hebe ab.

»Ja?«, knurre ich.

»Hey! Welche Laus ist dir denn über die Leber gelaufen?«, tönt es vorwurfsvoll aus dem Lautsprecher.

Meine Laune hebt sich augenblicklich. »Tut mir leid, Roxy. Das galt nicht dir. Ich hatte mit der Arbeit gerechnet.«

Sie schnaubt leise. »Dann ist es ja gut, dass nur ich es bin. Weil meine Anrufe ja *niiiiieee* mit Arbeit verbunden sind.« Der Sarkasmus in ihrer Stimme bringt mich zum Lachen.

»Das, was du Arbeit nennst, ist für mich Entspannung pur. Das Schlimmste, was passieren kann, ist, dass ich mal wieder ohne Hemd nach Hause laufen muss.«

»Hey, daran warst du selber schuld. Warum stellst du dich auch genau da so blöd hin, wo ich am Arbeiten bin!? Kann ich doch nichts dafür, wenn du meiner Nagelpistole in den Weg kommst.«

»Du hättest mich beinahe gekreuzigt, du doofe Nuss.«

»Der Papst hätte dich bestimmt heiliggesprochen.«

»Haha ... sehr witzig.«

»Aber jetzt mal Spaß beiseite. Wolltest du mir nicht eigentlich noch vor deinem Angelausflug dein Werkzeug vorbeibringen? Bitte sag mir, dass du das nicht vergessen hast.« Das Flehen ins Roxys Stimme ist nicht zu überhören.

»Nein. Wie könnte ich auch? Du hast mir ja nur sechsunddreißig Nachrichten geschickt. Sprachnachrichten nicht mitgezählt. Bei der Zehnten habe ich übrigens aufgehört, sie abzuhören.«

»Upsi«, schallt es kichernd aus dem Handy.

»Ja! Schande über dein Haupt. Was fällt dir überhaupt ein, einen armen schwerarbeitenden Detective so zu belästigen.« Grinsend stelle ich mir Roxys aufgeblähte Wangen vor. Bestimmt hält sie sich die Nase zu, damit sie nicht

loslachen muss.»Und aus meinem Ausflug wird sowieso nichts. Die liebe Arbeit gönnt mir keinen freien Tag. Ich bin gerade erst heimgekommen und sitze sogar noch im Wagen.«

»Perfekt, dann komm doch gleich rüber. Bekommst auch ein Frühstück.«

»Gib mir fünf Minuten.« Ohne Verabschiedung lege ich auf und wechsle das Auto. Das Werkzeug liegt hinten auf der Ladefläche des Pick-ups.

Nach nur drei Minuten biege ich in die Einfahrt des Resorts ein. Ich fahre am Haupteingang vorbei, um das große Gebäude herum und parke am Hintereingang. Roxy wartet in eine dicke Daunenjacke gewickelt in der Türe. Sie winkt mir zu, ich solle mich beeilen.

Das lasse ich mir nicht zweimal sagen und springe aus dem Wagen. Mit einem breiten Grinsen schließe ich sie in die Arme und trage sie rückwärts über die Schwelle.

Roxy lacht und gibt mir zur Begrüßung einen Kuss auf die Wange. »Schön dich zu sehen.«

»Es ist auch schön, dich zu sehen«, erwidere ich und drücke ihr ebenfalls einen Kuss auf die Wange.»Und wo ist das versprochene Frühstück?«

»Als ob du dich nicht auskennen würdest. Du weißt doch, wo die Küche ist. Geh schon mal vor. Ich komme gleich nach.« Mit klackenden Absätzen eilt sie davon.

Ich zucke die Achseln und laufe den gefliesten Flur entlang. Die Wände sind weiß und nur das Personal hat hier Zugang. Durch eine große Schwingtüre gelange ich in die Küche.

»Jack!«, begrüßt mich eine fröhliche Stimme.

»Sean!«, rufe ich ebenso laut zurück.

»Roxy hat schon angekündigt, dass du kommst. Dein Essen ist gleich fertig. Nimmst du es mit oder isst du hier?«

»Ich bleibe heute mal hier. Bin auf Abruf. Da will ich keine Zeit verschwenden. Was gibt es denn Gutes?« Händereibend trete ich neben den begnadeten Burgerkönig.

»Omelette, Bratkartoffeln, Würstchen, Toast und Marmelade. Das sollte sogar für dich reichen.« Sean lacht und schlägt mir gegen die Schulter.

Ich grinse und reibe mir hungrig den Bauch.

»Ein paar Minuten dauert es allerdings noch«, teilt er mir mit, während er die Bratkartoffeln in der Pfanne wendet.

»Wie geht es Becca und den Kindern?« Froh, über ein bisschen Ablenkung, lehne ich mich neben dem Herd an den Tresen.

»Unser Großer kommt dieses Jahr in die Schule und Lilly hasst den Kindergarten. Sie ist schon dreimal ausgebrochen. Klettert einfach über den Zaun.« Kopfschüttelnd schiebt Sean den Toast in den Ofen.

»Vielleicht sollten sie den Zaun dann erhöhen?«, schlage ich vor.

»Schon wieder? Das haben sie letztes Jahr erst gemacht. Lilly ist wie einer dieser kleinen Äffchen im Zoo. Die kommt überall drüber.«

»Niemand hat gesagt, dass es leicht sein würde.«

»Aber, dass Kinder eine Freude sind, *das* haben sie gesagt.« Sean lacht leise und lädt mein Frühstück auf einen vorgewärmten Teller. »Lass es dir schmecken.«

Bevor ich durch die Türe in den Speisesaal verschwinde, zwinkere ich ihm zu. »Warte erst mal, wenn sie in der Pubertät ist. Da kannst du froh sein, dass du mich kennst. Ich fang sie dir dann wieder ein. Kostet dich nur ein Frühstück.«

Sean hebt die Augenbrauen und zeigt auf mich. »Ich nehm dich beim Wort, Mann.«

Mit dem Teller in der Hand blicke ich mich im Speisesaal um. Viele Menschen sind noch nicht hier. Da die Sonne erst gegen acht Uhr aufgeht, ist sieben Uhr morgens wohl selbst für die hochmotivierten Skiextremisten noch zu früh.

Der Tisch meiner Wahl steht direkt an dem großen Fenster, das nach Osten zeigt. Während ich mich auf einen der beiden Stühle setze, der mich zum Eingang blicken lässt, verstecke ich das erste unvermeidliche Gähnen hinter einer Hand.

Unzählige kleine Spots leuchten an der Decke und senden bis in die letzten Ecken des frühmorgendlichen Saals ihr kühles Licht. Deshalb blinzelt mich auch nur mein müdes Spiegelbild an, wenn ich versuche, durch die Scheibe nach draußen zu blicken.

Einen Moment lang starre ich meine Erscheinung an. Ich trage noch immer die Schutzweste über dem schwarzen Shirt. Meine Jacke hängt über der Stuhllehne und die dunkelblaue Cap sitzt falsch herum auf meinem Kopf.

»Schmeckts?« Roxy lässt sich in den Stuhl mir gegenüber fallen. Die weiße Bluse, die sie üblicherweise in der Arbeit anhat, fällt locker über ihre schmale Gestalt. Die dunkelblonden Haare trägt sie straff aus dem Gesicht gebunden.

Ich grinse mit vollem Mund und hebe einen Daumen. »Bombe.«

»Na dann, hau rein.«

Auf ihrem Teller liegen ein Sandwich und frisches Obst.

»Guten Morgen, Mr Bunter, Mr Johnson«, begrüßt sie zwei vorbeieilende Gäste und erntet von beiden ein Lächeln. Dahinter folgen zwei Damen im gleichen Alter. Roxy steht mit leuchtenden Augen auf. »Mrs. Livingston und Mrs. Taylor. Schön Sie mal wieder bei uns willkommen heißen zu dürfen. Wenn ich gewusst hätte, dass Sie schon so früh anreisen, hätte ich Sie persönlich begrüßt.«

Da die Ladys nicht wie all die anderen kommentarlos an uns vorbeieilen, stemme ich mich ebenfalls aus meinem Stuhl hoch und ziehe meine Cap vom Kopf. Ich nicke den beiden Frauen grüßend zu. »Ma'am. Ma'am.«

Die beiden mustern mich mit einem warmherzigen Blinzeln. Dann tätschelt eine der beiden Damen Roxys Arm. »Ach Liebes, es ist immer schön, dass Sie ein Plätzchen für uns freihaben. Und dabei ist es längst überfällig, Sie in männlicher Gesellschaft zu sehen.« Sie beugt sich näher zu Roxy und senkt die Stimme. »Ihr Galan ist wirklich stattlich.«

»Oh, aber Jack hier, ist ...«

»Ladys, wenn Sie uns bitte entschuldigen. Unser Frühstück wird kalt und ich hätte die liebe Roxy gerne noch für ein paar Minuten für mich alleine. Das verstehen Sie sicherlich.«

Die beiden Ladys kichern und nicken.

»Nur, wenn Sie versprechen, sich gut um unser Mädchen zu kümmern.«

»Sie haben mein Wort.« Ich nicke feierlich und grinse Roxy an.

Roxy schmunzelt und verschränkt die Finger vor ihrem Schritt.

»Und Roxy, meine Liebe, Sie müssen mir versprechen, dass Sie diesen stattlichen Mann öfter mit ins Resort bringen. So ein netter junger Mann.«

»Für meine zwei Lieblingsdamen tue ich doch alles.«

»Sie sind ein wahrer Schatz. Aber jetzt lassen Sie sich von uns nicht länger aufhalten. Genießen Sie Ihr Frühstück.«

Die Ladys zwinkern mir zu und setzen sich wieder in Bewegung. Roxy wünscht ihnen einen schönen Tag und die beiden stecken tuschelnd die Köpfe zusammen.

»Warum hast du sie glauben lassen, wir wären ein Paar?« Roxy blinzelt mich ein wenig verwirrt an.

»Wenn *die* zwei erfahren hätten, dass ich auf dem Markt bin, hätten sie versucht, mich mit ihren Nichten zu verkuppeln. Nein danke! Ich verzichte.«

»Und ich dachte schon, du willst mit mir angeben.« Roxy grinst.

Und ich grinse zurück. »Das tue ich doch sowieso.«

»Entschuldigen Sie«, hält uns der nächste Gast vom Frühstück ab.

»Wie kann ich Ihnen helfen, Mr Groov?« Roxys Miene wechselt innerhalb eines Sekundenbruchteils von schelmisch zu personalisierter Liebenswürdigkeit.

»Wird das Frühstück gebracht oder muss ich es mir irgendwo holen?« Der grauhaarige Mann kratzt sich verlegen am Kopf.

Während Roxy ihm das Buffet zeigt, falle ich zurück in meinen Stuhl. Die Cap lege ich neben meinen Teller auf den Tisch. Mit müdem und leerem Kopf starre ich auf mein Frühstück. Es fällt mir schwer, auch nur die Gabel in die Hand zu nehmen. Anstatt also zu essen, frage ich mich, ob Veronica wohl gerade etwas isst oder zumindest an einem warmen, sicheren Ort ist.

Als Roxy zurückkommt, schüttle ich die nutzlosen Gedanken ab und starre sie stattdessen bewundernd und auch ein kleines bisschen stolz an. »Wie kannst du dir nur all die Name merken?«

»Weiß nicht.« Sie zuckt die Schultern und mustert die mickrige Portion auf ihrem Teller. »Ich höre einen Namen und sehe ein Gesicht dazu und das reicht schon aus, um es in meinem Kopf zusammenzupinnen.«

»Irgendwann musst du mir das beibringen. Ich bin schon froh, wenn ich nicht Joes Gesicht vergesse. Wobei das wirklich nicht tragisch wäre.«

»Sei nicht so gemein. Joe ist ein feiner Kerl.«

Ich schnaube und gehe nicht darauf ein. »Also, wie machst du das mit den Namen?«

Roxy hebt die Augenbrauen und grinst. »Sorry, aber dafür braucht man Talent.«

»Autsch.« Schwergetroffen fasse ich mir an die Brust.

Roxy zwinkert mir frech zu. Dann legt sie die Stirn in Falten und mustert mich. »Du siehst echt scheiße aus. Du brauchst dringend einen Haarschnitt.«

»Wie du es nur immer schaffst, dich so gewählt auszudrücken.« Schnaubend schüttle ich den Kopf.

»Soll ich Mel für dich anrufen?«

»Nein! Das fehlt mir gerade noch, dass du meine Friseurtermine für mich ausmachst. Ich bin alt genug, um das selbst zu machen.«

»Anscheinend nicht, denn dann würdest du nicht wie ein ausgefranster Wischmopp herumlaufen.« Sie hebt kurz ihren Blick vom Teller und sieht mir fest in die Augen. »Ich rufe Mel an.« Und schon zückt sie ihr Handy.

»Hör auf.« Das Display verschwindet unter meiner Hand.

Roxy sieht mich genervt an. »Irgendjemand muss sich doch um dich kümmern.«

»Ich mach das schon. Ich hab nur den letzten Termin verschwitzt.«

»Die Arbeit?«

Ihre erhobenen Augenbrauen erinnern mich an viele vergangene Diskussionen. Aber dieses Mal werde ich nicht nachgeben.

»Ja, die Arbeit. Sie ist nun mal wichtiger wie meine Haare.«

Roxy holt tief Luft und presst die Lippen zusammen. »Wenn ich dich das nächste Mal sehe, und du dann immer noch ein Vogelnest auf dem Kopf hast, schleife ich dich höchstpersönlich zu Mel. Hast du denn keine Angst, dass dich keiner ernst nimmt, wenn du so aussiehst, als ob du gerade gevögelt hättest?«

Breitgrinsend setze ich wieder meine Cap auf. »Deshalb die hier«, sage ich und zeige auf meinen Kopf. »Und jetzt lass uns über etwas anderes reden. Dass wir wie ein altes Ehepaar streiten, gefällt mir nicht. Also, wie laufen die Buchungen?«

Seufzend gibt sie nach. »Ganz gut. Es liegt Schnee. Da kommen immer ein paar Wintersportler vorbei.« Roxy kaut langsam auf ihrem Sandwich und nickt mir zu. »Und warum fällt dein Angelausflug aus?«

Ich spieße ein paar Kartoffeln auf und eröffne schonungslos, »Beim *Bull* wurde eine Frau überfallen.«

Roxy erstarrt und legt ihre Gabel beiseite. Einen Moment ist sie still, dann holt sie tief Luft. »Kommst du damit klar? Ich meine, willst du darüber reden? Jack, wir haben nie wirklich ...«

Einhaltgebietend hebe ich eine Hand. »Vergiss es. Kein Gespräch auf der Welt bringt sie wieder zurück.«

Roxy sieht mich traurig an und nimmt meine Hand. Ihr Trost war mir immer willkommen, auch wenn ich ihn nicht immer annehmen konnte. Wie heute.

Ausweichend richte ich meinen Blick auf das Essen vor mir. »Wenn ich es nur einfach vergessen könnte«, flüstere ich.

»Dann häng deinen verdammten Job an den Nagel.« Sie lehnt sich über den Tisch und drückt meine Hand. »Du bist in so vielen Dingen gut. Ich könnte dich hier gebrauchen. Du ...«

»Roxy«, unterbreche ich sie leise.

Sie seufzt und presst traurig die Lippen zusammen.

»Du weißt, dass ich das nicht kann.«

»Wie viele Jahre willst du denn noch verschwenden? Lass es doch endlich gut sein. Deine Selbstgeiselung bringt sie nicht zurück.«

Hilflos hebe ich die Schultern. »Ich kann nicht. Und ich denke nicht mal im Traum daran. Der Tag, an dem ich aufgebe, wird der Tag sein, an dem ich sterbe.«

Roxy schüttelt den Kopf und verzieht den Mund.

Den Kloß in meinem Hals vertreibe ich mit einem lauten Räuspern. »Und jetzt lass uns nicht mehr davon sprechen.«

»Na gut.« Sie seufzt, schüttelt den Kopf und beißt von ihrem Sandwich ab. »Und diese Frau? Wie geht es ihr? Ist sie von hier?«

Im Stillen danke ich Roxy für ihr Verständnis. Sie wechselt mir zuliebe das Thema, anstatt einen Teil unserer Vergangenheit aufzurollen. Einen Teil, den weder sie noch ich verarbeiten konnte.

»Nein, sie scheint eine Fremde zu sein.« Ich blicke mich um, ob auch niemand lauscht, und beuge mich vorsichtshalber über den Tisch. Dabei senke ich die Stimme. »Joe und ich ... ich soll dir übrigens schöne Grüße ausrichten.«

Roxy grinst, sie hat einen Narren an dem Kerl gefressen. Aber das wird nur über meine Leiche passieren.

»Auf alle Fälle konnte sie sich gestern, bei unserem Besuch im Krankenhaus nur an ihren Namen erinnern. Und heute Nacht ist sie spurlos verschwunden. Keiner hat sie gesehen. Sie ist wie vom Erdboden verschluckt. Und ich darf sie jetzt suchen.«

»Wow.« Roxy lehnt sich in ihrem Stuhl zurück und blickt auf den Tisch. »Wie heißt sie denn?«

Ich sehe mich noch einmal um, ob auch wirklich niemand zuhört, denn eigentlich dürfte ich nicht einmal Roxy diese Informationen geben.

»Veronica Valenty. Klein, drall, blond. Ist in einem roten Kleid und schwarzen High Heels verschwunden. Verhält sich wie eine verdammte Königin.« Ich schiebe mir eine Gabel voll warmem Omelette in den Mund und schlinge es hinunter. »Man sollte meinen, dass so eine Frau auffällt wie ein bunter Hund. Aber wir konnten sie bis jetzt nicht finden.«

»Irgendetwas klingelt da in meinem Kopf.« Roxy legt Daumen und Zeigefinger ans Kind und runzelt die Stirn. Sie grübelt einen Moment und springt dann auf. »Ich komme gleich wieder.«

Mir bleibt gar keine Zeit zu widersprechen, denn schon eilt sie davon.

Während ich auf Roxy warte, treffen immer mehr Gäste ein. Ich lasse mir Zeit mit dem Essen und mustere jeden, der den Raum betritt.

Drei junge Männer und ebensoviele Frauen lassen sich an dem Tisch neben mir nieder. Mit blutunterlaufenen Augen lächelt mich eine Brünette mit Stupsnase an.

»Harte Nacht?«, frage ich.

»Harter Morgen«, antwortet sie schmunzelnd.

Ich lache leise und zwinkere ihr zu. »Wie man es nimmt.«

Die drei Kerle, die mir bisher den Rücken zugedreht hatten, wenden sich nun ebenfalls um und mustern mich. Jedem Einzelnen sehe ich fest in die Augen, präge mir den goldenen Ohrring des blonden Kerls auf der linken Seite ein, das Sterntattoo im Nacken des mittleren und die Rolex am Arm des rechten.

Sie mustern mich ebenso eindringlich wie ich sie. Aber sobald ihre Blicke auf die Marke auf meiner Brust treffen, wenden sie sich schniefend wieder um.

Ich grinse.

»Wusste ich es doch!« Roxy sinkt wieder in ihren Stuhl und versperrt mir damit die Sicht auf den brünetten Augenschmaus. »Valenty. Vor zwei Tagen hat hier eine Betty Valenty eingecheckt. Leider keine Veronica. Aber vielleicht sind sie ja verwandt? Allerdings wurde das Zimmer nur für eine Person gebucht. Vielleicht hat sie aber die zweite Person nicht angegeben.« Roxy runzelt missfällig die Stirn.

»Ist schon ein seltsamer Zufall«, gestehe ich.

»Kannst du nicht hochgehen und bei ihr klopfen? So ...« Roxy schiebt den Kopf zurück und imitiert meine Stimme. »*Hallo, hier spricht die Polizei. Öffnen Sie die Türe.*«

Leider höre ich mich wirklich so an.

»Das geht doch nicht. Erstens dürftest du mir den Namen gar nicht nennen und zweitens hätte ich ihn dir auch nicht sagen dürfen. Da lande ich nur in Teufels Küche. Und du hast unter Umständen einen verärgerten Gast.« Mit erhobenen Augenbrauen fordere ich ihre Zustimmung.

»Das sehe ich anders. Tiny, sie hatte heute Nachtschicht, steht am Empfang. Sie hat erzählt, dass heute um drei Uhr ein Gast eingetrudelt ist. Blonde Haare, rotes Kleid. Sie hatte keine Jacke an und wir hatten mindestens minus fünfzehn Grad draußen. Na? Neugierig?«

Ich schnaube und falle in meinen Stuhl zurück. »Das glaube ich dir nicht. Das denkst du dir nur aus, damit ich an ihre Türe klopfe.«

»Ich denke mir gar nichts aus. Du kannst gerne mit Tiny reden.«

»Das werde ich.« Sofort werfe ich die Serviette, die ich auf meinem Schoß hatte, auf den Tisch und marschiere zum Empfang.

»Tiny? Hi«, begrüße ich die mir fremde Frau, während meine Marke klar ersichtlich auf meiner Brust baumelt. »Roxy hat erzählt, dass heute Nacht um drei eine Frau angekommen ist. Stimmt das?«

»Ja.« Sie nickt mit großen Augen. »Ich habs mir gemerkt, weil se bei der Kälte nur ein kurzes Kleid an hatte.« Tiny zieht beim Sprechen den Mund schief und verschluckt immer wieder Laute. »Das macht doch Keener. Aber se hat nich so ausgesehen, als ob se friert. Aber se hatte es echt eilig. Wollte nur schnell ihre Zimmernummer wissen und für wee lange se bezahlt hat. Dann is se mit großen Schritten davon gehetzt. Ein Wunder, dass se sich nicht de Beine gebrochen hat, bei den Schuhn!«

»Danke Tiny. Ich bräuchte bitte die Zimmernummer.« Ich werfe Roxy einen unmissverständlichen Blick zu. Sie nickt.

»Vierhundertsechs.«

»Danke, Tiny.«

Der Aufzug hält im vierten Stock. Ich wende mich sofort nach rechts. Zwei Schritte, dann wieder rechts, geradeaus und im nächsten Flur links. Schon stehe ich vor dem richtigen Zimmer.

Während ich den letzten Schritt mache, hebe ich die Hand, um zu klopfen. Aber ich zögere.

Was, wenn sie es ist?

Und was, wenn nicht?

Über die Schulter blicke ich Roxy an. »Sollte sie meine vermisste Königin sein, dann werde ich sie direkt in mein Auto verfrachten und mitnehmen.«

Bevor Roxy jedoch antworten kann, ertönt ein markerschütternder Schrei aus dem Zimmer vor uns. Nur Sekunden später zersplittert ein Gegenstand lautstark an der Wand.

Kapitel 13: Auf ein Ziel muss man auch zielen

Artur

Diese Frau gefällt mir. Schmunzelnd erinnere ich mich daran, wie *Betty Boop* mich hat abblitzen lassen. Sie ist eine Lady, die sich anscheinend nicht so leicht blenden lässt.

»Boss. Wallace ist hier.« Toni schreckt mich aus meinen Gedanken auf. Ich nicke und stelle mein Glas ab.

Goldener Scotch schwappt in weichen Wellen in einem Gefängnis aus Kristall umher. Als ob er ausbrechen möchte, die Wände aber zu hoch wären. Sinnierend reibe ich mit dem Mittelfinger über den harten Rand. In meinem Kopf manifestiert sich ein Bild. »Ein Käfig aus Kristall für *Betty Boop*.« Mein Lächeln wird breiter.

Nachdem ich die kleine Schönheit im Resort abgeliefert hatte, ohne dass sie sich dankbar gezeigt hätte, musste ich jedes Bisschen Willenskraft aufbringen, um sie nicht wieder zurück in meinen Wagen zu schieben. Letztlich hielten mich aber nur die Überwachungskameras und die miteinhergehende Aufmerksamkeit davon ab.

Ich bin es nicht gewohnt, eine Frau lange bitten zu müssen. Aber gerade das macht sie so interessant. Vielleicht statte ich ihr später noch einen Besuch ab. Dann sollte ich Toni ins Bild setzen, damit sie alle Vorkehrungen treffen kann.

Mit einem abschließenden Nicken stehe ich von meinem Schreibtisch auf.

Das nächste Geschäft bevorzuge ich in ungezwungener Atmosphäre abzuschließen. Deshalb lasse ich mich auf einen der beiden malvenfarbenen Samtsesseln, neben dem schwarzen Kamin nieder.

Bis vor kurzem war mir die Farbe *Malve* noch völlig unbekannt. Eleanor machte sie mir schmackhaft. Sie passe zu dem Tattoo auf meiner linken Brust, einem Krähenkopf mit mattlilanen - *malvefarbenen* – Augen. Diese Augen erinnern mich daran, demütig zu sein und mich selbst zu besinnen.

Ansonsten herrschen in meinem Arbeitszimmer die Farben Schwarz und Gold vor. Auf dem Parkett liegt ein anthrazitgrauer Teppich, auf dem ein niedriger Tisch aus Glas steht. Nur die Beine sind golden. Links und rechts

neben dem Kamin stehen Regale. Darin befinden sich verschieden Waffen, aus unterschiedlichen Epochen. Dolche, Säbel, Schwerter, Wurfmesser, Pistolen, Pfeile und auch Schlagringe.

Links auf dem Kamin stehen drei weiße Kerzen und daneben hängt das Bild einer Frau. Es ist eine Pastellzeichnung. Eine langhaarige Dame blickt über die Schulter, direkt zum Maler. Ihr Blick ist ernst und flüchtig zugleich. Als ob ihre Aufmerksamkeit an anderer Stelle läge und nur ihre Augen auf Wanderschaft wären. Der Künstler hat einen vergänglichen Moment eingefangen. Diesen einen Augenblick, in dem man sich entscheidet, ob man sich abwendet oder bleibt.

Ein schlanker Mann, mittleren Alters betritt mein Büro. Von den Zehenspitzen bis zum Kinn hüllt ihn schwarzer Stoff ein. Der Anzug, sowie der Rollkragenpullover sitzen gut und erzählen von Reichtum und schlichter Eleganz. Das zeichnet diesen Mann aus. Ein unscheinbares Gesicht, das in jeder Menschenmenge spielerisch untertaucht und die Effizienz, mit der er jeden Auftrag erledigt.

Geschmeidig schlendert er an dem langen Konferenztisch vorbei und auf mich zu. »Mr Hunter, Sie haben nach mir schicken lassen.«

Ich deute auf den Sessel mir gegenüber. Wallace öffnet den Knopf an seinem Jackett und setzt sich. Die Hände faltet er bequem im Schoß, während er die Beine lässig übereinanderschlägt. Dabei legt er den Knöchel des rechten Fußes frei. Ein Messerschaft blitzt auf, und ich bin stolz, auf das, was ich erreicht habe. Diesen Mann kann sich nicht jeder leisten.

»Richtig.« Geschäftsmäßig beuge ich mich nach vorne und stütze die Ellbogen auf meine Knie. »Ich habe einen Auftrag für Sie.«

Wallace nickt einmal. »Ich höre.«

Zufrieden lehne ich mich wieder zurück. Dabei lege ich den rechten Knöchel auf mein linkes Knie. Den Kopf stütze ich auf Zeigefinger und Daumen ab. »Sie müssen mir jemanden bringen.« Halblächelnd werfe ich den Köder aus. »Einhunderttausend Dollar, wenn Sie sie mir lebend bringen.«

Wallace neigt den Kopf und hebt eine Augenbraue. »Nennen Sie mir die Details und betrachten Sie die Angelegenheit als erledigt.«

Kapitel 14: Hollywood, ich komme!

Veronica

Gähnend schlurfe ich aus dem fensterlosen Badezimmer. Alle Lampen sind aus und nur das Licht der Sterne erhellt den kurzen Weg zum Bett. Mit schlafverschnürten Augen schiebe ich mir die Locken aus dem Gesicht. Dabei steigt mir ein Hauch von Zitronenduft in die Nase und ein Bild von *Jelly-Belly* ploppt ungebeten in meinem Kopf auf.

»Mhmmm...«, summe ich mit geschlossenen Lippen und schleiche auf Zehenspitzen über den rauen Teppichboden. Als ob ich heimlich zu einem Liebhaber ins Bett schlüpfen würde.

Kichernd lasse ich diese Fantasie zu.

Der Raum ist angenehm temperiert, aber trotzdem ziehe ich die warme Bettdecke schnell bis ans Kinn. Leider wartet zwischen den weißen Daunendecken niemand auf mich. Auch kein gewisser Detective.

Leiseseufzend schließe ich die Augen. Dann mache ich es mir, auf dem Bauch liegend, bequem. Die steifen Laken rascheln leise, als ich einen Fuß über den Bettrand hinausschiebe. Ich genieße das Gefühl, der kühlen Luft an meiner Haut.

Während ich beginne in süße Träume wegzudösen, wackle ich mit den Zehen. Dabei stoße ich gegen etwas Weiches. Sofort halte ich inne und öffne die Augen. Nur langsam wage ich es, den Kopf zu drehen.

Am Fußende des Betts hebt sich eine große und schmale Silhouette vor dem mondhellen Fenster ab. Erstarrt hält der Eindringling ein Seil in der Hand.

In Panik lasse ich den Angreifer nicht aus den Augen, fasse aber gleichzeitig nach dem ersten Gegenstand, den ich in die Finger bekomme. Ein Glas auf dem Nachttisch.

Zwischenzeitlich packt mich der Kerl am Fuß. Er zieht mich zu sich heran. Aber ich drehe mich um und werfe das Glas. Es zersplittert an der Wand schräg hinter dem Mann.

»*Hilfe!*«, kreische ich, so laut ich kann, und klammere mich mit aller Kraft am Bett fest.

Beinahe im selben Moment erschüttert ein lauter Knall die Luft in meinen Lungen und das halbe Zimmer explodiert um mich herum. Der Schock fährt mir bis in die Knochen, als die Reste der Türe krachend gegen die Wand knallen und ein bewaffneter Riese das Zimmer stürmt. Unkontrolliertes Zittern setzt ein und ich ziehe schützend die Arme über den Kopf. Mein Herz rast, das Blut rauscht mir in den Ohren und ich ringe verzweifelt um Luft.

»*Auf den Boden!*«, brüllt jemand, wie ein wütender Bauarbeiter.

Ich weiß nicht, ob ich gemeint bin, aber vorsichtshalber robbe ich vom Bett. Dumpf wie eine übergroße Banane knalle ich auf dem Boden auf und rolle mich zu einem Ball zusammen.

Im selben Moment ertönt ein Schuss. Und nur eine Sekunde später gehen der Gigant und der schwarze Mann neben mir zu Boden.

Aus Angst, von den beiden zermalmt, erschossen oder auch nur gepackt zu werden, springe ich auf und stürme los. Stolpernd stürze ich durch die Türe und renne direkt einer panisch blickenden Frau in die Arme.

»*Roxy! Verschwinde! Lauf!*«, brüllt einer der beiden Männer aus meinem Zimmer.

Die fremde Frau starrt mich mit großen Augen an und nickt. »Schnell weg hier!«, spricht sie meine Gedanken laut aus. Sie packt mich am Arm und zieht mich hinter sich her. Bei jeder Zimmertüre, an der wir vorbeikommen und die sich öffnet, bei jedem fragenden Gesicht, dass uns entgegenblickt, gibt die Frau kurze Anweisungen, dass die Menschen in ihren Räumen bleiben und niemandem öffnen sollen, bis die Polizei Entwarnung gibt.

Wir rennen immer weiter, blicken über die Schulter und beeilen uns, die Menschen zu warnen. Bis wir einen Aufzug erreichen. Gleichzeitig hämmern wir auf alle erreichbaren Knöpfe. Sekunden dehnen sich zu Minuten aus. Ich zittere immer noch und die Frau neben mir zappelt wie ein Fisch an Land, bis das erlösende Ping ertönt, welches die Kabine ankündigt.

»Komm schon!«, fleht die Frau neben mir. Und schon öffnen sich die silbernen Türen.

Wie zwei Synchronsportlerinnen hasten wir in die vorläufige Sicherheit der Aufzugskabine. Beide lehnen wir schweratmend an den verspiegelten Wänden. Die Türen beginnen sich zu schließen.

Während ich mich nach vorne auf die Knie stütze, starre ich die andere Frau an. Ihre dunkelblonden Haare hat sie zu einem festen Zopf zusammengebunden. Ein paar Strähnen haben sich bei unserer Flucht gelöst und hängen ihr wirr ins Gesicht. Ihre weiße, locker fallende Bluse steckt in

einem schwarzen knielangen Lederrock, der von einem braunen Gürtel gehalten wird. Hochhackige Leopardenpumps runden die schlanke Erscheinung ab.

»Danke«, keuche ich, als schnelle Schritte auf dem Flur ertönen.

Mit großen Augen starren wir durch die sich schließenden Türen auf den Mann, der mit einem Messer in der Hand ums Eck rennt.

»Nun mach schon!«, brüllt meine Fluchthelferin und schlägt wiederholt auf einen Knopf.

Die Türen schließen sich, bevor uns der Kerl erreichen kann. Als sich der Aufzug gemächlich, als ob wir alle Zeit der Welt hätten, in Bewegung setzt, ertönt ein lauter Knall. Blechern hallt er in der Kabine wieder.

Ich zucke erschrocken und beiße mir auf die Lippen. Mein Blick huscht nach oben, auf die Anzeige. Sie springt von vier auf drei, auf zwei und dann auf eins. Die Türen öffnen sich und meine Retterin sprintet los. Ich folge ihr nur eine Millisekunde später.

In der Lobby brüllt sie laut, »*Tiny ruf die Polizei! Ein bewaffneter Mann ist im vierten Stock! Schnell!*«

Die anwesenden Gäste springen keuchend auf, und die Frau, die gerade noch wie ein Fischweib gebrüllt hat, bleibt in aller Seelenruhe stehen und legt die Hände ineinander.

Fasziniert beobachte ich, wie sie die Schultern strafft und sich ein beruhigendes Lächeln auf ihrem Gesicht breit macht. »Bitte bleiben Sie ruhig und begeben Sie sich in aller Ruhe auf den Parkplatz. Die Polizei ist schon im Haus. Ich bin sicher, dass sie die Situation binnen Kurzem unter Kontrolle hat. Gleich kommt Personal mit Decken, falls jemand keine Jacke dabei haben sollte.«

Die Gäste nicken und verschwinden zügig durch die Türen nach draußen. Die Empfangsdame telefoniert bereits mit der Polizei, und die Frau, die mich gerettet hat, zieht mich weiter mit sich.

Barfuß tappe ich über kalte Fliesen, als wir am Eingang vorbei und in den Speisesaal rennen. Die Frau schnappt sich eine Jacke, die an einer Stuhllehne hängt und wirft sie mir zu.

»Anziehen«, befiehlt sie und rennt weiter.

Weil ich nicht weiß, was ich sonst machen soll, gehorche ich und laufe ihr hinterher, durch die Küche und in den Hinterhof. Dort bleibe ich nach vorne gebeugt stehen. Der Temperaturunterschied raubt mir für einen Moment den Atem. In meine nackten Fußsohlen stechen spitze Eisnadeln. Zackig, wie im Spinningkurs springe ich von einem Bein aufs andere, um so wenig Bodenkontakt wie möglich zu haben.

»Komm schon weiter!«, ruft meine Retterin. Sie hält direkt auf einen monströsen schwarzen Pick-up zu.

Ich renne los. Erleichtert springe ich auf den Beifahrersitz und warte darauf, dass sie neben mir einsteigt und wir endlich abhauen können.

»Warten Sie hier«, befiehlt sie mir stattdessen, während sie die Türe hinter mir zuschlägt.

»Was ...?« Ungläubig sehe ich mit an, wie sie wieder in das Hotel zurückrennt. »Aber wir müssen doch hier weg.« Mein kümmerlicher Protest verklingt ungehört.

Am Rande der Windschutzscheibe bilden sich kleine Eiskristalle. Noch immer ist es dunkel, und hier draußen ist es dazu noch mitternachtsstill. Man könnte meinen, alles war nur ein verrückter Traum.

Aufstöhnend reibe ich mir mit beiden Händen über das Gesicht. »Warum passiert dieser ganze Bockmist ausgerechnet mir?«

Als ich heute Nacht in mein Zimmer kam, war da nichts Besonderes gewesen. Im Schrank hing normale Kleidung. Hosen, Pullover, Shirts, Kleider und Röcke. Alles völlig normal. In den Schubläden lag meine Unterwäsche und auf dem Nachttisch ein Ladekabel, aber kein Handy. Ich vermute, dass es in meiner Handtasche war und zusammen mit meiner Bankkarte und dem Bargeld in den Taschen von jemand anderem verschwand.

Nachdem ich das ganze Hotelzimmer durchwühlt und nichts Auffälliges oder Sonderbares gefunden hatte, war ich duschen gegangen. Dann habe ich mir einen Pyjama angezogen und ein Glas Wasser eingeschenkt, und keine fünf Minuten später war ich eingeschlafen. Und nur weil ich so dringend auf die Toilette musste, bin ich aufgewacht.

Hat der nächtliche Besucher etwas mit ... ihm ... zu tun?

Hat er mich gefunden?

Kann das sein?

Bin ich vielleicht hier, weil der Fall wieder aufgerollt wurde?

Mein Herz stolpert und beginnt zu rasen.

Der Fall! Pord!

Wie Schuppen fällt es mir von den Augen und ein weiteres Puzzlestück rückt an seinen Platz.

Ich muss irgendwie nach Chicago, zu meinem Engel.

Gerade, als ich über den Schalthebel auf den Fahrersitz klettern will, wird wie aus heiterem Himmel die Fahrertüre aufgerissen. Ich schreie laut auf und falle zurück auf meinen Sitz. Reflexartig kralle ich mich mit einer Hand an dem Handlauf der Türe fest, während ich das rechte Bein in den Boden stemme und das Linke anhebe, um, falls nötig, fest zuzutreten.

Aber ausgerechnet *Jelly-Belly* schwingt sich hinter das Steuer.

Verdutzt starre ich ihn an.

Er hingegen starrt mit gerunzelter Stirn auf meinen nackten Fuß. »Wollten Sie mich gerade eben treten?«

Ich lasse das Bein sinken und die Schultern fallen. »Ich dachte, Sie wären ...« Schluckend verstumme ich.

»Der Kerl, der Sie umbringen wollte?«

»Woher ...?« Verwundert starre ich ihn einen Moment an. Dann kneife ich misstrauisch die Augen zusammen. »Warum sind Sie überhaupt hier? Ist das *Ihr* Wagen?«

»Ja, das ist *mein* Wagen. Und jetzt schnallen Sie sich an«, befiehlt er kurz und knapp.

Wie ein Fisch auf dem Trocknen schnappe ich nach Luft.

»Ich werde Sie nicht zweimal bitten. Da drin ist jemand, der Ihnen unbedingt an den Kragen will. Ich habe Ihnen vorhin genug Luft verschafft, damit Sie abhauen konnten. Und jetzt werden wir nicht darauf warten, dass der Typ das zu Ende bringt, was er angefangen hat.«

»Moment mal?! *Sie* waren der Zweimetermann, der meine Zimmertüre geschreddert hat?« Entsetzt starre ich den großen Kerl im schwarzen Shirt und der Schutzweste an. Die Cap trägt er falsch herum auf dem Kopf, was ihn taffer und sympathischer erscheinen lässt.

»Immerhin habe ich Sie gerettet. Falls es Ihnen entgangen sein sollte. Ein Danke wäre also durchaus angebracht.«

Plötzlich beugt er sich in einer fließenden Bewegung über mich. Sein linker Arm greift an mir vorbei, als ob er mich zwischen seinen Armen einpferchen möchte.

»Nicht«, keuche ich und hebe erschrocken die Hände.

Da fällt ein Teil seiner Körperspannung, wie ein gelockertes Seil, ab. Sein Blick wird weich. »Keine Angst«, wispert er, mit einem Mal ganz ruhig. Dabei sackt sein Blick auf meine Lippen ab. »Ich will Sie nur anschnallen.«

Ohne mich aus den Augen zu lassen zieht er mit der linken Hand am Gurt. Seine rechte Schulter reibt über meine, die in einer viel zu großen olivfarbenen Jacke steckt.

»Danke«, japse ich und wickle mich fester in die fremde Jacke. »Aber das hätte ich schon selbst geschafft.«

Detective Shepherd lächelt und drückt die Schlosszunge in das Gurtschloss. Das Klacken halt laut durch den Fahrgastraum.

»Und wo fahren wir jetzt hin?« Nervös streife ich mir die Haare aus dem Gesicht.

»Erst mal zu mir. Und da erzählen Sie mir, warum Sie aus dem Krankenhaus abgehauen sind.«

Kapitel 15: Einfach kompliziert

Jack

»Also?« Wie einer dieser rotköpfigen, angriffslustigen Ermittler, die ich so sehr hasse, stemme ich die Fäuste in die Hüften und beuge mich nach vorne.

Unterdessen sitzt Miss Valenty im schwarzen Seidenpyjama und mit herrlich zerwühltem Haar auf meiner Couch. Was an einem normalen Samstagmorgen und unter normalen Umständen faszinierend wäre. Aber an diesem Morgen ist absolut nichts normal. Ihr Blick ist, gelinde gesagt, genervt. Und wie schon vorhin im Wagen, wickelt sie sich auch jetzt fest in meine Jacke ein. Als ob der olivfarbene Stoff eine Rüstung wäre. Eine zu groß geratene Rüstung, in der sie regelrecht versinkt. Die ihr aber viel zu gut steht.

Ein sehr undamenhaftes Schnauben reißt mich aus meinen Betrachtungen. Miss Valenty verschränkt die Arme, während ihre Stirn böse Falten wirft.

Allerdings braucht es mehr, wie nur eine frostige Miene, um mich aus der Ruhe zu bringen. Unbeeindruckt spiegle ich ihre Haltung wieder. Ich hefte meinen Blick auf ihr Gesicht und wiederhole mit ausdrucksloser Miene meine Frage. »Warum sind Sie abgehauen?«

Miss Valenty wendet den Kopf zur Seite und verdreht die Augen. »Das ist kompliziert.«

»Nach dem, was ich gerade eben erlebt habe, ist es wohl mehr wie nur kompliziert.« Für einen Moment presse ich die Lippen zusammen. Dann hole ich tief Luft. »Also, raus mit der Sprache. Wer wollte Ihnen etwas antun? Warum sind Sie aus dem Krankenhaus geflohen? Und was verheimlichen Sie vor mir?«

Miss Valenty schluckt und blickt zur Türe. Ihre Schultern sacken herab und sie verliert ihre herrische Haltung. Im Moment hätte sie auch ein ertränktes Kätzchen, welches ich im letzten Moment aus den Fluten eines Flusses gezogen hatte, sein können.

Mit diesem Gedanken wird mir auch schlagartig klar, dass hier vor mir eine Frau sitzt, die überfallen wurde, die bis vor ein paar Stunden noch im Krankenhaus gelegen hat und plötzlich in einem fremden Haus sitzt, mit einem Mann, den sie erst ein Mal in ihrem Leben gesehen hat. Im Moment schüchtere ich sie mit meinen Cop-Allüren also nur ein.

Ich mustere sie noch einen langen Moment und falle dann mit schlaffen Schultern in den altersschwachen Sessel hinter mir. »Entschuldigen Sie, Miss Valenty. Wenn ich einer Sache auf den Grund gehen will, schieße ich manchmal übers Ziel hinaus. Aber ich weiß, dass Sie in den letzten vierundzwanzig Stunden viel durchstehen mussten. Es tut mir leid, wenn ich Sie bedrängt habe. Es war nicht persönlich gemeint. Ist wohl eher so eine Art Berufskrankheit.« Ich lächle entschuldigend und breite die Hände aus. »Wollen Sie vielleicht etwas trinken? Tee? Oder einen Kaffee? Wasser?«

Miss Valenty mustert mich, als ob mir plötzlich Hörner gewachsen wären. Sie blinzelt sichtlich verwirrt und kneift dann misstrauisch die Augen zusammen.

Aber ich behalte meine Strategie bei. Wie an einem normalen Feierabend ziehe ich mir die Cap vom Kopf und werfe sie auf den Tisch vor mir. Mit einem lauten Seufzen wuschle ich mir durch die Haare, dann öffne ich den Klettverschluss der Schutzweste und ziehe sie mir samt Polizeimarke über den Kopf. Mein Shirt klebt verschwitzt an meinem Rücken. Ich zupfe daran, um etwas Luft an meine feuchte Haut zu bekommen.

Ein abschätzender Blick in Miss Valentys Richtung zeigt mir, dass sie sich zusammen mit mir entspannt. Sie hat ihre nackten Füße auf die Couch gezogen und sitzt im Schneidersitz vor mir.

»Etwas Warmes zu trinken wäre wirklich gut.« Sie presst die Lippen zusammen und zuckt die Schultern. Ihre Mundwinkel zeigen nach unten.

Froh über ihr kleines Entgegenkommen, lächle ich und stehe auf. »Tee oder Kaffee? Ich habe Fenchel-, Kamille- und Früchtetee.« Mit zwei schnellen Schritten stehe ich neben der kleinen Küchenzeile. »Ich weiß, das ist nicht sehr einfallsreich. Aber ich mag dieses neumodische Zeugs nicht so gerne. Vielleicht, wenn wir alle drei mischen?« Etwas zu eilig öffne ich die Schranktüren und hole alles von mir erwähnte heraus. Miss Valenty bleibt still. »Oder doch lieber Kaffee? Schwarz? Mit Milch oder Zucker?« Fragend blicke ich hinter mich.

Miss Valentys Unterlippe zittert und in ihren Augen schwimmen Tränen. Sie dreht den Kopf zur Seite und senkt sachte ihr Kinn. Dabei berührt ihre Wange beinahe die angehobene Schulter. Zitternd holt sie Luft.

Bei diesem Anblick entsteht in meiner Brust ein seltsamer Druck. Als ob ihre Verletzlichkeit an meiner Psyche kratzen würde. Sofort fallen meine Schultern, gemeinsam mit meinen Plänen, die sture Königin auszuquetschen, wie trockene Asche in sich zusammen. Stattdessen erwacht in mir das irrsinnige Verlangen, ihr Blumen in die Hände zu drücken. *Verrückt!*

»Bitte nicht weinen«, flehe ich und reibe mit der flachen Hand über meine Brust. »Sagen Sie mir einfach, wie ich Ihnen etwas Gutes tun kann.«

Da heben sich ihre Mundwinkel ein kleinwenig. Sie lächelt leicht, wobei sie mich nicht anblickt. Mit den Fingerspitzen der linken Hand reibt sie sich erinnerungsträchtig über ihre Lippen. Ihren Blick richtet sie schüchtern nach unten.

Es ist das erste echte Lächeln, das ich von ihr zu sehen bekomme. Und es gilt anscheinend nicht einmal mir. Trotzdem verändert es alles.

Die Zeit steht still und dehnt sich aus. Die Wände, der Boden, das Dach, *die ganze Welt* rückt von mir ab, als ob sie wie ein Gummiband in die Länge gezogen würde. Alles rutscht in weite Ferne, zieht sich immer länger, bis es nur noch grau in grau gibt.

Schnelle Atemzüge hallen laut in meinen Ohren wieder und mein Blut dröhnt heiß durch meine Adern. Aber mein Herzschlag wird immer langsamer. *Kogong ... Kogong ...* bis die Stille alles umfasst und die Dunkelheit die Welt verschlingt. Alles, was übrig bleibt, ist ... *sie*. Die blonden Haare, das herzförmige Gesicht und die vollen Lippen, die mich locken wie frische Erdbeeren.

»Detective Shepherd?«

Leise klickend schnalzt das Universum zurück an seinen Platz.

Es ist die gleiche Welt. Nur nicht mehr die Alte.

»Kaffee oder Tee?«, krächze ich.

»Kaffee«, antwortet sie leise. Ihr Lächeln ist erloschen. Ersetzt durch ein besorgtes Stirnrunzeln. »Alles in Ordnung, Detective?«

»Milch oder Zucker?«, will ich wissen, ohne auf ihre Frage einzugehen. Im selben Atemzug drehe ich mich zurück zur Küche. Ich räuspere mich und straffe die Schultern.

Einfach nur Kaffee machen!

»Beides bitte.« Miss Valentys Stimme geht mir direkt unter die Haut.

Meine Schultern sacken kraftlos herab.

Ich wusste, sie ist eine Süße.

Als ob Miss Valenty meinen Gefühlssalat spüren könnte, lässt sie mich in Ruhe den Kaffee zubereiten. Hin und wieder werfe ich ihr dann doch einen heimlichen Blick zu. Aber sie sieht sich nur neugierig um und bleibt still. Zwischendurch, wenn sie denkt, ich würde es nicht bemerken, schielt sie argwöhnisch zu mir herüber, was unser Hin und Her wie einen vorsichtigen Tanz erscheinen lässt. Auf stummer Ebene versuchen wir uns gegenseitig auszukundschaften. Doch nach ein paar Minuten siegt wohl ihre Neugierde.

»Das ist also Ihr Zuhause?«

Auf ihre Worte hin hebe ich den Kopf und blicke meine Bleibe und die fremde, mitgenommene Frau darin aufmerksam an. Beinahe im selben Moment sehe ich mich dazu gezwungen, die seltsame Anwandlung, mich neben ihr auf die Couch zu setzen und ihr zu versichern, dass ich alles wieder in Ordnung bringen werde, zu unterdrücken.

Stattdessen zucke ich nur die Achseln. »Ja. Wieso? Stimmt etwas nicht?«

Sie sieht mich überrascht an und wiederholt ihre Musterung im Schnelldurchlauf. »Es ... erscheint ... etwas klein und ... schlicht.«

Mein Blick folgt dem ihren, der von den einfachen Holzdielen, über die kahlen Wände, bis hin zu den leeren Regalen und Fensterbänken wandert. »Hmmm ... Ich verstehe, was Sie meinen.« Während ich mir das Kinn kratze, starre ich auf den hellen Fleck an der Wand. Er hat den Umriss eines großen Tablets. Hier hat vor meiner Zeit wohl mal ein Bild gehangen. »Ursprünglich war die Hütte nur als eine Art vorübergehende Bleibe gedacht.«

»Aha«, antwortet sie langgezogen, als ob sie erst abwägen müsste, ob meine Worte Sinn ergäben. »Probleme gehabt, in der Stadt etwas Erschwingliches und Schönes zu finden?«

»Nein. Das ist es nicht.« Ich schüttle den Kopf und hole zwei Löffel aus einer Schublade. »Eigentlich wohne ich in Chicago.«

»Oh, Achso.« Miss Valenty atmet erleichtert aus und lächelt. Als ob sie die Tatsache, dass ich aus einer Großstadt komme, beruhigend fände. »Warum sind Sie dann hier, mitten im Nirgendwo?«

Wieder schüttle ich den Kopf, aber dieses Mal aus Frust. »Geht um einen Fall, der mich seit einem Jahr hier festhält. Ich dachte, dass ich ihn schnell zu einem Abschluss bringen könnte, aber ich stecke gerade ein bisschen fest.« Ich weiche ihrem Blick aus und fülle den Kaffee in die Tassen. »Deshalb hatte ich nie das Gefühl mich hier so richtig einnisten zu müssen.« Ich nicke ihr zu und lächle nun meinerseits. »Und außerdem mag ich es einfach und unkompliziert.«

Mit den vollen Tassen gehe ich zurück zur Couch.

Miss Valenty reibt sich nachdenklich einen Arm. »Unerledigte Dinge können ganz schön zermürbend sein.«

Ich nicke verstehend und wir sehen uns stumm in die Augen.

Dann schlägt ihre Stimmung plötzlich um. Sie hebt ihr Kinn und lächelt. »Sie mögen es nicht kompliziert? Dann müssen Sie mich ja hassen.«

Ich reiche ihr eine der Tassen und sie zwinkert mir neckisch zu.

»Wollen Sie damit etwa andeuten, Sie seien kompliziert und schwierig?« Gespielt überrascht reiße ich die Augen auf. »Das ist mir noch gar nicht aufgefallen.«

»Kompliziert?« Sie schmunzelt, senkt das Kinn und hebt eine Augenbraue. »Garantiert! Aber ob ich schwierig bin?« Jetzt kneift sie die Lippen zusammen und schüttelt den Kopf. »Eigentlich nicht. Ich habe kein Problem damit, mich an neue Situationen anzupassen. Ich glaube sogar, dass das den Umgang mit mir erträglicher macht.«

»Das wäre dann aber eher *un*kompliziert und nicht kompliziert.«

»Mhmmm ... da muss ich Sie enttäuschen, Detective. Ich habe so meine Momente.« Sie zwinkert mir frech zu.

»Ist das so?« Stumm starre ich Miss Valenty an. Und wie ich es mir dachte, hält sie die Stille nicht lange aus.

»Aber ich habe auch ein paar Marotten und Launen, die jemand, der mit mir befreundet sein möchte, akzeptieren muss.« Mit spitzen Lippen pustet Miss Valenty in ihre dampfende Tasse.

»Und welche Marotten wären das?«, frage ich, während ich mir wünschte, der angehauchte Kaffee zu sein.

Miss Valentys Blick huscht fokussierend zu mir. »Möchten Sie etwa mit mir befreundet sein, Detective Shepherd?« Langsam schlägt sie die Beine übereinander. Mit gesenktem Kopf, aber aufschielendem Blick beugt sie sich nach vorne. Ihre Zungenspitze leckt dunklen Kaffee von ihren Lippen und treibt mir den Schweiß auf die Stirn.

»Vielleicht«, antworte ich und zupfe mit einer Hand an dem fransigen Leder meines Sessels. Dabei senke ich den Kopf und schiele lächelnd zu einer verspielten Miss Valenty hinüber.

Nach einem langen Moment, in dem sie mich nur schweigend mustert, lässt sie sich locker zurück auf die Couch fallen. Sie macht es sich bequem und streckt die Beine aus. Den Kopf dreht sie nach links, zu mir. Noch immer ist sie in die unförmige Jacke gewickelt.

»Dann fangen wir doch damit an, dass Sie mich B...« Sie verschluckt den Rest und räuspert sich. »Nennen Sie mich doch bitte, Veronica.«

Misstrauisch kneife ich die Augen zusammen. Ich bin mir ziemlich sicher, dass sie etwas anderes hatte sagen wollen. Trotzdem nehme ich nach einigen Sekunden den Namen probeweise in den Mund.

In sekundenschnelle löscht ihr plötzliches Lächeln meine Zweifel aus. Wie eine Neun Millimeter ein Leben.

»Es gefällt mir, wie du meinen Namen aussprichst.« Ihre Hände landen ein kleinwenig theatralisch über ihrem Herzen.

»Wie spreche ich ihn denn aus ... *Veronica?*« Leise brumme ich ihren Namen.

Ihr Blick flackert für einen Moment. Wie eine Flamme, die kurz auflodert, weil man Zunder hineingeworfen hat.

»Wie ein Versprechen.«

Ich schlucke stumm und warte auf eine Reaktion, die mir mehr Einblick in ihre Gedanken gewährt.

Veronica aber winkelt nur ihre Beine an und blickt zur Decke auf. Dabei rutschen ihre blonden Locken über den Sofarand. Die Spitzen berühren beinahe den Boden.

»Jack?«, fragt sie, ohne mich anzublicken.

»Hmmmm...«

Sie starrt noch immer die Decke an. »Müsstest du mich nicht eigentlich aufs Revier bringen?«

Als sie ihren Kopf zu mir dreht, ist das Feuer in ihrem Blick erloschen. Überrascht starre ich sie einen Moment an.

Habe ich mir unsere neckische Annäherung nur eingebildet?

Eben flirten wir noch heftig und jetzt rammt sie die Füße in den Boden und tut so, als ob nichts gewesen wäre?

Diese Frau ist wie eine Achterbahnfahrt mit verbundenen Augen.

»Jack? Warum bin ich hier und nicht auf dem Revier?«

Erschreckenderweise gerät mein Magen ins Schlingern, wenn ich mir vorstelle, Veronica meinen Kollegen zu überlassen.

Ich mustere sie ein paar Augenblicke lang. Wie sie ausgestreckt auf meiner Couch liegt und mich abwartend ansieht. Aber im Stillen frage ich mich, was genau mich daran stört, sie aufs Revier zu bringen.

»Ich muss nachdenken.« *Ich brauche Zeit.*

Sie starrt mich ein paar Sekunden lang mit gerunzelter Stirn an, dann lächelt sie plötzlich. »Darf ich dann, während du nachdenkst, deine Dusche benutzen?« Sie setzt sich schwungvoll auf und blinzelt mich erwartungsvoll an.

»Natürlich.« Froh, über die Ablenkung, stehe ich auf und winke ihr, mir zu folgen. »Komm mit.« Ich führe sie in das kleine Badezimmer und zeige ihr, wo sie Handtücher und Duschgel findet.

»Shampoo habe ich leider nicht.« Entschuldigend zucke ich die Achseln und blicke auf sie hinab.

Während sie sich mit den Hüften ans Waschbecken lehnt, sieht sie mich mit geneigtem Kopf an. »Kein Problem. Wie gesagt, neue Situationen und so.«

»Na gut.« Wie unter einem Bann fällt es mir erschreckend schwer, mich abzuwenden. Nur zögerlich tapse ich zur Türe. »Dann lasse ich dich mal alleine. Außer ...« Halbherzig trete ich über die Schwelle, aber meine Hoffnungen zwingen mich anzuhalten. »Außer du ...?« Mit erhobenen Schultern drehe ich mich zu ihr um.

Veronica zwinkert mir belustigt zu. »Keine Angst, ich bin ein großes Mädchen und kann mich alleine waschen.«

Ein kleines Bisschen enttäuscht schließe ich für einen Moment die Augen. Dann lächle ich sie an. »Peitsche und Zuckerbrot, Veronica? Echt jetzt?«

Für einen kurzen Augenblick vermischen sich Angst, Wut und Lust in ihrem Blick. Es ist, als ob ich mitten in einen giftigen Cocktail aus Gefühlen blicken würde. Beim nächsten Wimpernschlag ist es vorbei.

»Bis gleich, Jack.« Veronica senkt den Kopf und schließt die Türe.

In Gedanken versunken trete ich einen Schritt zurück.

Was war das denn jetzt?

Nachdem ich fünf Minuten lang dem fließenden Wasser gelauscht und mich gefragt habe, was ich wohl falsch gemacht habe, da ich nicht mit in der Dusche stehe, sondern frustriert im Wohnzimmer an der Wand lehne, gehe ich kein bisschen schlauer zum Sessel zurück.

Veronica wirft mich aus der Bahn. Laut Vorschriften, müsste ich sie vernehmen. Ich sollte alle Informationen, die ich aus ihr herausholen kann, mit der nötigen Härte einfordern. Aber stattdessen hechle ich sie wie ein Teenager mit Hormonschub an.

Was habe ich vielleicht noch alles außer Acht gelassen?

Wenn die Typen so gefährlich sind, wie ich vermute, muss ich Jim Bescheid geben. Ich fahre immerhin seinen Truck.

Wütend beiße ich die Zähne zusammen. Da lasse ich mir von einem hübschen Lächeln und ein paar heißen Blicken den Kopf verdrehen und vergesse alles Relevante. Das wird mir nicht noch einmal passieren.

Nachdem ich Jim eingeweiht habe, schließe ich für einen Moment die Augen. Mein Bruder wird meine Warnung ernst nehmen und ein paar Vorkehrungen treffen. Sollte der schlimmste Fall eintreten, wird er die Hölle über jeden Unruhestifter hereinbrechen lassen, der ungebeten sein Land betritt. Mit den Shepherds muss man rechnen.

Aber sind wir, Veronica und ich, in dieser alten Bretterbude überhaupt sicher?

Mit geballten Fäusten marschiere ich durch die Hütte und ziehe die Vorhänge zu. Ich gehe auch nach draußen und sehe mich um. Aber alles ist ruhig. Keine Spuren sind im Schnee zu sehen und nur Jims Pick-up, der Dienstwagen und mein abgedeckter Mercury stehen aufgereiht im Hof.

Sobald ich mich ein letztes Mal umgesehen habe, ziehe ich die Türe hinter mir ins Schloss und drehe den Schlüssel um.

Wieder einmal klingelt mein Handy. Aber mit diesem Anruf rechne ich schon seit zwanzig Minuten.

»Chief White«, begrüße ich meinen Boss.

»Ich hoffe, Sie haben eine gute Erklärung.«

»Veronica ...«

»*Veronica?*«, unterbricht sie mich aufgebracht. »Sie meinen, *Miss Valenty*?!«

»Natürlich. Also Veronica Valenty war im Resort von Roxy ...«

»Ich kenne die Fakten. Warum ist sie nicht hier auf der Wache?«

»Miss Valenty steht offenbar auf jemandes Abschussliste.«

»Da wäre sie auf dem Revier besser aufgehoben. Meinen Sie nicht, *Detective Shepherd?* Wir sind hier nicht in irgendeinem Hollywoodstreifen, in dem Sie machen können, was Sie wollen. Es gibt Vorschriften, an die auch *Sie* sich halten müssen.«

»Ja, natürlich, Chief. Aber ich habe Zweifel, ob sie auf dem Revier sicher wäre. Miss Valenty vertraut kaum *mir*. Wenn ich sie auf das Revier bringe, wird sie womöglich dicht machen. Und ich glaube, hier steckt mehr dahinter, wie nur zwei Überfälle. Es ist kein Zufall, dass sie innerhalb von so kurzer Zeit zweimal angegriffen wurde.«

»Warum sollte Sie auf dem Revier dicht machen?«

»Miss Valenty erinnert sich noch nicht an alles. Die Gehirnerschütterung macht ihr zu schaffen und verhindert, dass sie auf alle relevanten Informationen Zugriff hat. Sie weiß nicht, wem sie vertrauen kann. Das macht sie extrem verschlossen. Bitte, geben Sie mir zwei Tage Zeit, um die nötigen Informationen zu bekommen. Sie wissen, dass Sie sich auf mich verlassen können.«

»Ist Detective Hart bei Ihnen?«

»Nein. Er ist im Resort und kümmert sich um alles.«

»Trotzdem will ich einen Bericht von Ihnen.«

»Danke, Chief.«

»Und Shepherd, Sie halten mich auf dem Laufenden. Wenn nicht Sie, dann ihr Partner. Verstanden?«

»Ja, Chief. Verstanden.«

»Sie bekommen ihre achtundvierzig Stunden. Dann bringen Sie sie zu mir.«

»Chief«, verabschiede ich mich und lege auf.

Dann setze ich mich wartend auf den Sessel. Ich brauche dringend ein paar Antworten. Und Miss Veronica Valenty wird sie mir geben.

Ganz großes Kino!

Wie eine verfluchte Sirene sitzt Veronica auf meiner ausgedienten Couch. Ihre Haare hängen feucht über ihre Schultern herab und hinterlassen kleine dunkle Punkte auf ihrem Pyjama. Und dass sie dabei nach *meinem* Duschgel riecht, macht das Ganze nicht besser. Denn Sie würde auch nach einer schweißtreibenden Nacht so ... *perfekt* ... nach mir riechen. Und zwar nachdem wir *zusammen* geduscht hätten.

Diese gefährliche Kopfgeburt lässt mich nicht los. Ich verfolge sie, bis zu ihrem süßen Ende und reibe mir dabei fest über Lippen und Kinn. Es brodelt in meiner Brust. Aber ich schüttle den Kopf und versuche, aus dem verboten heißen Gedankenlabyrinth auszubrechen.

»Bist du irgendwie sauer auf mich? Oder warum schaust du so gereizt?«

Veronicas Stirn liegt in Falten. Sie sieht mich misstrauisch an, als ob ich mich jeden Moment in ein Monster verwandeln könnte. Dabei hat sie keine Ahnung, in welche Richtung meine Gedanken in Wirklichkeit abdriften.

Ich seufze lang und stürze meine Stirn in meine Hand. »Nein. Tut mir leid, wenn es so rüberkommt. Schieb es auf meinen Schlafmangel.«

Um mir selbst den Kopf zurechtzurücken drücke ich die Schultern nach unten und setze mich aufrecht hin. »Aber, ich finde, da du mich meinen freien Tag gekostet hast, schuldest du mir ein paar Antworten.«

Veronica reckt augenblicklich ihr Kinn. »Müsstest du nicht eigentlich den Kerl, der mich im Hotel angegriffen hat, verhaften?« Sie verschränkt angriffslustig die Arme vor der Brust. »Und den ganzen Polizeikram dort machen? Leute befragen und auf die Kollegen warten oder so?« Ihre Stimme wird immer spitzer. »Warum warst du überhaupt dort?«

»Wow! Also gut.« Ich halte die Hände abwehrend vor meinen Körper und schüttle den Kopf. »Ich sehe schon, so führt das zu nichts. Was hältst du davon, wenn ich jetzt einfach deine Fragen beantworte und sobald du kapiert hast, dass ich einer von den Guten bin, stelle *ich* dann die Fragen. Einverstanden?«

Sie nickt einmal knapp und das genügt mir.

»Gut. Also dann. Der Kerl, der dich überfallen hat, er ist entwischt.«

Sie schluckt und blickt zur Türe. »Meinst du, er sucht nach mir? Und lüg mich ja nicht an.«

»Du willst die Wahrheit hören? Ohne Beschönigung?«

Veronica nickt. »Ja.«

»Na gut. Um ehrlich zu sein, ich gehe schwer davon aus, dass er es noch einmal versuchen wird. Was auch immer er vorhatte. Denn, was er angefangen hat, konnte er definitiv nicht zu Ende bringen.«

Veronicas Augen werden groß und sie fasst sich an die Kehle. Ihr Atem beschleunigt sich und ihre Pupillen springen hektisch von links nach rechts. Bis ihr Blick auf meiner alten Jacke hängenbleibt. Sie hatte die olivfarbene Jacke auf dem Sofa liegen lassen. Jetzt greift sie danach. Sie wickelt sich darin ein und zieht die Knie an ihre Brust.

»Keine Angst«, beschwichtige ich sofort. »Solange du bei mir bist, wird dir nichts passieren.«

Da schnalzt ihr Blick zu mir. Sie mustert mich.

Instinktiv straffe ich die Schultern. Ich blähe mich auf, wie ein Löwe, der seine Auserwählte beeindrucken möchte. Selbstsicher, vielleicht sogar ein wenig arrogant lächle ich sie an.

Das scheint Veronica zu genügen, denn sie holt tief Luft und stellt die nächste Frage. »Weißt du denn, was er wollte?«

»War das nicht offensichtlich? Der Kerl war bewaffnet und stand direkt neben deinem Bett.«

Sie schluckt und nickt wieder. »Und die Befragungen der Zeugen? Und die Sachen, die die Polizisten vor Ort abarbeiten müssen? Was ist damit?«

»Den Polizeikram erledigt mein Partner. Du hast ihn im Krankenhaus gesehen.«

Veronica schnaubt belustigt. »Die Kichererbse?«

»Sehr treffende Beschreibung.« Grinsend stelle ich mir vor, wie ich Joe seinen neuen Spitznamen unter die Nase reibe. »Aber ja, genau den meine ich.«

Sie bohrt weiter. »Und woher wusstest du, wo ich bin?«

»Das wusste ich nicht. Ich war zum Frühstücken im Resort. Ich bin öfters dort.« Warum muss sie nicht wissen. »Zufrieden?«

Sie blickt zur Seite und kneift die Augen zusammen. »Nicht so ganz.«

»Und was willst du noch wissen?«

»Woher wusstest du, dass ich dort war? Du sagst, du warst nur frühstücken, aber warum hast du dann ausgerechnet im richtigen Moment meine Türe eingetreten?«

»Na gut, ich war nicht nur zum Frühstücken dort. Ich habe mich bei der Resortleitung über eine Miss Valenty erkundigt.« *Das ist zwar nur die halbe Wahrheit, aber es ist nicht gelogen.*

»Das bedeutet, wärst du nicht ...« Sie reibt mit einer Hand über ihren Brustkorb und schluckt. »Dann wäre ich jetzt ...«

»Hey, nicht darüber nachdenken. Das macht dich nur verrückt. Es bringt nichts, über die ganzen Wenns zu grübeln. Es ist, wie es ist. Okay?«

»Du hast recht.« Veronica holt tief Luft und lächelt wieder ein wenig. »Ich denke besser nicht darüber nach. Aber ich bin froh, dass du da warst. Danke, Jack.«

»Gerne.« Ich lächle sie an, und Veronicas Wangen bekommen etwas Farbe. »Jetzt zufrieden? Hast du genug Antworten bekommen?«

»Warum bin ich nicht auf dem Revier?«

»Ich habe mit dem Chief telefoniert, während du duschen warst. Wir sollen uns bedeckt halten.«

Sie nickt und fällt zurück gegen die Lehne. »Okay.«

»Dann bin *ich* jetzt dran?« Fragend sehe ich sie an.

»Was willst du wissen?«

Um mich zu sammeln, blicke ich einen Augenblick nach unten. »Zuerst würde ich gerne wissen, warum du unter dem Namen, *Betty* Valenty eingecheckt hast und nicht als Veronica.«

»*Betty?*«, wiederholt sie tonlos. Sie blinzelt ein paarmal verwirrt und sieht mich dann plötzlich mit großen Augen an. »Ich habe als *Betty* eingecheckt?« Plötzlich werden ihre Augen tellergroß und sie schlägt sich eine Hand vor die Stirn. »Ich bin so bescheuert!«

»*Was?*« Alarmiert lasse ich Veronica nicht aus den Augen.

Und wie erwartet, springt sie wie ein erschrockener Grashüpfer vom Sofa auf. Aber sie läuft nicht weg. Stattdessen starrt sie mit großen Augen ins Nichts.

»Ganz klar, dass die mich so finden. Verdammt!« Veronica dreht sich hin und her und schnalzt mit den Fingern. Dabei huscht ihr Blick von links nach rechts. Sie grübelt sichtlich. »Betty. Aber natürlich. Ich bin so blöd.« Wieder

kneift sie die Augen zusammen, bevor sie sie ebenso flink wieder aufreißt.
»Lisa! Ich wollte sie besuchen. Sie weiß aber von nichts. Es sollte eine Überraschung sein.« Schwungvoll dreht sie sich zurück zu mir.

Und ich stehe nun ebenfalls auf. Sitzenzubleiben scheint unmöglich. Denn mittlerweile rast mein Herz, als ob ich ihren stürmischen Gedanken hinterherjagen würde.

Mit einem besorgten Blick tritt sie einen schnellen Schritt auf mich zu. »Das ist jetzt wirklich wichtig. Hast du nach *Veronica Valenty* in deinem Computer gesucht?« Sorgenfalten türmen sich auf ihrer Stirn.

»Ja, das ist das Standartvorgehen.« Ich nicke und breite die Arme aus. »Du hast uns den Namen genannt und wir haben danach gesucht.«

Veronica marschiert mit ins Leere gerichtetem Blick im Kreis. »Dann war der Kerl vielleicht doch einer von ihnen.« Direkt vor mir bleibt sie stehen. Aufgeregt fasst sie nach meinen Armen. Ich halte still und höre nur zu. »*Betty Valenty*. Das ist seit zwölf Jahren mein Name.« Sie sieht mich an, als ob ich jetzt verstehen müsste. Aber es gelingt mir kaum, ihren wirren Worten zu folgen. »Davor war ich *Veronica Belt*.«

Mit leerem Blick taumelt sie zurück, bis ihre Kniekehlen gegen das Sofa stoßen. Stumm und winzigklein sackt sie darauf nieder.

»*Belt*«, murmelt sie ein letztes Mal.

»Wie meinst du das? Hast du etwa deinen Namen geändert?«, versuche ich ihr zu folgen und setze mich ebenfalls wieder hin.

»Kann ich dir vertrauen, Jack? Ich meine, so wirklich echt vertrauen?« Ungeweinte Tränen schwimmen in ihren hellgrünen Augen und bringen mich zum Schlucken.

Um Zeit zu schinden, nehme ich einen Schluck von meinem Kaffee.

Joe hat mir vorgeworfen, befangen zu agieren. Und ich muss gestehen, Veronicas verletzliche Art triggert mich. Sie zieht mich auf ihre Seite und beeinflusst mein Handeln. Aber sie macht mich nicht blind. Denn da wären immer noch die beiden Überfälle, die innerhalb von so kurzer Zeit passiert sind. Kann das wirklich Zufall sein? Und zusätzlich untermauert die geschickt vollzogene Namensänderung wie ein beschissener Pfeiler. Joes unausgesprochene Unterstellung.

Veronica Belt.

Betty Valenty.

Die Anfangsbuchstaben bleiben gleich. Eine hingekritzelte Unterschrift ändert sich auf diese Art kaum. So geht nur jemand vor, der unentdeckt bleiben will. Und der weiß, wie der Hase läuft.

Joe hat recht. Ich sollte, so wie ich fühle, nicht fühlen.

Und trotzdem stehe ich auf und setze mich neben Veronica. Oder Betty. Es spielt keine Rolle.

Um ihr Trost zu spenden, lege ich eine Hand auf ihr Knie. »Ich bin hier und ich werde nicht von deiner Seite weichen. Ich passe auf dich auf. Versprochen. Solange du bei mir bist, wird dir niemand etwas tun ... Veronica ... Betty.« Um die Situation etwas aufzulockern, lächle ich. »Ich weiß nicht mal, wie ich dich nennen soll.«

Und es funktioniert.

Sie schnieft und lächelt ebenfalls. »Betty. Bitte nenn mich Betty. Veronica ist seit zwölf Jahren tot.«

»Okay, dann also Betty.«

»Danke, Jack.« Heiß wie ein Bügeleisen legt sie ihre kleine Hand auf meine. Ich drehe sie um und lege meine andere Hand auf ihre. Für einen Moment halte ich ihre Finger zwischen meinen gefangen. Dabei blicke ich in ihre waldseegrünen Augen. Hoffnung wühlt sich von ihrem Blick direkt in mein Herz, und ich schwöre wortlos, dass ich nicht von ihrer Seite weichen werde, bis dieser ganze Mist aufgeklärt ist.

»Und jetzt erzähl mir alles. Von Anfang an.« *Bitte! Zerstreu meine Befürchtungen, mach sie zunichte und zeig mir, dass ich richtig liege. Dass ich dir vertrauen kann.*

Sie schnieft einmal und blickt auf unsere umschlungenen Finger. »Aber das hört sich alles total verrückt an.«

Ich lächle aufmunternd und nicke. »Versuch es. Bitte.«

Da holt sie tief Luft und beißt und leckt sich dann abwechselnd die Lippen, als ob sie nicht wüsste, wo sie beginnen soll. Dann sieht sie mir fest in die Augen. »Als ich vierzehn war, wurde ich entführt.«

»Von wem?«

Aber Betty schüttelt den Kopf. »Lass es mich dir einfach erzählen. Es ist so lange her und ich erinnere mich nicht mehr an alles, aber ich werde dir alles, was ich noch weiß, erzählen.«

»In Ordnung.«

Sie holt zittrig Luft und schluckt. »Das alles hat in einer Bar angefangen, bei Chicago.«

»Hast du nicht gesagt, du warst erst vierzehn? Wie bist du da in eine Bar gekommen?« Neugierig kneife ich die Augen zusammen.

»Tja.« Betty seufzt. »Ich war früher schon eine kleine Rebellin.« Traurig hebt sie einen Mundwinkel. »Vermutlich, weil ich ganz klischeehaft die ersten Lebensjahre in einem Heim verbracht habe. Irgendwann hat sich dann eine Familie erbarmt und mich aufgenommen, aber ich bin abgehauen. Schwere Kindheit und so.« Sie schlägt den Blick nieder.

Keine Ahnung, was mich reitet, aber ich reibe ihre kalten Finger zwischen meinen Händen. »Ich verstehe. Du musst nicht mehr über deine Kindheit erzählen. Überspringen wir das. Was war in der Bar?«

Sie räuspert sich und schluckt. »So ein Typ hatte mir etwas in den Drink gemischt. Als ich es bemerkt habe, war es schon zu spät gewesen. Alles wurde schwarz um mich herum. Als ich wieder zu mir kam, war ich gefesselt und ...« Ihr Blick wird trüb, sie versinkt in den Erinnerungen und entzieht mir ihre Hand. »Ich war nackt. Sie haben ...« Sekundenlang versucht sie, sich mit kurzen Atemstößen in den Griff zu bekommen.

Ich sitze still neben ihr. Meine Arme schmerzen, ich balle die Hände zu Fäusten und es kostet mich jedes Fünkchen Willenskraft, die mir innewohnt, um sie nicht an mich zu reißen. Aber ich bin bereit. Bereit ihr beizustehen, wenn sie mich brauchen sollte.

Schniefend blickt sie auf ihre Finger, die mittlerweile mit dem Saum ihres Pyjamaoberteils spielen. »Ich wünschte, meine Erinnerungen wären verschollen geblieben. Es war so ... friedlich, sich nicht zu erinnern. Wie in einem Traum. In einem von diesen Guten, wo du aufwachst und lächelst und einfach weiterschlafen willst. Ich würde sofort alle Erinnerungen aufgeben, um meinen Frieden zu finden.« Betty verstummt für einen Moment. Sie nickt und presst bitter die Lippen zusammen. »Jetzt weiß ich, dass es stimmt. Selig sind die, die nicht wissen.« Betty hebt den Blick und sieht mich traurig an. »Jack, ich will es nicht mehr wissen. Meine Gedanken sind wie ein Giftpfeil aus der Vergangenheit. Es ist, als ob ich alles noch einmal erleben würde.« Stille Tränen laufen über Bettys Wangen. »Ich wünschte, ich könnte wieder vergessen.«

Es bricht mir das Herz, sie so zu sehen. Aber ich muss es hören, muss ihre Geschichte verstehen. »Es tut mir so leid, Betty. Und wenn ich könnte, würde ich alles ungeschehen machen. Aber ich muss wissen, was damals passiert ist.«

»Ich weiß.« Ihre Schultern erschlaffen. »Sie haben ...« Sie presst die Augen zusammen, als ob sie sich wegwünschen würde.

»Sie haben ...? Was? Betty? Was haben sie dir angetan?« Vorsichtig neige ich mich nach vorne, versuche, ihr ins Gesicht zu spähen, sie so zum Weitersprechen zu animieren.

Betty schnieft zwar nicht mehr unablässig, trotzdem wendet sie sich von mir ab. Nach ein paar schweren Atemzügen fährt sie leise fort. Ihre Worte treffen grausam wie Kanonenkugeln meine Brust. »Es waren erbarmungslose und brutale Monster. Genauso wie sie es einem immer erzählen. Die Geschichten vom bösen Wolf und dem schwarzen Mann sind wahr. Ihre Seelen sind schwarz wie Pech.« Mit tränenüberströmten Wangen sieht sie mich an. »Sie existieren, und sie warten nur auf dumme Kinder wie mich, die sich aus ihrem sicheren Zuhause wegschleichen, um sich irgendeinen Schrott zu beweisen oder cool zu sein.« Der Tränenstrom versiegt schlagartig und Betty reibt sich grob die Salzspuren von den Wangen.

Mein Herz hämmert schmerzhaft gegen meine Rippen. »Betty ... das ... ich ...«, setze ich an, breche aber kopfschüttelnd ab. Es gibt keine Worte, die das, was sie erlebt hat, ungeschehen machen könnten.

»Sie haben Mädchen wie mich verkauft«, fährt sie schonungslos fort. »Aber vorher haben sie uns ...« Betty bricht ab und schluckt. »Zureiten haben sie es genannt.« Wieder sackt ihr Blick ab. »Manchmal wurden wir von anderen festgehalten. Manchmal waren wir gefesselt. Aber erst, wenn wir so getan haben, als ob es uns gefallen würde, haben sie aufgehört. Zuerst haben sie uns wie Liebhaber gestreichelt. Dann schlugen sie zu.« Betty steht wie in Trance auf und tritt vor den Ofen.

Bittere Galle steigt mir die Kehle hoch. Zähneknirschend schließe ich die Augen und male mir aus, wie ich all diesen gesichtslosen Arschlöchern das Leben nehme. Eines bestialischer als das andere.

»Wie bist du entkommen?«, will ich leise wissen. Denn sie hätten sie niemals freiwillig gehen lassen.

Betty hebt ratlos die Schultern und dreht sich wieder zu mir um. Dabei reibt sie sich fest über die Handgelenke, als ob sie brennende Schmerzen wegwischen möchte. »Ich konnte abhauen. Die Fesseln hatten sich gelockert. Oder vielleicht hat sie auch jemand gelöst. Ich weiß es nicht.« Schritt für Schritt nähert sie sich wieder dem Sofa. »Eines Tages bin ich aufgewacht und ich konnte gehen. Ich lief, soweit ich konnte und dann noch einen Tag länger. Ein Mann und eine Frau haben mich aufgegabelt. Ich erinnere mich noch daran, wie ich mich gewehrt habe. Aber sie waren nett zu mir und wollten mir wirklich nur helfen. Sie brachten mich zu einem Mann. Einem Polizisten. Er hatte so eine Marke um den Hals, wie du.« Betty zeigt auf die Kette, die auf dem Tisch liegt. »Ich habe ihm alles erzählt, was ich wusste.« Langsam setzt sie sich wieder neben mich. »Es hatte sich herausgestellt, dass es nicht nur um Menschenhandel, sondern auch um Drogen und Waffen ging. Ein

ganz großer Fisch, und ich wusste wirklich viel. Die Männer hatten sich über ihre Geschäfte unterhalten, während sie ... während wir gefesselt waren.« Ein kaum wahrnehmbares Lächeln stiehlt sich auf ihre Lippen. Ich runzle die Stirn, unterbreche ihren Blick in die Vergangenheit aber nicht. »Otu war der Name des Polizisten, der mich damals weggebracht hat.« Endlich sieht sie mich wieder an. »Nach der Gerichtsverhandlung, bei der dummerweise nur ein paar unwichtige Kerle lebenslang erhalten haben, kam ich ins Zeugenschutzprogramm.«

»Deswegen die Namensänderung«, stelle ich erleichtert fest. Auch die Regierung weiß, wie man taktisch klug die Namen ändert.

»Genau Zu Beginn war ich noch in Boston, aber als ich älter wurde, wollte ich weiter weg. Ich ging nach Deutschland und habe mir dort ein Leben aufgebaut. Ich habe Freunde gefunden. Nicht viele, aber Gute. Und ich bin hier, um eine davon zu besuchen. Meine beste Freundin, Lisa, hat nämlich ausgerechnet hier, in Montana, ihre große Liebe gefunden.«

»Blöder Zufall«, stelle ich zungeschnalzend fest. »Und unter normalen Umständen hätten sie dich niemals gefunden. Nur weil die Polizei, also *ich*, nach deinem früheren Namen gesucht hat, wissen sie, dass du wieder da bist. Oder zumindest sieht es danach aus. Wobei der erste Überfall wahrscheinlich wirklich nichts damit zutun hatte. Denn dann würdest du jetzt nicht hier sitzen.« Von meiner eigenen Schlussfolgerung erschrocken, blicke ich auf. »Das hätte ich nicht laut aussprechen sollen. Tut mir leid.« Entschuldigend verziehe ich das Gesicht, greife aber gleichzeitig wieder nach ihren Händen. Ich brauche diese Verbindung, um ruhig bleiben zu können.

»Alles gut. Das weiß ich doch selbst. Du hast es nur laut ausgesprochen.«

»Dann bin *ich* also daran schuld, dass der Kerl dich angegriffen hat.« Von mir selbst enttäuscht, lasse ich den Kopf hängen.

»Hey.« Betty legt sanft eine Hand an meine Wange und hebt meinen Kopf an. »Dafür hast du mich aber auch gerettet. Du hast echt hollywoodreif die Türe eingetreten und dich völlig abgefahren, wie ein Ninja-Gorilla auf den Typen geworfen.«

Bettys schmeichelhafte Worte entlocken mir ein belustigtes Schnauben. »Das ist schließlich mein Job.«

Sie beobachtet lange mein Gesicht. Ihre Mimik ist ernst und der Mund leicht geöffnet. Verwundert, wie jemand, der gerade ein faszinierendes Rätsel entschlüsselt, streicht sie mit einem Finger von meiner Stirn, über meine Schläfe und Wange, bis hinab auf mein Kinn. »Ich mag dich, Detective Jack Shepherd.« Sie grinst und kräuselt ihre Nase. »Aber was noch wichtiger ist, ich vertraue dir.«

Ich nicke langsam und gebe nun endlich meinem Verlangen, Betty nah an mich zu ziehen, nach. Es tut gut, ihre weiblichen Kurven zu spüren, ihren Duft in der Nase zu haben und ihre Wärme zu fühlen. Nicht auf eine sinnliche Art, sondern auf eine aufregend hoffnungsvolle Weise.

Kapitel 16: Wenn du es nicht versuchst, darfst du auch nicht hoffen

Betty

Etwas steif lehne ich an Jacks Seite. Einer seiner Arme liegt locker um meine Schulter. Und mit der Hand hält er mich an sich gedrückt, jedoch ohne aufdringlich zu wirken. Hitze strahlt von ihm aus. Als ob er zu lange und zu nahe an einem Feuer gestanden hätte. Es wärmt mich. Wie ein Seelenfeuer strahlt es mächtig, aber auch zärtlich, wie es nur wahre Stärke kann, bis in die bitterkalte Dunkelheit meiner Vergangenheit. Es ist, als ob Jacks Hitze meinen Schmerz, wie eine eiternde Wunde, ausbrennen würde. Als ob es jeden schlechten Gedanken verglühen ließe. Zurück bleibt nur Leere. Weiße, reine Leere. Diese Befreiung fühlt sich richtig und greifbar an. Dennoch hat sie einen bitteren Beigeschmack. Sie ist trügerisch. Denn genau das Gleiche habe ich schon einmal gefühlt.

Was allerdings wirklich gutgetan hat, war, mir den ganzen Mist von der Seele reden zu können. Es tut gut, endlich locker zu lassen und jemanden zu haben, bei dem ich *Ich* sein kann, bei dem ich nicht ständig darauf achten muss, was ich sage. Bisher konnte ich mit keiner Menschenseele darüber reden. Nicht einmal mit Lisa, meiner besten Freundin. Ich wollte niemanden gefährden oder in die Sache mit hineinziehen. Aber jetzt die Zügel aus der Hand zu geben und Jack entscheiden zu lassen, was als Nächstes geschieht, löst ein paar alte Blockaden. Viel zu lange haben mir Ängste und Sorgen wie Bleigewichte auf meine Brust gedrückt. Sie erschwerten mir mit ihrer Last das Atmen und hielten mich davon ab, in der Wirklichkeit anzukommen.

Darf ich jetzt vielleicht endlich leben?

Ist es möglich, dass es mit Jack anders ist?

»Also? Warum wolltest du zu deiner Freundin?«

Ruckartig straffe ich die Schultern und wende mich Jack zu. »Ich will jetzt nicht über Lisa reden.«

Er senkt langsam die Stirn. »Und über was willst du dann reden?«

»Ich will dir danken«, versuche ich, Jack das Misstrauen zu nehmen, während ich fröhlich zu ihm auf lächle.

Selbst im Sitzen ragt er eine handbreit über mir auf.

»Und für was? Ich dachte, dass mit dem Retten hätten wir geklärt.« Eine steile Sorgenfalte prangt auf seiner Stirn.

»Nein ... also ja, natürlich danke ich dir dafür. Aber das meine ich gar nicht.«

»Und was meinst du dann?«

»Weil du immer noch *da* bist, obwohl ich dir die Wahrheit erzählt habe. Du bist noch *hier*, bei mir. Ich hatte erwartet ...« Ich will es nicht aussprechen, ihn nicht auf dumme Gedanken bringen. Deshalb lege ich nur vorsichtig eine Hand auf seine Brust.

»Was hast du erwartet?« Jack streicht mir sanft die Locken nach hinten über die linke Schulter und sieht mich fragend an.

Ich verziehe die Lippen und streiche ein paar Fussel von seinem Shirt. »Ich dachte, du wärst angewidert.« Als ob ich mit einem tiefen Atemzug Mut in meine Lungen saugen könnte, hole ich Luft. »Und dass du auf Abstand gehen würdest. Nur noch deinen Job machst. Wenn überhaupt.« Mit einem Mal kann ich seinem freudlosen Blick nicht mehr standhalten. »Schließlich bin ich *beschädigte Ware*.«

»Stop! Was erzählst du da für einen Mist?!«

Erschrocken lehne ich mich von ihm weg. Jeden Moment wird er mich von sich stoßen. Niemand kann etwas so Abgenutztes, wie mich, wollen.

Aber aus seinen Augen trieft mir kein Mitleid entgegen. Da lodert etwas ganz anderes. Begehren und wütendes Feuer brennen sich wie ein heißes Eisen in mir fest.

»Erstens waren das keine Männer. Ein richtiger Mann zwingt sich keiner Frau auf, und schon gar keinem Mädchen.« Sekundenlang ist es still. Jacks Blick huscht von meinen Augen, zu meinen Lippen und zurück. »Und zweitens spielt es keine Rolle.«

Ist es vielleicht möglich?

Atemlos mustere ich sein erzürntes Gesicht.

Ein sanftes Kribbeln wie Schmetterlingsgeflatter erwacht in meiner Brust. Völlig neue Empfindungen brechen aus mir hervor, und ich starre Jack erstaunt an. Denn das, was ich jetzt fühle, habe ich noch nie gefühlt. Dieses Verlangen, jemandem zu gehören, Jack zu gehören, frisst sich durch mich hindurch. Es drängt die lähmende Furcht beiseite. Wie ein Eisbrecher wühlt es sich durch tonnenschwere Zweifel und schafft so Platz, um Hoffnung erblühen zu lassen.

Bitte, lass es mich endlich fühlen!, flehe ich einen Gott an, dessen mögliche Existenz ich plötzlich in Betracht ziehe.

»Betty?«, flüstert Jack und streicht mir sanft über die Wange. Mit den Augen folgt er der Spur seiner Finger, die vorsichtig über meine Schulter streifen. Er lächelt plötzlich und legt eine Hand an meine Wange.

»*Jack!*« Eine mir fremde Stimme erschallt gleichzeitig mit hartem Klopfen an der Türe. »Bist du da?«

Besagter Jack schließt fluchend die Augen und lässt seine Hände fallen. Noch immer blicke ich zu ihm auf.

»Bin gleich da«, ruft er, ohne den Kopf zu drehen. Dann öffnet er die Augen und flüstert. »Das ist Casey, ein Freund. Ich gehe kurz raus zu ihm. Es ist aber wahrscheinlich besser, wenn dich niemand sieht.«

Ich nicke schnell und stehe auf.

Jack scheucht mich in einen angrenzenden Raum. »Bleib hier drin. Ich will nur schnell hören, was los ist.« Und schon schließt er die Türe hinter mir.

Rechts von mir befindet sich ein kleines Fenster, dessen Läden geschlossen sind. Trotzdem dringen die ersten Strahlen der aufgehenden Sonne durch die Ritzen und verbreiten schummriges Licht. Neugierig drehe ich mich im Kreis. Ein breites Bett steht mit dem Kopfende an der Wand. Ich stehe am Fußende. Links vom Bett steht ein wuchtiger Kleiderschrank aus dunklem Holz. An einer der geschlossenen Türen hängt ein Kleiderhaken. Daran baumelt eine schwarze Lederjacke. Ansonsten gibt es nur einen Hocker unter dem Fenster und ein Nachtkästchen auf der rechten Bettseite. Darauf steht eine Lampe. Es gibt keine Bücher, keine Bilder, einfach nichts, was darauf hinweisen würde, was für ein Mensch hier lebt. Selbst die Bettwäsche ist in schlichtem Grau gehalten, ohne jegliche Muster. Dafür hat er zwei Kopfkissen, aber nur eine Decke.

Mit vorgerecktem Kinn trete ich an den Schrank heran. Ich drehe den Kopf zur Türe und lausche, höre aber nichts. Schulterzuckend öffne ich das dunkle Monstrum und hoffe wenigstens hier irgendwelche Hinweise zu finden, wer Jack ist.

»Was zur Hölle ...?« Kopfschüttelnd starre ich den Inhalt an.

Alles wurde akkurat gestapelt oder hängt sauber auf einem Kleiderhaken. Selbst die Socken liegen tipptopp geschlichtet in den Schubs.

Aus einem verrückten Verlangen heraus reiße ich die nächste Schublade auf und wühle wild durch den darin liegenden Stoff. Sobald ich mit dem, von mir verursachten Chaos zufrieden bin, ziehe ich neugierig ein Kleidungsstück heraus. Schließlich will ich wissen, was ich da in Unordnung gebracht habe.

Bei genauerer Betrachtung eröffnet sich das Stück Stoff als Shorts. Schnaubend betrachte ich die Unterwäsche, die ich in den Händen halte. Und sie ist - oh Wunder - genauso schlicht wie der Rest. Funktionale schwarze Pants.

Kopfschüttelnd stopfe ich sie zurück in den Schub. Mit zusammengekniffenen Augen drehe ich mich auf der Suche nach Jacks Schwachstelle um. Jeder Mensch hat ein geheimes Chaosfach. Man muss nur gut genug danach suchen.

Das Nachtkästchen hat ebenfalls eine Schublade. Aber gerade als ich sie öffnen will, geht die Türe auf. Jack schlendert mit gerunzelter Stirn herein.

Noch immer über das Nachtkästchen gebeugt stehe ich da und blicke ihm über meine Schulter hinweg entgegen.

»Schnüffelst du etwa in meinen Sachen?« Jack hebt eine Augenbraue und neigt den Kopf, während er die Arme vor der Brust verschränkt.

»Nein«, piepse ich und richte mich auf. »Und was war mit deinem Freund?«

Das bringt ihn auf andere Gedanken. Sofort verschwindet seine herausfordernde Haltung und sein Blick wird ernst. »Ich bin mir noch nicht sicher, wahrscheinlich ist es aber nichts. Zumindest nichts, was dich betrifft.«

»Und jetzt?«

»Jetzt packen wir ein paar Sachen und verschwinden von hier.«

Kapitel 17: Prinzessin auf der Erbse

Jack

Seit gerade einmal dreißig Minuten sitzen wir im Wagen. Und schon würde ich nichts lieber tun, wie rechts ranzufahren und der Königin aller Diskussionen das Maul zu stopfen.

Aber ich hole nur tief Luft und beiße die Zähne zusammen.

»Erklärst du mir noch einmal, warum ich nichts aus dem Hotelzimmer holen darf? Sicherlich sind meine Klamotten keine Beweismittel. Oder glaubst du, dass in meinen Slips ein Staatsgeheimnis versteckt sein könnte? Die Spitze ist übrigens durchsichtig. Darin kann man überhaupt nichts verstecken. Soll ich die nächsten Tage etwa in meinem Pyjama und dieser hässlichen Jacke verbringen?«

Seit einer halben Stunde geht das jetzt schon so. Ohne Punkt und Komma. Mit den Erinnerungen kommen wohl auch ein paar nervige Gepflogenheiten zurück.

Wo bitte ist die ganze Dankbarkeit abgeblieben?

»Ich habe dir schon mehrfach erklärt, dass dein Zimmer jetzt durchsucht wird. Du willst doch auch, dass der Kerl geschnappt wird. Außerdem sollten wir untertauchen, falls es wirklich deine Vergangenheit ist, die dich da gerade einholt.« Genervt beiße ich die Zähne zusammen.

»Du bringst mich also weg von Bozeman, weil du dir sicher bist, dass *sie* es sind.« Betty sackt tiefer in den Sitz. Sie verschwindet geradezu in dem olivfarbenen Stoff, der ihr verdammt gut steht.

»Nein, ich bin mir keineswegs sicher. Aber ausschließen können wir es auch nicht.« Ich zwinge mich zu einem Lächeln und starte ein Ablenkungsmanöver. »Findest du die Jacke wirklich so schlimm?«

Verwirrt schüttelt Betty den Kopf. »Was?« Sie blickt an sich hinab. »Du meinst das ranzige Ding hier? Es ist hässlich wie die Nacht finster. Wahrscheinlich ist sie aus irgendwelchen Fundsachen hervorgegrabbelt, die schon seit Jahren im Hotel vergammeln.« Betty hebt einen Arm und schnüffelt daran. »Riecht irgendwie nach Fisch.«

Belustigt schüttle ich den Kopf. »Ich finde, dass dir *meine* ranzige Angeljacke, die ich übrigens frisch gewaschen habe, weil ich das nach jedem Angelausflug tue, hervorragend steht.«

Bettys Augen werden mal wieder tellerrund und sie beißt sich fest auf die Unterlippe. Trotzdem heben sich ihre Mundwinkel. »Die gehört dir?« Unglauben schwingt in Bettys Stimme mit. »Eine zierliche Frau in dem Resort hat sie mir gegeben. Die, die mich in deinen Pick-up verfrachtet hat.«

»Roxy«, folgere ich. »Das ergibt Sinn. Ich hatte nämlich mit ihr zusammen gefrühstückt. Bevor das ganze Chaos ausgebrochen ist.« Mit knurrendem Magen erinnere ich mich an das leckere Omelett.

Betty schielt zu mir herüber. »Gehst du wegen ihr öfter dort essen?«

Ich unterdrücke mein Grinsen und mustere sie neugierig.

»Regelmäßig«, antworte ich, gespannt auf ihre Reaktion.

Betty runzelt die Stirn und weicht mir aus. »Dann ist sie dir wohl wichtig.«

»Sehr sogar.«

Betty schluckt und zwirbelt ein Bändchen an meiner Jacke. »Ist sie deine Freundin?«

»Spielt das denn eine Rolle?« *Ist Miss Valenty etwa eifersüchtig? Ich hätte nichts dagegen.*

Aber Betty schnaubt nur und hebt verächtlich einen Mundwinkel, ohne mich dabei anzusehen. »Ich will nur wissen, ob ich hier gerade mit einem vergebenen Mann, *nur* mit meinem Pyjama bekleidet, abhaue. Das könnte durchaus in Ärger ausarten. Kompliziert magst du ja nicht.«

»Touché.« Ich grinse breit. Betty ist umwerfend, wenn sie versucht, nicht zickig zu sein, obwohl sie innerlich kocht.

Plötzlich verschränkt sie die Arme vor der Brust. Gar nicht mehr so hochnäsig. Ihr Blick sinkt auf ihre Knie und sie rutscht mit dem Hintern etwas nach vorne. Sie schüttelt den Kopf und überschlägt die Beine, dabei seufzt sie leise und dreht sich eine Spur zu weit von mir weg.

Ihre ablehnende Haltung vertreibt meine Belustigung ebenso einschneidend, wie der erste eisige Winterwind die letzte wohlige Herbstwärme.

Ich schlucke schwer und hasse mich, für meine Schwäche. Trotzdem gebe ich dem Bedürfnis nach, die Situation aufzuklären. »Roxy ist meine Schwester.«

Bettys wippendes Bein stoppt. Sie dreht den Kopf und mustert mich argwöhnisch.

Ich zwinkere ihr zu, froh über die Erleichterung, die ihre Mundwinkel flüchtig kräuselt.

»Und es gibt auch keine andere Frau in meinem Leben. Beruhigt?«

Ihr kleines verschämtes Lächeln gefällt mir.

»Tut mir leid.« Betty verzieht die Lippen zuerst nach links, dann nach rechts und schließlich presst sie sie kurz aufeinander. »Es ist nur ... vorhin in deinem Haus ... da hast du ... es hat mich einfach aus der Bahn geworfen. Einen Moment lang dachte ich, ich hätte dich falsch eingeschätzt.« Sie mustert mich von oben bis unten und zuckt mit den Achseln. »Aber falls es dich interessiert, bei mir gibt es auch niemanden.« Kurz huscht ein Schatten über ihr Gesicht. »Das glaube ich zumindest, denn ich erinnere mich an keinen Mann. An keinen Bestimmten.« Bettys Blick wird schlagartig finster.

»Willst du wissen, wo wir hinfahren?«, hole ich ihre Gedanken wieder zurück zu mir. Und es funktioniert.

Betty räuspert sich. Sie schüttelt sich die Haare aus dem Gesicht und sieht mich überrascht an. »Das würdest du mir verraten? Ich dachte, der Zielort ist immer geheim, bis man dort ist, wo man hin soll.«

»Nicht bei uns Cops. Bei uns weißt du von Anfang an, woran du bist und wo die Fahrt hingeht.« Ich grinse und zwinkere ihr zu.

»Und woran bin ich geraten?« Betty rollt gespannt mit den Schultern und leckt sich die Lippen. Die blonden Haare umspielen wild ihr Gesicht.

Achterbahn! Ich sags ja.

Mit einer Hand am Lenkrad und der anderen in meinem Nacken werfe ich ihr einen abschätzenden Blick zu. Wenn Betty spielen will, dann ist sie eine Wucht.

»Ich weiß nicht. Sag du es mir.« Gespannt blicke ich sie an.

»Ich schätze, ich bin dann wohl an meinen nächsten Fehler geraten.« Mokant lächelnd blinzelt sie zu mir herüber.

Aber ich gehe nicht auf ihr neckisches Spiel ein. Stattdessen lasse ich meine Hoffnungen sprechen. »Und wenn ich gar kein Fehler bin?« Erwartungsvoll halte ich die Luft an.

Betty beißt sich auf die Lippen und kneift die Augen zusammen. »Und was, wenn ich einer bin?«

»Und was, wenn nicht?«

»Jack«, haucht sie, als ob mein Name Erklärung genug wäre. Kopfschüttelnd wirft sie mir immer wieder Blicke zu, dabei kann sie sich ein Lächeln nicht verkneifen.

»Was?«

»Wolltest du mir nicht sagen, wo wir hinfahren?« Mit erhobenen Augenbrauen rückt sie ihren Hintern zurecht und fällt dabei gegen die Lehne.

Einen Moment mustere ich sie. Das rechte Bein liegt entspannt über dem linken, aber die Schultern berühren beinahe ihre Ohrläppchen.

Ich lasse sie vom Haken. Vorerst.

»Etwa eine Stunde von hier ist der Beaver Creek.« Vage zeige ich nach Südwesten. »Dort gibt es viele kleine Hütten. In eine davon fahren wir.«

»Okay.« Bettys Kopf fällt zurück an die Kopfstütze und sie wendet den Blick in Richtung Beifahrerscheibe.

»Joe, mein Partner, und der Chief wissen Bescheid. Wir können uns also in aller Ruhe überlegen, wie es weitergeht.«

»Hast du denn schon eine Ahnung, wie es weitergehen soll?« Betty weicht meinem Blick aus.

»Gibt es noch etwas, dass ich wissen sollte?«, frage ich im Gegenzug und mit der Hoffnung, Betty zu überrumpeln. Die Taktik funktioniert meistens sehr gut. Ist wohl nur eine weitere dämliche Berufskrankheit. Ich suche ständig nach Informationen.

Aber Betty dreht den Kopf und sieht mich traurig an. »Ich habe keine Ahnung, was für dich wichtig oder zumindest brauchbar ist. Du weißt, wer ich bin. Was sonst nur Otu weiß. Wenn du aber noch etwas wissen willst, dann frag einfach.«

»Lass uns zuerst zur Hütte fahren. Dann reden wir in aller Ruhe. Ehrlich gesagt, bin ich echt müde. Ich war die ganze Nacht auf den Beinen und muss erst mal nachdenken.«

»Können wir noch irgendwo einen Happen zu Essen mitnehmen?« Ein kleines Lächeln erhellt ihr unglückliches Gesicht. »Ich sterbe vor Hunger.«

»Wir kommen an einem kleinen Diner und einem Supermarkt vorbei. Da besorgen wir alles, was wir brauchen.« Froh über ein wenig Normalität atme ich auf.

»Und wieder muss ich dir danken, Jack. Es scheint, als ob du genau wüsstest, was zu tun ist, während ich nur gaffend auf ein schwarzes Loch zurase und nicht einmal ausweichen kann.«

»Hey.« Langsam streiche ich über Bettys Arm. »Geh nicht zu hart mit dir ins Gericht. Ich mache schließlich nur meinen Job. Das ist es, wofür ich bezahlt werde, wofür ich ausgebildet wurde.«

Betty schnaubt und lächelt bitter. »Um dumme Frauen wie mich zu retten und ihre Probleme zu lösen?«

»Du bist nicht dumm«, widerspreche ich. »Im Gegenteil. Du hast schon viel durch und genauso viel überlebt.« Ich mustere Betty von oben bis unten und nicke ihr auffordernd zu. »Wie sieht eigentlich dein Leben in Deutschland aus? Ich meine, was war dein Job? Was hast du für Hobbys?«

»Willst du das wirklich wissen?« Betty lächelt, und ich nicke. »Na gut.« Sie strafft sich und hebt stolz das Kinn. »Vor dir sitzt eine von zwei Service Assistentinnen eines Projektmanagers einer Werft.«

»Und was bedeutet das jetzt?«

Sie grinst und legt beide Hände auf ihre Knie. »Wir bauen Schiffe und ich koordiniere die Teams, die für die Instandsetzung oder Wartung zuständig sind, erstelle Angebote und kümmere mich um das Zeitmanagement. Zusammen mit meiner Kollegin, die im Dezember gekündigt hat und nach Montana abgehauen ist.«

»Wow! Das hört sich wirklich kompliziert an. Kein Wunder, dass deine Kollegin abgeschwirrt ist.«

»Sie ist doch nicht deswegen gegangen.« Betty schüttelt den Kopf und verdreht die Augen. »Sie war hier auf Urlaub und hat ihre große Liebe gefunden. Ich hätte nie gedacht, dass ausgerechnet Lisa so etwas Verrücktes machen würde.«

»Und warum nicht?«

»Lisa ist .... eben Lisa. Sie geht kaum aus und ist ständig mit ihrem Hund im Wald unterwegs. Bis vor kurzem war sie jedoch noch mit dem größten Volltrottel auf Gottes bescheuerter Erde verheiratet. Der Typ war ein Arsch. Zum Glück ist sie ihn los. Keine Ahnung, was sie an dem fand.« Kopfschüttelnd spitzt sie die Lippen. »Den Neuen hab ich nur flüchtig kennengelernt. Darum wollte ich nach ihr sehen. Allerdings weiß sie noch nichts von ihrem Glück. Ich wollte sie überraschen.«

»Dann wissen wir also schon mal den Grund, für deinen Aufenthalt in Montana.« Abwägend mustere ich Betty. »Weißt du noch, was du am *Wild Bull*, dem Club wolltest?«

Betty hält die Luft an und presst die Lippen zusammen. Dann seufzt sie leise und lässt die Schultern fallen.

Kapitel 18: Wer bitte kann Zucker widerstehen?

Betty

Unschlüssig sehe ich aus dem Wagenfenster und wieder zurück zu Jack. »Hast du dir schon einmal selbst etwas beweisen wollen?« Mit gerunzelter Stirn sieht er mich an. »Ich glaube, so geht es jedem mindestens ein Mal in seinem Leben. Warum fragst du?«

»Bin nur neugierig.«

»Das beantwortet aber nicht meine eigentliche Frage. Also? Warum warst du am *Wild Bull*?«

Ich zucke mit den Schultern und weiche seinem Blick aus. »Ich wollte lediglich ein bisschen feiern.« Vorsichtig schiele ich zu ihm hinüber. *Ob er die Lüge schluckt?*

Aber Jack nickt nur und setzt den Blinker. Er biegt nach rechts ab und fährt in eine freie Parklücke. »Da wären wir.«

Ein großer Neonpfeil beleuchtet ein Diner. Auf dem einstöckigen Gebäude gegenüber prangt ein großes Schild, auf dem, *Shop*, steht.

»Willst du hier frühstücken oder sollen wir etwas mitnehmen?«

»Hast du mich in den letzten Stunden mal angesehen?« Mit erhobener Augenbraue deute ich auf meine Schlafkleidung, die unter seiner olivfarbenen Angeljacke hervorblitzt. »Ich sehe aus, wie eine Irre.«

Jack grinst. »Also an meiner Jacke kann es nicht liegen. Die steht dir hervorragend.«

»Wenn es dich glücklich macht, dann behalte ich das hässliche Ding eben an, aber eine Hose und einen Pullover hätte ich trotzdem gerne. Liegt das im Bereich des Möglichen?« Fragend blinzle ich Jack an.

»Prinzessin, dein Wunsch ist mir Befehl.« Mit einer Hand auf der Brust deutet Jack eine Verbeugung an, während in seinen Augen der Schabernack tanzt.

Bei seinem verspielten Anblick erwacht hinter meinen Rippen ein kleines kribbelndes Gefühl. Es irritiert mich. Trotzdem lächle ich und winke schnell ab. »Es wird aber auch langsam mal Zeit, dass jemandem mein königliches

Benehmen würdigt.« Mit Herzklopfen rutsche ich vom Sitz auf das Pflaster des Parkplatzes. Und während ich den Reißverschluss von Jacks Jacke zuziehe, folge ich dem eigenwilligen Detective.

Er trägt eine echte Jeans, die fest auf den Hüften sitzt, aber um die Beine locker fällt. Definitiv kein Stretch! Und nur eine Hälfte des schwarzen Shirts steckt im Bund, als ob er sich unter Zeitdruck angezogen hätte. Darüber trägt er eine schwarze Jacke, die bis über seinen Gürtel reicht. Den festen Arsch sieht man trotzdem. *Yummy!*

»Zuerst Frühstück holen? Oder Klamotten und einkaufen?« Jack sieht mich fragend an.

»Klamotten!«, zwitschere ich begeistert und marschiere voraus.

Theatralisch wirft er die Hände in die Luft und lacht. »Warum frage ich überhaupt?!«

In der Türe des kleinen Ladens hängt ein Schild, auf dem, *Open,* steht. Sobald ich nahe genug bin, öffnet sie sich automatisch.

Vor mir erstrecken sich Regale mit Essen, Pflegeprodukten, Kleidung, Waffen, Haushaltwaren, Skiausrüstung und vielem mehr.

Endlich wieder in bekannten Gefilden angelangt, schlängle ich mich unaufhaltsam wie ein Tropfen Wasser zwischen Menschen, Regalen und Einkaufswägen hindurch, bis ich direkt auf die ersten Kleiderständer stoße. Aber es ist Winter. Deshalb hängen daran nur Wollpullover, gefütterte Hosen und Skianzüge. Keine knappen Shirts, keine Jeans und keine schöne Unterwäsche.

Entmutigt wühle ich mich an den unförmigen Kleidungsstücken entlang.

Gelb?

Sehe ich etwa wie eine Butterblume aus?

Grün?

Ich bin doch keine unreife Tomate.

Blau?

Nein. Ich bin eine Tussi und stehe dazu.

Rot?

Unbedingt!

Aber Wolle?

Nope! Ich hasse diesen kratzigen Stoff und wenn man darin schwitzt, dann stinkt man doppelt.

Igitt!

Frustriert hangle ich mich von Ständer zu Ständer. Erst ganz hinten stoße ich auf hellblaue Jeans und rote Sweatshirts. Und da mir Jacks viel zu große Boots bei jedem Schritt an den Füßen schlackern, schnappe ich mir auch gleich noch ein paar gefütterte Gummistiefel. Ebenfalls in Rot.

Während ich den ganzen Weg zurücklaufe, fliegt mein Kopf von links nach rechts. Denn in diesem Gang hängen auch die ganzen schönen Accessoires, die ich auf dem Weg hierher vermisst hatte.

Widerstandslos ergebe ich mich in mein Schicksal und lade mir auch noch eine rote Mütze, einen roten Schal und rote Handschuhe auf. Sogar rote Socken finde ich. Nur die Spitzenunterwäsche weißt einen kleinen Farbunterschied auf. Sie ist schwarz und liegt versteckt in der Mütze.

Zufrieden tripple ich mit meiner Ausbeute zu den Umkleiden.

Detective Shepherd lehnt mit überkreuzten Armen und Beinen neben dem Vorhang der ersten Kabine und grinst mich an. »So langsam beschleicht mich der Verdacht, Rot könnte deine Lieblingsfarbe sein.«

»Da beschleicht es dich richtig.« Grinsend ziehe ich den Vorhang zur Seite. Meine Beute hänge ich an den linken Wandhaken. Nur der Schal, die Handschuhe und die ausgebeulte Mütze landen auf dem Hocker in der Ecke.

Jack dreht sich um und nickt mir zu. Er hat eine neue Cap auf dem Kopf und trägt sie, wie auch die andere zuvor, verkehrt herum.

»Kann ich dir vielleicht irgendwie behilflich sein?«

Playtime, hallt es durch meinen Geist und mein Herz beginnt zu rasen. Millionen funkensprühende Blitze wecken all die winzigkleinen Nervenpunkte und setzen mir Flausen in den Kopf.

»So zuvorkommend, Detective?«, necke ich ihn.

Jack zuckt die Schultern und hebt einen Mundwinkel. »Man tut, was man kann.«

Ich spitze die Lippen und blicke unter gesenkten Lidern zu ihm auf. Jack richtet sich zu seiner vollen Größe auf und sieht auf mich hinab. So, als ob ihm gefallen würde, was sein träger Blick erfasst. Das auf seiner Wange erscheinende Grübchen untermauert diesen Eindruck noch. Ich berühre ihn dort, streife mit dem Zeigefinger langsam darüber und genieße das Kratzen der Bartstoppeln auf meiner Haut. Ein kleines Keuchen stiehlt sich dabei über meine Lippen nach draußen. Jack bemerkt es. Sein Lächeln wird süffisant. Aber ich gönne ihm den kleinen Sieg und streiche weiter, über seinen Hals und über das Schlüsselbein hinab.

Jack lässt mich nicht aus den Augen. Er steht ganz still. Da stoppe ich mit meinem appetitanregenden Streifzug. Stattdessen betrachte ich seine hochaufragende Gestalt.

Direkt vor meiner Nase hebt und senkt sich Jacks stattlicher Brustkorb. Etwas schneller, wie noch vor ein paar Minuten. Die Adern auf den Händen treten mit jedem Pumpen seiner Fäuste weiter hervor und über die geöffneten Jelly-Belly-Lippen kommt ein kaum hörbares Keuchen.

Zufrieden nehme ich die Erkundungstour meiner Finger wieder auf. Mit hungrigen Blicken folge ich dem Pfad meiner Hände, bis ich auf Höhe seiner Brust haltmache. Genießerisch drücke ich beide Hände auf seine harten Muskeln. Dabei sehe ich ihm fest in die Augen.

Jack beugt sich leicht nach vorne, als ob er tiefer in meinen Kopf eindringen möchte. Seine Herbstaugen wühlen mich auf. Nicht, weil sie in meinen Gedanken graben, sondern weil sie etwas in mir aufstöbern. Einen Schmerz, der sich mit herzerdrückender Schwere auf meine Seelenlandschaft legt. Und dessen Heraufbeschwörung nur Kummer und Leid mit sich bringen würde.

»Jack«, wispere ich gehetzt.

Plötzlich macht er einen Satz nach vorne und überrumpelt mich. Wie ein ungestümer Stier schiebt er mich rückwärts in die Kabine. Ich hole zitternd Luft, während er den linken Arm um meine Taille legt. Mit der rechten Hand zieht er achtlos den Vorhang hinter sich zu.

Wie ein unberechenbares Tier beobachte ich Jack. Diesen Mann, der mir das Gefühl gibt, wichtig zu sein, normal zu sein. Der Mann, der mich gerettet hat, der immer noch dabei ist. Der, obwohl er alles weiß, noch immer Interesse an mir hat. Der Mann, der Freunde und Familie hat, der vermutlich auf Footballspiele geht und abends mit Freunden grillt. Der Typ, der lieber in eine Bar ein Bier trinkt und Countrymusik hört, als in einem Club zu dunklen Beats zu tanzen. Jack Shepherd ist ein Mann, der eine feste Freundin braucht. Und niemals würde er diese Freundin alleine ausgehen lassen. Niemals würde er sie mit einem anderen teilen. Jack verdient eine normale Frau an seiner Seite, eine die nicht kaputt und verrückt ist, die nichts gegen Stillstand und Sesshaftigkeit einzuwenden hat, die sich sogar darauf freut. Eine Frau, wie meine Freundin Lisa, die weiß, wie man eine Beziehung führt, wie man mit jemanden zusammen ist. Ich weiß nur, wie ich einen Mann ins Bett bekomme und wie ich wieder lautlos daraus verschwinden kann.

»Du spielst mit dem Feuer«, warne ich Jack und schiebe ihn von mir. »Ich bin nichts für dich.«

Er erstarrt und schüttelt den Kopf. »Da sind wir wohl unterschiedlicher Meinung.«

»Jack, du bist wirklich süß, aber ...« Indem ich gegen seine Brust drücke, halte ich ihn auf Abstand. »... vielleicht kann *ich* gerade nicht damit umgehen.«

Er runzelt die Stirn und tritt nun doch einen Schritt zurück. Jack nickt und wird ernst. »Das verstehe ich.«

Ich bezweifle, dass er es versteht. Denn ich verstehe es ja selbst nicht. Jack ist wie ein Stück Zucker. Kantig und süß zugleich. Er sieht gut aus, ist smart und offensichtlich interessiert.

Und ich?

Ich bin durcheinander und habe Angst.

Was, wenn ich mich auf ihn einlasse und seine Erwartungen nicht erfülle?

Jack tritt weiter zurück. Er nickt verständnisvoll. Mit der linken Hand zieht er den Vorhang zu.

Erleichtert aufatmend lehne ich mich an das kalte Holz der Umkleidekabine. Dass ich offensichtlich nicht für Jack bestimmt bin, setzt mir zu. Ich möchte so gerne wissen, wie eine Nacht mit ihm sein könnte. Aber nicht, wenn so viel auf dem Spiel steht. Was, wenn ich nicht mutig genug bin? Was, wenn er meine Erwartungen nicht erfüllt? Was, wenn ich seine nicht erfülle? Was, wenn es wie bei all den anderen ist?

Mit hängendem Kopf ziehe ich mich um. Langsam, als ob ich alle Zeit der Welt hätte, schäle ich mich aus meinem Pyjama. Ich ziehe die Unterwäsche, die Socken, die Jeans und das Sweatshirt an. In die Gummistiefel schlüpfe ich zuletzt.

Aus dem Spiegel sieht mich eine blondgelockte Frau mit dunklen Augenringen an. An ihrer Stirn klebt ein großes weises Pflaster, ihre Wangen sind eingefallen und das Lächeln ist traurig. Und alles nur, wegen meiner katastrophalen Vergangenheit, die ich hätte begraben lassen sollen. Ich hätte nie zurückkommen sollen. Ich hätte ... Jack niemals kennengelernt. Dieser Mann stellt meine schön geordnete Welt auf den Kopf. Ich wollte nie eine Beziehung oder eine Familie. Ich wollte nie heiraten oder eine dieser kuchenbackenden Schürzenträgerinnen werden. Ich weiß gar nicht, wie das funktioniert. Ich mache nicht mal selbst sauber. Dafür bezahle ich eine Putzfrau. Mein Kühlschrank ist ständig leer, bis auf Milch für die Kaffeemaschine und ein paar Joghurts und frisches Obst. Ich gehe grundsätzlich essen. Kochen kann ich nicht. Sogar meine Kleidung bringe ich in die Reinigung.

Jack und ich, wir sind grundverschieden. Unsere Welten sind wie zwei gleichpolige Magneten. Im Grunde sind sie einander gewachsen, aber wenn sie sich zu nahe kommen, stoßen sie sich ab.

Aber wären diese Welten nicht, sondern nur wir, als Menschen, stünde nichts gegen uns. Dann wäre es möglich, Jack näher zu kommen. Wenn ich ihn aus meinem Leben fernhalten könnte.

Mit hocherhobenem Kopf und gestrafften Schultern ziehe ich den Vorhang auf. »Na, was meinst du?« Blonde Locken fallen mir in die Augen. Ich schiebe sie hinter mein Ohr.

Jacks Blick schweift wie ein segelnder Bussard an mir entlang. Dabei verschränkt er langsam die Arme vor der Brust. »Rot steht dir wirklich gut.«

Hätte er mich an jenem Abend im *Wild Bull* gesehen, hätte ich ihn verschlungen, mit Haut und Haaren. Rot ist alles, was ich bin. Wut, Leidenschaft, Zorn und Wildheit. Nichts hält mich auf und ich bekomme, was ich will. Immer.

»Ich muss nur noch kurz zu den Toilettenartikeln.« Mit den abgerissenen Preisschildern in der Hand ziehe ich mir wieder die alte Jacke über. Sie riecht nicht wirklich nach Fisch, aber dafür umso mehr nach Zitronenkuchen. Wie Jack. Ich mag das.

In Gedanken versunken greife ich nach einem der Körbe, die am Anfang der Regale stehen und werfe den zusammengeknüllten Pyjama, Jacks Schuhe und die Preisschilder hinein. Dann steuere ich direkt auf die Kondome zu. Shampoo, Duschgel und Co. landen ebenfalls in meinem Korb.

»Ist das nicht ein bisschen viel?« Jack kneift ungläubig ein Auge zusammen und lehnt den Kopf zurück.

Ob er die Kondome meint?

»Zuerst wollt ihr Männer, dass wir Frauen heiß aussehen. Aber wenn ihr dann dafür bezahlen müsst, steht ihr plötzlich auf Natürlichkeit.« Schnaubend wende ich mich den Lebensmittelregalen zu.

Jack springt mit hochgezogenen Schultern an mir vorbei und schnappt sich selber einen Korb. »Das übernehme dann wohl besser ich!«

Lachend sehe ich ihm dabei zu, wie er immer wieder mahnend über die Schulter blickt, damit ich auch ja nicht noch mehr Zeug in meinen vollen Korb stopfe. Er hingegen packt nur das Nötigste ein. Deshalb sehe ich es als meine heilige Pflicht an, uns mit den wirklich wichtigen Dingen zu versorgen. Vorsichtshalber lade ich also Kekse und Gummibärchen in meinen Korb. Schließlich kann niemand nur von Dosenfutter und Brot leben.

Die Kassiererin grinst Jack offen als, als er seinen Geldbeutel zückt und mit zuckenden Kiefermuskeln zweihundert Dollar daraus hervorzieht. Aber ich muss ihm zugutehalten, dass er es kommentarlos tut. Das Einpacken übernehme ich aber lieber selbst. Nicht, dass Jack mir meine Schätze so kurz vor dem Ziel wieder aussortiert.

»Sind sie öfter hier?«

Ruckartig reiße ich den Kopf nach oben. Ich kenne diese Stimmlage. Rothaariges Gift schmachtet nach meinem Begleiter. Ihre viel zu langen Wimpern klimpern auf und zu und viel zu dick aufgetragene Lippenstift lässt sie, sobald sie lacht, wie einen dürren Clown aussehen.

Bevor Jack antworten kann, beuge ich mich nach vorne über das Kassenband. »Nein, eigentlich sind wir zum ersten Mal hier.« Ich zwinkere ihr zu. »Sie wissen schon, ein bisschen Zweisamkeit und so.«

Jack runzelt die Stirn, sagt aber nichts.

»Vielleicht hätten sie weniger Geld für diesen ganzen Krimskrams ausgeben sollen, dann hätte ihr Freund sogar noch einen Grund zu lachen.«

So ein Miststück!

Ich öffne bereits den Mund, um der grenzüberschreitenden Hexe eine verbale Klatsche zu erteilen, als hinter uns eine ältere Lady zu flüstern beginnt. »Der arme Junge.«

Selbst ihre Begleitung, ein Herr im gleichen Alter, starrt mich kopfschüttelnd an.

Ich schließe klackend den Mund.

Jack starrt derweil eingehend zur Decke und unterdrückt ein Grinsen.

»Kümmern Sie sich um Ihre eigenen Angelegenheiten!«, zische ich wütend und klemme mir eine der beiden Tüten unter den Arm. »Kommst du?«

Jack lächelt mich ein kleinwenig schadenfroh an. Dann wendet er sich an die Anwesenden und zieht dabei seine Cap vom Kopf. »Sie müssen meine Freundin entschuldigen. Wenn sie menstruiert, ist sie immer etwas gereizt.«

Fassungslos starre ich Jack an. Er zwinkert mir zu und der Opa beginnt mitleidig zu nicken.

Den blöden Kommentar, der mir auf der Zunge brennt, verkneife ich mir. Aber mein rechtes Augenlid zuckt, als ich dem Feind böse Blicke zuwerfe. Das Miststück ignoriert mich jedoch und winkt Jack zum Abschied zu. Der bekommt nichts davon mit, denn er angelt gerade nach der zweiten Tasche, während er seine Geldbörse hinten, in der Jeans verstaut.

Tränen steigen tief aus meiner Kehle auf und ich bleibe verunsichert stehen.

»Was ist?«, fragt Jack, sobald er neben mir steht.

»Nichts.« Ich winke ab und stürme weiter. Sauer auf mich selbst.

Warum geht mir das Gelaber der Leute so an die Nieren? Mir war noch nie wichtig, was andere von mir denken.

»Jetzt warte doch.« Jack zieht an meinem Arm. »Was ist los? Bist du sauer auf mich? Wegen der Menstruationsgeschichte?«

»Das ist es nicht«, sage ich und bleibe stehen.

»Was dann?« Jack hebt die Schultern und sieht mich verwirrt an.

Aber ich weiß selbst nicht, was mich so aus der Haut fahren lässt. Frustriert hebe ich eine Hand an meine Stirn. Ich senke den Kopf und streife mit den Fingern durch meine Haare, bis in meinen Nacken.

»Was ist los, Betty?« Jack klingt besorgt.

Was mich den Blick heben lässt.

Wie ein kleiner neckischer Bengel neigt er den Kopf nach rechts. Ein aufmunterndes Lächeln erhellt seine Züge.

»Sie hat dich angebaggert«, stelle ich dämlich fest.

»Ja und?« Jack zuckt die Schultern und lächelt verwirrt.

»Du hast nichts gesagt.«

»Was hätte ich denn sagen sollen?«

»Ich weiß auch nicht.« Ich schnaube von mir selbst genervt. »Ach egal.« Ich drehe mich weg von ihm und setze einen Fuß vor den anderen. Von mir selbst genervt schüttle ich den Kopf. »Blöd. So blöd«, murmle ich und stapfe weiter.

»Jetzt hör schon auf, dich selber fertig zu machen. Das gerade eben, hat nichts zu bedeuten. Dieser Schwachsinn definiert dich doch nicht als Mensch. Und nur weil diese Fremden dort drin in dir nicht das erkenne, was ich schon längst sehe, heißt das nicht, dass es wahr ist, was sie sagen.«

Das bringt mich zum Nachdenken.

Wann hat mich jemals jemand verteidigt?

Völlig neue Empfindungen fahren mir in die Glieder. Wie Geister stöbern sie durch jede Ecke meiner Seele und graben nach den Gefühlen, die ich schon vor Jahren in Ketten gelegt und lebendig vergraben hatte.

Der nächste Schritt bringt mich taumelnd in Jacks Nähe. Er macht eine schnelle Bewegung und sobald er bei mir ist, hake ich mich haltsuchend unter.

Verwundert sieht er auf die Hand, in seiner Armbeuge. »Alles okay?«

»Mir war nur kurz schwindlig«, lüge ich, weil es mir peinlich ist, zuzugeben, dass mir die ganze Situation an die Substanz geht.

»Du brauchst etwas zum Essen.« Er muster mich und presst die Lippen zusammen.

Ich zucke resigniert die Schultern.

»Gib mir die Tüten«, befiehlt er und greift um mich herum, um sie mir abzunehmen. »Ich bringe das schnell zum Wagen und dann holen wir uns ein richtiges Frühstück.«

Sobald er mit großen Schritten davoneilt, sacken meine Schultern kraftlos herab. Jack ist Zucker pur. Seine fürsorgliche Art geht mir direkt ins Gehirn. Sie setzt dort bescheuerte Fickhormone frei, die vereint in Richtung Pussy marschieren. Aber allem Anschein nach, sind ein paar davon falsch abgebogen. Sie nisten sich an einer Stelle ein, die schon lange Staub ansetzt.

Mir bleibt kaum Zeit, mir müde über das Gesicht zu reiben, da ist Jack auch schon wieder da. Als ob er direkt aus der kalten Luft zu mir schlüpfen würde, drückt er sich fest an mich. Dabei reibt seine Wange leicht über meinen Scheitel. Reflexartig atme ich tief durch. Dann hebt er den Kopf an und legt beide Hände um meine Wangen. Lächelnd sieht er mir in die Augen, bevor er mich unvermittelt sanft auf die Stirn küsst.

»Jack, was ...?« Verwirrt fasse ich nach seinen Armen. Dabei wird meine Nase gegen sein Shirt gepresst. Unbewusst schließe ich die Augen. Nur ein Seufzen entweicht meinen Lippen.

Jack lehnt sich langsam zurück, lässt aber seine Hände, wo sie sind.

Vorsichtig blicke ich zu ihm auf.

»Ich weiß, dass die beiden Überfälle und diese Flucht alles ein bisschen viel sind.« Jacks Blick sackt auf meine Lippen ab. »Und dann kommen noch ... Dinge dazu, die wir beide wohl so nicht erwartet hatten.« Mit einer Hand fasst er an mein Kinn und hebt es mit dem Zeigefinger an. Sein Daumen streicht dezent über meine Unterlippe. Dabei beißt er sich auf seinen Jelly-Belly-Mund und fixiert die Stelle, auf der eben noch sein Daumen lag.

»Jack.« Ich weiche seinem flammenden Blick aus, denn ich kann den Gefühlen darin nichts entgegensetzen.

»Okay. Schon gut.« Tief durchatmend tritt er einen Schritt zurück. Kühles Braun erstickt das Feuer in seinen Augen. »Was ich dir eigentlich sagen wollte, war, dass du eine wirklich mutige Frau bist, und ich froh darüber bin, dich kennengelernt zu haben. Wenn auch die Umstände besser hätten sein können.«

Ich nicke und lächle missglückt. »Du hast recht.« Wären die Umstände andere gewesen, hätte ich ihn niemals an mich herangelassen. Jack ist zwar nicht nur ein Gentleman, denn er weiß, wie er eine Frau berühren muss, aber

er ist wie der Cowboy in dem Club. Er ist Für-immer-Material. Und das, obwohl er die Versuchung in Person ist. Aber mit der Versuchung ist es wie mit Seife. Sie ist nur solange betörend, bis du hineinbeißt.

»Bin gleich wieder da.« Im Trab läuft er zum Wagen.

Wie eine kleine Tagträumerin blinzle ich ihm hinterher. Wie gerne würde ich die Gefühle, die Jack anscheinend so mühelos akzeptiert, zulassen. Vielleicht könnte ich mich sogar darin wiederfinden? So etwas kommt vor. Immerhin könnte ich alles nehmen, was er mir zu geben bereit ist, was er zu bieten hat. Zumindest im Bett.

Und was dann?

Ich will kein Danach.

Dieses Bedürfnis hatte ich noch nie.

Kapitel 19: Was er will, gehört längst mir

Artur

»Boss?« Toni steht stramm wie eine kleine Soldatin vor meinem Schreibtisch. Mahnend hebe ich einen Zeigefinger.

Bevor ich mich mit ihr befasse, muss ich die letzten Statistiken und Berichte durchgehen. Im Moment sind die Kämpfe sehr lukrativ. Immer mehr Menschen setzen auf Brutalität. Und dank der ganzen Kampfkunstfilme, die wie Maulwurfshügel aus Hollywoods goldenem Boden ploppen, setzen immer mehr Menschen auf Kickboxen, MMA, Thai und Boxen. Sportwetten sind groß in Mode. Nur, dass meine Fights ausschließlich für eine bestimmte Klientel erfolgen und die Kämpfer weniger bekannt, denn verroht sind. Selbst ein Oliveira, ein großes Tier im Profisport, würde nicht mehr Geld einbringen.

Nachdem ich mir die Zahlen von *Stones* letztem Kampf angesehen habe, lege ich die Schlussbilanz schnaubend beiseite. Mit dieser Niederlage hatte ich nicht gerechnet.

Toni steht noch immer geduldig vor mir. Sie verzieht keine Miene.

Erwartungsvoll lehne ich mich in das kalte Leder meines Sessels zurück. »Hoffentlich hast du ein paar gute Nachrichten.«

»Die Cops haben keinen Plan, wer der Kerl im Resort war. Aber Shepherd ist bei der Frau. Sie wurden gesehen, wie sie Bozeman in Richtung Süden verlassen haben.« Tonis gestreckte Haltung erzählt von ihrer Vergangenheit beim Militär. Schulterbreit steht sie mit beiden Beinen fest auf dem Boden. Die Arme hält sie nach Soldatenart stramm an ihren Seiten.

»Wissen wir, wo sie hinwollen?«

»Nein, aber *Toom* hängt dran.« Toni schluckt.

»Pfeif ihn zurück und schick *Shorty* hin.« Da kann ich doch gleich zwei Fliegen mit einer Klappe schlagen. Vielleicht verliert dieses antiquierte Surrogat eines Angestellten endlich seine Daseinsberechtigung.

Tonis Haltung büßt augenblicklich an Selbstsicherheit ein. »Da ist noch etwas, dass du wissen solltest.«

»Was?« Unter gesenkten Lidern hervor beobachte ich sie.

Nur flatterhaft suchen Tonis Augen meinen Blickkontakt. Sie ist sich unsicher, wie ich ihre nächsten Worte auffassen werde. »Ihr Name hat Aufmerksamkeit erregt. *Drop-Out* hält ebenfalls Ausschau nach der Kleinen. Ich dachte, dass dich das interessieren könnte.« Toni leckt sich über die trockenen Lippen.

»Gut gemacht.« Ich nicke ihr zu und stehe aus meinem Sessel auf. Ein untypisches Kribbeln macht sich in meiner Brust breit. »Aber warum sollte *Drop-Out* Interesse an einer Touristin haben?« Während ich darüber nachdenke, trommle ich mit den Fingerspitzen auf das glatte Pult vor mir.

»Ich habe *Crisp* vorsichtshalber darauf angesetzt«, teilt Toni mir mit. »Sofern sie irgendetwas zu verbergen hat, wird er es aufspüren.«

»Wie immer kann ich mich auf dich verlassen.«

Toni lächelt.

Mit gerecktem Kinn streife ich langsam über meinen Bartschatten. »Nach Süden sagst du. Wie weit nach Süden?«

»Tooms letzte Meldung kam vom *Treehouse*. Sie haben in der Nähe Halt gemacht.«

»Ich glaube, es wird Zeit, dem lieben *Tips* einmal mehr einen Besuch abzustatten.« Jetzt, wo ich einen Plan habe, schlendere ich ruhig zu meiner privaten Bar. »Informiere ihn, über meine baldige Ankunft. Er soll alles vorbereiten. Wenn *Drop-Out* Interesse an *Betty Boop* hat, dann sehe ich sie mir lieber etwas genauer an. Du bleibst hier und kümmerst dich um die Geschäfte. Sobald *Crisp* etwas herausgefunden hat, rufst du mich an.«

Toni nickt zackig und dreht sich um.

»Wir machen in einer Stunde los. *Tooms* soll *Soul* auf dem Laufenden halten, bis *Shorty* ihn ablöst. Ich will wissen, wo die beiden sind.«

Wenn Drop-Out Betty Boop will, dann ist etwas faul an ihr. Warum also sollte Shepherd sie verstecken wollen? Hat er womöglich ein Auge auf die Kleine geworfen? Was nicht sehr abwegig erscheint, denn auch ich würde sie gerne auf den Knien vor mir sehen. Aber Shepherd ist einer dieser ekelhaften Cops, die immer korrekt handeln. Wenn Betty Boop also auch nur ein illegales Fünkchen an sich hätte, dann würde er sie wie eine heiße Kanonenkugel fallen lassen. Oder er weiß nichts von dem, was auch immer Drop-Out weiß. Das würde bedeuten, dass die Bullen ahnungslos sind. Die dritte Möglichkeit und definitiv die desasträseste wäre, wenn Betty Boop etwas wüsste und auspacken möchte. Das würde bedeuten, die Kleine hätte Courage, aber sie könnte mir ebenso gefährlich werden wie Drop-Out.

Mein lautes Klatschen hallt in dem großen Konferenzraum wieder.

»Sie wünschen, Sir?« Collins` tadellose Gestalt tritt durch die Türe. In perfekter Manier neigt er den Kopf.

»Packen. Ich verreise für unbestimmte Zeit.«

»Sehr wohl, Sir.« Diensteifrig neigt er den Oberkörper.

»Und Collins.«

Sofort wendet er sich mir wieder zu. Den Kopf hält er weiterhin geneigt.

»Schick mir Caroline.«

»Sehr wohl, Sir.«

Ungeduldig wie ein eingesperrter Panter stromere ich zurück, tiefer in den Raum und greife über den Schreibtisch nach meinem Glas. Um mir die Zeit zu vertreiben, schenke ich mir einen Whisky ein. Bernsteinfarben fließt er mir die Kehle hinab und entfacht ein Feuer in meiner Brust, dass sich mit der Leidenschaft eines Drachen messen könnte. Zischend lehne ich mich an das kühle Mahagoni.

Noch bevor Caroline durch die Türe tritt, höre ich das Klackern ihrer Absätze. Was mir an dieser Frau so sehr gefällt, ist ihre ausdauernde Verfügbarkeit. Egal wann ich nach ihr schicken lasse, es dauert keine fünf Minuten, bis mich ihr hungriger Blick trifft.

Zum Spielen aufgelegt schiebt sie ein nacktes Bein zur Türe herein. Aber mir ist gerade nicht nach Spielen zumute.

»Komm her«, befehle ich und zeige vor mir auf den Boden.

Sofort wechselt das tigerhafte Stakkato ihrer Absätze zu einem schnellen Trippeln. Mit Feuer im Blick fällt sie vor mir auf die Knie.

Blonde Haare.

Schlank.

Ein wenig zu schlank.

Grüne ...

Wütend packe ich ihr Kinn. »Was ist mit deinen Augen?«

Sofort senkt sie den Blick. Ihr Lächeln verblasst.

»Waren es nicht immergrüne Iriden, die mich aus flehenden Augen ansahen, wann immer ich tief in dir versenkt war?«

»Es ... es sind Kontaktlinsen«, piepst sie.

»Nimm sie raus«, knurre ich und greife fest in ihre Haare.

Sie schluckt nervös und fummelt die kaum sichtbaren Plättchen aus ihren Augen.

»Wirf sie weg«, befehle ich, und Caroline wirft sie augenblicklich von sich. »Nie wieder veränderst du etwas an dir, ohne mich zu fragen.«

Sie nickt wie ein eifriges Schulmädchen und streichelt gierig über meine Oberschenkel, bis auf meinen harten Schwanz. »Ja.«

Mit dem Daumen fahre ich grob über ihre Lippen. Sie öffnet sie sofort, während sie mit flinken Fingern an meiner Hose zerrt. Behände holt sie meinen steifen Schwanz hervor. Ich schiebe ihn zwischen ihre roten Lippen. Bis sie würgt.

Kleine Hände krallen sich gierig in meine Arschbacken. Genießerisch lege ich den Kopf in den Nacken und stütze mich dabei an der Schreibtischplatte hinter mir ab. Während ich stöhnend die Enge ihrer Kehle auskoste, halte ich mich am kalten Holz fest. Dabei male ich mir aus, wie *sie* vor mir kniet, wie sich *ihre* Lippen saugend um meinen Schwanz schließen, wie *ihre* Augen mich flehend anblicken und *ihre* Hände gierig nach mir greifen.

Mit Träumerblick sehe ich wieder nach unten und werde jäh enttäuscht. Knurrend schiebe ich blonde Haare über ein Gesicht, dass nicht *ihres* ist.

»Fuck«, fluche ich und stoße immer wieder wütend, bestrafend zwischen die geöffneten Lippen der falschen Frau.

Aber sie weiß, wie sie einer zweistündigen Tortur entgehen und mir ein markerschütterndes Ende bescheren kann. Sie summt und ihre vibrierende Kehle umschließt meinen Schwanz. Sofort dringt der Nervenkitzel wie eine mächtige Woge aus jedem Winkel meines Körpers, schaukelt sich hoch, bis der Orgasmus wie ein Schuss, erschreckend und diskret zugleich, in meine Hüften fährt.

Blonde Locken verbergen, was den Schein zunichtemachen würde. Doch es stört sie nicht, wenn ich den Namen einer anderen auf den Lippen habe, während ich mein Sperma tief in ihren Rachen spritze.

Kapitel 20: Königin Mimimi

Jack

Heiß. Kalt. Heiß.

Betty macht mich verrückt. Endlich treffe ich mal auf ein Vollweib, auf eine Frau, die weiß, was sie will, die nicht ständig wegen ihrer Figur jammert und ... offensichtlich innerhalb von Sekunden wegnicken kann.

Kopfschüttelnd betrachte ich den schlafenden Unschuldsengel, der für meine gegenwärtigen triebgesteuerten Blow-outs verantwortlich ist.

Bettys Kopf lehnt schlaff an der Beifahrerscheibe. Der schwarze Pyjama dient ihr als Kopfkissen und ihr Mund steht leicht offen. Kleine Schnarchgeräusche entweichen in schöner Regelmäßigkeit ihren vollen Lippen.

Mein Grinsen wird breiter.

Es würde mich nicht im Geringsten stören, dieses Säuseln auch nachts in meinem Bett hören zu können. Ich wüsste schon, wie ich das kleine Schnarchen in lustvolle Seufzer verwandeln würde - nur mit meinen Lippen und zwei Fingern an den richtigen Stellen.

Um ein Stöhnen zu unterdrücken, reibe ich mir mit der flachen Hand über den Mund. Meine Bartstoppeln schaben dabei laut über meine Haut, und Betty dreht murmelnd den Kopf zu mir.

Als ob sie sich in ihren Träumen in meine Fantasie geschlichen hätte, stoppt ihr Schnarchen und ein Mundwinkel wandert kess nach oben. »Mhmmm...«, seufzt sie leise.

»Shit!« Um Kraft flehend blicke ich in den Himmel.

Nur noch ein paar Biegungen, dann sind wir endlich da und ich entkomme diesem verlockenden Häufchen Weiblichkeit.

Sobald sich die hohen Tannen lichten, atme ich auf und trete auf die Bremse. Das letzte Mal war ich in der Hütte, als ich mit meinem Bruder im Herbst zum Jagen hier war. Seitdem ist sie unbenutzt.

Betty schläft noch immer. Aber selbst mit geschlossenen Lidern fallen ihre Augenringe auf.

Schlagartig bekomme ich wegen meiner unverschämten Gedanken ein schlechtes Gewissen.

Herrgott! Was bin ich nur für ein triebgesteuerter Bock?! Sie wurde schon von genug Männern benutzt. Da wird es höchste Zeit, dass sie mal anständig behandelt wird.

»Betty.« Vorsichtig fasse ich nach ihrer Schulter.

Sie dreht den Kopf müßig hin und her, hebt eine Hand und fasst nach meiner. »Mhmmm...«, murmelt sie und streichelt über meine Finger. Die Nase vergräbt sie in meiner Jacke.

»Betty, wir sind da.« Vorsichtig streiche ich an ihren Fingern entlang.

»Ich bin schon wach«, brummelt sie und gähnt.

Von einer tiefen Zufriedenheit erfüllt, stelle ich den Motor ab. Betty sitzt neben mir und streckt sich. Dabei öffnet sich die Jacke einen spaltbreit und zum Vorschein kommen in roten Stoff gehüllte Rundungen.

Diese Frau saß in der Hölle fest, konnte entkommen und wurde trotzdem zu einer Granate. Aber würde eine Frau mit solch einer Vergangenheit nicht versuchen, unsichtbar zu sein?

»Jack? Meine Augen sind hier oben.«

Ich höre das Lächeln in ihrer Stimme und hebe blinzelnd den Blick. »Tut mir leid. Bin wohl abgeschweift. Sollen wir?«

Betty nickt und wir steigen aus.

»Es ist zwar nicht gerade das Hilton, aber etwas Besseres habe ich momentan leider nicht zu bieten.« Stolz zeige ich auf die kleine Jagdhütte.

Aber Betty scheint weniger begeistert zu sein. Ihren panischen Blick richtet sie starr auf ein altes Spinnennetz. »Solange wir die Hütte nicht mit Ungeziefer teilen müssen, warmes Wasser und Strom haben, ist alles gut.«

Ich muss ihr zugutehalten, dass sie zu lächeln versucht.

»Das wird dir jetzt dann wohl eher weniger gefallen.« Entschuldigend ziehe ich die Schultern hoch. »Strom gibt es hier nicht, das Wasser müssen wir auf dem alten Herd erhitzen und Feuerholz liegt hinter der Hütte.«

»Sehr witzig.« Betty schnaubt ungläubig und stapft los.

Sobald ich die Türe aufgeschlossen habe, schlüpft sie wie eine Schildkröte mit eingezogenem Kopf hinein.

Ich warte lieber draußen auf das Donnerwetter.

»Jack!«, quietscht sie wie erwartet. »Hier fehlt ein Klo! Das kannst du vergessen. Wir fahren wieder. Sofort!« Ohne mich anzublicken, rauscht sie wie ein gereizter Dämon an mir vorbei. Ihre Locken wippen zornig, der Mund ist verkniffen und ihr runder Arsch wackelt herrlich bei jedem Schritt. Aber bevor Betty ins Auto steigen kann, schnappe ich sie mir. »Es ist doch nur für ein paar Tage.« Mit beiden Händen halte ich ihre Oberarme fest. »Nur Joe weiß, dass wir hier sind. Und die Hütte ist wirklich versteckt. Wir sind hier sicher.«

Sie zittert und schluckt. Betty legt ihre kleinen Hände über meine und drückt ihre Schläfe gegen mein Kinn.

»Jack«, ist die einzige Antwort, die ich bekomme. Leise und bebend haucht sie meinen Namen.

Ich halte still und hoffe auf ein Wunder, versuche, zu verstehen, was sie braucht und was ich will. Betty fasziniert mich. Ihr Schneid, gemischt mit dieser verfluchten Verletzlichkeit, die ihr aus jeder Pore trieft, macht mich wahnsinnig. Ich weiß nicht, ob ich sie beschützen oder übers Knie legen soll. »Ja?« Tief atme ich ihren Duft ein. Zitrone und etwas, das mich an Sahnebonbons denken lässt. Es weckt in mir den Wunsch, an Betty zu lecken. Aber ich gebe diesem irrsinnigen Drang nicht nach und lasse sie stattdessen los.

Betty dreht sich um. Sie blickt von mir zur Hütte und zurück. Die Rädchen in ihrem Kopf drehen sich.

»Nur für ein paar Tage«, flehe ich.

»Da drin ist nicht mal eine Toilette.« Vorwurfsvoll zeigt sie auf das altersgraue Holz. Dabei leuchten ihre Augen wie grünes Feuer und ich sehe den Kampfeswillen direkt unter der Oberfläche rumoren.

Spürt sie denn nicht, wie verrückt sie mich macht? Dass ich kurz davor stehe, sie …?

»Fährst du mich etwa jedes Mal, wenn ich muss, zum Diner? Oder wie stellst du dir das vor?« Bettys Augen blitzen kämpferisch. Die Hände stemmt sie in die Hüften.

»Wir sind mitten in einem Wald. Sieh dich um.« Ein kleines bisschen Schadenfreude durchzuckt mich nun doch. »Du wirst es wohl so machen müssen, wie es die Menschen seit Jahrtausenden machen.«

»Vor die Türe pinkeln?«

»Hinter die Büsche, Betty!« Schnaubend schüttle ich den Kopf.

Sie dreht sich langsam um die eigene Achse. »Hinter die Büsche pinkeln? Also wirklich! Wer kommt denn auf so eine Schnapsidee? Da würde mir aber eine weitaus bessere Beschäftigung für, *hinter den Büschen,* einfallen.« Zwinkernd stapft sie wieder in die Hütte.

Ich folge ihr grinsend und hoffe, dass sie ihren Vorschlag später noch genauer ausführen wird.

Kapitel 21: Wenn ich könnte, wie ich wollte, glaub mir, ich würde ...

Betty

Ich liebe es, Jack zu schockieren.

Auf der einen Seite ist er dieser große scharfe Cop, der mit einem Biss auf seine perfekten Lippen mein Verlangen hervorlockt. Wie einer dieser Kerle, die mit betörendem Flötenspiel eine todschicke Kobra aus einem Flechtkorb rufen. Und auf der anderen Seite ist Jack der unkritische Gentleman, der die Jungfrau in Nöten rettet. Und der, wenn es sich irgendwie bewerkstelligen lässt, wohl gleich auch noch allen Drachen den Garaus macht.

Diese zwei Seiten sind so gegensätzlich wie Feuer und Eis. Auf das Feuer würde ich mich einlassen. Nur das Eis macht mir Angst. Feuer lodert hell und verglüht schnell. Eis ist jedoch für die Ewigkeit. Es kriecht in jeden Spalt, in jede Ritze und harrt dort aus. Bis der Stein bricht. Eis ist mächtiger, als es Feuer jemals sein könnte.

Deshalb muss ich Jack auf Abstand halten. So sehr ich ihn auch will. Jelly-Belly ist nicht für mich bestimmt. Er braucht eine echte Prinzessin, die er beschützen kann. Keine kaputte Narrenkönigin wie mich.

»Du holst Holz und machst Feuer. Ich ...« Angewidert blicke ich mich um. »Ja ... ich ...«

Jacks leises Lachen überrascht mich. Aus seinen Augen strahlt mir Wärme entgegen. »Nun leg dich schon in den Truck. Ich wecke dich, sobald ich fertig bin.«

»Meinst du das ernst? Soll ich dir nicht ... hierbei ... helfen?« Wieder sehe ich mich argwöhnisch und ein kleinwenig angeekelt um.

In den Ecken hängen Spinnweben. Stroh und Laub liegen auf dem staubigen Boden, weiße Laken Hängen über den Möbeln und darunter warten sicherlich noch mehr Spinnweben. Ein Schauer kriecht mir über die Kopfhaut, den Nacken und die Schultern, bis ich ihn mit geschlossenen Augen abschüttle.

»Nun geh schon, bevor ich es mir anders überlege.« Jack verschränkt die Arme und nickt mit dem Kopf in Richtung Türe.

Augenblicklich nehme ich die Beine in die Hände. Und nur Sekunden später liege ich eingewickelt in seiner Jacke auf der Rücksitzbank des Wagens und schließe die Augen. Heimlich fantasiere ich von einem Ritter in schillernder Rüstung, der mich auf einem Schimmel in den Sonnenuntergang entführt. Oder in einem riesengroßen schwarzen Pick-up.

Kalte nasse Fliesen. Egal wo ich hin fasse. Ich versinke darin. Meine klammen Füße kleben fest. Ich muss rennen. Immer rennen. Er hat mich gleich. Wenn nur meine Füße nicht so schwer wären. Noch ein paar Schritte, dann ist es vorbei. Ich weiß es.

Doch goldene Hände ersticken meine Hoffnungen im Keim. Sie fassen nach meinen Beinen. Ich schreie schmerzerfüllt auf. Die Berührung brennt wie Feuer. Es frisst mich auf.

»Nein!«, schluchze ich und strample schwerfällig mit den Beinen.

Ich bin so müde, liege auf dem Boden und strecke die Arme nach vorne aus. Aber da türmen sich nur kalte nasse Steine aufeinander. Ich kann nicht weg.

»Nein«, jammere ich. Heiße Tränen trocknen auf meinen Wangen.

»Betty«, hallt es plötzlich von weither.

»Bitte nicht.« Noch mehr Tränen. »Bitte.«

»Oh Hon, was haben sie dir nur angetan?«, dringt eine schmerzerstickte Stimme durch den Angstnebel in meinem Kopf.

Ich schluchze aus tiefster Seele und wache gleichzeitig aus meinem Albtraum auf.

»Jack?«, weine ich leise und hebe eine Hand vor mein Gesicht. Grelle Sonnenstrahlen stechen mir in die Augen.

Jack steht an der offenen Wagentüre. Er ist gerade im Begriff, hereinzuklettern, starrt mich aber noch abwartend an.

»Mir geht es gut.« Zitternd schließe ich die Augen. Ich lasse den Kopf wieder auf das Sitzpolster fallen und lege eine Hand auf meine Stirn. »War nur ein böser Traum. Ich komme raus.«

Es waren nur staubige Erinnerungen, verpackt in einem Albtraum. Und es ist lange vorbei. Ich hatte diese Träume vergessen. Immer wieder suchen sie mich heim. Immer wieder durchlebe ich dieses spitze Splitterfragment meines Lebens. Ich kann es nicht vergessen, weil es mich nicht vergisst.

Mit dem Ärmel reibe ich mir die Tränen von den Wangen. Schniefend setze ich mich auf. Jack verfolgt jede meiner Bewegungen mit Argusaugen. »Es geht schon wieder«, beruhige ich ihn, während ich energielos bis an die Türe rutsche.

Ohne zu fragen, schiebt er einen Arm in meine Kniekehlen und legt den anderen in meinen Rücken. Während er mich aus dem Wagen hebt, sieht er mir besorgt in die Augen.

Aber ich will nicht über das reden, was meine Vergangenheit aus meinen Träumen macht. Anstatt mich also Jack anzuvertrauen, lege ich meinen Kopf an seine Schulter und schweige.

Er akzeptiert es und gibt mir lediglich einen Kuss auf die Stirn. »Alles ist gut. Ich bin hier. Und bei mir bist du sicher.«

Jacks Art, meine unausgesprochenen Ängste und Wünsche zu verstehen, lässt noch mehr Tränen über meine Wangen fließen.

Er ist zu anständig.

Es ist zu viel.

Mit dem Handrücken wische ich die salzigen Spuren meiner Vergangenheit von meinem Gesicht. In Jacks Armen zu liegen hält die Schatten, die mit messerscharfen Klauen nach mir schlagen, auf Abstand. Sein Zitronenkuchenduft schwebt wie ein schützender Nebel um mich. Kein Dämon schafft es, durch diese unerschütterliche Barriere zu dringen. Sie beißen sich die Reißzähne an Jacks erbarmungsloser Stärke aus.

Die Spinnweben sind weg. Und auch die Tücher, die über den Möbeln gehangen hatten, sind verschwunden. In dem alten gusseisernen Herd brennt ein flackerndes Feuer, Staub tanzt in der Luft vor dem Fenster und warmweiße Sonnenstrahlen flirren durch den Raum bis auf den gefegten Boden.

Jack setzt mich vorsichtig, als ob ich aus zerbrechlichem Porzellan bestünde, auf dem Bett ab und kniet sich vor mich. »Willst du etwas trinken oder essen?«

Ich nicke und räuspere mich. »Frühstück wäre toll.«

Mit einem angestrengten Lächeln blicke ich Jack in die Augen. Er streichelt mir über die Oberarme und nickt. Dann holt er tief Luft und hält doch inne. Traurig blickt er mir in die Augen. Er öffnet den Mund und holt erneut Luft.

»Nicht«, halte ich ihn auf. »Nicht darüber reden.« Kopfschüttelnd ziehe ich die Stirn kraus.

Jack schluckt, akzeptiert aber meinen Wunsch.

Ich schniefe ein letztes Mal und schlüpfe aus Jacks Jacke. Denn in dem kleinen Raum ist es angenehm warm. Es ist duster und trotzdem heimelig. So muss sich eine kleine Maus in ihrem Bau fühlen.

Jack steht langsam, wie in Etappen auf, als ob ihm immer wieder etwas in den Sinn kommen würde und er stoppen müsste. Wiederholt setzt er zum Reden an, aber jedes Mal atmet er nur schnaufend aus. Letztlich zieht er sich schweigend einen Ofenhandschuh über und holt damit einen Teller aus dem glühenden Ungetüm, das in der gegenüberliegenden Ecke steht. Vorsichtig lädt er das Essen darauf auf einen frischen, kühlen Teller um und kommt damit zu mir ans Bett.

»Rutsch mal.« Mit dem vollbeladenen Teller in der einen Hand und dem Besteck in der anderen wedelt er mich nach hinten.

Ich robbe mit untergeschlagenen Beinen so weit zurück, bis genug Platz für den hochgewachsenen Detective ist. Er macht es sich ebenfalls im Schneidersitz bequem.

Der Teller mit den dampfenden Schmausereien steht wie ein Minitisch zwischen uns.

Jack hält zwei Gabeln in die Luft. »Teilst du mit mir?« Flehend zieht er die Mundwinkel nach unten.

Sofort hellt sich meine Stimmung auf. Ich lächle und greife ausgehungert nach dem Besteck. »Ich mag die Rühreier. Du kannst das Omelette haben.«

»Und die Würstchen?« Hoffnungsvoll blickt er mich an.

Ich schiebe sie auf seine Seite des Tellers. »Die gehören dir.«

»Und die Hashbrowns?« Jack zeigt auf die Röstiecken.

»Meins«, bestimme ich und schiebe mir direkt eines in den Mund. Genießerisch stöhnend schließe ich die Augen.

Nach ein paar weiteren Bissen lege ich die Gabel auf den Tellerrand und schnaufe durch. »Das hatte ich dringend nötig.«

Jack schiebt weiter Gabel um Gabel in den Mund. Er scheint ein schwarzes Loch in seinem Bauch zu haben.

Amüsiert beobachte ich ihn bei seinem Festschmaus. Jeden Bissen lässt er sich einen kurzen Moment auf der Zunge zergehen. Hin und wieder schließt er sogar die Augen und runzelt die Stirn. Als ob er sich nicht sicher wäre, was da auf seiner Zunge läge. Doch plötzlich hebt er seinen Kopf und blickt mich fragend an. »Isst du das noch?«

Schmunzelnd schiebe ich den Teller ein paar Zentimeter näher an Jack heran. »Lass es dir schmecken.«

Jack nickt und hält einen Moment inne. »Warum siehst du mich so komisch an?« Stirnrunzelnd blickt er an sich hinab. Dabei hebt er die Arme weit an, und straffe Sehnen- und Muskelstränge verschieben sich unter seinem Shirt. »Habe ich mich etwa vollgekleckert?«

»Nein, hast du nicht.« Ich kichere und halte mir ein Stück der Decke vor den Mund. »Ich habe nur noch nie einen Menschen gesehen, der sich so sehr auf sein Essen konzentriert und dabei eine Mimik an den Tag legt, wie ein grübelnder Wissenschaftler. Bist du in deiner Freizeit etwa Restauranttester?«

»Nein, das nicht.« Er zuckt die Schultern und lächelt mich an. »Was soll ich sagen. Ich analysiere einfach gerne alles. Ich bin ein Genussmensch. Ich koche gerne und wenn ich etwas Leckeres esse, dann versuche ich zu erschmecken, welche Gewürze oder Zutaten benutzt wurden. Dann kann ich es nachkochen.«

»Und? Lohnt es sich, das Omelette nachzukochen?« Neugierig beuge ich mich etwas nach vorne.

»Ein Rezept für das perfektes Omelette habe ich schon. Da gibt es nichts Besseres. Trotzdem kann man ein Gericht hin und wieder verändern. Manchmal mag ich es schärfer, manchmal süßer. Abwechslung ist wichtig, sogar beim Essen.« Nickend schiebt er sich eine weitere Gabel voll in den Mund.

»Bist du schon immer Cop?«, wechsle ich das Thema, denn ich will mehr über diesen Mann erfahren.

»Nein.« Er schüttelt den Kopf und schiebt sich ein Stück Wurst in den Mund. »Zu den Cops bin ich erst mit dreiundzwanzig. Davor war ich erfolgreich im PBR unterwegs.« Jack springt übergangslos vom Bett und legt zwei Holzscheite nach. Anschließend joggt er die wenigen Schritte bis zur Türe. Ein kalter Windstoß fegt herein, als er sie öffnet und ums Eck fasst. Mit zwei Flaschen Bier kommt er zurück. »Willst du?«

»Zum Frühstück? Echt jetzt?« Halbherzig fasse ich nach einer der Flaschen.

»Warum nicht? Außerdem ist es Nachmittag.« Jack nimmt einen großen Schluck von seinem Bier und stellt es schmatzend neben das Bett.

»Wie lange habe ich denn geschlafen?« Überrascht blicke ich aus dem Fenster, als ob mir das hereinfallende Licht die Tageszeit verraten könnte.

»Es ist kurz nach sechzehn Uhr.« Schulterzuckend setzt er sich wieder aufs Bett und nimmt die Gabel in die Hand.

»Oh man. Ich war wohl total fertig.« Mit großen Augen nehme ich einen Zug aus meiner Flasche. Und da ich mit essen schon fertig bin, stelle ich sie in die Lücke zwischen meinen untergeschlagenen Beinen.

»Kein Wunder.« Jack starrt auf den Teller und schiebt die restlichen Rühreier von links nach rechts.

»Und was ist P...B...R?«, greife ich das vorherige Thema wieder auf, damit er mich nicht fragt, was im Auto los war.

»Professionelles Bullenreiten«, sagt er kurz und knapp. Als ob das nichts Besonderes wäre.

»Du bist Bullen geritten? So richtig? Auf einem Rodeo? So wie im Fernsehen?« Ungläubig beuge ich mich nach vorne und recke den Hals.

Jack nickt nur und isst weiter.

»Willst du nicht darüber reden oder warum bist du so maulfaul?«

Er hebt überrascht den Kopf. »Doch ich rede schon darüber. Es ist nur lange her und eigentlich nichts Besonderes.« Schulterzuckend isst er weiter.

»Und warum hast du aufgehört? Wurdest du verletzt oder so?«

»Nein. Also, nicht direkt.« Jack reibt sich den Nacken und legt sich auf die Seite. Dabei stützt er sich auf den linken Ellbogen und lehnt den Kopf an seine Schulter. »Mir ist erst ziemlich spät klar geworden, dass ich im Grunde genommen etwas ganz anderes machen wollte.«

»Hat es dir denn keinen Spaß mehr gemacht?«

Jack hebt einen Mundwinkel und fährt sich mehrmals mit der Hand über den Kopf. »Am Anfang schon. Ich habe mit neun angefangen. Mit zwölf habe ich meinen ersten Ochsen geritten und mit fünfzehn dann Bullen. Mit neunzehn wurde ich *Rookie of the year* und danach ging es so weiter. Das

Preisgeld war gut, aber ...« Jacks Stirn umwölkt sich und er zuckt einmal mit den Augenbrauen und seufzt. Langsam dreht er den Kopf nach unten und mit den Fingerspitzen streicht er träge die graue Bettdecke glatt. »Mit zwanzig bin ich übel gestürzt. Danach musste ich lange pausieren.« Kurz blickt er zu mir auf, bevor er wieder nach unten sieht und sich die Nase reibt. »Als ich dann wieder anfing, hatte ich jedes Mal Schweißausbrüche. Manchmal reiherte ich schon Stunden vorher. Aber ich habe weiter gemacht.« Grimmig runzelt er die Stirn, dabei hebt er abrupt den Kopf. Seine sonst so ungetrübten Augen haben an Leuchtkraft verloren. »Ich hatte jedes Mal das Gefühl, ich müsste mir beweisen, dass ich es noch kann. Immer und immer wieder. Und tatsächlich hielt ich mich gut. Ich hatte keine Unfälle mehr. Dafür wurde es zu einer regelrechten Sucht. Ich war besessen davon, diese Scheißangst zu besiegen. Die Angst, herunterzufallen und zu versagen. Und jedes Mal, wenn ich es wieder geschafft hatte, fühlte ich mich wie ein ... wie ein ...«

»... Gott«, vollende ich den Satz.

»Genau. Wie ein Gott.« Jack starrt mich mit nachdenklich gerunzelter Stirn an. »Aber es hat mich auch ausgelaugt. Bis ich leer war. Bis es nur noch die Angst und den Nervenkitzel gab.«

»Und wie bist du dann zur Polizei gekommen?«, stelle ich schnell die nächste Frage, während ich mit dem Zeigefinger über das Flaschenetikett kratze.

»Durch ein einfaches Gespräch.« Er lacht kurz auf und zuckt mit den Schultern. »Ein neugieriger Officer hat mich auf einem Rodeo angesprochen. Er hat mich über das Bullenreiten ausgefragt und ich habe ihm im Gegenzug Fragen über seinen Job gestellt. Wir haben uns praktisch gegenseitig in den Sattel geholfen.« Mit angespannten Bauchmuskeln setzt Jack sich langsam auf. Tastend fährt er am Bettrand entlang, bis er sein Bier zu fassen bekommt.

»Erinnerst du dich an meinen Partner?«, fragt er, während er sich wieder hinlegt und einen Schluck nimmt.

»Den nervigen Grünschnabel?« Ich nicke.

»Ja, das trifft es genau. Joe. Sein Dad war dieser Officer. Allerdings war er damals schon von Joes Mom geschieden. Also kannte ich ihn nicht.«

Ich sehe Jack lange an. Betrachte diesen Mann, der versteht, was eine Obsession ist. Wenn man etwas macht, vor dem man so sehr Angst hat, dass man nicht anders kann, wie es immer wieder zu tun. Um die Angst zu besiegen. Wobei es niemals wirklich einen Sieg gibt. Es gibt immer nur ein *In-Schach-Halten.*

»Nachdem ich von Otu gerettet wurde, habe ich mich für eine Weile von allem abgeschottet. Ich wollte niemanden sehen oder hören. Ich hatte vor jedem Angst. Sogar vor den Lehrern. Ich wusste mir nicht zu helfen und alles erschien so verbaut. Ich hatte keine Zukunft mehr gesehen und stürzte in ein tiefes Loch. Irgendwie gab ich mir selbst die Schuld an meiner Situation. Wäre ich doch nur nicht nachts abgehauen. Dann wäre dieser ganze Mist nie geschehen. Ich war so bescheuert. Das Gefühl, selbst an allem zu schuld zu sein, war zu schlimm. Ich fing mit dem Ritzen an. Für eine Weile brachte es mir Erleichterung. Aber irgendetwas hat zu der Zeit tief in mir gebrodelt. Es wollte ausbrechen, und das Ritzen war plötzlich nicht mehr genug.« Jacks Stirn strafft sich, genauso wie seine Schultern. Er hört mir konzentriert zu. »Ich bin untergetaucht und verschwand in den Menschenmengen um mich herum. Ich wurde quasi eins mit ihr.« Kribbelnde Unruhe steigt in mir auf. »Ich wollte nur noch unsichtbar sein. Aber nicht einmal das war mir vergönnt. In der Schule wurde ich gehänselt, weil ich verschlissene, übergroße Kleidung getragen habe. Und das nur, weil ich meinen Körper, mit den vielen kleinen Narben, verstecken wollte. Auch die immer weiblicheren Rundungen wollte ich verbergen. Haben sie doch nur noch mehr ungebetene Aufmerksamkeit auf mich gezogen.«

»Wie alt warst du zu dem Zeitpunkt?«, wirft Jack vorsichtig ein.

»Fünfzehn.« Ich weiß es noch so genau, weil ich einen Tag nach meinem Geburtstag entkommen war. Seitdem habe ich keinen mehr gefeiert.

»Also mitten in der Pubertät. Das ist sowieso schon eine beschissene Zeit.« Jack seufzt. »Was ist dann passiert?«

»Ich wollte nicht gesehen werden«, greife ich den Faden wieder auf. »Von keinem Mann. Nie wieder.« Verunsichert werfe ich Jack einen Blick zu.

Auf seiner Stirn prangen Sorgenfalten.

Aber bevor er etwas sagen kann, plappere ich schnell weiter. »Das hat nur Idioten auf mich aufmerksam gemacht. Sie haben mich für ein Opfer gehalten, das sie herumschubsen konnten. Es hat nicht lange gedauert, bis ich von ihren kindischen Gemeinheiten genug hatte.« Rastlos strecke ich meine kribbelnden Beine aus und stütze mich nach hinten auf die Handflächen auf. »Versteh mich nicht falsch. Diese Kerle waren fies, aber ich hatte schon so viel Schlimmeres erlebt, dass ich einfach nur genervt war. Also habe ich sie angeschrien und mich gewehrt. Und es hat funktioniert. Da hatte ich zum ersten Mal die Macht erkannt, die hinter einem wohlgerundeten Frauenkörper steckt, und dass ein *Nein* durchaus funktioniert.« Fragend sehe

ich Jack an. »Wusstest du, dass die meisten Kerle vor Frauen Angst haben? Vor Frauen wie *mir*? Frauen, die ihnen genau sagen, was sie wollen? Frauen, die mit dem Fuß aufstampfen und die größten Tussis überhaupt sind?« Jack nickt und kleine Lachfalten bilden sich um seine Mundwinkel. »Oh ja. Mittlerweile kann ich das durchaus nachvollziehen.«

»Diese *Tussi* war und ist mein Schutzschild und mein Nervenkitzel zugleich. Von da an habe ich meinen Körper, mein Aussehen und mein Auftreten als Waffe eingesetzt. Ich habe die Kerle auf Abstand gehalten und sie benutzt, so wie andere *mich* benutzt haben.« Durstig nehme ich einen Schluck von meinem Bier.

»Und was war mit deinen Elter? Wo sind sie?« Jack setzt sich auf und ich falle neben ihm aufs Bett.

»Ich bin ein Findelkind. Ich weiß nicht, wer meine Eltern sind.« Schulterzuckend tue ich die Sache ab.

»Hast du sie jemals gesucht?« Jack ragt über mir auf und mustert mein Gesicht.

»Wozu? Sie haben mich verlassen, mich weggeworfen. Warum sollte ich nach solchen Menschen suchen?« Verbitterung schwingt in meiner Stimme mit. Schnaubend drehe ich den Kopf zur Seite.

»Vielleicht hatten sie keine Wahl«, schlägt Jack vor.

»Vielleicht fürchte ich mich vor der Antwort«, halte ich entgegen und drehe den Spieß um. »Und was ist mit deinen Eltern?« Mit festem Blick starre ich Jack an, aber er weicht mir aus.

Verbittert presst er die Lippen aufeinander, während seine Augenbrauen traurig nach unten zeigen. »Meine Eltern sind tot.« Tonlos knallt er mir die schmerzlichen Worte um die Ohren.

»Scheiße, Jack. Das wusste ich nicht.« Um ihm mein Mitgefühl auszudrücken, setze ich mich auf und lege eine Hand auf seinen Arm.

»Es war ein Überfall. Total sinnlos.« Ruhelos nimmt er eine Kartoffel vom Teller und lässt sie wieder fallen. »Nur wegen einer billigen Goldkette. Und die war nicht mal echt.«

»Habt ihr ihn erwischt?« Noch immer liegt meine Hand auf seinem Arm. Gefährliche Muskeln regen sich unter seiner Haut.

»Nein. Ich suche diese verdammten Mörder bereits seit einem Jahr. Aber da gibt es nichts. Absolut Nichts. Keinen Hinweis, keinen Fußabdruck, keine Haare, keinen Fingerabdruck. Einfach Nichts. Als ob ein verfluchter Geist meine Eltern überfallen hätte.«

»Oh Jack.« Langsam streiche ich ihm über die Schulter und weiter auf den Rücken. »Das tut mir so leid.«

Ein wütender Schlag trifft die Matratze und bringt sie zum Wanken. Dabei bläht Jack seine Nasenflügel auf. Ein spöttisches Schnauben bricht aus ihm heraus und er schüttelt den Kopf. »Ich komme mir wie ein Versager vor«, gesteht er leise, während er beide Hände an seine Stirn legt. »Jede Spur verläuft im Sand.« Jack presst beide Handballen auf seine Augen und fällt rückwärts aufs Bett. Der Teller mit dem restlichen Essen fliegt scheppernd zu Boden.

Es ist mir egal.

Im Moment habe ich nur Augen für Jack. Er leidet. Und das gefällt mir nicht. Gar nicht. Ich weiß, wie es sich anfühlt ins Leere zu fallen. Und ich weiß, wie es ist, wenn man alleine durch diese Wüste muss. Es ist, wie heißen Sand einzuatmen, während andere einem die Vorhaltungen an den Kopf werfen, die einem die Nächte schon längst zur Hölle haben werden lassen.

Also lege mich zu ihm. Jack braucht nicht noch mehr Menschen, die mitleidig auf ihn hinabsehen. Viel lieber begegne ich ihm auf Augenhöhe. So wie ich es mir von all den Menschen um mich herum vergeblich gewünscht hatte.

»Jack?«

»Hm?«

»Ist das der Fall, der dich aus Chicago hergebracht hat?«

Gemeinsam starren wir an die Decke. Nur unsere Arme berühren sich flüchtig.

»Hm.« Jack nickt und ballt die Hände zu Fäusten.

Mir stockt der Atem, als er sich mir plötzlich und unerwartet zuwendet. Wie einer dieser geschmeidigen Berglöwen aus den Dokumentationsfilmen, die ständig im Fernsehen laufen. Aber er ist nicht wie eine dieser Raubkatzen auf Beute aus. Jack sieht mich mit soviel Zärtlichkeit an, wie es nur ein Mensch kann, der sein Gegenüber fühlt.

Achtsam, aber nicht weniger entschlossen, beugt er sich über mich. Ein unbeherrschbares Feuer lodert heiß in seinen Augen. Ich keuche und rutsche weiter das Bett hinauf. Aber Jack ist schneller. Wie der Schatten eines großen Greifvogels gleitet er über mich, bis er mich mit einem Teil seines Gewichts in die Matratze drückt.

»Was machst du?«, wispere ich atemlos.

»Vergessen«, haucht er leise. »Ich will einfach nur für eine Weile alles vergessen. Kommst du mit?« Jack senkt langsam seinen Kopf und gibt mir so die Möglichkeit zur Flucht.

Aber ich will nicht länger davonlaufen. Ich will auch vergessen. Deshalb setze ich wagemutig alles auf eine Karte und komme Jack entgegen. Stöhnend lecke ich über seinen Jelly-Belly-Mund und gönne mir einen Moment purer Freude.

Jack atmet keuchend aus und schielt auf meine Lippen hinab. Ein leises Lächeln hebt einen seiner Mundwinkel an und zaubert ein hinreißendes Grübchen auf seine Wange.

Ich lächle und genieße das zittrige Flattern in meiner Brust.

Jack schließt die Augen. Langsam reibt er seine rauen Bartstoppeln an meinem Kinn entlang, bis er seinen weichen Kussmund auf meine Lippen legt. Träge pirscht Jacks Zungenspitze hervor und macht mir Lust auf mehr. Sie gleitet über meine geöffneten Lippen und angelt nippend und schleckend nach meiner. Jacks Kuss ist saftig und weich, seine Zunge geschmeidig und seine Bisse sind kleine Lustblitze, in einer dunklen Wolke aus Leidenschaft.

Jack ächzt und stützt beide Ellbogen neben mir ab. Keiner seiner steinharten Brust- oder Bauchmuskeln berührt mich. Dafür presst er meine Hüften mit rollenden Bewegungen in die Matratze, während seine langen Beine meine gefangen halten. Plötzlich werden seine Bewegungen ruhiger, seine Atmung flacher und sein Blick fragend. Langsam hebt er sein rechtes Bein an. Er keilt es zwischen meine Schenkel und verharrt.

Ich zögere einen Moment. Jack hält weiterhin still und wartet geduldig. Nach einem zittrigen Atemzug öffne ich meine Schenkel doch noch. Langsam und nicht weit, aber für Jack anscheinend weit genug. Denn sein Lächeln leuchtet bis in seine braunen Augen. Wie flüssiges Karamell fließt Wärme von seinem Blick direkt in meinen Kopf. Sie lullt mich ein, besänftigt mich und überdeckt ein paar meiner Ängste mit ihrer Süße.

Zum ersten Mal bin ich mit einem Mann zusammen, ohne mich zu fürchten, und ohne dem zwanghaften Bedürfnis nach einem Nervenkitzel, der doch nie genug sein wird. Ich liege unter einem Mann, ohne ihn stoppen zu wollen, ohne die Angst einfach nur in Schach halten zu wollen. Ich liege bei ihm, weil ich es will.

Aber kann ich es auch?

Kann ich es zulassen?

Vielleicht sogar genießen?

Glücklich sein?

Normal sein?

Jack merkt nichts von meinem Zwiespalt und knabbert an meiner Unterlippe. Sanft leckt seine Zunge an meiner entlang. Streichelt, verwöhnt, tanzt und lockt. Jacks Lippen gleiten himmlisch weich über meine. Sein fruchtiger Eigengeschmack weckt in mir eine Euphorie, wie es sonst nur dunkle Beats und Tequila können.

Kopf aus.

Nicht darüber nachdenken.

Ich kann das.

Denk nicht nach!

Vergiss einfach alles und lass locker!

Um besser fühlen zu können, presse ich beide Augenlider fest zusammen. Im selben Moment senkt Jack sein komplettes Gewicht auf mich herab. Mein Herz beginnt zu rasen.

Zu schwer!

Nach Luft schnappend schüttle ich den Kopf.

Jack wiegt genauso schwer, wie meine Albträume.

Panisch reiße ich die Augen auf. Die Last raubt mir den Atem. Ich bekomme keine Luft. Wimmernd drücke ich gegen den Brustkorb über mir. »Nein«, würge ich hervor. »Bitte!«

Das Gewicht verschwindet augenblicklich und ich springe in einer fließenden Bewegung vom Bett. »Ich kann das nicht. Ich kann das nicht«, spreche ich die Worte wie ein Mantra vor mich her und halte mir dabei die Augen zu. »Ich will zu viel, zu schnell. Wie soll das jemals funktionieren? Ich kann das nicht!«

»*Was* kannst du nicht? *Was* funktioniert so nicht?« Schritte kommen näher. Jemand folgt mir bei meiner rastlosen Wanderung. »Lass mich dir helfen. Was kann ich tun?«

»Es geht nicht. Ich bekomme keine Luft.« Nach Atem ringend bleibe ich stehen, eine Hand an der Kehle. Meine Knie geben nach und ich sacke wie ein erschossenes Reh zu Boden.

Aber schwere Hände halten mich an den Schultern fest und ich knalle nicht hart auf dem Boden auf. Trotzdem ist es zu viel.

»Fass mich nicht an!«, kreische ich.

Die zupackenden Hände verschwinden.

Als ob meine Arme schützende Schilde wären, schlinge ich sie um meinen zitternden Körper. Während ich leise vor mich hinrede, blinzle ich die Albtraumerscheinungen weg.

»*Keine Fesseln, keine Schläge, kein Gelächter, kein Gold.*«

»Betty?«

Lauter! »*Keine Fesseln, keine Schläge, kein Gelächter, kein Gold.*«

»Betty!«

Noch Lauter! »*Keine Fesseln, keine Schläge, kein Gelächter, kein Gold.*«

Im Takt meiner Worte wiege ich mich vor und zurück.

»Bitte!«, dringt seine angstverzerrte Stimme letztlich doch zu mir vor.

Ich erstarre.

Angst?

Jack hat Angst?

Da wende ich mich ihm zu. »Ich kann das nicht mit dir tun. Ich weiß nicht wie«, flüstere ich.

»Du weißt nicht, wie du mit mir ... zärtlich sein sollst? Mit mir schlafen sollst?« Jack legt sich neben mich. Er berührt mich nicht, aber sein Kopf ruht nah bei meinem. Sein Blick ist traurig.

»Jack, ich weiß nicht, wie ich mich fühlen soll, wenn ich glücklich bin.« Stille Tränen tropfen von meiner Wange auf den kalten Boden unter mir.

Jack blinzelt mich überrascht an. Dann hebt sich einer seiner Mundwinkel zu einem vorsichtigen Schmunzellächeln. »Du bist glücklich bei mir?« Jacks Augen leuchten wie eine Lichterkette an Weihnachten. Warm und voller Hoffnung.

»Aber ich habe Angst davor«, flüstere ich. »So sehr.« Meine Stimme bricht und ich halte mir die Faust vor die Lippen.

»Das brauchst du nicht. Vertrau mir. Bitte.« Jack setzt sich auf und streckt mir eine Hand entgegen. Ich zögere, blicke in sein Gesicht, auf seine hohen Wangenknochen, den breiten Kiefer und die schmale gerade Nase. Und direkt in seine schokoladenbraunen Augen.

»Aber ich bin so kaputt.« Weitere Tränen laufen aus meinen Augenwinkeln.

»Und ich bin gut darin, Dinge zu reparieren.«

»Ich bin kompliziert und du magst es schlicht und einfach.«

Jack lächelt und schnaubt. »Nicht, seit ich dich kenne. Kompliziert ist gar nicht mal so schlecht.«

»Wirklich?«, frage ich vorsichtig.

Und er nickt. Sein Lächeln wird breiter. »Vertrau mir. Zusammen schaffen wir das. Wir müssen einfach nur einen Schritt nach dem anderen machen. Du entscheidest.«

Mit einem lauten Schniefen setze ich mich nun doch auf. »Meinst du das ernst?«

»Mir war noch nie etwas so ernst.« Jack nickt und streckt mir mit mehr Nachdruck seine Hand entgegen.

Ich starre sie an und lege langsam meine Hand in seine. Jack packt fest zu und steht auf. Mit einem Ruck zieht er mich hoch in seine Arme. Stillstehend teste ich die Empfindungen aus, die in mir toben. Feuer und Eis kollidieren in meiner Brust. Angst und Hoffnung führen einen Tanz auf, vermischen sich zu etwas, dem ich keinen Namen geben kann. Ich kenne dieses Gefühl nicht. Aber es fühlt sich leidenschaftsfunkelnd an, es kribbelt und ist schrecklich zugleich.

»Darauf warte ich schon, seit ich dich zum ersten Mal im Krankenhausbett habe sitzen sehen. Wie eine Königin hast du dagesessen und Joe auf seinen Platz verwiesen. Und mich wolltest du auf Abstand halten.«

Ich nicke und Jack hebt meinen Kopf mit seinem Zeigefinger an. »Darf ich? Nur einen kleinen Kuss?«

Ich nicke wieder. Einen Kuss halte ich aus.

Weiche Lippen setzen an meiner Wange an, streifen langsam südwärts. Nach und nach bahnen sie sich einen Weg über meine empfindliche Haut, bis zu meinen wartenden Lippen. Jacks kratzige Bartstoppeln machen seinen Kuss sanft und rau zugleich. Wie einen Wintersturm, der in jede meiner Poren vordringt und der heißglühenden, wütenden Angst die Stirn bietet.

Sobald Jack seine Muskeln anspannt, um mich fester an sich zu ziehen, verliere ich den Kontakt zur Welt. Es ist, als ob ich in eine Wolke gezogen würde. Einer Wolke aus Geborgenheit, Lust und Wärme, die sich wie schäumende Gischt in mir ausbreitet, warm in alle Ecken schwappt und meine Seele leerspült.

»Sag mir, was du machen willst.«

Unsicher blicke ich vom Bett, auf den Boden, zum Ofen und zurück. »Es gibt wohl nicht viele Möglichkeiten.«

»Soll ich im Wagen schlafen? Brauchst du Abstand?«

Jacks Umsichtigkeit lässt ein unsichtbares Band von mir zu ihm wachsen. Mein Vertrauen in diesen Mann wird zum ersten Mal spürbar. Aber der Gedanke, dieses Band, und wenn auch nur durch räumliche Distanz, zu belasten, schmerzt mich.

»Nein, das will ich nicht. Aber könnten wir es langsam angehen lassen. Hältst du mich einfach nur im Arm und küsst mich hin und wieder?«

Jack lächelt erleichtert und zieht mich an den Händen zum Bett. »Das sollte machbar sein.«

Ich folge ihm, noch immer etwas zittrig, aber mit Hoffnung.

Wie von mir gewünscht, zieht er mich nur neben sich. Jack legt sich auf den Rücken. Er bettet meinen Kopf an seine Brust und meine angewinkelten Arme liegen wie ein Schutzwall zwischen uns. Aber das stört ihn anscheinend nicht. Denn er lächelt mit geschlossenen Augen. Hin und wieder streicht er über meinen Arm oder meinen Rücken, aber nie berührt er mich anstößig.

Nach einer Weile fließt die Anspannung wie Schmelzwasser aus mir heraus. Sie nimmt auch noch meine letzten Kraftreserven mit sich. Müde schließe ich die Augen.

Jack hebt ein letztes Mal mein Kinn an und haucht einen sanften Kuss auf meine Lippen. »Schlaf ruhig, Honey. Ich passe auf dich auf«, wispert er.

Und ich seufze leise und kuschle mich fester an seinen warmen Körper.

Es kommt mir vor, als ob ich die Augen nur für einen kurzen Moment geschlossen hätte, aber als ich sie wieder öffne, umfängt mich abendfahles Licht. Große Hände schlüpfen heimlich wie federleichte Diebe unter mein Sweatshirt und wecken meine Lebensgeister.

»Jack?« Erschrocken kralle ich mich in den weichen Stoff über mir.

»Psst. Alles ist gut.« Seine leise Stimme beruhigt mich sofort. »Ich konnte nur nicht widerstehen. Deine Haut ist so weich. Darf ich dich berühren?«

Ich zögere zuerst, nicke dann aber doch.

Sofort wandert Jacks Hand weiter, bis auf meine spitzenumhüllte Brust.

Wachsam akzeptiere ich seine vorsichtigen Streicheleinheiten, die Fingerspitzen die zart über meine Haut tanzen und mich nach einer Weile zurück in einen herzverwahrten Halbschlaf schicken.

Traumwandlerisch fasse ich nach Jacks Shirt und ziehe es ihm langsam über den Kopf. Er lächelt und beobachtet mich dabei, wie ich ihn unter gesenkten Lidern hervor hungrig mustere.

Jacks Haut ist braungebrannt und spannt sich samten über harte Muskeln. Wie Hügelketten reihen sie sich aneinander, bis zu seiner Brust, die wie ein Berg aus heilsamer Sünde vor mir aufragt.

Beeindruckt streiche ich mit einer Hand darüber, greife in seinen Nacken und ziehe ihn zu einem Kuss nach unten. Jack wehrt sich nicht und zusammen taumeln wir ins Vergessen. Wie ein Küchenschnuckel, der in allen Nischen nach etwas Essbarem sucht, pirscht er sich träge über meinen Körper

Ich tue es ihm gleich und berühre ihn an den breiten Schultern, dem harten Schlüsselbein, der festen Brust und dem wie gemeißeltem Bauch. Ich streife an seinen Seiten entlang und folge müßiggängerisch dem trapezförmigen Muskelstrang, der an seinen Hüften beginnt und im Bund seiner Hose verschwindet. Mit einem letzten Zungenschlag löst er sich von mir. Träge blinzelt er auf mich hinab. »Liegen bleiben«, befiehlt er.

Sofort kriecht die Angst mit ihrer hässlichen Fratze aus ihrem dunklen Loch. Sie faucht und zischt, schnappt und bellt. Aber ich ignoriere sie, wie eine Mutter ein trotziges Kind. Trotzdem reizt jede von Jacks Bewegungen meine Furcht immer weiter. Wie ein züngelndes Stromkabel stachelt es die Angst an. Bis ich, als er aufsteht, schnell die Augen schließe.

Ich stelle mir vor, Jack wäre einer von vielen, ein namenloses Gesicht, welches nicht mehr bedeutet, wie der nächste harte Fick.

Schlagartig fällt mir das Atmen leichter. Ich wölbe den Rücken, recke meine Brust in die Luft und schiele zu Jack auf. »Detective, wollen Sie mich etwa verführen?«, schnurre ich, als er beginnt, die Knöpfe seiner Jeans zu öffnen. Sie hat keinen Reißverschluss.

Zum Spielen aufgelegt, drehe ich mich auf den Bauch und robbe näher an in heran.

Doch Jack schüttelt den Kopf und tritt weiter zurück. »Nur zusehen. Ich will, dass du keinen Finger rührst. Das ist für dich. Mein Geschenk an dich.«

Er schält sich Stück für Stück aus seiner Jeans und ich sehe ihm dabei zu. Jack macht nichts Besonderes. Er führt keinen Tanz auf und streichelt sich auch nicht. Er ist nur ein Mann, der sich für eine Frau auszieht.

Als er aus seinen schlichten schwarzen Pants steigt, bleibt er nackt vor mir stehen. Er breitet die Arme aus und lächelt mich an. »Sieh mich einfach nur an. Oder fass mich an, küss mich oder streichle mich. Sag mir, was ich tun soll, was ich lassen soll oder was dir gefällt. Deine Stimme ist mein Kompass. Ich tue nur das, was du willst.«

Überrascht richte ich mich auf. Das ist neu. Denn mit seinem Versprechen gibt er mir eine Waffe in die Hand, mit der ich nicht umgehen kann. Planlos sehe ich an Jack hinauf.

Er hält noch immer still. Auf seinen Oberschenkeln wachsen feine Härchen, aber rund um seinen Schwanz ist er rasiert. Trotzdem sprießen kleine Stoppeln aus seiner straffen Haut. Wie kleine Schokostreusel verführen sie mich, nach ihm zu greifen. Mit den Fingernägeln möchte ich darüber schaben und es knistern hören. Wenn er dann stöhnt, weil ich seinem Schwanz zu nahekomme, aber doch nicht berühre, lecke ich mir einen

Weg nach oben, zu den Muskeln, die auf seinem Bauch ein V bilden. Wie ein Pfeil zeigt er direkt auf den Teil von Jack, der mir in zweierlei Hinsicht den Schweiß ausbrechen lässt.

»Sieh mir in die Augen.« Seine Stimme löst meinen starren Blick. »Wir tun nur das, was du willst.«

Noch nie hat mir ein Mann seine Zurückhaltung angeboten oder mir die Führung überlassen. Aber zu meinem Erstaunen formen sich im selben Moment irrsinnige Bilder in meinem Kopf. Bilder, von Macht und Lust. Erotische Variationen von Jacks Händen und Lippen, die mir echtes Vergnügen bereiten.

Vielleicht weiß ich die Waffe doch zu führen. Zumindest macht mich der Gedanke an.

Mit zitternden Händen und schnellen Atemzügen knie ich mich im Bett hin. Jacks Geschenk fordert mich heraus, ohne Angst das einzufordern, was noch nie jemand bereit war, mir freiwillig zu geben. Befriedigung. Und ich greife zu. Zum ersten Mal in meinem Leben tue ich nur das, was mir gefällt, ohne darüber nachzudenken, ob es dem Mann vor mir auch gefällt oder nicht.

»Danke«, wispere ich, bevor ich meine Hand in seine schiebe und einen keuschen Kuss auf seinen Handrücken drücke. Ich schließe die Augen und inhaliere seinen Duft. Den Duft nach Lust, Erwartung, Spannung und Sex. Ich öffne seine Handfläche und schmiege meine Wange hinein. Jack bewegt nur seinen Daumen. Er erkennt, was ich brauche. Zärtlich reibt er über meine Wange, bis ich die Augen wieder öffne und zu ihm aufblicke.

»Tu was du willst. Entdecke dich durch mich«, fordert er mich auf, und mir wachsen Flügel.

Lächelnd stehe ich auf.

Dadurch, dass ich auf dem Bett stehe, rage ich ein kleinwenig über Jack auf. Er blickt mir direkt auf die Lippen, mit denen ich einen Kuss auf seine Stirn drücke. Dann seufzt er und senkt die Lider. Beim Ausatmen sacken seine Schultern herab, als ob er sich nicht sicher wäre, ob ich mich auf sein Angebot einlassen kann.

Kann es sein, dass Jack unsicher ist?

Doch es erscheint beinahe unmöglich, dass er unter Selbstzweifeln leiden könnte. Er muss doch wissen, wie unwiderstehlich er ist. Wie eine Tüte Softeis mit Mini-Marshmellows.

Lächelnd umfange ich mit beiden Händen sein Gesicht. Jack sieht mich mit seinen großen braunen Augen an. Mit treuen Augen. Sie leuchten wie die Sterne und gewähren mir einen Blick in eine mögliche Zukunft. Wenn ich nur mutig genug bin.

»Leg dich aufs Bett«, flüstere ich und trete auf den Boden.

Als ob Jack wüsste, was mir seine Geste bedeutet, nickt er mir zu. Anschließend legt er sich wieder auf den Rücken. Die Arme streckt er nach links und rechts von sich. Sein Lächeln spricht von Gefühlen, zu denen ich nicht fähig bin.

Kapitel 22: Wie ich es will und du es brauchst

Jack

»Ein bisschen seltsam ist es schon«, gestehe ich.

»Was ist seltsam?« Betty runzelt die Stirn und tritt misstrauisch einen Schritt von mir weg.

»Nicht das hier«, entschärfe ich meine unbedachten Worte. »Aber einfach nur hier zu liegen und nichts zu tun ...« Ich zucke die Schultern. »Darauf zu warten, dass du mir sagst, was ich tun soll. Das fühlt sich ... seltsam an. Tatsächlich fühle ich mich erstaunlich verletzlich.«

Betty sackt sofort auf die Knie. Sie greift nach meiner Hand und sieht mich mit großen Augen an. Als ob sie mich erniedrigt oder gedemütigt hätte und darüber schockiert wäre. »Möchtest du aufhören?«

»Was?!«, frage ich entsetzt. »Bist du von allen guten Geistern verlassen?! Unter gar keinen Umständen will ich aufhören. Dafür ist es wiederum viel zu heiß.«

Der Glanz in Bettys Augen kehrt beinahe augenblicklich zurück. Sie steht auf und lächelt auf mich hinab. »Gut. Denn ich möchte tatsächlich etwas versuchen. Also bleib liegen und beweg dich nicht.«

»Okay.« Um nur ja keine falsche Bewegung zu machen, halte ich mich mit aller Kraft an dem Bettlaken unter mir fest.

Was habe ich mir nur dabei gedacht?! Bitte Gott, gib mir genug Kraft, um die nächsten Minuten durchzustehen, ohne über Betty herzufallen. Und bitte lass es nur Minuten sein und nicht Stunden! Oder besser nur Sekunden? Eine Sekunde?

Betty dreht mir den Rücken zu. Sie blickt über die Schulter und bewegt ihre Hüften harmonisch von links nach rechts. Leises Summen begleitet ihren stillen Rhythmus. Wie eine Schlange schaukle ich im gleichen Takt meinen Kopf. Hypnotisiert von ihrem herrlichen Arsch lockert sich mein Griff.

Zuerst schiebt sie den linken Träger ihres schwarzen Spitzen-BHs über die Schulter hinab, dann den rechten. Wieder ein Blick über die Schulter zu mir. Als ob sie ihre Wirkung auf mich im Auge behalten möchte.

Sie scheint mit meiner Reaktion auf ihr verlockendes Spiel zufrieden zu sein, denn sie wendet sich mit einem leisen Lächeln zu mir um.

Bettys Hände wühlen durch ihre blonden Locken. Sie versenkt sie genau dort, wo ich meine Finger vergraben und zu Fäusten ballen möchte. Aber statt diesem brennenden Verlangen nachzugeben, packe ich nur das Bettlaken wieder fester.

Die rot lackierten Fingernägel streifen über ihre Brüste, ihre Seiten, die Taille hinab, bis zu ihrer Jeans. Sie öffnet den Knopf, den Reißverschluss und schiebt eine Hand vorne in ihr Höschen.

Dieser Anblick lässt mich mein Angebot, stillzuhalten, beinahe bereuen. Stöhnend beiße ich die Zähne zusammen. »Du bringst mich um, Betty.«

»Soll ich aufhören?« Zuckersüß kippt sie den Kopf auf die Seite.

»Nein«, keuche ich und halte weiter still.

Mit schlängelnden Bewegungen schält sie sich weiter den Stoff von den Hüften. Nur ihren Slip und den BH behält sie an. Wie eine Tigerin tapst sie zu mir ans Bett. Ihre Augen wandern über mich, als ob ich ein Buffet mit all ihren Lieblingssüßigkeiten wäre.

Sie leckt sich die Lippen. Mein Schwanz zuckt.

»Biest«, beschuldige ich sie und entlocke ihr damit ein halbes Lächeln.

»Es war deine Idee«, wirft sie mir vor.

»Manchmal habe ich echt beschissene Ideen. Also bitte! Lass mich etwas tun. Egal was. Ich sterbe hier«, flehe ich.

Betty nickt. »Na gut.« Sie mustert mich mit spitzen Lippen. »Ich will, dass du mich küsst.«

Endlich! Wie ein Karnickel im Vollspeed schnelle ich hoch. Aber meine Foltermeisterin zuckt zurück und schüttelt den Kopf. Der panische Ausdruck in ihren Augen lässt mich auf der Stelle erstarren.

Den plötzlich entstandenen Kloß in meinem Hals schlucke ich angespannt hinunter und zwinge mich, ruhig zu atmen. Nach ein paar Sekunden gebe ich auch meine Kauerstellung auf. Stattdessen hebe ich, wie bei einem ängstlichen Tier, die Hände. »Alles gut, Betty. Ich werde mich nicht auf dich stürzen. Außer du verlangst oder erlaubst es mir. Du hast mein Wort.«

»Woher weißt du ...?«, setzt sie an.

»Du bist nicht gerade eine talentierte Schauspielerin.« Mit mühe und Not gelingt mir ein Lächeln. »Sollen wir aufhören?« Nur schwer kommt mir diese Frage über die Lippen.

Betty mustert mich. Es scheint, als ob sie abwägt, inwieweit ich mich wirklich unter Kontrolle habe.

»Wir machen alles, was du willst und *wie* du es willst. Deine Regeln«, erinnere ich sie und setze mich lässig zurück aufs Bett. Nur dieser eine eigensinnige Part von mir reckt sich ihr noch entgegen. Aber ich löse das Problem, indem ich ein Kissen darüber ziehe. »Den hier kann ich leider nur bedingt kontrollieren. Er hat seinen eigenen Kopf und findet das, was du machst, spitze. Sorry.«

Da lächelt sie plötzlich. »Na, wenn das so ist.« Sie zuckt die Achseln. Dann klopft sie sich mit dem Zeigefinger nachdenklich ans Kinn. »Wo waren wir stehengeblieben?« Sie zwinkert mir zu und schmunzelt. »Ach ja, du weißt doch noch gar nicht, *wo* du mich küssen sollst.« Ihre Selbstsicherheit kehrt zurück. Betty hebt spöttisch eine Augenbraue.

Im Stillen suche ich mir ihren knappen schwarzen Slip aus. Die Stelle, an der sich ihre Schenkel berühren. Genau dort will ich sie küssen.

Ohne mich vorzuwarnen, aber als ob sie meine Gedanken gelesen hätte, steigt Betty mit beiden Beinen aufs Bett. Ihre Knie landen links und rechts von meinen Ohren. Wie ein Hengst mit geblähten Nüstern sauge ich ihren Duft in mich auf.

»Perfekt! Ich sterbe vor Hunger!« Stöhnend hebe ich den Kopf etwas an, will meine Lippen auf den schwarzen Stoff pressen. Aber ich zügle mich und blicke fragend zu Betty auf.

Sie lächelt frech. Ihre Zungenspitze pirscht hervor und ich tue es ihr gleich. Im selben Augenblick erlischt ihr Lächeln. Sie stöhnt und schiebt ihre Hüften nach vorne, bis ich meinen Mund auf ihre seidenbedeckten Schamlippen pressen kann. Sobald ich meine Zunge gegen den schwarzen Spitzenstoff drücke, keucht sie und lässt ihren Kopf in den Nacken fallen. Ihre weichen Haarspitzen streifen meinen Bauch und ich stoße mit den Hüften ins Leere.

»Meine Hände«, brumme ich in den feuchten Stoff. »Ich will dich berühren.«

»Halt mich fest«, gibt sie mir die Erlaubnis, einen Teil der Kontrolle zu übernehmen. Mit einem Arm umschlinge ich ihren Oberschenkel, damit ich meine Lippen fester auf ihr überhitztes Fleisch pressen kann. Mit der freien Hand ziehe ich an dem Stoff ihres BHs. Eine ihrer Brüste gleitet aus dem schwarzen Hauch von nichts und direkt in meine Hand. Ich drücke leicht zu und werde mit einem ekstatischen Laut belohnt. Durch den Stoff ihres Slips sauge ich an der kleinen geschwollenen Perle, bis ihre Hüften buckeln. Betty presst eine Hand fest auf meine, die ihre Brust hält. Mit der anderen greift sie

in meine Haare. Sie sieht auf mich hinab und reitet mit rollenden Hüften mein Gesicht. Ich stöhne und brumme, bis Bettys Tonlage neue Höhen erreicht.

Sie stöhnt und ihre Hüftbewegungen werden noch stürmischer. »Mehr! Schneller!«, keucht sie.

Und ich bin mehr als gewillt, dieser Forderung nachzukommen. Mit dem Zeigefinger ziehe ich den schwarzen Stoff zur Seite. Meine Zunge trifft auf warmen Nektar. Ihr Geschmack macht mich gierig und ich tackere ihre Oberschenkel auf mir fest. Dann schlemme ich von ihrer Süße wie ein ausgehungerter Wolf.

»Aahh Jack!«, stöhnt sie auf dem Höhepunkt und schiebt ihre intimste Stelle mit schnellen Bewegungen über meine Zunge. Ihr Griff ist fest, und er wird erst lockerer, als ich auch noch den letzten Rest ihrer Süße mit langsamen Zungenschlägen auflecke.

»Jack! Oh Jack!« Betty legt den Kopf in den Nacken und stöhnt immer wieder meinen Namen.

Es ist Musik in meinen Ohren.

Ich fühle mich wie ein Olympiasieger in oraler Befriedigung.

»Ja, Honey? Brauchst du noch etwas?«, brumme ich zwischen ihren Schenkeln.

»Jaaa«, haucht sie kaum hörbar.

»Sag es mir und ich tue es. Was brauchst du?« Ich blicke zu ihr auf und drücke meinen Schwanz.

Betty senkt den Kopf und sieht mich spekulierend an. »Mhmmm ... das war der Hammer. Aber bist du auch so gut mit deinem Schwanz?«

»Sogar viel besser«, prahle ich. »Soll ich es dich fühlen lassen?«

Betty steigt ab und legt sich neben mich. »Hast du ein Kondom dabei?«

Sie hat kaum zu Ende gesprochen, da springe ich schon wie ein Känguru vom Bett.

In meinem Seesack. Seitentasche. Ganz hinten.

»Hab sie.« Noch während ich zu ihr zurückgehe, werfe ich eine Handvoll neben Betty aufs Bett. Nur Sekunden später lande ich neben ihr und reiße eines der bunten Tütchen auf.

»Du hast aber echt viel vor.« Betty schluckt hörbar.

Damit wirft sie mich aus der Bahn. »Bin ich ...? Ich dachte, dass du ... Ach verdammt! Ich bin ein Trottel. Jetzt hab ich es doch vermasselt. Dabei wollte ich mich gar nicht aufdrängen. Scheiße! Es tut mir leid, Betty. Ich bin so ein

Arsch. Zuerst verspreche ich dir, dass du die Kontrolle hast, und dann fabriziere ich so einen Bockmist.« Mit einer wütenden Handbewegung fege ich die Gummis vom Bett und greife nach der Bettdecke.

»Hey, stop! Was machst du denn da?« Sie sieht mich überrascht an.

»Habe ich etwa gesagt, du sollst aufhören?«

Verwirrt schüttle ich den Kopf. »Ich dachte, so wie du reagiert hast, dass Aufhören, genau das ist, was du willst.«

»Ich gebe zu, ich war ein wenig überrascht. Was ich allerdings nicht gesagt habe, ist, dass du aufhören sollst. Also wärst du bitte so nett und holst die Gummis zurück. Und dann machst du bitte brav da weiter, wo du aufgehört hast.«

»Du willst noch ...?«, frage ich, um sicherzugehen. Dabei zeige ich auf die Beule unter dem Bettlaken.

Betty runzelt die Stirn und tippt sich mit dem Zeigefinger an die Lippen. »Wie sagen die zu euch auf der Polizeischule, wenn etwas schnell gehen soll?«

»Fix? Mit Karacho? Flott? In lebhafter Fortbewegungsweise?«, schlage ich vor.

Betty knufft mich und grinst. »Also dann Detective Shepherd. Spring mal *fix* vom Bett, hol mit *Karacho* die Gummis zurück, zieh dir *flott* einen über und dann fick mit in *lebhafter* ... wie war das?«

Ein kleiner Schauer rutscht mir bei ihren Worten über den Rücken. »Zu Befehl, Ma´am! In lebhafter Fortbewegungsweise«, antworte ich heiser und schlage die Bettdecke zurück.

Wie von ihr gewünscht springe ich in vollem Tempo vom Bett. Mit einer kleinen Rolle, die mich direkt neben dem Gummichaos landen lässt, bringe ich sie zum Lachen. Bettys Schultern fallen herab und ich stehe grinsend wieder auf. Während ich dann doch etwas langsamer zurückschlendere wippt mein Schwanz auf und ab. Ihr lautes Lachen wird zu einem leisen Kichern.

Mission erfüllt.

Während ich mir einen neuen Gummi schnappe und ihn aufreiße, legt Betty sich zurück. Ich stülpe das gelbe Latex über meinen Schwanz und sehe ihr dabei fest in die Augen. Auf der Suche nach irgendeinem Anzeichen von Ablehnung oder Widerwillen mustere ich sekundenlang ihr Gesicht. Aber ich finde nur Wärme und Lust.

Entgegen Bettys Wunsch schiebe ich mich jedoch langsam über ihre Rundungen. Die lebhafte Fortbewegungsweise hebe ich mir für später auf.

Meine Tempowahl scheint richtig zu sein, denn sie seufzt, als ob sie erleichtert wäre.

Während ich langsam auf ihren weichen Körper hinabsinke, schließe ich die Augen. Ein langer Atemzug verlässt keuchend meine Lippen.

»Jack.« Bettys Stimme dringt leise zu mir vor. »Sieh mich an.«

Sofort öffne ich die Augen. Mein Blick trifft auf grüne Beklemmung. Ich halte umgehend die Luft an, aus Frucht, eine weitere Bewegung könnte Betty vertreiben.

»Bitte mach deine Augen nicht zu. Sieh mich.« Flehend blickt sie zur mir auf. Ihre kleinen Hände landen zitternd auf meinen Wangen.

Ich nicke und halte still, versuche, zu spüren, was sie braucht. »Ich sehe dich. Da bist nur du in meinem Kopf. Es gibt nur dich.«

»Okay.« Sie nickt heftig.

Während ich mich langsam in ihre Wärme schiebe, läuft eine einzelne Träne aus Bettys großen Augen.

»Schhhh ... Hon. Nicht weinen. Es ist alles gut. Soll ich aufhören?« Mein Herz rast. »Habe ich dir wehgetan?«

Aber sie schüttelt den Kopf und streichelt über meine Wange. »Ich wusste nicht, dass es so sein kann. Ich wusste es nicht.«

»Was meinst du?« Verwirrt suche ich in ihren Augen nach einer Erklärung.

»Sex war immer ein Nehmen für mich. Niemals ein Geben. Und dann kommst du und stellst meine Welt auf den Kopf.«

»Sex sollte immer nur ein Geben sein.« Mit meiner Nase stupse ich gegen Bettys Hand. »Man sollte nur so viel geben, wie der andere zu nehmen bereit ist und nur so viel nehmen, wie der andere geben möchte.« Träge spiele ich mit Bettys blonden Haaren. Sie liegen weitgefächert um ihr schönes Gesicht. »Soll ich aufhören?« *Bitte, sag nein!*

Betty schüttelt den Kopf. »Jack?«, fragt sie mit zitternder Stimme.

»Ja?«

»Aber ich möchte ...« Ihre Kehle bewegt sich, als sie mehrmals schluckt. »Ich weiß, dass ich eben gesagt habe, du sollst schnell machen. Aber kannst du vielleicht doch behutsam ...?«

»Wenn es das ist, was du möchtest.«

Betty nickt schnell.

»Alles klar. Du brauchst nichts mehr zu sagen.« Ich küsse sie langsam. Mit den Hüften starte ich einen trägen Takt. Ich ziehe ein Bein an, damit ich mehr Kraft aufbringen kann, und schiebe mich in dieses kleine, enge, perfekte Paradies.

Betty seufzt und presst die Augenlider zusammen. »Genauso.«

Um sie nicht mit meinen Stößen im Bett nach oben zu schieben, fasse ich mit beiden Armen unter ihren Schultern hindurch und halte sie fest. Betty klammert sich an meinen Rücken. Wir geben uns gegenseitig Halt.

»Du bist perfekt«, wispere ich und schiebe mich kraftvoll in ihre Wärme. Betty hält still.

»Du bist wunderschön.« Wieder ein Stoß.

Betty legt eine Hand auf meine Brust.

»Du bist mutig.« *Stoß.*

Betty dreht den Kopf zur Seite.

»Du bist stark.« *Stoß.*

Betty schluckt.

»Du bist *Mein.*«

Sie erstarrt.

Hält sie die Luft an?

Gefällt es ihr so sehr wie mir?

Stöhnend schließe ich die Augen. Bettys Schoß umfängt mich, wie ein samtener Handschuh. Selbst, wenn ich sie im Schneckentempo nehme, spüre ich den Orgasmus röhrend wie einen Dodge-Ram mit einer Viper-V10-Maschine auf mich zurasen.

Alleine der Gedanke, dass sie mir so sehr vertraut, dass sie mit mir schläft, törnt mich an.

»Jack«, unterbricht sie meine Aufwärtsspirale.

»Was?« Mit kreisenden Hüftbewegungen bohre ich mich tiefer in ihren Schoß.

Noch immer warte ich auf ein kleines Zeichen, auf ein Stöhnen, ein Seufzen, irgendetwas, das mir zeigt, dass es Betty gefällt. Aber sie streichelt nur in seltsam schnellen Bewegungen über meine Arme. Zu schnell, um entspannt zu sein.

»Jack?«

Ich erstarre und sehe in Bettys Augen.

Sie blinzelt traurig und streicht mir wieder über die Wange. »Es fühlt sich so unglaublich gut an und zum ersten Mal will ich es. Ich versuche es. Wirklich. Aber ich kann nicht. Es geht nicht. Ich bin kaputt.« Betty verschluckt den letzten piepsigen Ton.

Nicht wirklich überrascht blicke ich auf sie hinab. Ich konnte es in ihrer Stille und Unbeweglichkeit spüren. Betty fühlt nicht das Gleiche wie ich. Trotzdem stelle ich die dämliche Frage. »Was meinst du?«

»Ich kann nicht kommen. Nicht so. Es ist immer noch in meinem Kopf«, flüstert sie und neue Tränen fließen aus ihren Augenwinkeln, über ihre Schläfen und verschwinden in ihren Haaren. »Aber ich will es unbedingt.«

»Honey, nicht. Nicht weinen. Du bist nicht kaputt. Gib dir Zeit. Gib *uns* Zeit.« Ich schlucke und flehe im Stillen um eine Eingebung, eine einleuchtende Idee oder einen Tipp. »Soll ich etwas anders machen?«

»Ich glaube nicht, dass das etwas helfen würde. Ich liebe es, dich genauso auf und in mir zu spüren. Ich will das. Aber ich will keine Lügen.« Betty schüttelt den Kopf. »Ich will dir nichts vortäuschen. Du bist nicht wie die anderen. Bei ihnen war es mir egal.«

Überrascht hebe ich die Augenbrauen und ziehe mich von Betty zurück. Bei dem Gedanken, dass ein anderer Mann, mehr Glück hatte als ich, schließt sich eine Faust um mein Herz. Ich hole tief Luft und schließe die Augen. Diesen Teil von Bettys Vergangenheit hatte ich weit von mir geschoben.

»Komm zurück zu mir.« Kalte Finger greifen nach meiner Schulter.

Aber ich drehe mich weg. Langsam schüttle ich den Kopf. Ich lege mich neben Betty. Ihre kleine Hände streicheln über meine Arme, meine Schultern und über meine Brust.

»Sei nicht böse mit mir.« Sie zupft an meinem Kinn und ich vergrabe mein Gesicht an ihrem Hals.

»Ich bin nicht böse mit dir. Aber ich bin so verdammt wütend. Diese Kerle, die dir das angetan haben ... ich will sie jagen, sie wie Beute hetzen und sie mit meinen bloßen Händen abschlachten.«

Betty streichelt mir über den Kopf und beruhigt meine Sinne. Ich sauge ihren süßen Duft in mich auf und spüre noch immer die Lust in meinem Schwanz pochen.

Wie erhabene Regentropfen prasseln ihre Berührungen auf mich ein. Zuerst vereinzelt, wie verspielte Neckereien, dann immer schneller und schneller, wie ein Strudel aus Feuer, bis die Gier nach Betty zu einem tosenden Sturm in mir heranwächst. Mein Verlangen setzt sich wie eine allesniederwalzende Flutwelle in Bewegung.

Ich will sie ficken.

Das Herz schlägt mir dröhnend bis in den Hals, als ich beide Arme fest um Bettys Mitte lege. Ich drücke sie an mich, grabe meine Finger entschlossen in ihre Taille und presse meine Lippen wie im Fieber auf den rasenden Puls an ihrem Hals. Ich sauge und knabbere wie ein Besessener. Aber erst als sie beginnt, ihre Hüften an mir zu reiben, löst sich der

beklemmende Knoten in meiner Brust. Mit einer leichten Drehung dränge ich mich wieder zwischen ihre Beine und tauche mit einem schnellen Stoß in ihre Enge ein.

»Sieh mich an«, befehle nun ich.

Bettys weit aufgerissene Augen huschen zu mir. Angst prescht mir daraus entgegen. Die Halsschlagader sticht pochend hervor.

Ich erstarre. Wieder einmal.

Aber ihre Samthöhle zuckt.

»Hmmm ...« Mit geneigtem Kopf mustere ich Betty. Ich beobachte sie genau, als ich mit einer Hand ihre Kehle packe und mit der anderen grob eine ihrer Brüste knete.

Betty öffnet keuchend den Mund und fasst mit beiden Händen nach meinem gestreckten Arm. Aber sie wehrt sich nicht. Im Gegenteil. Ihre Fingernägel krallen sich tief in meine Haut, als ob sie mich dazu drängen möchte, fester zuzupacken.

Ich tue es.

Und Betty stöhnt laut. Auch ihre Hüften rollen augenblicklich gegen meine.

Der Atem kommt mir nur schwer über die Lippen, und als ich in Bettys grüne Augen blicke, steigt Furcht in mir auf. Ich weiß nicht genau, wonach ich suche. Aber alles, was ich finde, ist dunkle Lust. Keuchend kommt sie über ihre Lippen, flehend aus ihren Augen und nass zwischen ihren Beinen hervor.

Um meine Vermutung zu untermauern, stoße ich einmal hart zu. Und wie ich es mir dachte, schließt sie die Augen und stöhnt.

Ihre Samthöhle zuckt. Wieder.

»Du hast gar kein Problem, zu kommen.«

Betty schluckt und schüttelt den Kopf.

Verzweiflung strömt glutheiß in jede meiner Poren. Wie Lava brennt sich ein düsterer Instinkt durch jeden tugendhaften Gedanken, den mein Kopf anstrebt. Dann verlischt die Grenze zwischen richtig und falsch. Wie unter Schmerzen kneife ich die Augenlider zusammen. Ich lasse die Fragen zu, die sich mir wie glühende Bolzen ins Fleisch bohren.

Ist es das, was sie braucht?

Rohe Gewalt und Dominanz?

Und wenn ich es ihr gebe, wird es dann das zerstören, was zwischen uns ist?

Kann ich mich überhaupt auf ein Spiel mit dem Feuer einlassen?

Aber die Entscheidung ist längst gefallen. Sie fiel in dem Augenblick, in dem sie mich von ihrem Krankenhausbett aus blickfickte. Nur war mir da noch nicht klar gewesen, dass diese Frau wie ein Haufen Nägel ist. Sex ist der Magnet, der die Nägel in Bewegung setzt. In diesem Moment bin ich der Sex. Sobald ich sie befriedigen will, durchbohrt sie mich. Denn ihre Lust ist mein Albtraum. Betty Schmerzen zu bereiten, um sie fühlen zu lassen, ist, als ob ich mir selbst ein Messer an die Kehle legen würde.

Und trotzdem tue ich es.

So muss sich ein Süchtiger fühlen, wenn er die Nadel ansetzt.

Mit einem dicken Kloß im Hals nehme ich die Hände von Betty.

Mein Herz schreit laut, *nein!* Aber mein Mund befiehlt. »Dreh dich um. Auf die Knie. Hände auf den Rücken.«

Betty schluchzt laut auf, als ob ich meine Zunge um ihren Kitzler gewickelt hätte. Aber sie gehorcht meinem Befehl.

Harsch, wie die namenlosen Typen in meinem Kopf, die ich bereits tausendmal getötet habe, greife ich nach ihren Unterarmen. Ich drücke sie auf ihren Rücken und schiebe sie nach oben, bis sie erneut aufschluchzt. Mit der anderen Hand fasse ich nach meinem Schwanz und platziere ihn genau vor Bettys klatschnasser Mitte. Ihre rechte Schulter drückt sich tief in die Matratze. Den Kopf hat sie nach links gedreht und die blonden Locken hängen ihr wirr ins Gesicht. Nur Bettys geöffnete Lippen sind zu sehen.

Heißes Verlangen und kalte Wut vermischen sich in meiner Brust. Der giftige Cocktail bricht in Form eines harten Stoßes und eines tiefen Knurrens aus mir heraus.

Betty schreit und buckelt.

Ihre Samthöhle zuckt.

Sobald ich tief in ihr bin, fasse ich in ihre Haare. Ich wickle ihre blonde Mähne um meine Faust und ziehe daran.

Betty krümmt sich, um dem Schmerz zu entkommen.

Ich ignoriere es und beuge mich nah an ihr Ohr. »Halt still und nimm alles.«

Betty wimmert und nickt.

Ihre Samthöhle zuckt.

Mit einer Hand in ihren Haaren und der anderen auf ihren Armen fixiere ich sie. Ich gebe ihr keinen Spielraum, während ich hart und schnell zustoße.

Es dauert nicht lange, bis Betty bebt und sie ihren nahenden Orgasmus herbeischreit.

»Gefällt es dir, wenn ich dich so ficke? So benutze? Wenn du meine kleine Schlampe bist?«

Sie nickt und stöhnt.

Ihre Samthöhle zuckt.

»*Du gehörst mir!*«, zische ich aufgegeilt in ihr Ohr.

Da ruckt Betty unvermittelt heftig mit ihren Händen. »Nicht«, zischt sie und reißt die Augen auf. »Sag das nicht.« Sie versucht, sich zu befreien. Aber ich gebe ihre Hände nicht frei.

»Was soll ich nicht sagen?«, frage ich außer Atem. Ich höre auf, mich zu bewegen, und halte still.

»Ich gehöre niemandem!« Bettys Stimme zittert. Ein Schluchzen stiehlt sich über ihre Lippen und sie presst die Augenlider wieder fest zusammen. »*Er* hat das gesagt. *Er* hat geflüstert, *du bist Mein.* Aber ich gehöre niemandem. Auch dir nicht, Jack! Du kannt mich vielleicht ficken, aber niemals besitzen!«

Ihre Worte schüren heißglühende Wut in mir. Wut, weil sie mir widerspricht. Denn ich will, dass sie mir gehört. Und Wut, weil ein anderer diese beschützende Worte für Betty verdorben hat. Er hat etwas, dass für Geborgenheit und Kümmern steht in Gift verwandelt. Wenn sie mir gehören würde, wäre ich ihr hörig. Es gäbe nichts, dass sie nicht von mir bekommen würde.

»Wenn ich dieses verfickte Arschloch, dass dir das angetan hat, jemals in die Finger bekomme, dann reiße ich ihm seinen Schwanz ab und stopfe ihm damit das Maul. Nie wieder wird er, oder ein anderer, dich anfassen.« Explosionsartig donnere ich meine Hüften gegen Bettys Arsch. Es klatscht laut. »Ich zeige dir, was es heißt, jemandem zu gehören. Wenn ich mit dir fertig bin, wirst du wissen, wie es sich anfühlt, beschützt und umsorgt zu werden. Du wirst mit jeder Faser deines Köpers mir gehören wollen. Und erst, wenn du darum bettelst, werde ich die Worte zu dir sagen.«

»Jack, bitte!« Bettys flehen bringt mich wieder in Fahrt. Aber der Zorn über diese Scheißkerle schwelt noch immer tief in mir. Er verleiht mir die Kraft, fest zu zustoßen. Ich will die ganzen miesen Gefühle und Erinnerungen aus ihrem Gehirn vögeln. Wenn ich sie nur hart genug ficke, vergisst sie vielleicht alles andere, außer meinen Schwanz.

»Vielleicht gehörst du mir nicht, aber dein Höhepunkt tut es. Und jetzt komm für mich. Gib deiner fleißigen Pussy ihre Belohnung. Lass sie meinen Schwanz quetschen.« Wütend verpasse ich ihr einen Schlag auf ihren Arsch. Ein roter Abdruck bleibt zurück. Ein verspottender Gruß, der mich zum Monster macht. Und ich will mehr. Ich will alles.

Bettys Orgasmus ist da. Der von mir geforderte Höhepunkt, den ich ihr befohlen habe, hat sie fest im Griff. Bettys Samthöhle pocht, saugt und jede ihrer Gliedmaßen zittert.

»Jack! Oh Gott!«, schreit sie in Ektase. Selbst ihre Augen rollen nach hinten.

Ich ficke sie weiter und brülle wie ein verwundeter Bär. Brülle den Schmerz hinaus, der sich wie ein Parasit in meine Seele frisst. Weil ich weiß, dass ich Betty an den Schmerz verlieren werde.

Trotzdem bestimmt ihr Höhepunkt den meinen. Betty, durch mich, so maßlos erregt und geil zu sehen, hinterlässt Spuren. Ich komme. Ich kann nicht anders. Ich brülle wieder und ekle mich vor mir selbst. Trotzdem pumpe ich die ganze Scheiße in Betty.

Sie schluchzt und stöhnt zugleich.

Über meine Lippen stielt sich jämmerliches Winseln.

Wie konnte ich nur so blind sein?

Wie konnte ich glauben, ich wäre anders?

Ich behandle sie, wie einer dieser beschissenen Vergewaltiger, und es törnt mich an. Es törnt sie an.

Hat Gott plötzlich auf mich geschissen?

Oder warum tut er mir das an?

Beladen mit Schuldgefühlen stoße ich wie eine Lawine aus Wut immer weiter zu, bis mein Schwanz erschlafft.

Sie macht aus mir ein Monster, das ich nicht bin. Ich bin nicht gewalttätig. Ich habe noch nie einer Frau wehgetan oder auch nur eine zu etwas gezwungen, das sie nicht wollte, was ihr Schmerzen bereitet hätte.

»*Ist es das, was du willst? Was du brauchst?*«, brülle ich sie von hinten an.

»*Ja! Verdammt!*«, kreischt sie zurück und schlägt auf meinen Arm ein.

»*Aber wenn du mich noch einmal als dein Eigentum bezeichnest, schneide ich dir die Kehle durch und blute dich aus, wie ein Schwein.*«

Als ob mich glühendes Eisen getroffen hätte, springe ich aus dem Bett.

Weg von ihr. Weg von diesem Wahnsinn.

»*Warum?*«

»Weil *er* es immer gesagt hat. Weil *er* mich als *Sein* bezeichnet hat. Aber das werde ich nie wieder sein! Nicht für dich oder irgendeinen anderen scheiß Ficker!«

Mit jedem ihrer gebrüllten Worte beginne ich zu verstehen. Trotzdem foltere ich mich weiter. Ich brauche Antworten.

»Und warum willst du es so grob? Warum brauchst du das? Gefällt dir das etwa?«, brülle ich weiter. Viel zu entsetzt von mir, um ruhig bleiben zu können. »Ich verstehe es nicht. Erklär es mir!«

Tränen laufen über Bettys Wangen hinab. Aber ihr Gesicht ist wutverzerrt. Sie greift nach der Bettdecke und zieht sie über sich. Weinend springt sie ebenfalls aus dem Bett. »Nein! Es gefällt mir nicht. Was glaubst du denn?!« Immer wieder zeigt sie auf die Matratze. »Aber es ist die einzige Art, meinen Körper etwas fühlen zu lassen.« Sie schlägt sich grob auf die Brust und der Anblick versetzt mir einen Stich. »Aber nie fühle ich hier drin etwas. Wo sind diese großen Gefühle?« Betty breitet die Arme aus und blickt sich suchend um, als ob das, was sie vermisst, jeden Moment aus einer der dunklen Ecken hervorkriechen müsste. »Was verdammt noch mal ist ein Orgasmus? Ich weiß es nicht! Es ist immer nur der Körper, der zuckt und meine Pussy, die pocht! Nie fühle ich etwas hier drin!« Betty schlägt sich wieder auf die Brust.

Fassungslos starre ich sie an. »Was?« Ich trete einen Schritt zurück. »Du hattest gerade einen Orgasmus. Ich habe es mit meinem Schwanz gespürt.«

»Ja, meine Fotze zuckt vielleicht. Aber nichts davon fühle ich wirklich. Es ist, als ob mein Kopf von meinem Körper getrennt wäre. Es ist nur ein Zucken und gutes Schauspiel. Jedes Mal aufs Neue suche ich etwas, das nur zwei Schritte entfernt zu sein scheint. Diesen Himmel, von dem alle sprechen. Aber jedes Mal stürze ich in die Hölle zurück und fühle nichts.«

»Aber du hast meinen Namen geschrien. Du hast gestöhnt, während du ihn geschluchzt hast.« Ich will es nicht wahrhaben und schüttle den Kopf.

»Weil sie vorher nicht aufgehört haben!«, brüllt sie mich an. Dann bricht sie auf dem Holzboden zusammen.

Wie nach einem Tritt vor die Brust taumle ich rückwärts davon. Schlagartig wird mir mein schrecklicher Fehler bewusst. »Warum hast du es dann zugelassen? Warum hast du mich nicht gestoppt?« Kraftlos gehe ich auf die Knie. In meiner Kehle steigt saure Galle auf. »Du hast gesagt, du willst keine Lügen.«

»Weil es so einfacher ist.« Bettys Schultern fallen herab, ebenso ihr Kopf.

Wieder sammelt sich Wut in meinem Bauch. »Ist es das, was du bei einem Mann suchst? Gewalt und rohes Ficken?«

»Ich weiße es nicht«, flüstert sie weinend. »Aber es ist das Einzige, das funktioniert, das Einzige, das mich auf irgendeine verkorkste Art und Weise fühlen lässt.«

»Aber wie kannst du das wollen?!« Angewidert verziehe ich das Gesicht. »Wurdest du gerne vergewaltigt? Hat es dir etwa gefallen? Hatte Joe recht und du bist eine Nutte?«

Bettys Gesicht wird lang und fahl. Mit offenem Mund sieht sie mich einen Moment an. »Wage es nicht, mich zu verurteilen! Du, der du davon gesprochen hast, sich selbst etwas beweisen zu müssen und Ängste zu besiegen, um sich als Gott zu fühlen!« Verächtlich verzieht Betty ihre Lippen. »Glaubst du etwa, nur du hast ein Anrecht auf diese Gefühle? Glaubst du, weil mir Gewalt angetan wurde, müsste ich aufgeben?« Taumelnd kommt Betty auf die Beine. »Das alles war ein Fehler.« Ohne mich noch einmal anzublicken, sammelt sie ihre Kleidung ein.

Stinkwütend springe ich auf die Beine. Ich folge ihr durch den Raum. »Oh nein. Du wirst jetzt nicht dicht machen. Du erklärst mir jetzt haargenau, was da gerade eben passiert ist.« Schweratmend bleibe ich direkt vor Betty stehen und stemme die Fäuste in die Hüften.

Aber sie tritt flink um mich herum und sucht weiter ihre Sachen zusammen.

Das bringt das Fass zum überlaufen und ich packe wütend ihre Schultern.

Im selben Moment holt Betty weit aus und ohrfeigt mich.

Entsetzt starre ich sie an.

»*Fass mich nie wieder an!*« Grünes Feuer lodert grell in ihren Augen und drängt mich zurück.

Kapitel 23: Auf schwere Wege schickt man nur die Starken

Artur

Ein erheitertes Funkeln blitzt mir aus schmalen grauen Augen entgegen. Tips erweckt immer den Anschein, zugedröhnt oder müde zu sein. Dabei reagiert er nur empfindlich auf helles Licht, was wiederum die gesenkten Augenlider erklärt. Aber diese schläfrig-amüsierte Ausstrahlung kommt ihm und somit auch mir zugute, denn die Menschen fühlen sich von ihm, trotz seines Aussehens, keineswegs bedroht. Sie erachten ihn als harmlosen Paradiesvogel und vertrauen ihm gerne ihre Geheimnisse an.

Woran genau das wohl liegen mag?

Mit geneigtem Kopf taxiere ich sein Erscheinungsbild. Auf dem Kopf thront wie immer ein schwarzer Hut mit schmaler Krempe. So wie man ihn in den Sechzigern trug. Vermutlich steht er ihm so gut, weil er kleine Ohren und eine Glatze hat. Daneben schlängelt sich ein Tattoo, von der Schläfe bis zum Kinn. Eine Spielkarte mit dem Schriftzug, *Loyalität*. Schwarze Augenbrauen und ein ebenso dunkler Oberlippen- und Kinnbart lassen ihn jünger, als seine fünfundvierzig Jahre erscheinen. Darüber hinaus trägt er einen farbigen Anzug und ein schwarzes Hemd. Passend dazu eine Fliege. Über dem Hemdkragen ragen rote und grüne Tattoos hinaus. Ebenso sind seine Hände und Finger mit kleinen Symbolen tätowiert. Zwischen gestrecktem Zeige- und Mittelfinger hält er eine Zigarette.

Selbst nach einer ausgiebigen Musterung bleibt das Mysterium, Tips, und seine Fähigkeit, selbst das Vertrauen des Teufels höchstpersönlich gewinnen zu können, ein Buch mit sieben Siegeln. Bei Tips ist es wohl das Gesamtpaket.

Wie auch immer. Seine signifikantesten Charakteristika sind seine Loyalität und Zuverlässigkeit. Auf Tips kann ich mich verlassen.

»Die Geschäfte laufen gut«, lobe ich ihn und schließe den Bericht. »Darauf sollten wir anstoßen.«

Gemeinsam erheben wir unsere Weingläser.

Bei Tips gibt es keinen billigen Fusel oder andere alkoholische Getränke, die man bei einem tätowierten Ex-Biker erwarten würde. Wer einmal vom Luxus gekostet hat, verfällt ihm unwiderruflich.

Früher war das Treehouse ein einfaches Rasthaus am Highway. Heute ist es ein elegantes Restaurant, in dem sich die örtliche High Society die Klinke in die Hand drückt. Die vorherrschenden Farben sind Schwarz, Samtlila und Gold.

»Seit wann machst du dir die Mühe und siehst dir persönlich die Berichte an?«

Er war schon immer sehr direkt. Eine Eigenschaft, die ich an ihm schätze. Denn es macht ihn zu einem Mann, der Lügen und Ränkeschmiedereien verabscheut.

»Seit wann brauche ich dafür einen Grund?«

»Den brauchst du sicherlich nicht. Trotzdem wüsste ich gerne, womit ich deinen Besuch verdient habe.« Tips beugt sich nach vorne. Er wittert eine Story. »Was führt dich tatsächlich hierher, Artur?«

»Beute«, antworte ich geheimnisvoll.

Tips grinst schlagartig. Seine grauen Augen leuchten. »Und welche Art von Beute?«

»Sagen wir, es gibt da ein Mäuschen, welches meine Jagdlust geweckt hat.« Hämisch lächle ich in mein Glas.

»Aahhh. Daher weht der Wind.« Tips lehnt sich wieder zurück, breitet die Arme auf der Sofalehne aus und legt den rechten Knöchel entspannt auf das linke Knie. »Das hast du schon immer geliebt.«

»Es liegt etwas Faszinierendes am Katz- und Mausspiel. Vorauszuahnen, wo die Maus als Nächstes hinläuft, Informationen zu sammeln und im richtigen Moment die Falle zuschnappen zu lassen.« Sinnierend blicke ich auf den schmalen Dolch, den ich in Händen halte.

Tips räuspert sich. »Und wo ist deine Maus jetzt? Kann ich dir irgendwie behilflich sein?« Er nickt und wartet auf Anweisungen.

»Nein, dieses Mäuschen will ich für mich alleine. Vorerst. Sollte sich allerdings herausstellen, dass Drop-Out sie wirklich will ...« Grinsend freue ich mich bereits auf diesen Deal.

»Drop-Out ist hier?« Mein Gegenüber runzelt die Stirn und setzt sich auf.

»Nein. Oder *noch nicht?*« Ich schmunzle und nehme den Schaft der scharfen Klinge in die andere Hand. »Dieses Mäuschen hat etwas an sich, das alle bösen Buben zu interessieren scheint. Sie ist wie die erste feuchte Weide, auf die sich alle Hengste im Frühling gierig stürzen.«

Ich schließe langsam meine Faust und beobachte, wie meine Knöchel dabei weiß hervortreten. Da ertönen plötzlich schwere Schritte vom Flur her, und Sean öffnet mit der Hand auf der Waffe die Türe.

Auf der anderen Seite steht Shorty. Im Stechschritt marschiert er herein. Angewidert blicke ich zur Seite.

Trotzdem ist er derjenige, der die Worte ausspricht, auf die ich schon die ganze Zeit warte. »Ich hab sie.«

»Wenn du mich bitte entschuldigen würdest.« Ich neige den Kopf in Tips Richtung und stehe auf. Dabei schließe ich mein Jackett. »Es gibt da ein Mäuschen, das sehnsüchtig wissen will, warum es in meiner Falle sitzt.«

Tips lächelt und winkt. Dabei streckt er nur den Zeigefinger aus und hebt die Hand leicht über den Kopf.

Ich nicke Shorty auffordernd zu und folge ihm nach draußen auf den gepflasterten Hinterhof. Dort steht sein Motorrad, aber sonst nichts.

Und schon wieder enttäuscht er mich.

Mit fest zusammengebissenen Zähnen drehe ich mich zu Shorty um. »So langsam hege ich den Verdacht, du nimmst mich nicht ernst. Unterbrich mich, wenn ich falschliege, aber waren deine exakten Worte nicht, *ich hab sie*?« Ich breite die Arme aus und sehe mich mit großen Augen um. »Also? Wo ist sie?«

Shorty schluckt und schiebt die Hände in die Hosentaschen. »Ja, das hab ich schon gesagt, aber was ich eigentlich gemeint hab, war, dass ich weiß, *wo* sie ist.«

»Und warum sagst du nicht einfach, was du meinst. Warum holst du mich aus einem Gespräch mit Tips, wenn du deinen Auftrag, sie hierher zu bringen, nicht erledigt hast?«

»Weil sie in einer Hütte ist. Keine fünfzehn Minuten von hier. Sie treibts gerade mit dem Bullen. Hier.«

Der kleine Pomadenhengst hält mir ein Handy hin, auf dessen Display ein kopulierendes Pärchen zu sehen ist.

»Hmmmm...« Es gefällt mir nicht, dass der Cop Betty Boop vor mir hat. Trotzdem ist sie für Drop-Out wichtig. Und somit auch für mich.

»Bring sie mir.«

Kapitel 24: Zu nah an der Realität

Betty

Wütend auf mich selbst, weil ich Jack vertraut habe, weil ich ihm gezeigt habe, wer ich wirklich bin, und weil ich diese beschissenen Hoffnungen zugelassen habe, reiße ich mit der Kraft einer zornigen Furie die Türe auf. Aber das klapprige Holzgerippe prallt nur mit einem unbefriedigenden *Bump* gegen die Wand. Die daran hängenden Jacken schmälern meinen hitzigen Abgang. Trotzdem trete ich stürmisch über die Schwelle.

Wie konnte ich nur annehmen, dass es diesen einen besonderen Mann gibt? Diesen einen Kerl, bei dem plötzlich alles anders ist? Wie dämlich kann man bitte sein!?

Von mir selbst genervt, ramme ich meine Arme in Jacks olivfarbene Jacke. Denn auch wenn ich hier so schnell wie möglich weg möchte, weiß ich, dass ich ohne Jacke erfrieren werde.

»Betty.« Jack folgt mir, nur in seinen schlichten Shorts.

Erfrieren soll er!

»Betty. Jetzt bleib doch bitte stehen.« Weitaus vorsichtiger, als ich erwartet hatte, landet seine Hand auf meiner Schulter.

Ein höhnisches Lachen poltert in meiner Brust. Nach meiner Ohrfeige handelt er wohl etwas besonnener.

»Verdammt! Betty!«

»Vergiss es einfach, Jack. Es soll nicht sein. Ich bin nun einmal so verkorkst, wie ich bin. Sogar die besten Absichten können daran nichts ändern.«

In Jacks bittersüßen Duft gehüllt, marschiere ich los. Drei Schritte. So weit komme ich, bevor er wieder seine große Hand auf mich legt. Aber dieses Mal zieht er sie erst weg, als ich stehenbleibe.

»Es tut mir leid. Diesen Bockmist, den ich da gerade von mir gegeben habe, der ...«

»Nein.« Meine Haare fliegen, als ich mich schwungvoll zu ihm umdrehe.

Jack presst verzweifelt eine seiner Hände gegen seine Stirn. Die Schultern beugt er weit nach vorne und er krümmt sich, als ob er Bauchschmerzen hätte. Die rechte Hand drückt er dabei auf seine Brust. Als ob er sein Herz am Herausfallen hindern müsste.

Das nimmt mir einen Teil meiner Wut. Ich atme einmal tief durch.

»Jack«, spreche ich ihn leise an.

Er erstarrt. Nur sein Blick huscht hektisch von meinem linken zu meinem rechten Auge und zurück. Als ob in jedem eine andere Wahrheit zu finden wäre und er keine verpassen möchte.

»Joe hat recht.« Zurückweichend hebe ich die Schultern. »Ich verhalte mich wie eine Schlampe, weil ich eine bin, weil ich nur *das* sein kann. In mir ist nichts anderes mehr.« Schwerschluckend wende ich den Blick ab. »Das ich kaputt bin, habe ich nicht nur so dahingesagt. Ein Teil von mir ist weg.« Mit herabgezogenen Mundwinkeln sehe ich Jack an. »Der Teil, den du brauchst, das naive kleine Mädchen, das auf Blümchensex und Zärtlichkeiten steht, haben sie mir in einem dunklen Keller aus der Seele gefickt. Sie haben sie ausradiert, verbluten lassen, bis nur noch ...« Ich muss es nicht aussprechen. Jack weiß, was übrig ist. »Und selbst du kannst aus kalter Asche nichts Liebenswertes mehr formen. Ich bin kalte Asche, verglüht und wertlos.«

»Das ist nicht wahr.«

Ich schnaube und verdrehe die Augen. »Rede dir doch nichts ein. Du weißt, dass ich recht habe.«

»Alles, was ich weiß, ist, dass ich nicht will, dass du gehst.« Jack hebt beide Hände an meine Wangen. Die Zärtlichkeit, mit der seine Daumen über meine Haut streichen, stehen im krassen Widerspruch zu der Härte, mit der er mein Gesicht umfasst.

»Du weißt nicht, wovon du sprichst.« Traurig und wütend zugleich schiebe ich seine Hände beiseite. Doch anstatt zurückzuweichen, trete ich einen energischen Schritt auf ihn zu. Dabei stoße ich ihm anklagend mit dem Zeigefinger in die Brust. »Du ekelst dich vor der Frau, die ich im Bett bin. Ich habe es mit eigenen Augen gesehen.«

Bestürzt reißt Jack die Augen auf. »Und was glaubst du da, gesehen zu haben?«

»Deinen angewiderten Blick, als du aus dem Bett gesprungen bist. Ich hätte schwören können, du kotzt jeden Moment. Du warst so abgestoßen von mir, wie von einer frisch angespritzten Hure. Du konntest mich nicht einmal mehr ansehen. Aber weißt du, was das Schlimmste ist?« Ich lege eine Pause

ein und hebe mein Kinn. »Zum ersten Mal hat es mir wehgetan. Aber ich bin ja selber Schuld. Ich habe dich reingelassen. Jetzt muss ich damit klarkommen.«

»So war es nicht!« Jack schüttelt aufgeregt den Kopf. »Ich ekle mich doch nicht vor *dir*.« Er verlagert sein Gewicht auf das andere Bein »Siehst du das denn nicht?« Jack zeigt auf seine Brust. »*Ich* bin hier das wahre Monster.« Überrascht weiche ich zurück. »Was? Wieso solltest du ...?«

»Wieso ich von mir selbst abgestoßen bin?«, unterbricht er mich laut. »Weil es mir verdammt nochmal gefallen hat, dich wie eine willenlose Puppe zu benutzen.« Jack tritt fluchend zurück und stemmt die Hände in die Hüften. »Scheiße! Ich bin so abgefuckt. Das ist doch nicht normal!« Er schnaubt und reibt sich die Stirn.

»Was sagst du da?« Verdutzt starre ich Jacks Profil an.

»Ich will nicht, dass du dich an diese verschissenen Wichser erinnerst, sobald wir Sex haben.« Er knurrt frustriert und dreht sich weiter um. Mit zusammengebissenen Zähnen boxt er gegen die Wand der Hütte.

Von seiner plötzlichen Aggression gegen sich selbst erschüttert, zucke ich erschrocken zurück. »Jack!«

»Ich will nicht, dass du ihre Gesichter siehst. Egal, wie ich es tue. Ob grob oder zärtlich.« Jack taumelt plötzlich. Mit hängenden Schultern fasst er sich an die Stirn.

In meinem Kopf wird es schlagartig ganz still. Als ob ich in das Auge eines Sturms getreten wäre. »Jack?« Die Welt hört auf, sich wie ein wütender Tornado, um mich zu drehen. Nur *eine* Antwort ist noch wichtig. »Warum hat es dir gefallen?«, frage ich atemlos.

Jack steht mit dem Rücken zu mir. Noch immer hält er sich den Kopf. »Weil ich gespürt habe, oder ich dachte zumindest, gespürt zu haben, wie sehr es dir gefallen hat. Du hast gestöhnt und du bist gekommen, und das hat ausgereicht, um *mich* kommen zu lassen.«

»Du meinst, im Prinzip hast du das für mich getan? Weil du gedacht hast, dass es das ist, was ich will?« Langsam senke ich meine Hände ab und trete näher an Jack heran. Ich ziehe an seinem Ellbogen und er dreht sich um. Aufmerksam blicke ich in sein Gesicht. Falten graben sich tief in seine Stirn und die Wangen. Die Augen sind rot und an den Wimpern hängt Feuchtigkeit, als ob er sich ein paar Tränen schnell weg gerieben hätte.

»Ich dachte, nur so kannst du ... du hast darauf reagiert. Vorher hast du nur teilnahmslos unter mir gelegen. Und ich wollte unbedingt an dich rankommen. Ich wollte, dass du so fühlst, wie ich. Ich wollte, dass dir auch jeden Moment das Herz vor Glück platzt.«

Behutsam, als ob Jacks Worte eine Lüge sein könnte, die mich wie ein unberechenbarer Blitz erschlagen könnte, lege ich eine Hand auf seine eiskalte Schulter. Aber kein Schmerz durchzuckt mich. Dafür beginnt Jack zu zittern.

Mein Zorn verpufft augenblicklich und mir wird schlagartig bewusst, dass er beinahe nackt ist. Nur in seinen Boxershorts steht er vor mir. Gänsehaut überzieht seinen gestählten Körper. Aber er lässt sich nicht anmerken, dass er friert. Vielleicht spürt er es auch nicht.

»Jack.« Ich lasse das Lächeln zu, das sich auf meine Lippen legt. »Du frierst. Zieh...«

Ein lauterwerdendes Motorengeräusch unterbricht mich. Ein Auto fährt den Weg entlang zur Hütte. Und das nicht gerade leise.

Mein Puls schnellt in die Höhe. Ich kneife die Augen zusammen, um zwischen den Bäumen etwas erkennen zu können. Ein wuchtiges, zum größten Teil schwarzes Auto schlängelt sich die Auffahrt entlang.

»Wer ist das?«, wispere ich, das Schlimmste befürchtend.

»Joe«, ist alles, was Jack sagt, während er in aller Eile in der Hütte verschwindet.

Nur Sekunden später, als der Motor des schwarzen Wagens surrend einschläft, tritt er angezogen wieder heraus.

»Jack!«, ruft sein Partner, als er aus dem Wagen springt und auf uns zueilt. »Miss Valenty«, grüßt er mich, als er bei mir angelangt.

Jack umarmt seinen Freund. So wie nur Männer es tun. Mit heftigen Schulterklopfern, die aussagen, wie froh sie sind, einander lebendig und gesund wiederzusehen.

»Es gibt Neuigkeiten, die *Sie* betreffen.« Joe sieht mich direkt an und deutet auf die Türe. »Wollen wir das drinnen besprechen?«

Joes Blick lockt die vorherige Anspannung wieder hervor. Wie unter Strom setze ich mich in Bewegung. Jack legt eine Hand in meinen Rücken und schiebt mich durch die Türe. Sein Partner registriert die Berührung mit gerunzelter Stirn. Er wirft Jack einen fragenden Blick zu. Aber der schüttelt nur unmerklich den Kopf.

»Also? Was gibt es Neues?« Während Jack seinen Partner auffordert, zu erzählen, setzen wir uns an den kleinen Tisch neben dem Bett.

Selbst Joe müssen die vielen bunten Kondomtütchen auffallen. Auch der auf dem Boden liegende Teller und das verteilte, zum Teil festgetretene Essen ist kaum zu übersehen.

»Miss Valenty ...«, setzt Joe an, während er sich argwöhnisch umsieht. Er verzieht missbilligend die Lippen und schüttelt in Jacks Richtung den Kopf.

»Betty. Nennen Sie mich doch bitte, Betty.« Ich lächle Joe an.

Er seufzt und legt die Jacke ab. »Und ich dachte, Ihr Name wäre Veronica? Habe ich da etwas verpasst?«

Jack räuspert sich und setzt sich verkehrt herum auf den Stuhl. Die Arme verschränkt er auf der Lehne. »Mann, du hast so einiges verpasst.«

Der Blick seines jüngeren Kollegen huscht von links nach rechts. »Wenn ich mich hier so umsehe, dann will ich es lieber nicht wissen.«

Ich beiße die Zähne zusammen und versuche, keine Miene zu verziehen.

»Was?« Jack hat da weniger Hemmungen. »Nachdem wir von Bozeman abgehauen sind, hat Betty mir so einiges erzählt. Gut möglich, dass es hier um Menschenhandel und Prostitution geht.«

»Und was hat das mit dem Namen zu tun?«

»Achso. Seit zwölf Jahren heißt Veronica, Betty. Sie wurde damals ins Zeugenschutzprogramm aufgenommen.«

»Na gut. Dann also Betty.« Jacks Partner streckt mir die Hand entgegen. »Ich bin Joe und eindeutig der Klügere von uns beiden.« Mit geschlossenen Augen und herabgezogenen Mundwinkeln schüttelt er für zwei Sekunden den Kopf. »Das wirst du schon noch selber merken.«

Sofort grinse ich Jacks Partner an. Plötzlich freue ich mich über die Ablenkung, die seine Anwesenheit verspricht.

»Hör auf mit dem Geflirte und spuck endlich aus, warum du hier bist.« Jack schüttelt den Kopf und Joe zwinkert mir zu.

»Sagt dir der Name Otu Pord etwas?«, fragt er mich direkt.

»Otu?« Aufgeregt beuge ich mich nach vorne. »Ja, was ist mit ihm?«

»Du kennst ihn also?«

Ich nicke aufgeregt.

»Aber *vertraust* du ihm auch?«

»Otu war der Polizist, dem ich damals alles erzählt habe. Er hat sich um mich gekümmert und dafür gesorgt, dass ich rund um die Uhr bewacht wurde.«

»Wann bist du ihm denn in die Arme gelaufen? Irgendwie kapier ich gar nichts mehr.« Joe schüttelt den Kopf und hebt fragend eine Augenbraue.

»Ich erkläre es dir später.« Jack legt Joe eine Hand auf den Arm und nickt.

»Was ist mit diesem Pord?«

»Er hat mich angerufen. Als ich in der Polizeidatenbank nach dem Namen Veronica Valenty gesucht habe, ging bei Pord sofort ein rotes Lämpchen an.«

»Was hat er gesagt?« Jack beugt sich ebenfalls vor.

»Er hat sich sehr vorsichtig ausgedrückt. Er wollte wissen, wo Vero... äh ... Betty ist. Ich habe es ihm nicht verraten. Er hat auch gar nicht weitergebohrt. Er hat mir nur seine Nummer gegeben, mit der Bitte, sie an dich weiterzuleiten.« Joe zieht einen Zettel aus der Tasche und reicht ihn mir. Vorsichtig, als ob mich jeden Moment ein giftiger Skorpion anspringen könnte, falte ich ihn auf. Aber dort steht nur in ordentlicher Handschrift eine Handynummer.

»Wenn du im Zeugenschutzprogramm bist, ...« Jack legt den Kopf schief und tippt sich mit dem Zeigefinger ans Kinn. »Dann hattest du seit damals keinen Kontakt mehr zu Pord. Richtig?«

»Ja, nachdem der Strafprozess beendet war, hat sich das FBI um alles gekümmert. Ich durfte keine Kontakte aufrecht erhalten. Aber trotzdem hat Otu gemeint, ich könne mich jederzeit bei ihm melden. Ich habe es aber nie getan, denn ich hatte immer zu viel Angst. In dem Prozess damals wurden nur ein paar kleine Fische verurteilt. Den echten Verbrechern konnte nichts nachgewiesen werden. Deshalb bin ich irgendwann nach Übersee verschwunden. Ich hatte es satt, ständig über die Schulter blicken zu müssen.«

»Das heißt, du bist echt im Zeugenschutz?«, fragt Joe.

Ich nicke und er pfeift beeindruckt. »Oh man, das wird ja immer wilder.«

»Willst du diesen Pord anrufen?« Jack sieht mich fragend an.

Aber ich zögere. »Ich will nicht, dass Otu Schwierigkeiten bekommt. Wenn das wirklich die Typen von damals sind, dann kann er mir nicht helfen. Aber mein Kontaktmann beim FBI wahrscheinlich schon.«

»Und wie nimmst du Kontakt auf?« Jack sieht mich gespannt an.

»Dafür bräuchte ich mein Handy. Und ich habe keine Ahnung, wo es ist. Ich vermute, es war in meiner Handtasche, als ich überfallen wurde. Aber als ich sie zurückbekommen habe, war da kein Handy mehr.«

Jack richtet sich unvermittelt kerzengerade auf. »Du hast eine Handtasche? Woher? Und warum weiß ich davon nichts?«

»Der Clubbesitzer, Mr Hunter, hat sie mir ins Krankenhaus gebracht, als ich ... als ich abgehauen bin.« Entschuldigend zucke ich mit den Schultern.

»Artur hat sie dir gebracht? Artur Hunter höchstpersönlich? Ein großer, breiter Kerl? Statur wie ein Preisboxer, dunkle Haare, Anzugträger?« Jack hält seine Hand neben sich in die Luft und zupft an seinem Shirt.

»Ja, das hört sich nach dem Kerl an. Er hat mich ins Resort gefahren. In meiner Handtasche war ein Zimmerschlüssel und deshalb wusste ich, wo ich hinmusste. Er hat mich dort abgesetzt.«

»Scheiße. Das gefällt mir überhaupt nicht.« Jack schwingt wie ein Cowboy sein Bein vom Stuhl und steht auf. »Er wusste also, dass du im Resort bist.« Sein Cop-Blick durchbohrt mich. »Hatte er Interesse an dir? Mehr als üblich?«

»Ja, aber ich habe ihn abgewiesen. Warum?«

»Da er wusste, wo du bist und noch in der gleichen Nacht der Typ in deinem Zimmer war ...« Jack verstummt und tritt in Gedanken versunken vor ein Fenster.

»Aber er ist doch nur ein Clubbesitzer. Ist das nicht ein bisschen überzogen?«

Jack sieht mich einen langen Moment an. Dann zuckt er die Schultern, und die gedankenferne Gemütsverfassung fällt von ihm ab. »Vielleicht«, seufzt er.

»Und was machen wir jetzt?«, frage ich leise.

»Lass uns eine Nacht darüber schlafen. Keiner weiß, wo wir sind. Und es ist schon spät. Ich muss nachdenken.«

»Soll ich bei euch bleiben oder zurückfahren?« Joe streckt die Beine aus und lehnt sich im Stuhl zurück. Er überlässt Jack die Entscheidung.

»Ich denke, du solltest nach Bozeman zurück. Halte weiterhin Augen und Ohren offen. Wenn Pord aufmerksam wurde, dann kommt Bettys Kontaktmann wohl auch noch auf dich zu.«

Joe nickt und seufzt. »Essen wir dann wenigstens noch zusammen? Ich habe einen Bärenhunger.«

Ich nicke. »Dann können wir dich gleich auf den neuesten Stand bringen.«

»Ach und kannst du mir sagen, wer dein Kontaktmann ist? Damit ich dieses Mal vielleicht einen kleinen Vorteil habe?« Joe hebt eine Hand und kneift Daumen und Zeigefinger zusammen.

Ich grinse und nicke. »Ihr Name ist Candice Sugar.«

»Das ist jetzt ein Witz, oder?«

Schmunzelnd schüttle ich den Kopf. »Und du wirst sie erkennen, wenn du sie siehst.«

Kapitel 25: Nicht die Wahrheit schmerzt. Nur die Lügen davor

Artur

»Und wie willst du dir die Zeit vertreiben, bis Shorty dir dein Päckchen bringt?« Tips tritt neben mich. Beide Hände steckt er lässig in die Hosentaschen.

»Ich werde Vorbereitungen für unsere Abreise treffen«, informiere ich ihn, während ich den roten Lichtern von Shortys Bike hinterherblicke.

Ein leises Vibrieren kündigt eine neue Nachricht auf meinem Smartphone an. Ohne den Blick zu senken, ziehe ich das kleine Handy aus meiner Brusttasche. Erst als es erneut vibriert, richte ich meine Aufmerksamkeit auf das kleine schwarze Mobiltelefon.

Mehrere Nachrichten von Crisp leuchten auf. Ich öffne die Erste und das Dokument, das im Anhang auf meinen Zugriff wartet. Da ich damit rechne, das Übliche zu finden, überfliege ich nur die Fakten. Aber je mehr ich lese, desto härter trifft mich der Inhalt.

»Das ändert alles.« Kopfschüttelnd versuche ich, das ganze Ausmaß dieser signifikanten Offenbarung zu erfassen. Trotzdem schüttle ich ungläubig den Kopf. Um mir Gewissheit zu verschaffen, wähle ich mit fliegenden Fingern Crisps Nummer. Ich muss es aus seinem Mund hören.

»Du bist dir sicher?«, frage ich, sobald er abhebt.

»Ja, Boss. Es gibt keinen Zweifel. Ich habe es sogar zweimal gecheckt. Konnte es selbst kaum glauben.«

Tips steht mit gerunzelter Stirn hinter mir und spitzt die Ohren.

»Zu niemandem ein Wort«, befehle ich und drehe mich schnell um.

Tips nickt.

»Ja, Boss. Soll ich die ... DVDs ... feuern?«

Feuern. Mein Lieblingswort. Wenn ich jemanden *feuere*, kehrt er allenfalls als Geist zurück. Deshalb erfordert jede *Kündigung* Feingefühl und eine gewisse Weitsicht. Zu viele Leichen im Keller fallen auf.

»Nein, das ist nicht nötig. Bald spielt es keine Rolle mehr, wenn andere davon erfahren. Aber sieh zu, was du noch herausfinden kannst.« Die Informationen überschlagen sich in meinem Kopf. Entscheidungen müssen gefällt werden.

»Background und so?«

»Ja, das volle Programm.«

»Das wird Andrej nicht passen.«

»Er schuldet mir einen Gefallen. Ich habe schließlich seinen umtriebigen Sohn in seine väterlich behütenden Arme zurückgeführt. Erinnere ihn daran.« Ohne auf eine Antwort zu warten, lege ich auf.

Was ich jetzt brauche, ist Toni. Damit mein lieber Freund, Tips, aber nicht mithören kann, schreibe ich ihr.

Ich: Bring mir das Kreuz.
Toni: Ok.

Wenigstens ein Problem, das sich bald in Luft auflösen wird.

Hastig wähle ich die nächste Nummer.

»Wo ist sie?«, belle ich, sobald Wallace abhebt.

»Sie ist in Baton Rouge.« Im Hintergrund höre ich klapperndes Geschirr.

»Alleine?« Um meine Pläne schnellstmöglich umsetzen zu können, marschiere ich los, in Richtung Treehouse.

»Nein. Zusammen mit einem Mann. Etwa fünfunddreißig. Circa einsachtzig groß, braune Haare, schmal, aber muskulös. Ein Cowboy.«

Diese Information bringt meine Schritte ins Stocken. »Fickt er sie?«

»Sie schlafen im gleichen Zimmer. Getrennte Betten. Soll ich einschreiten?«

»Schnapp ihn dir. Dann bring ihn zu mir. Sollte er sie angefasst haben, werde ich ihm höchstpersönlich den Schwanz abschneiden und ihn dabei zusehen lassen, wie ihn die Schweine fressen.« Wütend halte ich das Telefon vor mein Gesicht. Trotzdem spreche ich ruhig. »Und stell jemanden ab, der auf mein kleines Juwel aufpasst. Ich werde sie mir selbst holen.«

Kapitel 26: Ein ungebetener Gast

Jack

Seit ein paar Minuten stehe ich am Fenster und reibe mir grübelnd über die Stirn. Joe schlüpft gerade leise und pappsatt zur Türe hinaus. Und Betty verabschiedet ihn lächelnd.

»Pass auf dich auf«, sagt sie.

Ich hebe zum Abschied nur die Hand.

Sobald Joe mit seinem Wagen davonfährt, schließt Betty die Türe ab. Scheinbar unschlüssig sieht sie von mir zum Herd und zurück. Dann seufzt sie und schlendert langsam zum Bett.

Ich lege die Hand ans Kinn und verfolge ihre Bewegungen aus dem Augenwinkel heraus. Den Kopf neigt sie nach vorne, die Stirn liegt in Falten und mit der rechten Hand schnippst sie.

»Was machen wir jetzt?«, fragt Betty in die Stille hinein. Sie dreht sich langsam um und schlendert rückwärtsgehend weiter.

»Gute Frage. Mir wäre es am liebsten, wenn deine Kontaktperson auftauchen würde.« Mit den Handflächen nach oben, drehe ich mich ganz zu ihr um. »Mir sind die Hände gebunden. Ich weiß nicht, an wen ich mich wenden soll oder wer überhaupt mit im Boot sitzt. Wenn Artur seine Finger im Spiel hat, dann kann ich nicht mal meinen Kollegen trauen.«

»Weshalb? Was ist mit diesem Artur?«

Nach anfänglichem Zögern erzähle ich ihr, was ich über Hunter weiß. Es bringt nichts, die Situation zu beschönigen. Betty muss wissen, mit wem wir es tun haben.

Sie nickt beeindruckt. Ihr Augen spiegeln jedoch ihre Erschütterung wieder. »Das würde seine seltsame Ausstrahlung erklären. Meinst du, er hat mit den Typen etwas zu tun, die ... du weißt schon.«

»Die, die dich gefangen gehalten haben?«

Sie nickt.

»Vermutlich nicht. Denn dann hätte er dich nicht ins Resort gebracht. Dann wärst du wahrscheinlich ...«Ich presse die Lippen zusammen und zucke die Schultern. »... nicht hier«, beende ich meinen Satz. Ich muss diese schreckliche Möglichkeit nicht aussprechen.

»Klingt logisch.« Betty seufzt und plumpst kraftlos aufs Bett. »Jack, es tut mir leid, dass ich dich in diesen Schlamassel mit hineingezogen habe.« Sie sieht mich niedergeschlagen an und hebt fragend die Schultern. »Ich könnte Otu anrufen. Wenn er mich abholt, bist du mich und die ganzen Schwierigkeiten los.« Sie dreht den Kopf zur Seite und zieht die Knie an ihre Brust. Ihre komplette Haltung strahlt Hoffnungslosigkeit aus. Aber mir wurde beigebracht, niemals den Kopf in den Sand zu stecken, denn das macht es nicht besser. Stattdessen zerbreche ich ihn mir lieber auf der Suche nach einer Lösung. Aber mir will kein Ausweg einfallen. Also schlendere ich stattdessen mit hängenden Schultern an ihre Seite. »Und du glaubst, wenn dich dieser Otu abholt, wird alles besser?« Auf die Knie gehend strecke ich die Arme weit nach links und rechts aus. Ich atme langsam aus und stütze sie auf der Matratze neben Betty ab.

»Zumindest hättest du wieder deine Ruhe. Das wäre vielleicht das Beste.« Sie blickt mich an, als ob ich ein kleines Kind wäre, dem sie gerade erklärt hat, dass die Welt rund ist.

»Vielleicht hast du recht. Vielleicht wäre es wirklich besser.« Denn was ist, wenn ich sie nicht beschützen kann? Schließlich läuft es im echten Leben nicht wie im Film ab. Ich kann es nicht alleine mit Artur und *Wem-weiß-noch* aufnehmen. Vor meinem Haus steht zwar ein schnelles Auto, aber mein Name ist nicht Dom Toretto.

»Soll ich dann Otu anrufen?« Betty zupft an meinem Shirt, weicht meinem Blick aber aus.

Innerhalb von Sekunden wäge ich, das Für und Wider, ab. Aber es hat keinen Sinn. Denn sobald ich bei dem Schritt angelange, der mich von Betty trennt, rennt mein Gehirn vor eine Wand. Wie bei einem Albtraum, in dem man stirbt und plötzlich aufwacht.

»Lass uns die Nacht abwarten. Wenn Joe sich nicht rührt, dann rufen wir deinen Otu an.« Ich sollte Betty gehen lassen. Das FBI muss sich darum kümmern und kein Kleinstadt-Detective, wie ich.

Betty neigt sich zu mir und legt eine Hand auf meinen Arm. Ihre Stirn zieren Sorgenfalten. »Was ist los Jack? Was macht dir wirklich Kummer? Du siehst mich an, als ob ich Weihnachten abgesagt hätte.«

»Quatsch!« Ich winke schnell ab und stehe auf. Aber mein Herz setzt einen Schlag aus.

»Ist es wegen unseres Streits?« Betty verzieht traurig den Mund.

»Nein, das hat nichts damit zu tun. Aber ich bereue noch immer, was ich gesagt habe. Ich war verwirrt und sauer auf mich selbst. Und dann habe ich meinen Frust an dir ausgelassen.« Mit schwerem Herzen setze ich mich neben Betty. Ihr Blick folgt mir still. »Weißt du, Betty, auch wenn du es dir nicht vorstellen kannst, ich mag dich wirklich.«

Sie lächelt kurz. »Ich mag dich auch, Jack. Aber wir sollten das zwischen uns lieber ruhen lassen. Zu viel Dynamit.« In ihrem Blick umarmen sich Schmerz und Trauer. Es liegt ein stummes Flehen darin, tief vergraben, kaum wahrnehmbar und doch gellend laut, wie ein Schrei, in der Dunkelheit.

»Da bin ich anderer Meinung.« Wie im Rausch schiebe ich eine Hand in ihren Nacken. »Wir sollten es lieber entzünden.« Mit dem Daumen streiche ich über die wildpochende Ader an ihrem Hals. Ich neige den Kopf und will meine Lippen darauf pressen, aber Betty lehnt sich weg von mir.

»Nicht!« Es ist nur ein Hauchen, aber es hat die Macht einer Panzerfaust.

Bettys Zurückweisung trifft mich wie ein Schlag vor die Brust. Für einen Moment fehlt mir die Luft zum Atmen und ich schließe fest die Augen. Als ob ich den Schmerz so besser ertragen könnte.

Aber ihren Nacken gebe ich nicht frei. Noch gebe ich nicht auf.

Atme!, brüllt mein Verstand.

Und tatsächlich strömt wieder Sauerstoff in meine Lungen. Mit dem nächsten Atemzug schnaufe ich den Schmerz weg.

»Doch, Betty«, widerspreche ich ihrer leisen Bitte und hebe den Kopf. »Lass es mich noch einmal versuchen. Auf eine Weise, die uns beiden gefällt.«

»Jack.« Betty schüttelt den Kopf und legt beide Hände flach auf meine Brust. »Und was, wenn es wieder genauso endet?«

»Das wird es nicht. Ich kann das. Ich weiß es.«

»Ich will nicht, dass du mich noch einmal so anblickst, wie du es getan hast, als du aus dem Bett geflüchtet bist.« Sie will mich von sich schieben, aber ich gebe keinen Millimeter des bereits gewonnenen Bodens zurück.

»Das wird nicht noch einmal passieren.« Flehend sehe ich Betty in ihre waldgrünen Augen. Sie schluckt und schwankt sichtlich. Das ist meine Chance.

Unaufhaltsam wie eine Nebellawine beuge ich mich näher zu Betty. Einen Arm schlinge ich um ihre Taille, hebe sie an und schiebe sie zusammen mit mir weiter in das Bett hinein. Die andere Hand verlässt ihren Nacken nicht.

Ich befürchte, wenn ich diese Art von Kontrolle aufgäbe, würde sie mich von sich stoßen. Also fasse ich in die Haare an ihrem Hinterkopf und halte mich daran fest.

»Du willst mich«, spreche ich die einfache Wahrheit aus.

Bettys Hände liegen zu Fäusten geballt neben ihr. Sie schüttelt verneinend den Kopf, aber gleichzeitig zeichnen sich ihre harten Brustwarzen durch das dünne Sweatshirt ab.

»Lügnerin«, wispere ich in ihr Ohr und kneife in einen der festen Knöpfe.

»Jack.« Betty stöhnt, greift mit einer Hand in mein Shirt und beißt sich auf die Lippen. »Das ist unfair.«

»Unfair wäre es, wenn wir das, was da zwischen uns wächst, so schnell aufgeben würden.«

»Das, was da zwischen uns wächst, ist nur deine Latte. Sonst nichts.«

»Tu das nicht. Rede dir nicht so einen Mist ein. Du spürst es doch auch. Ich sehe es in deinen Augen. Ich spüre es bei jeder Berührung und ich höre es, wenn du meinen Namen sagst.« Meine Kehle ist staubtrocken und ich schlucke schwer. Ich weiß, dass mir nicht mehr viel Zeit bleibt, Betty umzustimmen. »Wolltest du schon jemals etwas mit einer solchen Verzweiflung, dass dir die Konsequenzen egal waren?«

Sie blinzelt ein paar Mal, dann runzelt sie die Stirn. »Darauf läuft es doch immer hinaus. *Das* ist der Nervenkitzel.«

»Dann willst du jeden Mann? So, wie du mich willst? Jeden, der dort draußen herumläuft?« Herausfordernd hebe ich beide Augenbrauen.

»Das ist nicht fair. Und das weißt du.« Betty runzelt die Stirn und drückt gegen meine Brust.

»Ich habe nie behauptet, dass ich fair zu dir sein werde.« Träge schüttle ich den Kopf.

»Du bist Polizist. Du musst fair sein«, meint sie besserwisserisch.

Ich würde ihr am liebsten das freche Grinsen vom Gesicht vögeln.

»Nicht im Krieg und der Liebe. Das hat schon Aristoteles gewusst.«

»Du meinst Napoleon.« Sie zwinkert mir zu.

»Napoleon, Aristoteles. Sind beide tot.« Ich zucke die Achseln und schließe für einen Moment die Augen.

»Und du nimmst den Ratschlag eines Toten für voll?«

»Die sind immerhin besser als die der Lebenden.«

»Ach ja? Und was geben die Lebenden so für miserable Tipps?« Betty sieht mich hochmütig an und wackelt mit einem Bein.

»Dass man zum ersten Date keine Blumen mehr schenken darf, zum Beispiel.«

Empört öffnet sie den Mund. »Das hat ein fauler Mann erfunden. Jede Frau sollte wie eine Lady behandelt werden. Und die bekommen nun mal gerne Blumen geschenkt. *Ich bekomme gerne Blumen geschenkt.*« »Ist vermerkt.« Lächelnd mache ich eine mentale Notiz. »Blumen für die Lady.«

Betty legt den Kopf schief. Sie mustert mich neugierig. »Würdest *du* denn einer Frau Blumen kaufen?«

»Unter Umständen«, gebe ich kryptisch von mir.

»Und welche Umstände müssten das sein? Eine Beerdigung, oder was?«

»Nein.« Ich lecke mir die Lippen und blicke sie provozierend an. »Eine Frau würde von mir Blumen bekommen, wenn sie es wert ist. Wenn ich sie liebe.«

»Echt?« Betty blinzelt mich beeindruckt an. »Solltest du mir also jemals Blumen schenken, ...«

»Dann, weil ich dich ...«

Mit einem Mal ertönt das Knirschen von Reifen auf Kies. Helle Scheinwerferlichter werfen tanzende Schatten an die Wände.

»Vielleicht hat Joe etwas vergessen?« Verwundert stehe ich auf.

Mehrere Autotüren werden geöffnet und wieder zugeschlagen. Schritte hallen laut durch die atemlose Stille. Betty sieht mich mit großen Augen an. Ihre Lippen formen stumm die Worte, *wer ist das*. Aber ich schüttle nur den Kopf. Ich weiß es nicht.

Geduckt schleiche ich zum nächsten Fenster und spähe hinaus. Vier Männer stehen vor der Türe. Drei davon im Anzug und gut bewaffnet. Leider sind es keine Kollegen. Trotzdem ist mir ihr Anblick vertraut. Schon oft habe ich mir die Bilder im Polizeicomputer angesehen und noch länger suche ich schon nach einem Weg, der Schlange den Kopf abzuschlagen.

Systematisch sehe ich mich in der Hütte nach Waffen um. Der Messerblock in der Küchenzeile, ein Fleischklopfer im linken Schub. In einer Tasse auf der Fensterbank steckt eine Schere und in dem abgeschlossenen Schrank neben dem Bett steht ein Gewehr, leider ohne Munition.

»Bleib hinter mir«, flüstere ich Betty zu und trete an die Türe. Sie nickt und steht auf. Leise schleicht sie neben mich.

»Es ist sehr unhöflich, Gäste nicht hereinzubitten«, ertönt es vorwurfsvoll durch das Holz.

»Gäste sind Menschen, die man gerne einlädt. Leider kann ich hier keine Menschenseele ausmachen, die ich gerne hereinbitten würde.«

»Das trifft mich jetzt aber wirklich.«

Gelächter ist zu hören.

Ich schließe die Augen, denn ich weiß, was jetzt kommt. »Was willst du, Hunter?«

»Mach auf, Shepherd, und ich verrate es dir. Du weißt, dass uns das bisschen morsche Holz nicht davon abhalten kann in die Hütte zu kommen. Reiner Höflichkeit verdankst du es, dass diese Bruchbude noch steht.«

Während ich tief durchatme und Betty einen mahnenden Blick zuwerfe, drehe ich den Türknauf. Hunter hat Recht.

»Also, was willst du?«, stelle ich ihm die Frage direkt ins Gesicht.

»Das, was mir gehört.« Er zeigt auf Betty, die hinter mir steht.

Ihr Gesicht wird bleich und sie schüttelt stumm den Kopf. Langsam tapst sie rückwärts davon, bis ihre Kniekehlen an den Bettrand stoßen.

»Nur über meine Leiche!«, knurre ich.

»Das lässt sich einrichten.« Artur nickt gelangweilt. »Shorty? Würdest du bitte Shepherds Wunsch nachkommen?«

Ein schwarzhaariger Mann tritt vor. Sein Grinsen entblößt einen goldenen und viele braune Zähne. Er ist der einzige Mann, der keinen Anzug trägt. Seine kurzen Beine - daher wohl der Name Shorty - stecken in Jeans. Darüber trägt er eine dicke schwarze Jacke. In der Hand hält er einen Revolver.

»Halt!« Bettys entsetzte Stimme dröhnt mir in den Ohren. Ich wende mich um und sehe sie neben mir stehen. Blass und zitternd hält sie Arturs Blick stand.

Mit einem schnellen Griff schiebe ich sie hinter mich. Shorty blickt Artur fragend an. Der neigt den Kopf und hebt eine Hand.

»Liegt dir etwas an Detective Shepherd?« Hunter blickt an mir vorbei. Sein Ton ist geschäftsmäßig.

Verwirrt drehe ich mich um. »Was soll das? Kennt ihr euch etwa?«, frage ich an Betty gewandt.

Sie runzelt ebenfalls die Stirn. »Nur flüchtig. Ich habe dir davon erzählt.« Betty neigt sich zur Seite, um an mir vorbeizublicken. »Um Ihre Frage zu beantworten, ja, Jack ist ...« Sie mustert mich einen Moment und wendet sich dann wieder Hunter zu. »Jack ist ein Freund.«

Ich starre sie ungläubig an.

Ein Freund?

Ist das ihr Ernst?

Sie ignoriert mich und fährt fort. »Ich weiß nicht, was hier los ist, aber bitte tun Sie uns nichts. Es handelt sich sicherlich nur um ein Missverständnis.« Betty faltet zittrig die Hände vor ihrem Bauch und lächelt.

»Sie haben mich vom Krankenhaus zum Resort gefahren. Sie haben mir sogar meine Handtasche wiedergebracht. Habe ich aus Versehen etwas gesagt oder getan, das Sie verärgert hat?«

Betty tritt an mir vorbei. Sie sieht Hunter mit gerunzelter Stirn an. Die Finger verschränkt sie dabei hinter ihrem Rücken. Ihre Knöchel treten weiß hervor. Neugierig sehe ich in Bettys Gesicht. Da ist keine Spur mehr von Angst zu sehen. Nur die verkrampften Hände in ihrem Rücken spiegeln ihr Unbehagen wieder.

Nachdenklich drehe ich mich wieder Hunter zu. Gebannt verfolge ich das Gespräch.

»Schön, dass du dich erinnerst.« Hunter lächelt Betty offen an. Er strahlt regelrecht. »Aber es gibt noch mehr, dass du wissen solltest. Darf ich?« Fragend neigt er den Kopf und Betty drängt mich rückwärtsgehend tiefer in die Hütte. Hunter und seine Männer folgen ihr.

»Jetzt sind Sie drin.« Betty breitet die Hände aus. »Und was sollte ich, Ihrer Meinung nach, wissen?« Mit leicht zur Seite gedrehtem Kopf blickt sie Hunter von oben bis unten an.

Als er in seine Brusttasche fasst, schiebe ich Betty wieder hinter mich.

Aber Artur lächelt nur höhnisch. »Wenn ich ihr etwas hätte antun wollen, dann wäre das schon längst geschehen.«

Betty blickt zu mir auf. Ich nicke und sie tritt wieder an mir vorbei.

Sofort legt Hunter sein Handy in Bettys Hände. »Das ist ein Dokument aus einem anerkannten Labor. Es bestätigt, dass wir verwandt sind. Betty, du bist meine Schwester.«

»Sie ist *was?!*« Entsetzt reiße ich Betty das Handy aus den schlaffgewordenen Fingern. Während sie Artur mit großen Augen anstarrt, scrolle ich wild rauf und runter.

Das Dokument ist einem Vaterschaftstest nicht unähnlich. Es scheint wirklich aus einem Labor zu stammen.

»*Podschin Labs, Diagnostikdienstleistungen für die Humanmedizin und Pharmaindustrie*«, lese ich laut vor. Dann schnaube ich ungläubig und werfe Hunter sein Handy gegen die Brust. Er fängt es, ohne mit der Wimper zu zucken.

»Ich glaube dir kein Wort. Das ist doch gefälscht.«

Betty fasst mich an der Hand und sieht mir in die Augen. »Jack, warum sollte er so etwas tun? Das ergibt doch gar keinen Sinn.«

»Ich traue der Sache nicht weiter, als ich spucken kann. Vielleicht will er nur, dass du freiwillig mit ihm gehst.« Zornig starre ich Hunter an.

Trotzdem wendet Betty sich Artur mit gestrafften Schultern zu. »Und warum sollte ich Ihnen glauben? Ich werde nicht einfach so mit Ihnen ins Auto steigen, nur weil Sie so eine verrückte Behauptung in den Raum stellen. Halten Sie mich für bescheuert?«

Hunter lächelt, als Betty hoheitsvoll die Arme verschränkt und das Kinn hebt. Sichtlich beeindruckt zieht er die Mundwinkel nach unten. Er holt Luft, um zu Antworten, aber Betty ist noch nicht fertig. »Und warum haben Sie mir das nicht schon früher erzählt. Zum Beispiel, als wir auf dem Weg zum Resort waren?«

»Da wusste ich es noch nicht.« Artur tritt einen Schritt auf Betty zu.

Sie weicht nicht zurück. Mit zusammengekniffenen Augen starrt sie ihn an. »Und was jetzt? Selbst wenn dieser Test stimmt, was willst du dann von mir?«

»Komm mit mir. Ich werde für dich sorgen. Du wirst nie wieder Hunger leiden müssen, nie wieder Schmerzen haben oder alleine sein. Du gehörst zu mir. Wir sind eine Familie und ich kümmere mich um die Meinigen.«

»Das reicht!« Panisch trete ich zwischen die beiden. »Betty geht nirgendwohin. Und schon gar nicht auf Grund irgendeiner beschissenen Lüge. Verschwinde Hunter!«

»Nein«, spricht er ganz ruhig. Dann schließt er die Augen, als ob er sich etwas ins Gedächtnis rufen müsste. »Betty ist meine Familie und sie wird mit mir kommen.«

»Wie schon gesagt, nur über meine Leiche«, zische ich zwischen zusammengebissenen Zähnen hervor. Wütend balle ich die Fäuste und trete einen weiteren Schritt auf Hunter zu. Aber sofort schieben sich zwei seiner Gorillas in meinen Weg.

Hunter tritt zur Seite, näher an die Küchenzeile. »Hast du immer noch Todessehnsucht?« Er schiebt lässig seine Hände in die Hosentaschen und nickt einem seiner Männer zu.

»Wenn du mich umbringst, wird sie niemals freiwillig mit dir gehen.« Ich werfe Betty einen prüfenden Blick zu.

Sie nickt.

»Niemand hat hier etwas von Umbringen gesagt.« Hunter lächelt. »Derek, würdest du, bitte?«

Als ich mich auf die Hackfresse, die sich in Bewegung setzt, stürze, schreit Betty erschrocken auf und schlägt sich die Hände vor den Mund.

Mit aller Kraft ramme ich dem Anzuggorilla meine Faust ins Gesicht. Nur Sekunden später bekomme ich die Quittung, in Form eines Stiefeltritts in die Nieren. Ich brülle auf und drehe mich mit geballten Fäusten um.

»Wenn es sein muss, dann nehme ich es mit euch allen auf. Aber Betty bleibt bei mir!« Brüllend stürme ich los.

Kapitel 27: Unverhofft kommt öfter, als man denkt

Betty

»Diese bescheuerten Idioten! Beides nur sture Böcke. Sollen sie sich doch die Köpfe einschlagen.« Der Schnee knirscht unter meinen Füßen, während mein Atem weiße Wolken vor meinem Gesicht kreiert. »Und ich werde sicher nicht die Böckin sein, um die sie sich die Köpfe einschlagen! Oder wie heißt das? Ziege? Schäfin? Egal! Das wird garantiert nicht auf meinem Mist wachsen.« Während ich wütend über die beiden Hitzköpfe lamentiere, stapfe ich durch die frostige Nacht talwärts. »Und meine Flucht hat rein gar nichts mit meiner Abscheu vor jeglicher Gewalt zu tun. Ich gerate jetzt absolut nicht in Panik.«

Als ich das dumpfe Klatschen von Jacks Faust auf Fleisch gehört hatte, war mir der kalte Schweiß ausgebrochen. Ich hatte keine Luft bekommen, in meiner Brust war ein furchtbares Kribbeln erwacht, meine Beine hatten gejuckt und der Drang, wegzulaufen war übermächtig geworden. Das war dann auch der Moment gewesen, in dem ich die Füße in die Hände genommen hatte und so schnell wie möglich verschwunden war.

Aber Jammern hilft. »Und ich werde nicht deren Spielzeug sein, um das sie sich streiten. Keiner ist auf die Idee gekommen, *mich* zu fragen, was *ich* will. Sollen sie sich doch gegenseitig die Köpfe einschlagen. Ich bin jedenfalls raus!«

Nach fünfzehn Minuten wütendem Schneewehendurchbrechen bleibe ich schwer atmend stehen. Ich bin weit genug gelaufen, dass sie mich nicht mehr hören können, aber auch so weit, dass nur noch Mondlicht den Berghang erhellt.

Egal wie oft ich mir einrede, die Dunkelheit sei mein Verbündeter, so macht sie mir doch Angst. Die gezackten Schatten der Tannen sehen gefährlich aus. Und dort, hinter dem Busch, war da nicht ein Wolf?

Neben mir raschelt es und gleichzeitig ertönt über mir der laute Ruf einer Eule. Panisch halte ich die Luft an. Ich drehe mich um und sehe zurück, den Hügel hinauf.

Ob Jack sauer auf mich ist?

Wird Artur ihm etwas antun?

Schluckend gestehe ich mir ein, dass ich keine Ahnung habe, wie mein angehender Bruder tickt.

Ob er ein gefährlicher Mann ist?

Aber er hat immerhin gefragt, ob Jack mir wichtig ist. Und ich habe das bestätigt. Das bedeutet doch, dass er ihm nichts antun wird.

Oder?

Hin und hergerissen stapfe ich einen Schritt bergauf und wieder einen bergab.

Und was ist, wenn er doch nicht mein Bruder ist?

Wenn das alles irgendwie verkorkst ist?

Was, wenn sie Jack etwas antun?

Panik schnürt mir die Kehle zu. Vor meinem geistigen Auge wiederholt sich der Moment, als er mit der Faust ausgeholt hat. Zusammenzuckend durchlebe ich einen dieser Treffer. Ich weiß, wie sich das anfühlt, weiß, wie der Schmerz explodiert, wie die Knochen brennen.

Zitternd reibe ich mir über die Arme.

Ich will nie wieder geschlagen werden.

Aber sollte ich Jack nicht helfen?

Sollte ich zurückgehen?

Was ist, wenn sie mich verprügeln?

Es schmerzt. Es tut so weh. Überall hatte ich blaue Flecken, bis sogar das Sitzen und Liegen zur Hölle wurde.

Plötzlich durchbricht ein lauter Knall die Stille der Nacht. Ich erstarre und halte die Luft an. Die Angst hält mich mit feuchtkalten Klauen fest im Griff.

»Jack«, wispere ich.

Mein Herz rast und mir wird schlecht. Würgend beuge ich mich nach vorne.

»Vielleicht ist nur ein Reifen geplatzt. Das hört sich fast genauso an. Sicherlich ist es nur ein Reifen.« Den Gedanken an einen Schuss schiebe ich weit von mir. Das kann einfach nicht sein. Das darf nicht sein! Mein Verschwinden wird sowieso jeden Moment auffallen. Dann werden sie ins Auto springen und mich verfolgen.

Zweifelnd werfe ich einen Blick zurück.

Wird er es schaffen?

Jack hat sich gut gehalten. Und Artur hat sich nicht eingemischt, als zwei seiner Männer auf ihn losgegangen sind. Nachdem ich vergeblich protestiert hatte und niemand mich beachtet hat, habe ich mir meine Stiefel und die erstbeste Jacke übergestreift und die Hütte verlassen. So wichtig bin ich dann wohl doch nicht.

Wütend marschiere ich weiter. Wut ist besser als Angst. »Sollen sie bleiben, wo der Pfeffer wächst. Wie kann man nur so kindisch sein?! Und Artur soll mein Bruder sein? Dieser Verbrecher? Denn das ist er. Ich kenne diesen Typ Mann. Er betrachtet alles als sein Eigentum. Sicherlich auch seine Schwester. Aber ich gehöre niemandem. Nur mir selbst.« Erschöpft trete ich aus dem Schnee heraus, auf die geteerte Straße, die sich den Berg hoch schlängelt und zur Hütte führt.

Ich gehe talwärts weiter.

Nach ein paar Schritten tauchen Scheinwerferlichter in der Dunkelheit auf. Verunsichert schiele ich in den Wald zurück.

Soll ich mich verstecken?

Aber wie wahrscheinlich ist es, dass da noch ein Gangster herumstreunt oder überhaupt jemand, der nach mir sucht. Hallo! Ich bin nicht der Nabel der Welt. Belustigt über meine Paranoiagedanken, trete ich schlicht an den Rand, damit ich nicht überfahren werde.

Aber der Wagen hält an.

Natürlich hält er an.

Es ist dunkel und eiskalt, und ich, eine blonde junge Frau, laufe mitten in der Nacht durch den dichten Wald, eine einsame Straße entlang. Wer würde da nicht anhalten und fragen, ob alles in Ordnung ist? Wenn ich genauer darüber nachdenke, könnte das aber auch der Beginn eines Horrorfilms sein.

Vorsichtig spähe ich in das Innere des Wagens. Sekundenlang passiert nichts. Das schwarze Auto steht schlicht und ergreifend mit laufendem Motor neben mir. Als ob jemand die Zeit angehalten hätte.

Als mir ein Schauer über den Rücken kriecht, wende ich mich ab.

Doch da öffnet sich surrend ein Fenster.

»Betty?«

Sofort drehe ich mich wieder um. »Candice?«, frage ich mit großen Augen.

Lächelnd streckt die kurvige dunkelhäutige Frau von damals den Kopf zum hinteren Fenster heraus. Erleichterung durchrieselt mich wie ein prickelndes, warmes Schaumbad.

Beinahe im selben Moment stürze ich auf den Wagen zu. »Gott sei Dank bist du da!«

Die FBI-Agentin blickt sich um. »Bist du alleine hier draußen?«

»Das ist eine lange Geschichte.« Ich winke ab und lege die Hand auf den Türöffner.

Candice rutscht zur Seite. »Zum Glück habe ich dich gefunden. Steig schnell ein.«

Sofort gleite ich neben ihr in den Sitz. Die Türe ziehe ich zu und im selben Moment höre ich das laute Klacken der Verriegelung.

»Hat Joe dir gesagt, wo ich bin? Ich bin so froh, dass du hier bist. Das ist alles so ein riesengroßer Schlamassel!«

Candice trägt schwarze Stoffhosen und ein weißes Hemd, und sie lächelt mich an. »Jetzt wird alles gut. Dafür sorge ich.« Sie nickt und drückt meine Hand. »Scott, sei so gut und dreh um. Wir können jetzt zurück. Wir haben, was wir wollten.« Candice lächelt mich wieder an. Auf eine seltsame, verklemmte Art und Weise. Wie jemand, der nicht weiß, was er sagen soll. Oder darf.

»Alles in Ordnung?«, frage ich.

»Jetzt, ja.« Sie tätschelt wieder meine Hand und sieht nach vorne.

Ich folge ihrem Blick. Vor uns sitzen zwei Riesen. Hinter ihren Ohren verlaufen gekringelte Drähte, wie in den alten Bodyguard-Filmen. Die Haare tragen sie kurzrasiert, im Militärlook und beide haben Anzüge an.

»Wir müssen zuerst noch ...« Ich stocke.

Wenn ich Candice von Artur und Jack erzähle, dann wird sie Artur verhaften.

Und was ist, wenn er wirklich mein Bruder ist?

Will ich das?

»Was müssen wir noch?« Candice beugt sich nach vorne und sucht meinen Blick.

Aber ich seufze nur leise und blicke voller Reue aus dem Rückfenster. »Ach nichts. Ich habe nur etwas zurückgelassen. Aber es ist wahrscheinlich besser so.« Mit hängenden Schultern wende ich mich wieder nach vorne und verabschiede mich gedanklich von dem einen Mann, der mehr in mir gesehen hat, wie nur ein Mittel zum Zweck, und dem anderen Mann, der, wenn es denn wahr ist, die einzige Familie ist, die ich besitze.

»Na gut, dann los.« Candice klopft gegen den Fahrersitz und das Auto setzt sich leise in Bewegung.

Kapitel 28: Ein neuer Blickwinkel ändert alles

Artur

»Es ist lange her, dass dir jemand so sehr zugesetzt hat.« Musternd betrachte ich Derek. Eines seiner Augen schwillt zu, seine Lippe ist aufgeplatzt und er hält sich den linken Arm. Und Shorty liegt noch immer bewusstlos neben dem Ofen, nachdem Shepherd ihm einen ordentlichen rechten Haken verpasst hat.

Das muss ich ihm lassen.

Kämpfen kann er.

Wenn er nur nicht so entsetzlich gesetzesverliebt wäre, dann könnte ich eine Menge aus dem Jungen machen. Oder viel Geld mit ihm verdienen.

Spekulierend blicke ich auf das verschnürte Bündel auf dem Bett. Shepherd liegt auf dem Bauch, die Arme am Bettgestell festgebunden, ebenso die Beine. In seinem losen Maul steckt ein Fetzen Stoff.

Ich habe sein Gebrüll gründlich satt.

»Können wir dann jetzt endlich gehen?« Ich wende mich zu Betty um. Zumindest wo sie bis vor ein paar Minuten noch gestanden hat. »Betty?« Aufmerksam blicke ich mich um. Shepherd wird ebenfalls still. Er dreht den Kopf ein paarmal hin und her, dann brüllt er wieder dumpf in das dreckige Stück Stoff.

»Könntest du bitte damit aufhören?« Mit geneigtem Kopf starre ich ihn an, dann wende ich mich dem einzigen noch brauchbaren Mann zu. »Geh nach draußen und sieh zu, ob du Spuren findest. Sie kann nicht weit sein.«

Rumpelnd ziehe ich einen der Stühle neben das Bett. Ich öffne den Knopf meines Jacketts und setze mich. »Ist unser Täubchen doch tatsächlich ausgeflogen. Sie hat dich im Stich gelassen.«

Shepherd knurrt in den Stoff.

Ich ziehe den abgetragenen Flickenteppich, den ein anderer möglicherweise als Shirt bezeichnen würde, aus seinem Mund. Aber als er umgehend wieder zu einer selbstgerechten Hasstirade ansetzt, stopfe ich es ihm wieder ins Maul. »Würde es dich wirklich umbringen, wie ein vernunftbegabter Mensch mit mir zu reden?«

Shepherd schüttelt den Kopf und ich ziehe den Stoff wieder weg. Dieses Mal bleibt er stumm.

»Wo könnte sie hinwollen?«

Jetzt verzieht er die Lippen wie ein räudiger Köter. Wenn er könnte, würde er mir direkt an die Kehle gehen. Stattdessen bleiben ihm nur Worte. »Ich habe keine Ahnung. Und selbst wenn ich es wüsste, würde ich es dir nicht sagen.«

»Du bist wahrlich mit Blindheit geschlagen. Glaubst du, ich würde meiner Schwester etwas antun?« Kopfschüttelnd blicke ich Shepherd an. »Du hast ja keine Ahnung.«

»Dann erklär es mir. Warum sollte ich dir diese bekloppte Geschichte abkaufen?«

Während ich überlege, ob ich Shepherd die Wahrheit sagen soll, mustere ich ihn. Betty ist abgehauen. Wahrscheinlich, weil sie Angst hat. Sie hat Shepherd vertraut, sonst wäre sie nicht mit ihm in diese marode Hütte gegangen. Sprich, wenn er mir vertraut, wird auch Betty mir vertrauen.

»Du weißt, dass ich im Trailerpark aufwuchs. Du kennst meine Geschichte.« Ich räuspere mich und stehe auf. Shepherd nickt. »Dass mein Vater ein Säufer war und meine Mutter regelmäßig verprügelte, dass er und sie drogensüchtig waren und ich ein verwahrloster Bengel, weißt du ebenfalls.« Mit gestrafften Schultern wende ich Shepherd den Rücken zu. »Was aber keiner wusste, war, dass meine Mutter noch einmal schwanger wurde. Aber nicht von meinem Vater.« Ich blicke in Shepherds überraschtes Gesicht. »Als er es kurz vor der Geburt herausfand, verschwand sie für ein paar Tage. Vermutlich, um das Kind loszuwerden. Dabei hatte ich mich so sehr über einen Bruder oder eine Schwester gefreut. Hätte ich dann doch diesen ganzen Irrsinn nicht mehr alleine durchstehen müssen. Ich hätte einen Verbündeten gehabt.« Schnaubend schüttle ich den Kopf. »Sie sagte, das Kind sei tot auf die Welt gekommen. Für mich brach damals eine Welt zusammen. Für meinen Vater war es eine willkommene Nachricht. Er lachte gehässig und nahm meine Mutter wieder auf. Und es wäre besser für sie gewesen, wenn er es nicht getan hätte.« Schluckend blicke ich einen Moment zur Seite. »Wie auch immer. Später hat sich jedoch herausgestellt, meine Mutter brachte sehrwohl ein Kind zur Welt. Doch sie gab es zur Adoption frei. Betty ist dieses Kind. *Sie* ist meine Schwester.«

Shepherd kneift die Augen zusammen und schüttelt den Kopf. »Das ist verrückt! Wie bitte kommst du auf die Idee, dass Betty dieses Kind sein könnte?«

»Das wusste ich zu Anfang tatsächlich nicht. Ein Zufall hat jedoch mein Interesse geweckt. Wäre die Handtasche nicht gefunden worden, hätte ich nie ihr Bild gesehen. Dann hätte ich Betty nie getroffen.«

»Aber selbst dann lässt man doch nicht irgendwelche Bluttests durchlaufen. Wie krank bist du eigentlich?!« Shepherd zerrt hart aber vergeblich an seinen Fesseln.

»Du hast ja keine Ahnung, welch ein Wahnsinn da draußen tagtäglich abläuft, wie viele Verrückte es gibt. Ein einfacher Backgroundcheck hält mir viele Scherereien vom Leib. Auch bei etwaigen Mätressen.«

»Aber warum sollte ein bescheidener Clubbesitzer Backgroundchecks veranlassen?« Hohntriefend lächelt Shepherd mich an.

»Wir wissen beide, wer ich bin«, stelle ich die Tatsache in den Raum.

Shepherd nickt. »Dann lass ...«

»Boss«, werden wir rüde unterbrochen. Derek schnauft schwer. »Du hattest recht. Sie ist den Berg hinab. Die Spuren enden auf der Straße. Entweder ist sie in ein Auto gestiegen oder zu Fuß auf dem geräumten Weg weiter.«

Ich zücke mein Handy und rufe Toni an. »Betty ist abgehauen. Alarmiere unsere Leute. Ich will alles, was am Highway zwischen Bozeman und dem Trailcenter unterwegs ist, kontrolliert haben. Niemand verlässt diese Straße.«

Zähneknirschend lege ich auf, nur um umgehend eine andere Nummer zu wählen.

»Ja«, grollt es mir aus der Leitung entgegen.

»Mr Peter Thadeus Falk«, grüße ich die Stimme am anderen Ende.

»Was willst du, Hunter?«

»Mir ist da etwas abhandengekommen.«

Kapitel 29: Gewinne, wenn du kannst. Verliere, wenn du musst

Jack

»Nimm mich mit. Ich bin deine einzige Chance, wenn du Bettys Vertrauen gewinnen willst«, beschwöre ich den einzigen Mann, den ich wie die Pest hasse. Denn er will mir die eine Frau nehmen, durch die ich mein Versagen wieder gutmachen könnte. Betty lebt. *Sie* kann ich retten.

»Du rufst nur die Cops auf den Plan und das bremst mich aus«, antwortet Hunter genervt. Mit einem Finger an der Schläfe starrt er auf sein Handy.

»Keine Cops. Du hast mein Wort. Ich will Betty ebenso finden, wie du. Ich bin schnell und effizient.« Mit Logik kann ich Hunter am besten überzeugen.

Und tatsächlich nickt er. Trotzdem reibt er sich nachdenklich das Kinn.

»Und wie kann ich sicher sein, dass du mir nicht in den Rücken fällst?«

»Das kannst du nicht«, antworte ich ehrlich. »Aber es geht hier um Betty und nicht um dich.«

»Dann lieber nicht. Ich kann Unwägbarkeiten nicht ausstehen, und ebenso wenig kann ich einen gesetzestreuen Schnüffler gebrauchen. Tut mir leid.« Achselzuckend steht Hunter auf.

Noch im selben Augenblick bricht mir der kalte Schweiß aus. Irgendwie muss ich ihn dazu bringen, dass er mich losmacht. »Hunter! Binde mich los und ich verspreche dir, nichts, was du tust, bis wir Betty gefunden haben, werde ich je gegen dich verwenden.«

Artur wirft den Kopf in den Nacken und lacht aus vollem Hals. »So funktioniert das aber nicht.« Sein Lachen verliert schlagartig jede Glaubwürdigkeit. Mit einem nun diabolischen Lächeln tritt er an das Bett heran. »Ich mache dir ein Angebot. Nimm es an und komm mit mir, oder bleib nutzlos liegen. Die Entscheidung liegt bei dir.« Hunter neigt den Kopf auf die Seite und zeigt nach links. »Shorty hier ...« Er deutet auf den bewusstlosen Mann auf dem Boden. »... ist mittlerweile eine Belastung für mich. Töte ihn, und ich binde dich los.«

Ungläubig lache ich auf. »Das kann nicht dein Ernst sein. Ich bin ein Cop!«

Hunter verzieht keine Miene. Er zuckt nur mit den Achseln und holt genervt Luft.

Fassungslos starre ich ihn an.

Aber da Hunter nur stur zurückstarrt, blicke ich zu Shorty. »Und wie stellst du dir das vor? Ich bin an allen vieren gefesselt. Dafür wirst du mich wohl losbinden müssen.«

Hunters Augen blitzen. Er weiß, dass ich kurz davor stehe, nachzugeben. »Du bekommst eine Waffe in die linke Hand. Selbst du kannst dein Handgelenk so weit drehen, dass du ihn erwischt. Mehr verlange ich nicht.«

»Du bist ein beschissener Sadist, Hunter!« Zornig werfe ich mich in die Fesseln. »Du weißt, dass ich das niemals tun würde.«

»Nicht einmal für Betty?« Er schnalzt mit der Zunge und entfernt sich ein paar Schritte. »Du weißt, wenn ich sie finde, wirst du sie nie wieder sehen. Ich kann nicht zulassen, dass sich meine Schwester mit einem Schnüffler einlässt. Das verstehst du sicherlich.« Er tritt noch einen Schritt näher. Wie ein beschissener Titan. »Wenn du allerdings mein Angebot annimmst, dann wird sie dir am Ende vielleicht sogar in die Arme laufen.«

»Aber was für ein Mann wäre ich dann? Ein Mörder wäre ich. Abschaum, so wie du.« Wenn ich könnte, würde ich ihm ins Gesicht spucken.

»Du musst immer das große Ganze im Auge behalten. Häng dich nicht an Kleinigkeiten auf. Es ist nur eine Kugel.«

»Es geht um ein Menschenleben!«, brülle ich.

»Ja!«, bestätigt er voller Begeisterung, kaum dass meine Worte verklungen sind. »Das eines Verbrechers. Was solls? Glaubst du etwa, Shorty war ein Musterbürger? Er ist ein Mörder und Dieb. Niemand wird ihn vermissen. Niemand wird sich rächen wollen. Sag deinen Kollegen, dass er auf dich geschossen hat, als du eine Zeugin beschützen wolltest. Wer sollte daran zweifeln? Du wirst sogar als Held aus der Geschichte hervorgehen.«

Hunter grinst. »Und du bekommst das Mädchen. Also? Was sagst du?«

»Scher dich zum Teufel, Hunter!«, knurre ich gallig und spanne alle Muskeln an. Aber es ist nicht genug. Die Fesseln halten. »Kriech zurück in das verfickte Loch, das dich ausgeschissen hat! Meine Seele bekommst du nicht!«

»Da wird Betty aber *sehr sehr* traurig sein, wenn sie hört, dass du sie einfach so fallen lässt. So, wie es ihre Mutter getan hat. Aber zum Glück werde *ich* da sein, um sie aufzufangen. Keine Angst, sie wird dich schnell vergessen.« Ruckartig wendet er sich ab.

Betty nie wiedersehen?

Sie nie mehr halten?

Nie mehr ihr Lachen hören?

Niemals die Chance zu haben, wieder gutzumachen, was ich ihr angetan habe?

»Hunter!«, brülle ich ihm hinterher, während er pfeifend die Hütte verlässt. Schweiß rinnt mir die Schläfe hinunter. Panisch blicke ich mich nach etwas um, mit dem ich mich befreien könnte. Aber da ist nichts. Nur Decken und Kissen. Aufbrüllend zerre ich an den Fesseln, aber sie geben kein Stück nach, bis ich resigniert in die Fesseln falle. »Warte!« Mein Herz droht mir jeden Moment aus der Brust zu springen. Als ob Bleigewichte an mir hingen, hebe ich den Kopf und starre auf die Türe. »Ich tue es!« Von mir selbst und meiner Schwäche angewidert, verziehe ich verächtlich die Lippen.

Aber Hunter kommt zurück in die Hütte. Ich höre seinen zögerlichen Schritten den Unglauben an. »Was hast du gesagt? Du tust es?«

»Gib mir die beschissene Waffe.« Ich öffne die linke Hand, ohne hinzusehen. »Dafür hasse ich dich.«

Hunter wirft zum zweiten Mal den Kopf in den Nacken und lacht.

Zähneknirschend sehe ich ihn an. Dieser Mann steht für alles, was ich verabscheue. *Ihn* sollte ich erschießen.

»Du wirst mir noch dankbar sein.« Er legt mir seine Waffe in die Hand und schließt beide Hände um meine. »Tu es, und glaub mir, ...« Der Blick aus seinen Augen ist ernst. »... du wirst es nicht bereuen.«

»Aber das tue ich bereits.« Es bereitet mir körperliche Schmerzen, auf den wehrlosen Mann zu zielen. Für einen Moment schließe ich die Augen, spüre den kalten Stahl in meiner Hand und Arturs warme Finger, die sich locker um meine schließen. Nicht führend, dafür beistehend.

»Tu es! Für eine Zukunft mit Betty«, flüstert er mir ins Ohr.

Und ich drücke ab. Für Betty. Für mich.

Ein Ruck geht durch meinen Körper. Als ob die Kugel nicht Shorty, sondern mich getroffen hätte. Urplötzlich tobt ein Inferno in meiner Brust, es wütet durch meine Eingeweide und brennt sich in meine Seele. Nur mühsam bekomme ich Luft. Aber sobald meine Lungen gefüllt sind, brülle ich den Schmerz hinaus. »*Ich verfluche dich Artur Hunter!*«

Er schnaubt nur und nimmt mir die Waffe aus der Hand. Dann löst er die Fesseln. »Komm schon, du selbstgerechter Narr. Du hast deinen Teil erfüllt, jetzt lass mich meinen erfüllen. Betty läuft irgendwo da draußen herum. Wir müssen sie finden, bevor ...«

»Du hast mich zum Mörder gemacht«, unterbreche ich Hunters bedeutungsloses Geschwätz. Aufgelöst und schwer atmend sitze ich auf dem Bett. Unaufmerksam reibe ich mir die schmerzenden Handgelenke und starre dabei auf den Boden. »Aber eins sollst du wissen.« Hunter dreht sich zu mir um und ich hebe den Kopf. »Wenn ich Betty in die Finger bekomme, dann bringe ich sie so weit weg von dir, wie es nur geht.«

»Leidest du unter irgend so einem skurrilen Heldensyndrom? Vielleicht kannst du dich ja selbst opfern und zum Märtyrer werden? Das würde meine Zukunft um einiges leichter gestalten.«

»Wenn du es schaffst, aus mir einen Mörder zu machen, wer weiß, was du dann aus ihr machen wirst.« Anklagend runzle ich die Stirn. Noch immer gebe ich nichts auf seine leeren Worte.

Hunter ballt die Hände zu Fäusten und nickt zu Shorty. »Geh hin und sieh in dir an.«

Ich runzle böse die Stirn. »Warum sollte ich das tun? Willst du deinen Sieg noch auskosten?« Diesen Triumph werde ich ihm nicht gönnen. Ich schnaube, stehe auf und wende mich von der Leiche ab.

Aber da landet Hunters Pranke unvermittelt grob in meinem Nacken. Überrascht keuche ich auf und ramme ihm meinen Ellbogen in die Seite. Er grunzt zwar, lässt aber nicht los.

»Sieh hin!«, zischt er und dreht mich in Richtung Shorty.

Um seinem Griff zu entkommen, wende ich mich flink um und schlage Hunters Hand zur Seite. Doch damit hat er anscheinend gerechnet, denn er taucht unter meiner fliegenden Faust hindurch. Dann greift er reaktionsschnell unter meiner Schulter hindurch und drückt seine flache Hand in meinen Nacken. Meine Arme werden nach oben gezwungen, und obwohl dieser Griff höllisch schmerzt, wehre ich mich weiter. Niemals werde ich mich geschlagen geben.

»Sie endlich hin!«, brüllt er mir ins Ohr und schiebt mich näher an den leblosen Mann heran.

Brüllend drücke ich die Arme nach unten. Pure Muskelkraft ermöglicht es mir, Hunters Klammergriff zu lösen.

»Was willst du Arschloch überhaupt?«, frage ich, während ich mich zu ihm umdrehe. Zähneknirschend und schnaufend sehe ich ihm in die Augen.

»Mach deinen Job und sieh dir die Leiche an.« Artur tippt mir mit großen Augen an die Schläfe. Ich schlage seine Hand beiseite. »Kram endlich den Cop in dir raus und hör auf zu heulen.«

Neugierig, auf Grund von Hunters seltsamem Benehmen, werfe ich nun doch einen Blick über die Schulter auf Shorty. Blut tränkt den Boden um ihn herum. *Normal*, schießt es mir durch den Kopf. *Was noch?* Geschlossene Augen, bleiches Gesicht. *Auch normal.* Ich wende mich der Leiche ganz zu. Grüblerisch lege ich den Kopf zur Seite. Noch einmal sehe ich zu Hunter. Er nickt und steht still.

Ich gehe in die Hocke und blicke auf die Schuhe. Schwere Boots, sie werden dem Wetter gerecht. Jeans, brauner Gürtel, Jacke. So arbeite ich mich langsam nach oben vor und registriere jede Kleinigkeit. Die ungepflegten Fingernägel und die gelben Verfärbungen - Shorty war wohl Kettenraucher und von Filtern hat er scheinbar nicht viel gehalten. Ein blitzförmiger Schlüsselanhänger baumelt aus einer Hosentasche, in der anderen ist eine Ausbuchtung. Wahrscheinlich ein Feuerzeug. Ein zerknülltes Taschentuch spitzt aus seiner Jackentasche hervor und an der linken Hand trägt er einen einfachen Silberring. Die Jacke lässt ihn unförmig erscheinen. Sie endet direkt an seinem Hals, um den sich eine einfache goldene Kette windet. Daran befestigt ist ein Anhänger, der mit der Wucht einer Bombe in meiner Brust einschlägt.

Ächzend stolpere ich rückwärts davon und verliere dabei das Gleichgewicht. Ich lande unsanft auf meinem Hintern und sehe entsetzt zu Hunter auf.

Er nickt und breitet die Arme aus. »Das große Ganze, Jack.«

Aufgeregt rapple ich mich auf und trete wieder vor. Langsam strecke ich die Hand aus, um dann mit einem Ruck die Kette von Shortys Hals zu reißen.

»Woher wusstest du es?«, frage ich, als ich das in den Händen halte, was mir mit einem kleinen Funkeln Frieden schenkt.

»Weißt du noch, wie du damals zu mir kamst? Mit einem Bild von dieser Kette? Fünf Wochen lang hast du mir die Türen eingerannt, in der Hoffnung, dass du etwas finden könntest, das mich belastet, das mich mit dem Mord deiner Eltern in Verbindung bringen würde.« Hunter schnaubt und schiebt die Hände in die Hosentaschen. »Damals kannte ich die Kette noch nicht.« Sein Blick fällt auf Shorty. »Aber nur eine Woche später lief *er* mir in die Arme. Ein Dieb und Landstreicher, der ... auf der Suche nach einem Job war. Ein paar Tage später fiel mir die Kette auf. Ich habe sie sofort erkannt.«

»Warum bist du nicht zu mir gekommen?«, unterbreche ich ihn.

»Und was dann? Du hättest alles versucht, um mir das Leben schwer zu machen. Denn du hättest angenommen, dass ich für den Tod deiner Eltern verantwortlich gewesen wäre.« Fragend hebt er eine Augenbraue.

Ich wende den Blick ab. Denn er hat recht. »Und warum sollte ich jetzt glauben, dass der Überfall nicht auf deinen Mist gewachsen ist? Dass du es nicht doch warst?«

»Du kennst mich, Shepherd. Denk nach. Ich checke jeden Background. Glaubst du wirklich, ich würde so einen kleinen Idioten losschicken, um die Eltern eines Cops zu überfallen? Auf meinem Grund und Boden? Hältst du mich für so dumm?«

Meine Schultern fallen herab. »Nein, das glaube ich tatsächlich nicht.«

»Ich wusste, irgendwann würde der richtige Zeitpunkt kommen.« Hunter zeigt auf Shorty. »Er war es, der deine Eltern überfallen und ermordet hat.« Dann zeigt er auf mich. »Und du hast sie jetzt gerächt. Finde deinen Frieden und lass mir endlich meinen.«

Ich blicke auf die Kette in meinen Händen. Sie sollte mir die Welt bedeuten, mir tatsächlich Frieden schenken. Aber warum fühle ich mich dann so schuldig?

»Du hast mir den Mörder meiner Eltern gebracht.« Ich nicke ihm zu. »Aber Shorty hätte vor ein Gericht gehört.«

»Und welches Gericht auf der Welt hätte ihn verurteilt? Für eine Straftat, die ihm niemand nachweisen kann? Es gab nur diese Kette und sobald er spitzbekommen hätte, dass jemand nach ihm sucht, hätte er sie verschwinden lassen. Er wäre freigesprochen worden und hätte dir dabei noch ins Gesicht gelacht.« Hunter beugt sich nahe zu mir. »Und du hättest niemals deine Rache bekommen. Denn jeder hätte sofort mit dem Finger auf dich gezeigt, wenn Shorty etwas zugestoßen wäre.« Er tritt einen Schritt zurück. »Und jetzt hast du einen Straftäter erschossen, der dabei half, eine Zeugin zu entführen.« Artur breitet die Arme aus. »Du hast deine Rache und ich bin ein Problem los.«

Kapitel 30: Wo der Engel beginnt und der Teufel endet

Betty

»Candice, wohin fahren wir?«

Zuerst waren wir bergab gefahren und dann ein stückweit den Highway zurück, in Richtung Bozeman. Aber nur kurz darauf bogen wir links ab. Und seitdem fahren wir wieder bergauf.

Auf den Schildern am Straßenrand steht *Big Sky* und *herzlich willkommen*.

»Zum Red-Elk.« Candice nickt. »Dort haben wir vorübergehend Quartier bezogen.«

»Wer oder was ist der *Red-Elk*? Bekomme ich jetzt wieder eine neue Identität?«

»Keine Angst, Betty, das wird nicht nötig sein. Ich habe sie alle da, wo ich sie haben will. Wenn die Sonne aufgeht, ist alles vorbei.« Ein kleines Lächeln umspielt ihre Lippen. Candice blickt aus dem Fenster. Hin und wieder spitzt der Mond hinter einer Wolke hervor. Sein Licht bringt den Schnee zum Glitzern.

»Wie meinst du das? Sind die Typen von damals hier? Hast du ihnen eine Falle gestellt?« *Oder weiß sie von Artur?*

»Vertrau mir einfach.« Die FBI-Agentin zückt ihr Handy, tippt zweimal auf das Display und hält es sich ans Ohr.

»Ro...« Candice mustert mich einen Moment. »Otu, ich habe sie. Wir treffen uns am Red-Elk.« Und schon legt sie wieder auf.

»Otu ist auch hier?« Aufgeregt klatsche ich in die Hände. Ein Stein fällt mir vom Herzen.

»Ja, seit damals haben wir uns nie aus den Augen verloren. Er wollte unbedingt dabei sein, als ich ihm die Neuigkeit erzählt habe.«

»Ich freue mich so sehr darauf, ihn zu sehen.« Bei dem Gedanken an meinen rettenden Engel straffe ich die Schultern. Otu hat mir damals sofort Glauben geschenkt. Keine Sekunde hat er an meiner verrückten Geschichte gezweifelt.

Wärme durchflutet mich. Denn mit Candice und Otu an meiner Seite habe ich gute Chancen, heil aus dieser katastrophalen Situation herauszukommen.

Nur der Gedanke an Jack macht mein Herz schwer. Wird er verstehen, was mich zur Flucht getrieben hat?

Das Red-Elk entpuppt sich als ein mehrstöckiges Hotel. Es steht zwischen mehreren Skipisten und ragt weit in den Nachthimmel auf. Mondlicht trifft blitzend auf riesige Fensterfronten, hinter denen hier und da noch Licht brennt.

Aus dem Schatten des Eingangs schält sich eine hagere Gestalt.

»Otu!«, rufe ich und laufe schneller.

Ich strahle den Mann an, der mich damals mit offenen Armen empfangen und mit sicheren Händen gehalten hat. Aber er hat sich seit damals verändert. Sein Haar ist mittlerweile grau und schütter. Oben trägt er sie etwas länger, aber immer noch lockig. Dunkle Schatten sitzen unter seinen Augen fest. Und selbst im warmen Licht der Lampen sieht er blass und abgekämpft aus. Die Schultern hängen nach vorne. Die Kleidung, die er trägt, fällt in lockeren Bahnen an ihm herab, als ob er abgenommen hätte. Nur sein Gang ist federnd und lässt immerhin Lebendigkeit erahnen.

»Veronica«, begrüßt er mich mit meinem früheren Namen. Aber so wie Otu ihn ausspricht, langsam und genüsslich, ist es, als ob er mir eine Haut überstreifen würde, die ich vor vielen Jahren in einem dunklen Verlies zurückgelassen hatte.

»Wie lange habe ich darauf gewartet!?« Dunkel und verzerrt treffen die Worte auf mein Gehör. Das dazugehörige Grinsen erreicht Otus Augen nicht.

Meine Schritte werden langsamer und ersterben.

»Was ist?«, fragt Candice. »Freust du dich denn nicht, den Helden von damals wiederzusehen?« Spöttisch hebt sie einen Mundwinkel.

»Was ist hier eigentlich los?« Verwirrt sehe ich von einem zum anderen.

Candice und Otu schnauben gleichzeitig.

»Die Kleine ist gar nicht mal so dumm.« Otu tritt neben mich und packt mich grob am Arm.

»Auuuu!«, jammere ich. »Du tust mir weh.«

»Sei leise!«, bellt Candice mich an. Dann wendet sie sich Otu zu. »Bring sie auf ihr Zimmer. Ich kümmere mich um Artur.«

»Woher weißt du von Artur?«, frage ich sofort, während Otu mich schon in Richtung der automatischen Türen zieht. »Candice!«

»Ach Süße, dein heuchlerischer Bruder schuldet mir etwas. Und jetzt, wo ich seine kostbare Schwester habe, *wieder einmal,* wird er es mir freiwillig geben.«

Die eiskalte Hand, die sich in meinen Nacken legt, lässt mein Herz gefrieren.

Kapitel 31: In dem Moment, in dem die Angst erlischt, hast du nichts mehr zu verlieren

Artur

»Was willst du?«, knurre ich in das Mikrofon meines Telefons.

»Rache«, zischt Drop-Out zurück.

Mein verächtliches Schnauben ist Kommentar genug. Aber gleichzeitig durchwühle ich meine Erinnerungen an diese eine Nacht. Durchforste jene Momente, die meine Hoffnungen völlig unspektakulär hatten verpuffen lassen. Jedoch hat sich, nachdem sich der bittere Nebel des Scheiterns gelichtet hatte, ein kleiner ungeschliffener Diamant herauskristallisiert.

»Ich will Rache, für das, was du mir angetan hast«, verlangt mein größter Kontrahent und befördert mich mit seiner mädchenhaften Stimme zurück ins hier und jetzt.

»Ich beging damals einen unverzeihlichen Fehler, als ich dich am Leben ließ. Aber ich war jung und naiv, nicht mehr als ein kleiner Emporkömmling. Heute, viele betrübliche Verluste und noch mehr triumphale Erfolge später, stünde es außer Frage, mich selbst zu sabotieren. Diesen Fauxpas gedenke ich in naher Zukunft zu berichtigen. Also, gewähre mir Einblick in deine sicherlich grotesken Intentionen. Du würdest mich nicht anrufen, wenn dir nicht schon etwas im Sinn stünde. Vertrau dich mir an, und ich werde zu dir kommen und dir das angedeihen lassen, was dir zusteht.«

Drop-Out schweigt. Nur ein amüsiertes Glucksen ist zu hören.

Mit zusammengekniffenen Augen starre ich in die Dunkelheit vor mir.

»Der Tod? Ist es das, was du willst?«, provoziere ich ihn.

Drop-Out bleibt noch immer ruhig. Zu ruhig.

»Verschwende nicht meine Zeit.« Ich schnaube gelangweilt. »Ich habe noch belangreichere Dinge zu erledigen, wie dir beim sinnlosen Röcheln zuzuhören. Tu mir bitte einen gefallen und krepier endlich.«

Lautes Lachen dröhnt aus den Lautsprechern. »Darin warst schon immer gut. Nicht wahr? Leuten das Gefühl zu geben, unbedeutend zu sein. Aber dieses Mal, werde *ich* derjenige sein, der auf dich hinabsieht.«

»Komm endlich zum Punkt.« Angespannt trommle ich mit den Fingern auf das Wagendach.

»So ungeduldig? Aber gut, ich bin mir sicher, wenn du die ganze Geschichte gehört hast, wirst du dir gerne Zeit nehmen.«

»Bevor du mit der Sprache herausrückst, sterbe ich an Altersschwäche. Ist das etwa dein genialer Plan?«

»Lass es mich dir von Anfang an erklären und du wirst sehen, dass sich das Warten lohnt.«

Genervt verdrehe ich die Augen.

»Als du damals dachtest, herausgefunden zu haben, dass ich deine kleine, blonde Schwester hätte, hast du deine Biker-Freunde auf den Plan gerufen. Das hat mich wirklich aus dem Gleichgewicht gebracht. Das muss ich dir lassen. Du bist immer für eine Überraschung gut.«

»Jetzt spuck es endlich aus. Du verschwendest meine Zeit.« Mit allem rechnend lausche ich weiter.

»Meine Frau hatte schon immer ein Händchen für gute Geschenke.«

Knurrend schließe ich die Augen. »Willst du mich jetzt verarschen?«

»Warte doch. Es wird noch besser. Vor etwa zwölf Jahren hat sie mir ein prächtiges Geschenk gemacht. Einen kleinen blonden Engel.«

Heftig atmend beiße ich die Zähne zusammen.

»Nachdem ich das kleine unschuldige Geschenk zugeritten und mit meinen Freunden geteilt hatte, tagelang, und nur zehn Minuten, bevor ihr mein zu Hause zerlegt habt, ließ ich deine süße kleine Schwester frei.«

Um Drop-Out das Vergnügen einer Reaktion zu vermiesen, beiße ich mir auf die Faust.

Aber seine Worte beweisen nur, ich lag mit meiner Vermutung richtig. Ich *lag* damals richtig. Ich war nur zu spät gekommen.

»Ja, du hättest sie beinahe gehabt. Und ich wusste, wenn du sie bei mir finden würdest, dann gäbe es kein Halten mehr für dich. Also habe ich sie schweren Herzens laufen lassen. Und du hast dich mit einer billigen Hure begnügt. Wusstest du, dass sie deiner Schwester wirklich ähnlich war? Die selben blonden Haare, die selben hohen Wangenknochen und das selbe jämmerliche Geschrei.«

»Eleanor«, raune ich lautlos und erinnere mich an das junge Mädchen, mit dem Feuer in den Augen. Es brennt heute in den Augen einer wunderschönen Frau. Sogar heißer als jemals zuvor.

»Ich kapiere nur einfach nicht, warum du mich zwei Wochen danach noch aus meinem Zuhause entführen musstest. Was war es? Was hat dich glauben lassen, dass deine Schwester doch bei mir war?«

»Das Mädchen. Sie hat mir alles erzählt. Auch von den anderen und dass es ein Mädchen gab, das wie sie aussah. Ich habe alle überprüft, die an diesem Tag aus deinem Haus geholt wurden. Dieses eine Mädchen war nicht dabei. Du hast mich angelogen. Aber du hast meiner Folter standgehalten. Ich dachte, du hättest wirklich keine Ahnung. Wie sich jetzt herausstellt, lag ich falsch.«

»Ja, es war tatsächlich höllisch schmerzhaft, was du mir angetan hast. Aber ich wusste, wenn ich einknicke und dir alles erzähle, dann würdest du diese Hölle, die ich gerade empfand noch multiplizieren. Also habe ich durchgehalten. Genauso tapfer, wie deine kleine Schwester. Es war beinahe sinnbildhaft. Denn so, wie du mich immer wieder gefoltert hast, habe ich sie immer und immer wieder gebumst. Nur, dass ich sie brechen konnte, bis sie letztlich alles, was ich ihr gab, geschluckt hat.«

Meine Zähne knirschen, als ob sie jeden Moment brechen würden. Trotzdem beiße ich sie immer fester zusammen. Im Stillen zähle ich bis zehn. Ich muss Ruhe bewahren. Drop-Out darf nicht spüren, wie sehr mich der Gedanke, was er Betty alles angetan haben mag, in den Wahnsinn treibt. Trotzdem manifestiert sich eine Erinnerung vor meinem geistigen Auge. Sie martert mich und lässt mich würgen. Betty, wie sie von Shepherd von hinten gefickt wird. Die Arme brutal auf den Rücken gedreht, stößt er hart in sie. Aber sie weint und stöhnt zugleich. Sie schluckt alles, was er ihr gibt.

»Du bist ein Feigling. Warum sagst du es mir durch das Telefon und nicht persönlich?« Ich knurre und senke das Kinn auf meine Brust. Konzentriert schließe ich die Augen.

Drop-Out zischt und knurrt ebenfalls.

»Wo ist sie?«, frage ich genauso gelangweilt, wie ich nach einem Stück Obst fragen würde. Ich habe meine Stimme unter Kontrolle. Aber nicht mein Innerstes. Imposant wie Gewitterwolken wabert eine allesverzehrende Wut in mir, Rachedurst erwacht wie grollender Donner, Hass verbreitet sich frostklirrend in meinen Gedanken und Blutdurst regt sich wie Feuerlärm in meiner Brust.

»Ich dachte schon, du fragst nie«, säuselt Drop-Out.

»Wo?«, frage ich leise.

»Es ist furchtbar, dass du so wortkarg bist. So kenne ich dich gar nicht. Vielleicht sollten wir uns irgendwo persönlich treffen. Komm uns doch besuchen. Wir sind auf deinem kleinen Berg und warten im Red-Elk auf dich. Ich bin mir sicher, dass sich dein Schwesterchen auf deinen Besuch freuen wird. Bis du hier bist, finde ich auch sicherlich noch eine ... penetrante ... Ablenkung für sie.« Drop-Out legt eine kurze Pause ein.

Vergeblich wartet dieses Quotenopfer auf eine Reaktion von mir.

»Ach und wo wir schon bei alten Rechnungen sind, du schuldest mir einen Kämpfer. Dieser lächerliche Fight mit deinem verschollenen Champion hat mich meinen besten Mann gekostet. Irgendetwas war da faul. Dein Wurm hätte Loxter niemals ausschalten können.« Nur noch ein nervenaufreibender Piepton ist zu hören.

Während ich tief durchatme, schließe ich die Hand fest um das Smartphone. Ich wünschte, es wäre Drop-Outs Hals, den ich zwischen meinen Finger zerquetsche.

Knirschend splittert das Display. Unbefriedigt steige ich neben Shepherd auf die Rücksitzbank. Mit geblähten Nasenflügeln starre ich in die Dunkelheit vor mir, und der Cop, das Weichei, zickt wie ein kleines Schulmädchen, dem man den Lolli geklaut hat.

»Wer war das? Wer hat Betty?«, grunzt er mich von der Seite an.

»Drop-Out hat sie.« Das ist alles, was er wissen muss. Den Rest werde ich tief in mir verschließen, bis ich ihn vor mir stehen habe. Dann werde ich über dieses Stück Scheiße die Hölle hereinbrechen lassen. Wieder und wieder.

»Boss? Wallace ist dran.« Derek hält mir sein Handy entgegen. Meines liegt nutzlos auf dem Polster neben mir.

»Wo bist du?«, frage ich, sobald das kühle Display an meinem Ohr ruht.

»Im Landeanflug.«

Das spielt mir in die Hand. Manchmal braucht man auch etwas Glück.

»Bring ihn zum Red-Elk«, befehle ich und erkundige mich zeitgleich nach Eleanor.

»Sie wird bewacht.«

»Ahnt sie etwas?«

»Nein.«

Lächelnd lege ich auf.

»*Wer* soll *wen* zum Red-Elk bringen? Verflucht, Hunter! Wie soll ich dir helfen, wenn ich nicht weiß, was hier gerade abläuft?«

Shepherd jetzt wieder.

Kopfschüttelnd fasse ich mir an die Stirn.

Was findet Betty nur an diesem unzurechnungsfähigen Ampeldrücker?

»Tu einfach nur, *was* ich dir sage, *wenn* ich es dir sage.« *Ein einfacher Befehl.*

»Das werde ich garantiert nicht tun. Ich habe meinen eigenen Kopf. Und wenn du willst, dass ich dir bei irgendetwas behilflich bin, dann erzählst du mir jetzt ganz schnell, was du weißt.«

Was man für die Familie nicht alles über sich ergehen lässt.

Ich seufze lange und ausgiebig und schließe die Augen. *Aber immer schön das große Ganze im Auge behalten,* rufe ich mir ins Gedächtnis.

»Na gut. Drop-Out hat Forderungen gestellt. Unter anderem will dieser Armleuchter etwas Bestimmtes von mir. Und wie es der Zufall will, ist dieses Etwas schon auf dem Weg.«

»Und was ist dieses Etwas?«, bohrt er nach.

»Dir ist schon bewusst, dass du meine Geduld strapazierst?« Wäre Shepherd auch nur einen Tick hässlicher, würde ihm keine Frau und ganz sicher nicht meine Schwester auch nur anspucken. Wie hat er es überhaupt zu Stande gebracht, zwischen die Beine von überhaupt *irgendeiner* Frau zu gelangen? Dieser wandelnde Migräneimpuls muss eine Menge Aspirin neben dem Bett deponiert haben. Bei ihm braucht keine Frau jemals Kopfschmerzen vorzutäuschen.

»Und dir ist hoffentlich bewusst, dass wir in dieser Sache auf der gleichen Seite stehen. Ich bin keiner deiner Lackaffen, der dir auf Schritt und Tritt folgt und nur auf dein Fingerschnipsen wartet.«

»Das ist wirklich schade, denn dass würde dein und mein Leben eminent vereinfachen.«

»Hunter ...«, setzt er an.

Aber ich winke ab. Es hat ja doch keinen Sinn, und antun darf ich ihm auch nichts. Sonst kann ich unter eine mögliche Versöhnung mit meiner Schwester gleich einen Schlussstrich ziehen.

»Drop-Out fordert einen Kämpfer von mir. Es gibt da jemanden, der mir etwas weggenommen hat, dass ich sehr vermisse. Damit hat er sein Leben verwirkt. Jetzt ist er ein kleines Geschenk für Drop-Out. Das wird glaubhaft meinen guten Willen vorgaukeln. Dabei ist er mir völlig egal. Aber nach außen hin sieht es so aus, als ob ich alles dafür tun würde, um Betty freizubekommen.« Shepherd nickt, wenn auch mit zusammengepressten Lippen. »Wenn ich fertig bin, wird es so sein, als ob es Drop-Out nie gegeben hätte.«

Beschwörend neigt er sich nach vorne. »Für Betty wird es das nicht sein. Lass ihn mich verhaften. Das ist der einzig richtige Weg.«

»Niemals. Das alles schreit nach Rache. Wenn ich Drop-Out nicht büßen lasse, dann verliere ich mein Gesicht. Und *das* wird niemals geschehen.«

Kapitel 32: Auge um Auge macht alle blind

Betty

»Warum tust du das?« Verständnislos schüttle ich den Kopf. Dabei starre ich dem hageren Mann, von dem ich dachte, dass er mir ein Anker wäre, fest in die Augen.

»Frag nicht so dämlich«, mault er mich an.

Ich rucke kurz und fest an den Schnüren, mit denen er meine Hände hinter der Stuhllehne zusammengebunden hat.

»So blöd kannst nicht mal du sein.« Während er mit gerunzelter Stirn auf mich hinabsieht, schleicht er um mich herum.

Ich bleibe still sitzen und warte darauf, dass er mir eine Erklärung gibt.

»Du weißt es wirklich nicht?« Glanzlose braune Augen starren mich überrascht an.

»Was weiß ich nicht?« Ich schüttle wieder den Kopf und hebe ratlos die Schultern.

Für einen kurzen Moment lächelt Otu, dann presst er verbittert die Lippen aufeinander. Sein musternder Blick trifft suchend auf meinen. Nach einer weiteren Sekunde runzelt er die Stirn.

»Warum hilfst du mir nicht?«, frage ich, nachdem ich auf meine letzte Frage keine Antwort bekommen habe.

»Warum? Weshalb will das immer jeder wissen?« Otu reibt sich die Stirn, als ob er Schmerzen hätte. Dann beugt er sich ruckartig zu mir herunter.

Ich erschrecke und zucke, so weit es geht, von ihm weg. »Ich dachte, dass du mein Freund bist, dass ich mich auf dich verlassen kann«, werfe ich ihm vor. »Bitte! Ich will es doch einfach nur verstehen.«

»Du willst die Wahrheit wissen?« Otu hebt weit die Augenbrauen an und zeigt auf mich.

Ich nicke.

»Na gut.« Er dreht sich um und greift nach der Lehne eines Stuhls. Es quietscht und rumpelt, als er ihn zu sich heranzieht.

Tiefe Furchen graben sich in faltige Haut, als er sich schnaufend mir gegenüber niederlässt. Der müde Schimmer in seinen Augen war bei unserem letzten Zusammentreffen noch nicht da gewesen. »Als du mir vor Jahren in die Arme gelaufen bist, waren mir gewisse Grundsätze noch ein Leitstern. Ich dachte, dass ich die Welt verändern und mir keiner etwas anhaben könnte.« Otu schnaubt bitter und schüttelt den Kopf. »Aber dann kamst du und mit dir die Hölle. Du hast mir den ganzen Mist vorgejammert, den du durchgemacht hast. Und du hast mir alles anvertraut, was du von den Männern gehört hattest. Viele Zusammenhänge waren dir, mit deinen vierzehn Jahren gar nicht bewusst gewesen. Mir schon. Man wurde auf mich aufmerksam und auch ich musste lernen, was es heißt, Schmerzen zu ertragen.« Sekundenlang starrt er auf den Boden. »Ich wusste einfach zu viel. Dagegen war das, was du gewusst hast, harmlos.« Schulterzuckend lehnt er sich wieder zurück. Langsam verschränkt er die Arme vor der Brust. »Dein Bruder hat das schnell herausgefunden und ebenso schnell war ihm klar, dass er mich zum Schweigen bringen musste.« Mit wutverzerrtem Gesicht zeigt er auf mich. »Dank dir wurde sogar meine Familie bedroht.« Verächtlich verzieht er die Lippen. »Aber es war immer nur eine Frage der Zeit.« Er verstummt und schüttelt langsam den Kopf. »Ich war nicht vorsichtig genug.«

»Das tut mir leid«, flüstere ich. Die Worte brennen in meiner Kehle. Soweit es meine Fesseln zulassen, beuge ich mich nach vorne. »Das wusste ich nicht. Ich hätte auch nicht gedacht, dass so etwas passieren könnte. Gab es denn niemanden, an den du dich hättest wenden können?«

»Das habe ich einmal versucht und bitter büßen müssen.« Otu zieht den Kragen seines Hemds herunter. Zum Vorschein kommt eine schlimme Narbe. Tellergroß zieht sich die Haut auf seiner Brust zusammen, als ob sie plötzlich geschrumpft und zu straff gespannt worden wäre. So wie dünnes versengtes Plastik. Wülste, wie kleine Schlangen, ziehen sich scheinbar schemalos hindurch und wechseln die Farbe von Zart-Rosa, über orange, bis hin zu Gelb.

Wenn ich könnte, würde ich mir die Hand vor den Mund schlagen. Aber so bricht unvermittelt ein leises, »Oh mein Gott« aus mir heraus. »Wie...?«, setze ich an, während ich immer noch entsetzt auf die Narbe starre.

»Eine glühende Eisenstange«, antwortet er kurz und emotionslos. Mir schießen die Tränen in die Augen. »Du glaubst, das ist schlimm? Das ist harmlos.« Er schnaubt verächtlich und beugt sich nach vorne. »Sie fangen damit an, dir Kanülen von vorne unter die Fingernägel zu treiben. Dann folgt eine Plastiktüte auf dem Kopf, bis du beinahe verreckst. Schläge mit

einfachen Kabeln sind die Hölle. Da kann kein Gürtel mithalten. Sexuelle Gewalt, Isolation, Zwangsernährung. Es gibt keine Folter, die Hunters Männer nicht kennen.«

»Mein Bruder hat das getan?« Entsetzt starre ich ihn an. »Artur? Der Clubbesitzer?«

»Du glaubst doch nicht wirklich, dass er ein einfacher Geschäftsmann ist. So naiv kannst nicht einmal du sein.«

»Aber er ist so höflich und ... was habe ich dir nur angetan? Nur wegen mir musstest du durch die Hölle gehen. Wenn ich das gewusst hätte ...«

»Dann was?«, unterbricht er mich. »Es wäre egal gewesen, zu wem du gegangen wärst. Entweder hättest du einen anderen Menschen ins Unglück gestürzt oder du wärst wieder an einen seiner Männer geraten.«

»Was meinst du damit? *Wieder an einen seiner Männer geraten*« mit großen Augen starre ich Otu an.

»Ahnst du es denn nicht bereits? Er war es, der dir das alles angetan hat.«

»Niemals!«, stoße ich ohne zu überlegen aus. »Warum? Weshalb sollte er das tun?«

»Weil er ein perverses Arschloch ist, das gerne mit Menschen spielt. Was glaubst du, warum niemand an seiner Seite ist?« Otu beugt sich nach vorne und nickt mir zu.

»Warum hat er mich dann überhaupt gehen lassen? Warum hat er mich nicht gleich aufgehalten.« Noch immer suche ich die Logik dahinter.

»Was weiß ich, was in dem Gehirn eines so kranken Menschen vor sich geht!« Otu wirft die Hände in die Luft und schnaubt.

»Aber Artur war nicht ... er war es nicht ... er war kleiner und dünner ...« Krampfhaft versuche ich, eine Ausrede für meinen Bruder zu finden. Das Schicksal kann es nicht so grausam mit mir meinen.

»Es war sicherlich einer seiner Männer. Wahrscheinlich einer, der in seiner Gunst aufgestiegen ist. Vielleicht erkennst du ihn wieder?« Spekulierend kneift er die Augen zusammen.

Ich überlege einen Moment, komme aber auf niemanden. Kopfschüttelnd hebe ich den Blick. »Er hatte immer eine Maske auf. Sie war golden und hatte Hörner. Wie ein Teufel. Er hat nie mit mir gesprochen, ganz selten nur geflüstert. Aber nie kamen richtige Sätze über seine Lippen. Es hätte jeder sein können.« Ein plötzlich einsetzendes Kribbeln zieht sich über meine Schulterblätter nach oben, bis in meinen Nacken. Die Erinnerungen treiben mir Tränen in die Augen.

»Und die Haarfarbe? Irgendwelche Tattoos?« Otu legt den Kopf schief und runzelt die Stirn.

»Ich weiß es nicht«, flüstere ich mit rauer Stimme und presse fest die Augenlider zusammen. »Er war immer golden. Seine Haut, die Kleidung, die Haare. Alles war Gold.«

»Ganz schön schlau. Das muss man ihm lassen. Meinst du nicht?« Bewundernd zieht Otu die Mundwinkel nach unten.

»Nein.« Ich verziehe angewidert die Lippen. »Das ist einfach nur krank.« Otu sieht mich einen Moment böse an, dann blickt er zur Seite.

»Und du? Welche Rolle spielst du in dem ganzen Szenario hier?« Mit einem leisen Schniefen reibe ich mir die Wangen an meiner Schulter trocken.

»Ich helfe Candice dabei, Hunter seiner gerechten Strafe zuzuführen.« Otu hebt großspurig das Kinn und nickt.

»Und warum ist Candice so gemein zu mir? Ich dachte, sie will mir helfen.« Verständnislos hebe ich die Schultern.

»Candice weiß, dass Hunter dich um jeden Preis will. Ihr ist auch bewusst, dass er dir einen Haufen Lügen auftischen wird, um das zu bekommen, was er will. Die Fesseln sind nur für den Fall, dass du ihm glaubst und nicht ihr.«

Enttäuscht blicke ich auf den Boden. Trotzdem regt sich ein wütendes Brennen in meiner Brust.

War wirklich alles gelogen, was Artur mir erzählt hat?

Dass er auf mich aufpassen wird?

Dass ich nie wieder Schmerzen und Sorgen haben werde?

Und was ist mit Jack?

Hat Artur ihm etwas angetan?

Würgend beuge ich mich nach vorne und stecke den Kopf zwischen die Knie. Ich hätte zur Hütte zurückgehen sollen. Da war dieser Knall gewesen. Laut hallt er in meinem Geist wieder, und mit ihm spielen sich tausend mögliche Szenarien in meinem Kopf ab.

Jack, wie er alle besiegt und auf Artur schießt. Jack, wie er flüchtet und erschossen wird. Jack, wie er tot im Schnee liegt. Jack, wie er nach mir ruft. Wie er eine Hand auf sein blutendes Herz legt und wie er versteht, dass ich ihn im Stich gelassen habe. Jack, wie er fällt ... oder sind es doch Arturs leere Augen, die nun ins Nichts starren? Ist er es, der jetzt leichenblass auf dem kalten Holzboden liegt?

In kleinen abgehackten Bewegungen schüttle ich den Kopf.

Das darf einfach nicht wahr sein.

Diese beißenden Gedanken treiben mir die Tränen in die Augen. Sie sind wie Vampire, die mir meinen Lebenswillen, den ich doch so dringend zum Kämpfen brauche, aussaugen.

Nach ein paar tiefen Atemzügen finde ich die nötige Kraft, diese Höllenkopfgeburten zurück in den Abgrund zu schieben, der sich in mir, mit Jacks möglichem Tod, aufgetan hat. Ich verschließe diesen schmerzhaften Riss mit Ignoranz und überdecke das Ganze mit alberner Hoffnung.

Jack wird kommen. Ich muss jetzt nur schlau vorgehen. Ihm Zeit verschaffen.

Langsam richte ich mich auf.

Otu mustert mich von oben bis unten, als ob er herausfinden möchte, wie ich zu dem Gesagten stehe. »Dein Bruder wird zu mächtig. Candice will ihn endlich ... hinter Gittern sehen.«

»Und welche Rolle spiele ich dabei?«, frage ich und erahne aber bereits die Antwort.

»Candice setzt alles auf eine Karte. Dein Bruder wird hierher kommen, um dich zu holen.« Er verschränkt die Arme vor seiner Brust.

Ich schüttle den Kopf und blicke panisch zu Boden.

Wenn Artur lebt, was ist dann mit Jack?

Schluckend blinzle ich die Tränen weg. »Was hat Candice vor?«

»Sie wird nichts unversucht lassen, um Hunter in eine Falle zu locken. Und Artur *wird* kommen.«

Kapitel 33: Manchmal brauchst du keinen Plan, nur Eier

Jack

»Dir ist schon bewusst, dass das eine Falle ist?« Unruhig wippe ich mit dem linken Bein auf und ab. Nur mein vorderer Fußballen berührt die schwarze Matte, die zur Hälfte unter dem Vordersitz steckt. In der Hoffnung, so mein Zittern abstellen zu können, stemme ich beide Hände fest gegen meine Oberschenkel. Sie flattern trotzdem.

Hunter schnaubt und sieht mir zum ersten Mal, seitdem wir die Stadtgrenze von Big Sky erreicht haben in die Augen. Schweigsam hat er neben mir gesessen und nachdenklich in die Finsternis hinter der Scheibe gestarrt.

»Willst du mir vielleicht verraten, wie wir Betty da rausholen? Dort werden ziemlich viele Touristen sein. Viele Zeugen. Du wirst ja hoffentlich nicht einfach blindwütig und schwerbewaffnet hineinspazieren. Du bist nicht John Wick.«

»Du hast ausnahmsweise Recht. Dort sind eindeutig zu viele Zeugen.« Hunter zückt Dereks Handy und wählt eine Nummer.

»Schafft die Leute raus. Alle!«, befiehlt er ins Telefon. Stille folgt. Der Typ am anderen Ende der Leitung spricht.

Ich spitze die Ohren und lehne mich etwas zu ihm hinüber, aber die Fahrgeräusche des Wagens übertönen jedes Wort.

»Ist das so?« Hunter reibt sich das Kinn und starrt blicklos gegen die Kopflehne vor sich. »Wie viele?« Wieder hört er sekundenlang nur zu.

Ich starre Hunter derweil mit großen Augen an, darauf wartend, dass er endlich auflegt und mir erklärt, was los ist.

»Sehr gut.« Stille. »Ja. Sag ihnen, sie sollen warten. Auf mein Zeichen hin wird jeder, der nicht auf meiner Seite steht, ... gefeuert.« Hunter hebt eine Augenbraue und schielt zu mir herüber. »Ach, und ich komme in Begleitung. Erschießt ihn nicht, auch wenn er drei Meilen gegen den Wind nach Schnüffler stinkt.«

Angesäuert verdrehe ich die Augen. Ich zeige Hunter meinen Mittelfinger. Der Wichser kann mich mal. Als ob ich mich nicht verkleiden könnte, wenn ich wollte. Aber im Moment ist mir mein Aussehen scheißegal. Ich will einfach nur zu Betty und sichergehen, dass es ihr gut geht.

Warum ist sie einfach abgehauen?

Hat sie nicht darauf vertraut, dass ich uns beide da raushauen kann?

Hat sie mich wirklich im Stich gelassen?

Sobald die Schlägerei in der Hütte im vollen Gange war, habe ich nicht mehr darauf geachtet, wo sie war. Ich ging davon aus, sie würde sich ängstlich in eine Ecke drängen und darauf hoffen, dass ich alle niederschlage. Auf der anderen Seite wäre es nur logisch, wenn sie nicht daran geglaubt hätte, denn Hunter hatte drei Männer dabei und zwei davon waren ausgebildete Gorillas. Nur Shorty war schnell in die Knie gegangen.

Bei dem Gedanken an die Entscheidung, die ich getroffen und tatsächlich durchgezogen habe, schießen mir so viele widersprüchliche Gefühle durch die Brust, dass ich fest über meinen Oberkörper reiben muss, um alles drin zu halten.

Wenn ich Shorty am Leben gelassen hätte, dann hätte ich es irgendwann bereut. Hunter hat recht. Nach einem Jahr und ohne Beweise, hätte ich keine Chance gehabt. Auch wenn ich das Kreuz meines Vaters jetzt wieder zurückhabe, hätte ich es nicht als Beweismittel verwenden können. Es gibt Millionen solcher Kreuze. Wie soll ich beweisen, dass genau dieses, das meines Dads war? Die Akte wäre unter dem Freispruch-Stempel gelandet, und Shorty hätte mir dreckig ins Gesicht gelacht.

Nachdenklich schiele ich zu Hunter hinüber. Er spricht immer noch mit seinem Mann und nickt hin und wieder.

Kann ich ihm wirklich trauen?

Hat es sich so zugetragen, wie er behauptet?

Was ich mit ziemlicher Sicherheit sagen kann, ist, dass er nicht den Auftrag erteilt hat. Denn was hätte es ihm gebracht? Meine Eltern waren keine reichen Leute und hatten auch keine Schulden. Sie waren normale Farmer, die sich durchs Leben schlugen. Meine Mom hat den Haushalt geschmissen und mein Dad kümmerte sich um die Rinder. Die Tage waren immer gleich, flossen ineinander und bescherten meinen Geschwistern und

mir eine wundervolle Kindheit. Mein Vater besuchte all die Jahre nicht ein einziges Mal eine Bar, um sich zu betrinken. Als ich ihn irgendwann einmal nach dem Grund dafür gefragt hatte, hatte er abgewunken und gesagt, er habe das nicht nötig, ihm sei unser Heim genug und er habe alles, was er bräuchte. Sollten die anderen doch ihr Geld in die Bars tragen, er gäbe es lieber für seine Familie und die wirklich wichtigen Dinge aus. Danach hat er mir meine erste Angelrute geschenkt. Und von da an fuhren wir regelmäßig zum Mighty Mo zum Fliegenfischen. Wir redeten viel und schwiegen noch mehr. Durch ihn lernte ich, geduldig zu sein.

Wie auch jetzt.

Ruhig atmend warte ich, bis Hunter das Handy zur Seite legt.

»Ich will gar nicht wissen, wie. Aber ich gehe davon aus, dass in dem Hotel, bis zu unserer Ankunft, keine Touristen mehr sein werden?«

Hunter nickt.

»Und wie läuft das Ganze jetzt ab?«

»Dadurch, dass sie es tatsächlich zustande gebracht haben, ein paar meiner Männer für sich zu gewinnen, steht uns ein wenig Feuerkraft entgegen. Nicht genug, um uns in ernsthafte Schwierigkeiten zu bringen, aber ein fehlgeleiteter Schuss genügt und Betty stirbt.«

Ich runzle böse Stirn. Das gefällt mir nicht. »Wie ist das Hotel aufgebaut? Wie viele Aufzüge gibt es? Kameras? Kommen wir unbemerkt hinein?«

»Das haben wir alles nicht nötig. Ich werde mich nicht in mein Eigentum schleichen. Drop-Out erwartet mein Kommen. Also werden wir einfach hineinspazieren und uns zu Betty bringen lassen.«

»Ist das denn eine gute Idee?«

»Denk nach, Shepherd.« Hunter hebt die Hand und starrt mich an. Als ich nicht antworte und nur die Stirn runzle, seufzt er laut und schüttelt den Kopf. »Vielleicht erkläre ich es dir besser. Drop-Out will etwas von mir und es geht hier nicht um irgendeine Kleinigkeit. Vermutlich geht es neben Rache um Territorien. Ich habe vor kurzem ... expandiert. Das weckt Neid unter den Konkurrenten. Vermutlich setzt er Betty als Druckmittel ein. Es würde uns also keinerlei Vorteil verschaffen, wenn wir heimlich auftauchen würden. So oder so, muss ich Drop-Out gegenüberstehen, um zu verhandeln. Betty wird definitiv in dem Hotel sein. Vielleicht sogar im selben Raum.« Hunter sieht mich mit geneigtem Kopf an. »Ich kümmere mich um Drop-Out und du bringst meine Schwester da raus.«

Ein paar Sekunden ist es still, dann sehe ich Bettys Bruder nachdenklich an. »Ich weiß, du und Betty, ihr kennt euch eigentlich gar nicht. Aber hast du mitbekommen, wann sie abgehauen ist? In der Hütte. Oder warum sie gegangen ist?«

»Tatsächlich ist mir ihr Fortstehlen entgangen. Aber vielleicht hat sie ihre Chance gewittert.« Achselzuckend geht Hunter nicht weiter darauf ein. Aber mir lässt der Gedanke keine Ruhe.

Hat sie angenommen, ich hätte es mit allen vieren aufnehmen können und wäre dann nachgekommen? Wenn es mir in den Sinn gekommen wäre, dann hätte ich ihr tatsächlich zugeflüstert, dass sie verschwinden soll, sobald sie die Möglichkeit dazu gehabt hätte. Aber, dass sie es von sich aus getan hat, fühlt sich an, als ob sie mich im Stich gelassen hätte.

»Hör auf, über Dinge nachzugrübeln, die du nicht mit Bestimmtheit weißt oder beeinflussen kannst.« Hunter sieht stur geradeaus. »Man kann nie mit Sicherheit sagen, was die Menschen anspornt. Angst ist eine mächtige Antriebskraft.« Für einen kurzen Moment schließt Hunter die Augen. Seine Stirn ist gerunzelt. Augenbrauen und Mundwinkel zeigen nach unten, so als ob Bettys Angst auch ihn traurig machen würde.

»Du glaubst also, sie ist aus Angst geflüchtet?«

»Ich hoffe es«, spricht er leise. »Angst ist wie heiße Luft in einem Ballon. Eigentlich ist sie nichts. Sie ist nicht einmal fassbar. Aber sie bläht diesen Mantel der Furcht immer weiter auf.« Tief durchatmend streicht er seinen Ärmel gatt. »Aber stichst du diesen Mantel an, dann platzt die Angst heraus. Sie flüchtet. Vielleicht hat sie irgendetwas gesehen, dass ihr diesen Stich verpasst hat.« Hunter reibt sich das Kinn. »Wenn genug Angst entwichen ist und sie wieder rational denken kann, kommt sie vielleicht von alleine zurück.«

»Ich dachte, der Kerl hält sie gegen ihren Willen gefangen?«, frage ich in seine Grübeleien hinein.

Da hebt er ruckartig den Kopf. Die trüben Augen klären sich und blicken mich stechend an. »Zurück, nachdem wir sie befreit haben. Was auch immer sie hat flüchten lassen, wird sich mit der Zeit vielleicht legen.« Hunter nickt und atmet tief durch.

»Dein Wort in Gottes Ohr.«

Hat Hunter recht?

War Bettys Flucht nur eine kopflose Reaktion auf die Schlägerei?

Das wäre durchaus denkbar. Bei Bettys Vergangenheit gibt es höchstwahrscheinlich viele Trigger für allerlei Ausbrüche.

Aber will ich sie alle kennenlernen?

Kapitel 34: Wenn es dir weh tut, bedeutet es dir etwas

Betty

Die Türen des Konferenzsaals, in den mich Candice gebracht hat, schlagen krachend gegen die Wand. Ein schmaler Kerl in Jeans und Hemd taumelt rückwärts herein. Seine Haare sind hellbraun und kurz, seine dreckigen Stiefel hinterlassen nasse Abdrücke auf dem polierten Holzboden und sein überraschtes Grunzen löst den Knall der Türe ab.

Nur Sekunden später folgt mein neuestes und zugleich einziges Familienmitglied. Artur Hunter.

Widerstreitende Gefühle kämpfen in meiner Brust.

Weiß Candice, dass er mein Bruder ist?

Spielt das eine Rolle?

Hat Otu recht? Will Artur mich in die Hölle zurückbringen, aus der ich vor so vielen Jahren entkommen war? Und hat Artur ihm wirklich diese brutale Wunde zugefügt?

Immerhin hätte er vermutlich auch Jack kaltblütig erschossen, wenn ich nicht dazwischengegangen wäre. Erst als ich ihm bestätigt habe, dass er mir etwas bedeutet, hat er davon abgesehen. Ein Leben scheint ihm wirklich nicht viel Wert zu sein.

Aufmerksam blicke ich von dem fremden Mann, der gerade sein Gleichgewicht wiederfindet, zu Artur.

Mit erhobenem Kopf bleibt er stehen. Als ob er es so geplant hätte, trifft das helle Licht eines Deckenstrahlers auf sein schwarzes Haar. Artur erstrahlt im Glanz eines Engels. Oder des Teufels?

Die Schultern hält er gestrafft und tief. Die Stirn neigt er leicht nach unten. Nicht in Demut, wie man vielleicht meinen möchte, denn der Blick aus seinen eisblauen Augen ist mörderisch. Arturs Haltung ist die, eines Bullen in der Arena. Hätte er Hörner, würde er Candice damit aufspießen. Denn seine Aufmerksamkeit gilt allein ihr.

Ist er wütend, weil sie ihm einen Strich durch die Rechnung macht?
Die FBI-Agentin steht ein paar Schritte entfernt von mir auf der Bühne. Wahrscheinlich werden hier sonst Vorträge gehalten. Denn im Saal verteilt, stehen Tische und Stühle.

Ich blicke zurück zu Artur und mir stockt der Atem. Meinem Bruder dichtauf folgt Jack. Sein musternder Blick trifft mich. Die Begutachtung, während der sein wütender Stechschritt erlahmt, dauert nur eine Millisekunde. Jack gerät sogar für einen Moment ins Stocken. Aber dann wendet er sich mit zusammengepressten Lippen und hartem Blick von mir ab. Stur marschiert er weiter.

Hat Artur ihm nichts getan?
Warum folgt Jack ihm?
Hat mein Bruder etwas gegen ihn in der Hand?
Ergeht es Jack wie Otu?

Keuchend wende ich den Blick ab. Jacks kalte Musterung verletzt mich, und die Ausklammerung meines Bruders verängstigt mich mehr, als es jedweder böse Blick es jemals gekonnt hätte. Also hat Otu recht. Artur ist so gefährlich, wie er behauptet. Falls Jack es nicht schon selbst herausgefunden hat, muss ich ihn warnen.

Oder habe ich sein Vertrauen verspielt?
Habe ich das, was zwischen Jack und mir zu wachsen begonnen hat, zerstört?

Der Druck in meiner Kehle steigt. Er drängt nach draußen. Ich möchte, so laut ich kann schreien. Aber stattdessen bricht sich nur ein jämmerliches Schluchzen Bahn.

Jack reißt mit großen Augen den Kopf herum. Sein Blick wirkt alarmiert. Die Muskeln an seinen Armen treten hervor, als ob er sich für einen Kampf bereitmachen würde. Dabei lasse ich ihn keine Sekunde aus den Augen.

»Ach wie süß«, ertönt Candice kratzige Stimme. »Sieh nur, dein Bruder hat sogar *einen* Mann mitgebracht.«

Verwundert sehe ich von Jack zu dem anderen Kerl. Immerhin läuft er vor Artur. Rückwärtsgehend scheint er alles hinter ihm im Auge zu behalten.

»Vielleicht bist du ihm doch nicht so wichtig, wie ich dachte«, spottet Candice. Sie deutet mein Schluchzen falsch. Denn ich weine, weil mir bis gerade eben nicht bewusst war, wie sehr ich unter der Befürchtung, Jack könnte nicht kommen, gelitten habe. Ich wusste nicht, wie der Kampf ausgegangen war, denn ich hatte nicht eine Sekunde lang gewartet. Blind und panisch war ich davongerannt.

Habe ich ihn dadurch verloren?
Ich recke den Hals und starre Jack mit großen Augen an.

Er neigt den Kopf zur Seite und sieht mich von oben bis unten mit gerunzelter Stirn an.

Bist du verletzt?, scheint sein besorgter Blick zu fragen. Denn die Stirn ist zwar gerunzelt, aber nicht böse. Sorgenvoll neigen sich die Enden seiner Augenbrauen nach unten.

Nein. Ich schüttle den Kopf und lächle vorsichtig.

Jack hebt nickend einen Mundwinkel und wendet sich aufatmend wieder dem Geschehen vor ihm zu.

»Du lässt das einfach so zu?« Die ersten Worte, die der große Mann vor Artur spricht. Stolpernd dreht er sich zur Hälfte um, und ich sehe zum ersten Mal die vor seinem Bauch gefesselten Hände. »Du lässt es zu, dass er mich entführt und verschachert?« Den Blick hält er starr auf Jack gerichtet. »Was bist du nur für ein beschissener Bulle?!«, zischt er über seine Schulter. »Ständig blähst du dich als kreuzbraver Gesetzeshüter auf. Und jetzt? Du bist nicht besser, wie jede andere bestechliche Ratte da draußen. Korrupt bis ins Blut. Erwischen sollen sie dich! Und eines verspreche ich dir, Jack. Wenn du zulässt, dass Hunter mich verkauft, werde ich dich, sobald sich eine Gelegenheit bietet, dranhängen.«

Verwirrt lausche ich seinen Vorwürfen.

Gehört er doch nicht zu Artur?

Aber wer ist er dann?

Und warum ist er gefesselt?

Ist er das nächste Opfer meines Bruders?

Sind Jack die Hände gebunden?

Mit zusammengekniffenen Augen beuge ich mich so weit nach vorne, wie meine Fesseln es erlauben. Ich sehe genauer hin, denn irgendetwas an dem Kerl kommt mir bekannt vor. Fieberhaft krame ich in meinen Erinnerungen. Aber erst, als er den Kopf nach vorne dreht und mir zuwendet, bleibt mir die Luft weg. Wie nach einem Faustschlag, mitten ins Gesicht, falle ich zurück gegen die Lehne meines Stuhls.

Die harte Kinnlinie, der helle Bartschatten und die straffen Schultern des Kerls, prallen wie Bowlingkugel laut krachend in meine Gedanken. Blinzelnd und schwer atmend halte ich dem Erinnerungsansturm stand.

Mein Bruder presst die Lippen aufeinander und senkt den Kopf. »Halts Maul!«, brüllt er den Gefesselten an und packt ihn grob am Nacken. Als ob er einen direkten Draht zu meinen Gedanken hätte, bestraft er den Mann.

Aber noch immer kommt kein Wort über meine Lippen. Fassungslos versuche ich, zu begreifen, was da vor sich geht.

Haben sie sich überworfen?

Ist er zu Candice übergelaufen?

Hat Artur ihn gefangen gehalten?

Artur versetzt dem mageren Cowboy einen Tritt in die Seite und zieht ihn dann an den Haaren wieder hoch. Sein Gesicht ist hassverzerrt, als er ihm etwas ins Ohr flüstert und ihn anschließend grob vorwärts schubst. »Da war nichts, Mann! Sie wollte einfach nur weg. Sie hat mir Geld angeboten und ich hab Schulden. Also sind wir zusammen los. Aber ich schwöre dir, ich hab sie nicht angefasst. Im Gegenteil, ich hab auf sie aufgepasst!«, brüllt er meinem Bruder entgegen.

Hat er Artur weisgemacht, ich wäre mit ihm abgehauen?

Aber das würde erklären, warum er seinen eigenen Mann so gefühllos behandelt. Denn Artur lächelt ihn böse an und schlägt ihm die Faust knallhart in den Bauch. Der Kerl sackt nach vorne weg.

Artur ragt weit über ihm auf. »Du kanntest mich. Du wusstest, was dir blühen würde. Ich bin unausweichlich. Und ich gebe nichts auf, was mir gehört.«

Der Cowboy ächzt und stöhnt, aber er hält Artur stand. »Nur, dass sie nicht dir gehört! Sie ist ein Mensch, der eigene Entscheidungen trifft.«

Was fällt ihm ein, für mich zu sprechen!

Ausgerechnet er!?

Artur lächelt kalt. »Falsch! Es gibt immer nur *meinen* Willen. Das wird sie auch sehr schnell begreifen.« Dieses Mal schlägt er ihm mitten ins Gesicht.

Bei dem laut klatschenden Geräusch zucke ich heftig zurück. Meine Lippen zittern. Ich kann es nicht kontrollieren. Zu spät begreife ich, zu welcher Brutalität mein Bruder fähig ist, zu welcher er wahrscheinlich schon früher fähig war.

Wie ein Sargnagel hämmert sich die Wahrheit in mein Gehirn.

Mein Bruder ist ein abgebrühter Gewaltmensch.

Trotzdem verfolge ich mit einer gewissen Genugtuung, wie der fremde Mann stöhnend zu Boden geht. Auf den Knien drückt er die Stirn in den Teppich.

Ihn so erniedrigt zu sehen, gibt mir Aufwind. Plötzlich finde ich meine Stimme wieder. »*Du!*«, eröffne ich brüllend das Gespräch, das ich schon Millionen Male stumm in meinem Kopf geführt habe.

Sofort heben alle überrascht die Köpfe. Mit meinem Zorn hat wohl niemand gerechnet. Aber in den Augen des Gefesselten liegt keinerlei Erkennen. Mit gerunzelter Stirn und zusammengekniffenen Augen mustert er mich.

»Du!«, wiederhole ich. Und wären meine Hände nicht hinter mir angebunden, würde ich aufspringen und ihm den Zeigefinger anklagend entgegenstrecken.

»Was?«, verächtlich hebt er einen Mundwinkel. »So, wie du aussiehst, hast du hier genauso wenig zu sagen, wie ich.«

»Erkennst du mich denn nicht?«, frage ich ihn, anstatt auf seine verächtlichen Worte zu reagieren.

»Sollte ich?« Ungelenk kommt er auf die Beine. Schniefend reibt er sich die Nase an der Schulter, die Hände wie zum Gebet gefaltet.

»Man sollte meinen, dass du die Frau erkennst, deren Leben du zerstört hast.« Kurz huscht mein Blick zu Artur. »Alles im Auftrag eines Mannes, der behauptet, mein Bruder zu sein.« Kalter Zorn brennt in meiner Brust und ich rucke an meinen Armen, die hinter der Stuhllehne gefesselt sind.

Artur beißt die Zähne zusammen und starrt mich verwirrt an. Jack schließt kopfschüttelnd die Augen und hebt die Brauen, als ob diese Information zu groß gewesen wäre, um sie auf einmal zu schlucken.

»Ich kenne dich nicht einmal«, brüllt der Gefesselte. »Wie hätte ich dein Leben zerstören sollen?«

Er erinnert sich nicht.

Bin ich etwa nur eine von vielen?

Der Typ sieht mich mit schiefgelegtem Kopf an. Langsam wandert sein Blick von meinen Füßen, über meine Taille, bis zu meinen Haaren. »Ich kenne dich nicht.« Schulterzuckend zieht er die Mundwinkel nach unten.

»Vor zwölf Jahren hast du mich in einer Bar angesprochen. Ich war gerade einmal vierzehn Jahre alt.« Meine Stimme zittert und ich atme einmal tief durch. Der Fremde kneift die Augen zusammen und schüttelt in kleinen abgehakten Bewegungen den Kopf. »Es war in Chicago. Du hast mir einen Drink angeboten und ich war so blöd und habe ihn angenommen.« Ich warte einen Moment, ob er sich vielleicht jetzt erinnert. Aber nichts. Stumm hört er mir nur zu. »Als ich wieder aufwachte, war ich in der Hölle. Und *du* bist schuld daran.« Eine einzelne Träne läuft meine Wange hinab. Ich senke beschämt den Kopf, bevor ich ihn wieder mit großen Augen hochreiße. Ein Gedanke formt sich in meinem Kopf. »Warst du es?« Keuchend starre ich den fremden Mann an. Diese Statur. Groß und schmal. »Warst du der goldene Teufel?« *Ich muss es wissen.*

Weiß es Artur? Fragend sehe ich meinen Bruder an. Aber er starrt mit mahlenden Kiefern Candice an.

»Was? Wovon sprichst du? Welcher Teufel?« Verwirrt schüttelt der Fremde den Kopf. »Ich habe ... Chicago ... an Chicago erinnere ich mich ... da war ...« Stotternd bricht er ab, bevor er mit lauter und sicherer Stimme fortfährt. »Ich habe mich nie irgendjemandem aufgezwungen. Ich kann mich nicht an alles erinnern. Aber ja, ich habe ein paar Dinge getan, die nicht in Ordnung waren. Aber i...« Stöhnend und zischend bricht er ab.

Überrascht drehe ich den Kopf. Jack steht schnaufend und mit geballten Fäusten über dem Fremden, der erneut mit dem Gesicht voran auf dem Boden liegt. Dieses Mal bewusstlos.

Jacks Adamsapfel hüpft. Seine Arme presst er eng an seine Seiten, als ob unsichtbare Fesseln ihn davon abhielten, noch einmal zuzuschlagen.

»Du hast Betty das angetan? Du?« Jack tritt dem Bewusstlosen gegen die Waden, bis er sich stöhnend wieder regt. »Warum hast du das getan?« Knurrend beugt er sich über den Mann. Jack packt ihn am Hemdkragen und zieht seine Visage nahe an sein Gesicht. »Verflucht, Logan!«

Logan. Dieser Name genügt, um mich unvermittelt aus meinem Körper zu reißen. Wie an einem Gummiband werde ich in der Zeit zurückkatapultiert. In eine Zeit, in der ich mit der selbstgefälligen Arroganz einer vierzehnjährigen an einem verklebten Tresen gesessen und einer jüngeren Version dieses Mannes zugehört hatte. Er hatte sich damals mit dem gleichen Namen vorgestellt. Logan.

Candice' schadenfrohes Lachen zerrt mich aus meinen Erinnerungen. »Einer dümmer als der andere.« Schlagartig wird sie wieder ernst. Sie nickt in Logans Richtung. »Dieser verlauste Kerl mag deine Schwester vielleicht unter Drogen gesetzt haben, aber er war selbst so high, dass er sie einfach hat sitzen lassen. Ich habe damals die Gelegenheit beim Schopf ergriffen. Seit Tagen waren wir ihr schon auf der Spur. Wusste ich doch, dass du sie ebenfalls suchst. Nur waren meine Männer schneller.« Mit offenem Mund starre ich zwischen Candice und meinem Bruder hin und her. Bevor ich jedoch etwas sagen kann, fährt sie bereits fort. »Wäre nur mein bescheuerter Gatte nicht gewesen, dann hätten wir sie schon längst an den Meistbietenden verkauft. Du hättest sie niemals gefunden.« Sie lächelt böse.

Artur hat mich damals schon gesucht?

Und Candice wusste, wer ich war?

Wie zur Hölle soll ich bei dem ganzen Richtungsgewechsle und Informationsfeuerwerk kein Schleudertrauma bekommen?!

Candice lacht fies und ich richte meine Aufmerksamkeit wieder auf ihren Aufklärungsbeitrag. »Vielleicht hätte ich ein paar Bilder geschossen und sie dir zukommen lassen. Ich hatte es mir so schön ausgemalt.« Verträumt streicht sie sich über den Arm und seufzt. »Aber jetzt muss alles ein bisschen anders ablaufen.«

Schlagartig lässt Jack den bewusstlosen Logan los.

»Ich werde dich töten«, droht er Candice, während er einen Schritt nach vorne macht. Nur das bedrohliche Klicken von mehreren Sicherungsbolzen hält ihn auf. Nervös treten die Männer von einem Bein aufs andere. Dabei nehmen sie Jack ins Visier.

»Mach dich nicht lächerlich. Und jetzt husch zurück in dein Körbchen.« Wie eine lästige Fliege wedelt sie Jack davon. Dann wendet sie sich Artur zu. Der aber steht noch immer starr wie ein Fels da. Und ebenso beständig. Nur seine Fäuste öffnen und schließen sich, als ob er seine Finger immer wieder um etwas schließen würde.

»Fangen wir mit dem Irrelevantesten an. Hier hast du deinen Kämpfer.« Artur tritt dem mittlerweile knienden Logan gegen die rechte Schulter.

Der dürre Cowboy kippt stöhnend auf die Seite. »Was habe ich dir verdammt nochmal getan, Mann? Ich habe sie nicht angerührt!« Logan dreht sich auf den Rücken und wirft Artur einen fragenden Blick zu.

Seine Stirn liegt in strengen Falten. »Du ... hast ... Ele...« Für eine Sekunde reißt Artur die Augen weit auf. Dann hebt er den Kopf und strafft die Schultern. »Du bist für Bettys Höllentortur verantwortlich.« Während er einen Schritt nach vorne macht, richtet er seinen stechenden Blick auf Candice. »Du und dein hässlicher Mann, haben meiner Schwester das angetan.« Er schluckt und sein Blick springt zu mir.

Ich starre ihn verwirrt an.

Welcher Mann?

Ruckartig wendet mein Bruder sich wieder Candice zu. »Wo ist er überhaupt? Hat er es etwa mit der Angst zu tun bekommen?«

Die FBI-Agentin lacht meinem Bruder ins Gesicht. Sie ignoriert seine Frage. »Und so schließt sich der Kreis.« Schmunzelnd sieht sie Logan an. »Du warst damals dafür verantwortlich, dass ich sie in die Finger bekommen habe, und heute bist du ein Teil ihrer Auslöse.«

Während Candice geschmeidig die Stufen der Bühne hinunterschlendert, betrachte ich sie mit neuen Augen. Langsam nähert sie sich Logan. Bedächtig wie eine neugierige Kobra schlängelt sie um ihn herum.

Diese Frau hat mir das angetan?

Keuchend verlässt mein Atem meine Lippen.

Zusammen mit ihrem Mann?

»Sehr fähig sieht er aber nicht aus.« Candice neigt den Kopf und rümpft die Nase. »Er ...«

»Jack!«, unterbricht Logan ihre Tirade. »Warum verfluchte Scheiße lässt du das zu?« Verzweiflung hallt in seiner Stimme mit.

Jack blickt mich mit kleinen kummervollen Augen an. Die Stirn liegt in Falten, die Mundwinkel zeigen nach unten und es liegt so viel Schmerz in seinem Blick, dass ich ein weiteres Schluchzen unterdrücken muss.

Ist er wegen mir so traurig?

Er sieht mich noch einen Moment an, dann blickt er zu Logan. »Du bist an Bettys Entführung beteiligt gewesen, wenn auch vielleicht unwissentlich. Aber trotzdem wird es mir keine schlaflosen Nächte bereiten, dich diesem Miststück zu überlassen.« Jack nickt einmal. »Es tut mir leid, Logan. Ich bin schon zu weit gegangen. Wenn ich jetzt umkehre, war alles umsonst.«

Fragend sehe ich Jack an. Aber seine Aufmerksamkeit liegt bei Logan.

»Matt wird mich suchen und das weißt du!« Logan setzt sich auf. Angriffslustig reckt er das Kinn.

»Er sucht dich schon längst.« Jack blickt zu Boden und schüttelt den Kopf. »Er war bei mir und hat mir erzählt, dass er dich sucht und du Schulden bei gewissen Leuten hast.«

Candice hört lächelnd zu. Aber Artur runzelt die Stirn.

»Matt wird nicht aufgeben. Er hat es mir versprochen. Er wird niemals glauben, dass ich abgehauen bin.« Verzweiflung bringt Logan auf die Knie.

»Doch.« Jack blickt für einen Moment auf den Boden. Schluckend hebt er seinen Blick. »Er wird *mir* glauben.«

»Dein Arsch gehört Artur? Echt jetzt? Du? Der Moralapostel hoch zehn? Der Ritter des Rechts? Dein Vater würde sich im Grab umdrehen!« Logan spuckt ihm vor die Füße.

Jack wird blass und seine Augen groß.

»Schluss jetzt. Euer Gesülze langweilt mich zu Tode.« Artur ergreift Logan am Arm. Ein paar Schritte schleift er ihn nach vorne, bevor der magere Cowboy es schafft, auf die Beine zu kommen. »Was willst du noch?«

»Ah, jetzt kommen wir zum interessanten Teil.« Candice wendet sich um und hebt wedelnd eine Hand. »Bringt meinen neuen Kämpfer weg. Kümmert euch um ihn und schickt ihn ins Training.« Verächtlich mustert sie den Mann, den ich nur als den Anfang meiner Odyssee in Erinnerung habe.

Zwei von Candice` Männern packen Logan und schleifen ihn unter Protest zu einer Seitentür hinaus, und mit ihm die Antwort auf meine brennende Frage.

War er der goldene Teufel?

Die beiden Wachen, die in den hinteren Ecken stehen, schließen plötzlich lautstark die Türen. Ich erschrecke und ziehe die Schultern ruckartig nach oben. Die anderen hatten die kampfbereiten Männer wohl schon bemerkt, ihnen aber keinen Wert beigemessen. Was für mich unverständlich ist, denn sie sind mit Pistolen bewaffnet.

»Ich will, dass du dich aus Chicago zurückziehst. Die Stadt ist nicht groß genug für uns beide. Du überlässt mir deine Clubs und ich gebe dir deine heißgeliebte Schwester zurück.«

Artur starrt Candice lange in die Augen, dann nickt er. »Deal. Betty, komm zu mir.« Er winkt mich zu sich, aber Candice schnalzt mit der Zunge und schüttelt den Kopf.

Hilfesuchend blicke ich mich nach Otu um.

»Nicht so schnell.« Candice sieht mich an. »Du bleibst, wo du bist. Zuerst …« Sie schnalzt mit den Fingern, und zur Seitentür marschiert ein Mann mit Unterlagen herein. Er hat eine Halbglatze und trägt einen grauen Anzug. »Zuerst musst du die Verträge noch unterschreiben. Ich war so frei und habe alles vorbereiten lassen.« Candice lächelt zuckersüß und Arturs Stirnrunzeln wird immer finsterer.

»Ich unterzeichne das erst, wenn meine Schwester in Sicherheit ist.« Artur verschränkt die Arme vor der Brust.

Sicherheit oder Hölle?, möchte ich ihm entgegenbrüllen. Aber kein Ton kommt über meine Lippen. Ich weiß nur, dass ich hier raus will, und zwar schnell. Und am liebsten mit Jack. Aber der beachtet mich nicht und blickt stattdessen konzentriert zu Artur.

»Dann haben wir jetzt ein Problem.« Candice schüttelt den Kopf. »Du bekommst sie erst, wenn du unterschrieben hast.«

»Nein. Wenn du Betty und meine Unterschrift hast, was hält dich dann davon ab, sie zu töten?«

»Mein Wort?« Candice grinst und ihre Augen blitzen.

»Verzeih, aber dein Wort ist keinen Pfifferling wert. Ich werde dir erklären, wie wir es machen.« Candice dreht den Kopf leicht zur Seite und hört zu. »Betty wird mit meinem Mann hier gehen.« Er zeigt auf Jack und ich atme erleichtert aus. »Sobald er mich anruft und mir mitteilt, dass Betty in Sicherheit ist, werde ich unterzeichnen. Du hast genügend Männer hier, um zu gewährleisten, dass ich unterschreibe. Aber du weißt auch, dass genügend meiner Männer im Anmarsch sind, um dich und die deinigen dem Erdboden gleichzumachen. Also, triff deine Wahl.« Artur nickt.

»Na gut. Danach sind wir quitt!«

Artur erlangt zuerst seine Besonnenheit zurück. Er ignoriert mich und nickt Jack zu. »Shepherd. Los.«

Jack setzt sich augenblicklich in Bewegung und marschiert schnurstracks auf mich zu. Den Kopf gesenkt, wie ein Stier während eines Angriffs.

Ich schüttle den Kopf und starre Artur an. Meine Fesseln werden durchtrennt. Von hinten greifen zwei große Hände nach mir. Sie stoßen mich nach vorne, von der Bühne, geradewegs in Jacks wartende Arme.

»Ich hab dich«, flüstert er, als er mich fest an sich drückt. »Und jetzt nichts wie raus hier.«

Endlos erleichtert blicke ich in seine sanften braunen Augen.

Jack zieht mich an seine Seite und ich nehme einen tiefen Atemzug von seinem beruhigenden Duft nach Zitronenkuchen.

»Verschwindet endlich«, zischt Artur in unsere Richtung. Sein Blick ist böse. Aber Jack nickt.

»Warum vertraust du ihm?«, wispere ich.

»Weil ich muss«, kommt die Antwort, die ich erwartet und erhofft hatte.

»Candice wird ihn töten«, teile ich Jack leidenschaftslos mit.

»Du hast ja keine Ahnung, wer dein Bruder ist.« Während er losläuft, zeigt er zur Türe. »Da draußen steht nichts und niemand, der nicht auf Arturs Befehl hören würde. Candice steht schon längst mit beiden Beinen im Grab. Und jetzt weg hier, bevor es Blei hagelt.«

Kapitel 35: Du bist Rettung auf ganzer Linie

Jack

»Und jetzt nichts wie weg hier.«

Betty öffnet den Mund, um etwas zu erwidern, aber ich gebe ihr gar nicht die Chance, mir zu widersprechen. Stattdessen gehe ich in die Knie und werfe sie mir kurzerhand über die Schulter.

»Jack!«, quietscht sie erschrocken.

Ich ignoriere ihren Protest und schlinge meinen rechten Arm fest um ihre Oberschenkel. »Halt einfach still. Ich bringe uns, so schnell ich kann, hier raus. Dann können wir reden.«

Betty hört ausnahmsweise auf mich und gibt keinen Ton von sich. Dabei hatte ich mit Gegenwehr gerechnet. Umso verwunderter bin ich über ihre stille Akzeptanz. Ihr Schweigen bereitet mir geradezu Sorgen. Trotzdem schreite ich weit aus und stürme in den offenen Fahrstuhl. Einer von Arturs Männern blockiert ihn, damit wir sofort verschwinden können.

»Kannst du mich jetzt bitte absetzen? Ich wäre auch so mit dir gegangen.«

Betty klopft sachte auf meinen Rücken. Ich gestehe mir ein, dass ich vielleicht ein kleinwenig überreagiert habe. Aber bei so viel potentiellem Blei, dass innerhalb von Sekunden in der Luft hätte sein können, wollte ich kein Risiko eingehen.

Umständlich lasse ich Betty von meiner Schulter gleiten. Dabei rutscht ihr roter Pullover über ihren Bauch nach oben und entblößt helle Haut. Beinahe gierig lege ich meine Hand darauf, während Betty weiter an meiner Brust hinabrutscht. Als wir nahezu auf Augenhöhe sind, legt sie eine Hand an meine Wange. Ich blicke zu ihr auf. Betty lächelt und streichelt mit beiden Händen mein Gesicht. Diese Zärtlichkeiten lösen meine Anspannung. Endlich kann ich tief Luftholen.

»Betty«, flüstere ich.

Da heben sich ihre Mundwinkel noch ein Stück weiter an.

Unter meinen Händen spüre ich ihre weiche und warme Haut. Ich brauche diese Nähe, um meine Nerven zu beruhigen und mir zu beweisen, dass sie nicht verletzt ist.

Indem ich etwas in die Knie gehe, setze ich Betty auf dem Teppichboden ab. Beide Arme hat sie fest um meinen Hals geschlungen und ihre Wange presst sie an meine. »Du lebst und du bist gekommen. Du bist wirklich hier«, flüstert sie in mein Ohr.

Mit sanften Berührungen löse ich ihren Klammergriff. Denn gleich hält der Fahrstuhl. Jeden Moment gelangen wir im Erdgeschoss an. Und dann heißt es, nichts wie raus hier!

Mit großen Augen starrt Betty zu mir auf. Um ihr widerstehen zu können, umfasse ich mit beiden Händen ihre Taille und drehe sie in Richtung der Fahrstuhltüre.

»Ja, ich bin hier«, bestätige ich.

Als die Türen leise auseinandergleiten, gebe ich ihr einen Schubs. Auch hier stehen Arturs Männer.

Betty macht große Schritte, um mit mir mithalten zu können.

»Ich hatte im Wald einen Schuss gehört. Oder vielleicht war es ein geplatzter Reifen? Hat Artur auf dich geschossen?«

Ohne Betty in die Augen zu sehen, schüttle ich den Kopf. »Nein, hat er nicht.«

»Dann war es also doch kein Schuss.« Erleichtert atmet sie auf.

»Doch, es war ein Schuss«, bestätige ich die Wahrheit.

Betty runzelt die Stirn und wirft mir einen verwirrten Seitenblick zu.

Vor uns ragt Jims schwarzer Pick-up auf. Ich hatte ihn zuletzt vor der Hütte gesehen, als ich in Arturs Wagen gestiegen war.

»Mit den besten Empfehlungen.« Einer von Arturs Männern hält den Schlüssel in der Hand. Dankbar nehme ich ihn entgegen und öffne für Betty die Türe.

»Hast du auf Artur geschossen?«, greift Betty ihre Fragerunde wieder auf.

Ich schüttle den Kopf.

»Hast du auf einen seiner Männer geschossen?«

Ich nicke und sehe weg.

Sobald Betty sitzt, schlage ich die Türe hinter ihr zu und jogge auf die andere Seite. Erleichtert, endlich hier wegzukommen, schwinge ich mich auf den Fahrersitz und starte den Motor. Aber gleichzeitig möchte ich, wegen Bettys bohrender Fragen, wieder hinaus in die Kälte springen. Nur geht das nicht. Zuerst muss ich Betty in Sicherheit bringen. Dann kann ich davonlaufen.

»Jack?« Betty dreht die Handflächen nach oben und zieht die Stirn kraus. »Was ist los? Warum sprichst du nicht mit mir? Bist du sauer? Ich weiß, ich hätte ni...«

»Artur hat mich gezwungen, einen seiner Männer zu erschießen«, unterbreche ich sie, denn ich muss es irgendjemandem anvertrauen. Warum also nicht gleich der Frau, die der Grund für meine Schwäche ist. »Ich habe auf ihn geschossen, als er bewusstlos war.«

»Artur hat *was*!? Er hat dich gezwungen, auf einen bewusstlosen Mann zu schießen? Aber wie konnte er dich dazu zwingen?« Betty neigt den Kopf und sieht mich traurig an.

»Sie hatten mich ans Bett gefesselt und Artur hat mich vor die Wahl gestellt. Entweder ich erschieße Shorty und er nimmt mich mit oder er lässt mich liegen und ich sehe dich nie wieder.«

»Du hast ihn erschossen?«, wispert Betty ungläubig, während ihr Blick blind durch den Wagen wandert.

»Ja. Ich habe ihn erschossen.« Für Lügen hatte ich noch nie etwas übrig.

»Warum?« Betty flüstert und zieht die Schultern hoch.

»Weil ich es nicht ertragen hätte, dich nie wieder zu sehen«, gestehe ich diesen überlauten Gedanken.

»Jack«, wispert Betty ebenso leise. Dabei legt sie eine Hand auf meine.

Aber, dass Shorty meine Eltern auf dem Gewissen hat, erzähle ich ihr nicht. Erst, wenn ich es mit Sicherheit weiß. Denn selbst jetzt traue ich Artur noch nicht völlig.

»Du hast es für mich getan? Für uns?« Betty sieht mich mit großen Augen an.

Und im selben Moment legt sich Schuld bleiern auf mein Herz. Ich habe für eine Frau einen Menschen erschossen. Nein, nicht für eine Frau. Ich hätte nie gedacht, dass ich jemals von mir behaupten könnte, egoistisch zu sein. Aber ich bin es. Ich bin egoistisch. Denn Betty wäre nichts geschehen, wenn ich Shorty hätte leben lassen. Bei Artur wäre sie so sicher gewesen, wie die Kronjuwelen des englischen Königshauses im Tower. Ich hätte sie nur nie wieder gesehen.

»Ich bin nicht besser als Artur. Ich töte, um das zu bekommen, was ich will. Und nicht um Leben zu retten.«

Ein fester Schlag trifft meine Wagentüre und ich hebe erschrocken den Kopf. Arturs Lieblingsgorilla, Derek, steht neben dem Auto und zeigt in Richtung der Straße. Wir sollen endlich verschwinden.

Ich nicke und trete das Gaspedal durch.

»Jack. Das ist nicht wahr. Du bist kein schlechter Mensch. Du hast gesagt, dass der Typ, den du erschossen hast, einer von Arturs Männern war ...« Betty verstummt und runzelt die Stirn.

»Was?«, will ich besorgt wissen.

Verachtet sie mich jetzt?

»Otu war bei Candice. Er hat mir Dinge erzählt, die mir nicht aus dem Kopf gehen.« Betty runzelt die Stirn und blickt nachdenklich in ihren Schoß.

»Was hat er dir erzählt?« *Und warum war er dort?*

»Du warst Artur ausgeliefert. Und er hat dir nichts getan?«

Nickend bestätige ich ihre Frage.

»Glaubst du, Artur ist ein grausamer Mensch? Also so richtig böse? Denn nachdem was Otu erzählt hat, ist mein Bruder ein Sadist.«

»Sicherlich ist Artur kein Heiliger. Aber ein Sadist? Ich weiß nicht so recht.« Ich nicke ihr fragend zu. »Wie kommst du darauf?«

»Otu hat erzählt, dass er von Artur und seinen Männern gefoltert wurde. Er hat mir sogar alte Narben gezeigt.«

Mit zusammengepressten Lippen sehe ich Betty traurig an. »Ich will ehrlich zu dir sein. Artur wäre sicherlich dazu im Stande, jemandem Gewalt anzutun und anschließend ungerührt einem Kind ein Eis zu kaufen. Aber ob er einen Cop foltern würde?« Ich schüttle langsam den Kopf. »Ich weiß es nicht. Aber warum war Otu überhaupt dort? Ich dachte, er wartet auf Joes Anruf.«

»Er arbeitet mit Candice zusammen.« Betty zuckt mit den Schultern und zieht die Mundwinkel nach unten.

Fassungslos sehe ich sie an. »Otu hilft dieser Hexe?«

Betty nickt völlig ernst.

»Du weißt schon, dass Candice zu Drop-Out gehört?«

»Candice ist vom FBI«, hält sie entgegen.

Ich schüttle langsam den Kopf. »*Das* ist dein Kontakt? *Das ist Candice Sugar?*«

Betty nickt wieder und zuckt die Schultern.

»Diese Frau wird schon lange vom FBI gesucht. Ihr Name ist Candice *Toud.*«

Betty runzelt die Stirn und schüttelt den Kopf. »Das kann nicht sein. Sie hatte einen Ausweis und die Kleidung ...« Sie verstummt und ihr Blick wird immer dumpfer.

»Es tut mir leid, Honey.« Kaum hörbar schlüpft mir der Kosename über die Lippen. Aber Bettys Gedanken sind woanders. Sie hört mich nicht.

»Das bedeutet ... das heißt ...« Langsam lässt sie die Arme sinken. Ihre Augen werden mit jedem Wort größer. »War ich überhaupt jemals im Kontakt mit dem FBI?« Fragend blickt sie mich an. »War ich überhaupt im Zeugenschutzprogramm?«

»Wenn Candice dein Kontakt beim FBI ist, dann warst du das höchstwahrscheinlich nicht. Aber sie hat genügend Verbindungen, um dir eine gefälschte Identität verschaffen zu können. Das würde dann auch erklären, warum Artur dich nie finden konnte. Auf ihre Daten kann er nicht zugreifen.«

»Die ganze Zeit, dachte ich, ich wäre in Sicherheit. Dabei haben sie mich nie aus den Augen verloren.« Zitternd sackt Betty zu einem Häufchen Elend zusammen.

Es schmerzt mich, sie so zu sehen. Desillusioniert und bis auf die Knochen erschüttert. Alles, woran sie bisher geglaubt hat, entpuppt sich als Lüge. Aber Betty muss selbst erkennen, dass sie nur eine Schachfigur in einem Ränkespiel war. Irgendwann hätte Drop-Out sie so oder so aus Deutschland zurückgeholt. Ihre Reise nach Montana hat alles nur torpediert.

Kapitel 36: Kein Safeword auf der Welt kann dein Herz beschützen

Betty

»Also ist Otu nur ein Spielball für Candice.«

Jack nickt. »Vermutlich hat sie ihn in ihrem Netz so fest eingewickelt, dass er die Wahrheit nicht mehr erkennt. Vielleicht sieht er aber auch keine Chance mehr, da heil herauszukommen. Ich weiß es nicht. Aber von dem, was du erzählt hast, scheint er sehr verbittert zu sein.«

»Ja, so hat er auch auf mich gewirkt. Aber, wenn es stimmt, was Otu erzählt, dann hat er wegen mir auch extrem viel durchmachen müssen.« Ich sehe Jack flehend an. »Wir müssen ihm helfen. Bitte.«

Jack holt tief Luft und nickt. »Das bekommen wir bestimmt irgendwie hin.«

»Hast du eine Möglichkeit, Artur zu erreichen? Er könnte doch nach Otu suchen und ihn da rausholen«, schlage ich vor.

»Ich weißt nicht.« Jack kippelt abwägend mit dem Kopf. »Wenn Otu wirklich von Artur gefoltert wurde, wird er sicher nicht einfach mit ihm mitgehen«, gibt Jack mir zu denken.

»Du hast wahrscheinlich recht. Aber trotzdem wäre es einen Versuch wert.«

Aber Jack wirft mir einen mitfühlenden Blick von der Seite zu. »Betty, wir sind jetzt schon seit einer halben Stunde unterwegs. Was auch immer im Red-Elk geschehen ist, es ist längst vorbei.«

»Aber dann hätte Artur sich doch gemeldet.« Grübelnd lehne ich mich zurück und suche den Innenraum nach möglichen Antworten ab. »Glaubst du, er ist …?«

»Deinem Bruder geht es gut«, fällt er mir ins Wort. »Und ich bin mir sicher, dass er alle Hände voll zu tun hat. Er wird sich bestimmt bald melden.« Aufmunternd legt Jack eine seiner großen Hände auf mein Knie.

Ich lege meine darüber. Jacks Haut ist trocken, aber warm. An den Knöcheln ist sie etwas spröde. Wenn ich die Finger ausstrecke, bedecke ich seine Hand nur zu zwei Dritteln.

»Du hast bestimmt recht. Ich mache mir nur Sorgen. Ich möchte wissen, wie es mit Candice ausgegangen ist und ob er diesen Drop-Out erwischt hat.« Ich zögere einen Moment und mustere Jack. »Weißt du, wer der Kerl ist?«

»Soweit ich weiß, ist sein bürgerlicher Name Rop Toud.« Jack dreht seine Hand um und streichelt von unten meine Finger. Ich halte still und genieße es, wie seine Fingerspitzen über meine Haut streichen.

»Dann sind Candice und er also verwandt?«

Jack nickt. »Sie sind verheiratet. Zumindest auf dem Papier. Ob da wirklich etwas läuft? Keine Ahnung. Aber die beiden arbeiten schon seit Längerem zusammen. Sie haben die komplette Westküste im Griff und konzentrieren sich seit einiger Zeit auf den Norden. Aber den beherrscht dein Bruder, so wie ein paar südliche Territorien. Im Prinzip geht es immer nur um Herrschaftsgebiete. Je mehr Land, desto mehr Macht. Drop-Out sieht Artur als ernstzunehmende Konkurrenz, sonst würde er nicht zu solchen Maßnahmen greifen.«

»Aber warum war er nicht da? Sondern nur Candice?«

»Gute Frage. Artur hat Rop mal übel mitgespielt und vielleicht will er ihm nicht in die Augen sehen. Wer weiß das schon? Vielleicht war er auch einfach nur in einem anderen Raum und wollte auf Nummer sichergehen und schnell verschwinden können, falls die Sache schiefläuft.«

»Artur kennt ihn?«

Jack nickt und hebt die Schultern. »Ich habe die beiden telefonieren hören. Artur hat gesagt, dass er einen Fehler begangen hat, als er ihn damals hat leben lassen. Also ja, ich denke, sie kennen sich.«

»Dann geht es auch um etwas Persönliches. Wenn Drop-Out eine Rechnung mit Artur offen hat, dann lockt er ihn möglicherweise in eine Falle. Vielleicht sollten wir zu ...« Ein lautes Klingeln unterbricht mich.

Jack greift in seine Jackentasche und zieht ein schwarzes Handy hervor.

»Artur.« Nickend hebt er ab.

Aber ich reiße ihm sofort das Telefon aus der Hand. Hastig schalte ich den Lautsprecher ein. »Artur! Geht es dir gut?«, schieße ich sofort los und meine Kehle wird eng. Ich hatte mir tatsächlich Sorgen um diesen fremden, großen Idioten gemacht. Aber sobald Arturs Name auf dem Display zu erkennen war, fiel mir ein Stein vom Herzen.

»Es ist mir schon schlechter ergangen.«

»Und hast du Drop-Out?« Nervös beiße ich mir auf einen Fingernagel.

»Nein. Entweder war er nicht hier oder er hat still und heimlich das Feld geräumt.«

»Und Candice?«

»Shepherd?«, fragt Artur, ohne mir zu antworten.

»Ja, ich bin hier.«

Ich halte das Handy näher zu Jack.

»Ich schicke dir eine Adresse. Bring Betty da hin und wartet auf Nachricht von mir.«

»Was ist das für eine Adresse?«, frage ich spitz. Auch wenn er mein Bruder ist und sich die ganzen Lügen, die Candice Otu erzählt hat, in Luft aufgelöst haben, werde ich niemals mehr auch nur irgendjemandem blind vertrauen.

Artur schnaubt laut. »Jetzt verstehe ich auch, warum dir Shepherd so gut gefällt. Er stellt die gleichen nervigen Fragen, wie du.«

»Ich glaube, du vergreifst dich gerade im Ton, mein Lieber!« Wütend runzle ich die Stirn. »Was gibt dir das Recht über unsere ...«

»Betty!«, bellt er ins Handy. Der Ernst, der in seiner Stimme mitschwingt, lässt mich augenblicklich verstummen. »Jetzt nicht. Bitte.« Artur zischt und seine nächsten Worte klingen dumpf, als ob er das Mikrofon gegen Stoff drücken würde. »Das ist nur eine beschissene Fleischwunde. Wenn du noch einmal an mir herumfummelst, dann hacke ich dir die Finger ab.«

»Boss!«, brüllt eine Frauenstimme. »Das ist eine verfickte Schwertwunde! Die Irre hätte dich beinahe in der Mitte durchgehauen! Du verlierst zu viel Blut.«

»Artur!«, plärre ich ins Handy. »Was ist da los? Wer hat dich mit einem Schwert verletzt?«

Wildes Geraschel ist zu hören und wieder flucht mein Bruder. »Toni, ich schwöre, wenn du ...« Es klappert laut, bevor es wieder raschelt und sich jemand räuspert.

»Hallo?« Dieselbe Frauenstimme, die gerade noch gebrüllt hat.

»Ja. Hallo?«, antworte ich verdutzt.

»Wer ist da?«

»Wer will das wissen?«, frage ich.

»Ich bin Toni. Und du?«

»Betty«, antworte ich kurz.

»Betty, sehr gut. Sie sind Arturs Schwester. Ich bin seine Sicherheitschefin, Toni. Gerade ist er ohnmächtig geworden. Blutverlust.«

»*Was?*«, kreische ich.

Aber Jack legt beruhigend eine Hand auf meinen Arm.

»Keine Angst. Das ist nicht seine erste Verwundung. Der Arzt ist schon bei ihm. Er kommt durch. Aber ich werde Mr Hunter jetzt in eines seiner Häuser bringen. Auch wenn es ihm nicht gefällt, wird er eine Pause einlegen müssen. Sie erreichen mich auf dieser Nummer. Ich kümmere mich um alles, solange Mr Hunter sich erholt.«

»Äh, kann ich noch mal mit Artur sprechen?« Verwirrt sehe ich zu Jack, aber der zuckt nur die Schultern und macht ein langes Gesicht.

»Tut mir leid, aber er ist schon betäubt. Kann ich Ihnen noch irgendwie behilflich sein?«

»Artur hat gesagt, dass er uns eine Adresse schicken will, zu der Jack und ich fahren sollen. Dort wären wir sicher.«

»Ich schicke sie euch. Noch etwas?« Ihre Antworten kommen zackig.

»Ähm, sagst du Artur bitte, gute Besserung von mir.« Ich zucke die Schultern und Jack sieht mich kopfschüttelnd an. »Und dass er mich anrufen soll, wenn er wieder wach ist.«

»Ich werde es ihm ausrichten. Sonst noch etwas?«

»Nein?« Fragend sehe ich Jack an und er nickt zum Telefon. Ich halte es nah an seine Lippen.

»Toni, hier ist Jack Shepherd. Wie lange können wir bei dieser Adresse bleiben?«

»Solange ihr wollt. Mr Hunter hat sich klar ausgedrückt. Betty ist Familie und genießt die gleichen Privilegien wie er selbst. Solltet ihr irgendetwas benötigen, dann ruft mich an. Ich werde mich darum kümmern.«

»Und Artur wird wirklich wieder?«, falle ich den beiden ins Wort.

Toni seufzt und ihre Stimme wird weich. »Ja, Miss Hunter. Er wird wieder.«

Verdutzt halte ich inne.

Miss Hunter?

Jack nutzt meine kurzzeitige Sprachlosigkeit aus und fasst von unten nach meiner Hand. Er zwinkert mir zu und hebt das Handy an seine Lippen. »Okay. Danke Toni. Wir melden uns dann.«

»Bye«, verabschiede ich mich schnell, bevor Jack auf das kleine rote Hörersymbol drückt.

»Hast du das gehört?«, frage ich mit großen Augen.

»Was genau meinst du denn jetzt?« Jack hebt einen Mundwinkel, bis ein kleines Grübchen auf seiner Wange erscheint.

»Artur wird wieder und ... was bedeutet es wohl, die gleichen Privilegien wie mein Bruder zu haben?« Grübelnd spitze ich die Lippen. Irgendwie sieht die Welt jetzt nicht mehr ganz so gefährlich aus.

»Darüber will ich mir lieber nicht den Kopf zerbrechen. Aber Toni scheint ihren Boss echt im Griff zu haben. Meinst du, die haben was miteinander?« Jack schielt zu mir herüber.

Ich zucke mit den Schultern. »Keine Ahnung. Ich habe noch nie von dieser Toni gehört. Und du?«

»Jetzt zum ersten Mal. Aber sie klang schon echt von sich überzeugt.«

Ein lautes Ping unterbricht unsere Überlegungen.

Toni hat die Adresse geschickt.

»Wir müssen nach Helena. Westlich davon bildet der Mighty Mo einen See. So wie es aussieht, verbringen wir die nächsten Tage dort in einem Strandhaus.«

»Das hört sich doch gar nicht mal so schlecht an. Schade, dass es nicht Sommer ist.«

»Betty, dir ist aber schon klar, dass Drop-Out wahrscheinlich noch irgendwo dort draußen ist?« Jack neigt den Kopf und runzelt besorgt die Stirn. »Es ist noch nicht vorbei.«

»Ja, ich weiß.« Seufzend akzeptiere ich die Tatsache, dass unser kleiner Trip kein Urlaub wird und wir auch nicht so tun werden.

»Aber du wirkst kein bisschen besorgt.« Verwirrung klingt in seiner Stimme mit.

»Es würde an der Situation nichts ändern, wenn ich mir Sorgen machen würde. Es ist egal, ob die Sonne scheint oder Wolken am Himmel sind. Wenn du in der Scheiße sitzt, dann stinkt es so oder so.«

Jack lacht einmal hart auf und schüttelt dann den Kopf. »Das ist aber echt ein bisschen naiv gedacht. Meinst du nicht?«

»Verdrängen hat bisher immer ganz gut funktioniert.« Abwinkend neige ich den Kopf und hebe die linke Schulter, dabei nehme ich meine Hand von seiner.

Jack mustert mich einen Moment und atmet dabei langsam aus und ein. »Hast du Angst?«, will er leise wissen.

Ich halte inne und horche in mich. Aber da ist nichts, was Furcht auch nur ähneln würde. Zumindest nicht, was Drop-Out betrifft.

»Nicht wirklich«, antworte ich also ehrlich.

»Warum nicht?« Jack blickt gespannt von mir zur Straße und zurück.

Sinnierend betrachte ich den großen Mann neben mir. Als ob der Anblick seiner Jelly-Belly-Lippen Antwort genug wäre. Aber da gibt es noch viel mehr zu sehen. Die linke Hand hat er fest um das Lenkrad geschlossen, die rechte liegt locker auf seinem Schenkel. Die Cap trägt er noch immer verkehrt herum. Darunter spitzen kurze dunkelbraune Haare hervor. Gerade Brauen biegen sich kantig an den Enden nach unten und in den schokoladenbraunen Augen versinke ich traumsatt. Der lange Hals geht in breite Schultern über und die thronen wiederum mächtig über einem Brustkorb, der sich nach unten hin, zu einem V verjüngt und in harten Bauchmuskeln endet. An das, was in seinen Jeans steckt, erinnere ich mich genau. An die perfekte Länge, die pulsierend in mich stößt, an kräftige Schenkel, die wie Bogensehnen explosionsartig Kraft freisetzen und durchtrainierte Hüften gegen mein Becken katapultieren.

Jack ist der einzige Mann, der nicht versucht, mich zu beherrschen. Er macht aber auch nicht einfach das, was ich von ihm will oder erwarte. Indem er Wollen und Brauchen klar differenziert, schafft er eine Gratwanderung, die mir Halt und Freiheit zugleich gibt. Jack drängt sich nicht auf und er läuft mir auch nicht hinterher, aber sobald ich mich umdrehe, ist er da. So war es in dem Resort, in der Hütte und in dem Konferenzsaal.

Wie kann es nur sein, dass Jack unverrückbar wie ein Felsbrocken ist und gleichzeitig so schwerelos wie Luft?

»Was ist? Warum siehst du mich so seltsam an?« Jack lächelt mit Falten auf der Stirn und schüttelt den Kopf.

»Weil mir gerade klar wird, dass du anders bist, als die Männer, mit denen ich bisher zu tun hatte.«

Jack grinst plötzlich und zwinkert mir zu. »Und das fällt dir jetzt erst auf?«

»Manchmal brauche ich einfach ein bisschen länger.« Schulterzuckend verdrehe ich die Augen.

»Habe ich schon erwähnt, dass ich wahnsinnig geduldig bin?« Jack strafft die Schultern und reckt spielerisch das Kinn. »Wenn du also für eine Weile auf dem Schlauch stehen willst, dann ist das für mich kein Problem. Ich kann warten.«

»So langsam wird der Schlauch aber echt unbequem. Ich versuche es jetzt lieber mit einem Schritt nach vorne.« Sinnbildhaft rücke ich ein paar Zentimeter nach links, näher an Jack heran.

»Und warum hast du jetzt keine Angst davor, dass Drop-Out dich erwischen könnte?«, greift er unvermittelt seine Frage von vorhin wieder auf.

»Dafür gibt es nur einen Grund.« Halblächelnd schiele ich zu Jack.

»Und der wäre?«

»Weil ich mich bei dir sicher fühle. Und dadurch fällt es mir leicht, die ganzen Sorgen in diesem Vergess-ich-einfach-Eck zu parken.«

»Und warum bist du dann in der Hütte abgehauen?« Mit einem Mal zeigen Jacks Augenwinkel traurig nach unten.

In mir regt sich ein schlechtes Gewissen. »Weil ich Panik hatte«, gestehe ich leise.

»Hattest du Angst, dass ich uns da nicht hätte herausholen können?«

Zusammenzuckend erinnere ich mich an das hässliche Geräusch. »Nein.«

Ich seufze und lasse die Schultern fallen. »Die Fäuste und das Zuschlagen. Das Klatschen einer Faust auf Haut machen mir Angst. Ich weiß, wie sich diese Schläge anfühlen und ich ...«

»Oh Hon«, stößt Jack leise aus. »Haben sie dich damals geschlagen?«

Jacks Direktheit versetzt mich immer wieder in Erstaunen. Aber vielleicht brauche ich diese Unverblümtheit, um ebenfalls klare Formulierungen zu Stande zu bringen.

»Sie haben erst aufgehört, mich zu schlagen, als ich getan habe, was sie wollten.«

Jack schluckt leise, während er konzentriert nach vorne aus der Windschutzscheibe blickt.

»Mein ganzer Körper war grün, blau, lila und gelb, von frischen und alten Schlägen. Aber erst als sie angefangen haben, mir auf die Brüste, die Scham und die Füße zu schlagen, habe ich nachgegeben. Ich weiß also genau, wie sehr eine Faust verletzen kann. Und ich weiß auch, dass ich einem ausgewachsenen Mann nichts entgegenzusetzen habe.«

»Du hast richtig gehandelt. So ungern ich das auch zugebe, aber meine Chancen standen von Anfang an schlecht. Vier ausgebildete Schläger gegen einen. Wie hätte ich da als Gewinner hervorgehen sollen?« Auch wenn in Jacks Stimme Sarkasmus mitschwingt, sehe ich in seinem verkniffenem Mundwinkeln, dass er gehofft hatte, ich würde bei ihm bleiben und an seinen Sieg glauben.

»Ich habe nicht an dir gezweifelt, Jack.«

Sofort funkeln kleine Hoffnungsterne in seinen Augen.

»Sieh dich doch an. Du bestehst von den Haarspitzen bis zu den Zehen nur aus Muskeln und einem unwiderstehlichen Dickschädel.«

Das entlockt ihm sogar ein Lächeln.

Also plappere ich weiter. »Niemand stellt sich Detective Jack Shepherd in den Weg. Und das hast du schon im Resort bewiesen, als du meine Zimmertüre zu Sägespäne verarbeitet hast.«

»Aber eine Türe hält still. Sie ist ein relativ einfaches Ziel«, versucht er seine brachiale Gewalt zu schmälern.

»Und dann bist du wie ein geölter Blitz in mein Zimmer geschossen«, fahre ich fort. »Ein Gepard hätte nicht schneller sein können.«

Nun lacht er obendrein. »Jetzt übertreibst du aber.«

»Vielleicht ein bisschen.« Ich ziehe die Nase kraus und lache in mich hinein. »Aber trotzdem ist es wahr. Du bist gut, in dem, was du tust. Und wenn du nicht gewesen wärst, dann wäre ich wahrscheinlich nicht mehr am Leben oder zurück in der Hölle.«

Augenblicklich verschwindet sein Lächeln. »Das werde ich niemals zulassen.« Jack reckt sein Kinn und greift nach meiner Hand.

»Ich weiß«, erwidere ich schlicht. Und ich glaube fest daran, dass Jack mich vor allem Bösen beschützen kann.

Mit einem langen Seufzen rutsche ich direkt neben Jack. Er sieht es wohl aus Aufforderung, mich in den Arm zu nehmen, denn er hebt ihn sofort an, damit ich mich an seine Seite kuscheln kann. Zum ersten Mal wünsche ich mir diese unaufdringliche und tröstliche Nähe. Ich halte sie nicht einfach nur aus. Vorsichtig akzeptiere ich die mit einhergehenden Gefühle, die diese liebevolle Geste in mir auslöst. Hoffnung, Wohlbehagen und Lust. Eine andere Art von Lust, eine, die zwar düster, aber unschuldig und süß wie flüssiger Sommersonnenschein durch mich hindurchströmt.

»Wie lange brauchen wir bis zu diesem See?«, will ich wissen.

Jack beugt sich nach vorne und wirft einen Blick in den dunklen Himmel. Wolken schieben sich vor den Mond und es schneit. Wie niedliche kleine Ballerinas tanzen die Flocken im schwachen Wind hin und her.

»Bei dem Wetter? Drei Stunden, schätze ich.«

»Gut.« Ich nicke und reibe meine Wange an Jacks Brust.

»Warum fragst du?« Er lächelt, während er den Arm über meinen Kopf hebt und mir von rechts die Haare aus dem Gesicht streicht.

»Nur so«, antworte ich leise.

Ich genieße es, wie Jacks Zeigefinger über meine Wange streift. Dabei freue ich mich über die drei Stunden in seinen Armen. Zu wissen, dass ich einfach hier liegen darf und Jacks Wärme bis in meine Seele strahlt, dass ich ihn jederzeit berühren kann und er zu beschäftigt ist, um etwas anderes zu tun, wie seinen Arm um mich zu legen und den Wagen zu steuern, gibt mir Sicherheit.

»Schlaf ein wenig. Ich werde Joe anrufen und ihn auf den neuesten Stand bringen.« Jack zieht aus dem Seitenfach Kopfhörer, die er an seinem Handy ansteckt. Dann wählt er die Nummer seines Partners.

Während die beiden telefonieren, driften meine Gedanken ab. Ich höre nicht zu und konzentriere mich ganz auf das, was ich als Nächstes vorhabe.

Behutsam ziehe ich Jacks Shirt aus seiner Jeans, aber bevor ich darunter fasse, sehe ich fragend zu ihm auf.

Er lächelt und nickt.

Ich lehne mich wieder an. Der warme Brustkorb unter meinem Ohr vibriert bei jedem Wort. Und mit jedem Atemzug hebt er meinen Kopf um mehrere Zentimeter an, um ihn dann, wie ein Schiff bei Wellengang, wieder abzusenken.

Mit geschlossenen Augen streiche ich von unten über die Gürtelschnalle nach oben. Sobald meine kalten Finger Jacks warme Haut berühren, zucken seine Bauchmuskeln und er zieht scharf den Atem durch die Zähne.

Um mein Lächeln zu unterdrücken, beiße ich mir halbherzig auf die Lippen. Jack schluckt und rutscht etwas tiefer. Da meine Finger tatsächlich eisig sind, hauche ich ein paarmal darauf. Als ich sie ein zweites Mal unter den dünnen Stoff schiebe, beißt Jack sich ebenfalls auf die Lippen. Aber dieses Mal nicht, um schneidender Kälte standzuhalten. Träge blinzelt er mich an, bevor er seine Unterlippe freigibt und den Mund leicht öffnet. Dabei blickt er nach unten und schluckt.

Langsam fahre ich am kühlen Leder seines Gürtels entlang. Nur meine Fingerspitzen berühren Jacks Haut. Links und rechts seiner Hüftknochen wölbt sich jeweils ein Muskelstrang nach oben. Neugierig hebe ich das Shirt weiter an und betrachte hungrig das V, dass sich dort bildet und wie ein Pfeil, spitz auf Jacks Mitte zuläuft.

Verlockende Möglichkeiten formen sich wie Schattenbilder in meinem Kopf. Ich schließe stöhnend die Augen. Ein Fehler, denn jetzt erscheint die Fantasie bestechend klar.

Jacks Muskeln wölben sich weiter auf, als er seine Hüften bewegt. Er jagt seinen eigenen Schattenbildern hinterher.

Mit einem schweren Schlucken wirke ich dem Ausdörren meiner Kehle entgegen. Dabei vergrabe ich meine Nase ans Jacks Schulter. Er telefoniert noch immer, wenn auch ziemlich stockend.

Nach einer kurzen Genusspause streife ich behutsam weiter über die harten Wellen seiner Bauchmuskeln. Unterhalb seines Nabels, der ein straffgezogener Schlitz ist, treffen meine Fingerspitzen auf Stoppeln, die mir beim letzten Mal entgangen waren.

Jack brummt zufrieden, während ich die Stelle mit meinen glatten Fingernägeln kraule. Aber ich will mehr. Noch nicht alles, aber ein wenig mehr.

Spielerisch streife ich mit einem Finger unter dem Saum seiner Hose entlang. Jack stöhnt leise. Trotzdem bleibt sein Blick stur auf die Straße gerichtet.

Wie weit ich wohl gehen kann, bevor er die Beherrschung verliert?

Bisher habe ich dieses Spiel geliebt. Einen Mann zu reizen, bis er zupackt und sich nimmt, was er will. So habe ich es immer durchgezogen. Ich kenne keinen anderen Weg, um das zu bekommen, was ich will. Den Nervenkitzel, den Sieg über die Angst, und irgendwann vielleicht sogar die Erlösung durch Leichtsinnigkeit, heraufzubeschwören.

Aber bei Jack ist es anders. Ich will nicht, dass er einer von vielen ist. Er *ist* nicht einer von vielen. Er ist der eine *unter* vielen. Der eine, der sich als das bisher einzige Gegengewicht zu all den schlechten Erfahrungen aus meiner Vergangenheit erweist. Bei Jack will ich keinen Nervenkitzel. Nicht so. Ich will das Gesamtpaket. Mit allem, was dazu gehört. Deshalb habe ich versucht, normal zu sein, zu kuscheln, zu küssen und Liebe zu machen. Aber das ging nicht. Ich kenne Sex nur auf eine aggressive und herabsetzende Art und Weise. Nachdem Jack die Zügel in die Hand genommen hat und mich dominierte, hat mein Körper auf Autopilot geschalten und es geschah genau das, wovor ich mich so sehr gefürchtet habe. Auch bei Jack funktioniere ich völlig automatisiert und ebenso ohne Gefühle. Nur, dass sich dieser Akt mit Jack so entsetzlich falsch anfühlt.

Deshalb ziehe ich meine Hand wieder ab. Aber so ganz schaffe ich es nicht. Denn Jack zu berühren, ist wie die Sache mit dem Heißhunger auf Schokolade, wenn ich mich eisern zurückhalte, um nicht gleich die ganze Tafel wegzunaschen, wo doch meistens bereits ein kleines Stück genügt, um meine Gier für den Moment zu bändigen.

Also lasse ich meine Hand unter seinem Shirt liegen, denn das ist noch sicheres Terrain. Die Hosen hingegen bleiben an. Meine und seine.

Jack verabschiedet sich von Joe und zieht die Kopfhörer aus seinen Ohren. Die freie Hand legt er über meine, die unter dem Shirt seine flaumige Brust streichelt. Dadurch legt sich sein rechter Arm, wie eine Schraubzwinge um mich. Augenblicklich beginnt mein Herz zu rasen.

»Jack, du erdrückst mich«, spreche ich mit schnellen Atemzügen.

Da nimmt er sofort seine Hand von meiner. »Tut mir leid«, entschuldigt er sich und legt den Arm stattdessen auf die Lehne.

»Alles gut. Es ist nur, dass ich keine Luft bekomme, wenn du mich so an dich presst. Das ist wie ...«

»In der Falle zu sitzen?«, vollendet Jack den Satz für mich.

»Ich habe nach einer ... netteren Formulierung gesucht, aber, *in der Falle sitzen*, trifft es ganz gut. Das hat aber nichts mit dir zu tun«, schieße ich schnell hinterher.

Jack lächelt mich beruhigend an. »Sag es mir einfach immer, wenn dich etwas vom Glücklichsein abhält.« Zärtlich reibt er mir über den Arm. »Dann ändere ich es sofort.«

Ich nehme einen tiefen Atemzug voller Wohlbehagen. »Ich bin so dankbar dafür, dass du mich verstehst und mir genug Freiraum lässt, sodass ich mich bei dir wohlfühlen kann.« Verunsichert sehe ich Jacks Profil an. Meine nächsten Worte könnten ihn verletzten. »Aber ...« Schluckend wende ich den Blick ab.

Jack stupst mich an. »Aber was?«

Nun sehe ich ihn doch wieder an. Sein Blick ruht auf mir wie eine warme Decke. Er gibt mir Hoffnung und das nötige Vertrauen, ihm die Wahrheit zu gestehen. »Aber was ist, wenn ich mir selbst im Weg stehe? Manchmal schlägt meine Stimmung in etwas Düsteres um. Dann will ich gar nicht, dass sich etwas ändert oder dass irgendetwas besser wird. Dann suhle ich mich in meiner Verzweiflung, weil es so viel einfacher ist, als zu kämpfen.«

»Dann finde ich einen Weg, dich zu überrumpeln. Du wirst gar nicht merken, was los ist, bis ich dich genau da habe, wo du hingehörst. In meine Arme.« Kaum spürbar senkt Jack seine Nase an meine Haare. Warme Luft trifft mich dort, wo er langsam ausatmet. Als er wieder tief einatmet, tanzt ein wahrer Schauerregen über mich hinweg. Ich genieße dieses herrliche Gefühl, denn es fühlt sich wie ein kleiner Rausch an. Mein Rausch. Ein guter Rausch.

»Und du meinst, dass du den richtigen Moment erkennst?« Mit der rechten Hand suche ich Jacks Finger auf der Lehne hinter mir.

»Nein. *Das* musst du mir schon sagen. Schließlich kann ich nicht hellsehen.« Er zwinkert mir vergnügt zu.

Ebenso gut gelaunt, verschränke ich meine Finger mit seinen. »Das ist wirklich schade. Dann brauchen wir ein Safeword. Nur eben anders. Eines, dass dir verrät, wann du mich überrumpeln musst.«

Jack haucht mir einen Kuss auf den Kopf. »Also ein *Surprise*word.«

»Wie wäre es mit, *küss mich*?«, schlage ich vor.

»Ich brauche schon etwas Eindeutigeres«, wispert er. »Wenn du mich dazu aufforderst, dich zu küssen, dann werde ich das tun. Sofort und ohne zu zögern.«

Die raue Stimme an meinem Ohr verursacht mir Gänsehaut. Haltsuchend lege ich meinen linken Unterarm auf Jacks Schenkel. Dabei ruht meine Hand auf seinem Knie. Noch halte ich still. »Verstanden. Also etwas Eindeutiges, dass dir klarmacht, dass ich mir selbst im Weg stehe ... hmmm.«
»Wie wäre es mit, *Zicke*?« Jack lacht leise.

Da pikse ich ihm mit dem Zeigefinger in die Seite. »Wenn du willst, dass ich dich anfauche, stehenlasse oder weine, dann kannst du das ruhig sagen.« Er zuckt die Schultern und grinst. »Mit anfauchen und stehenlassen würde ich klarkommen.«

»Jack!«, beschwere ich mich.

Aber sein Blick wird schlagartig ernst. »Aber deine Tränen könnte ich nicht ertragen.« Jack schüttelt den Kopf und streicht mir wieder über den Arm. »Da muss ich mir etwas Besseres einfallen lassen.«

Um ihn zu bestrafen und ein kleines bisschen zu foltern, kratze ich über seine Jeans. Es scheint zu funktionieren, denn Jack rutscht mit dem Arsch von links nach rechts. Schon lange nicht mehr hat es in mir so zufrieden gesummt.

»Wie wäre es mit, *Gepard*?« In meinem Kopf blitzt das Bild einer gestreckten Raubkatze auf.

»Du meinst, weil ich so schnell, wie ein Gepard dein Zimmer gestürmt habe?«

Augenblicklich wird mir warm ums Herz. Jack erinnert sich an meine Worte.

»Das auch«, bestätige ich leise.

»Und warum noch?«

»Ein Gepard ist groß, hat lange Beine und kräftige Schultern. Fällt dir da nicht eine gewisse Ähnlichkeit auf?«

»Ja schon.« Er tippt mir langsam auf die Schulter. »Aber du hast das Wichtigste vergessen.«

»Du hast keine Unterwäsche mit Gepardenmuster?«

»Nein, das habe ich wirklich nicht.« Jack schmunzelt und zwinkert. »Aber woher weißt du das?«

»Eine Lady schweigt und genießt. Und jetzt schweif nicht ab, sonder erzähl, was ich vergessen habe.«

Er grinst breit und wackelt mit den Augenbrauen. »Du hast den großen Schwanz vergessen.«

Das bringt mich augenblicklich zum Lachen. Aber nur Sekunden später stoppe ich abrupt und tippe nachdenklich mit dem Zeigefinger gegen mein Kinn. Dabei spitze ich die Lippen und runzle angestrengt die Stirn. »Ich kann mich gar nicht daran erinnern, dass er so groß war.«

»Na warte!«, droht er mir lachend und quetscht seine Finger in meine Schulterhöhlen.

Fröhlich quietschend schiebe ich Jacks Hand weg und rutsche außerhalb seiner Reichweite. Mit dem Rücken gegen die Beifahrertür gelehnt, behalte ich ihn schnaufend im Auge. Und er mich.

Es ist so einfach, mit Jack Quatsch zu machen. Aber wir begeben uns auf Glatteis, wenn wir über unser Fick-Fiasko sprechen. Das hat nicht gut geendet.

»Sag mal, musst du eigentlich nicht in die Arbeit?«, schwenke ich das Thema um und schlage die Beine unter.

Jack sieht mich einen Moment lang mit geneigtem Kopf an. Dann nickt er ein paarmal, als ob er wüsste, warum ich das Thema wechsle.

Kapitel 37: Man braucht keine Hände, um die Seele zu berühren

Jack

Zuerst liegt sie in meinem Arm, streichelt meinen Oberschenkel und genießt meine Zärtlichkeiten, dann lachen und scherzen wir zusammen und plötzlich sitzt sie am anderen Ende des Wagens und presst den Rücken gegen die Türe.

Warum?

Ich weiß, dass unser erstes Mal nicht beschissener hätte laufen können. Aber ich dachte, dass wir von vorne anfangen könnten. Mit meinen Berührungen, so lange sie sanft sind, scheint sie kein Problem zu haben. Und trotzdem sitzt sie jetzt mit dem Rücken an der Türe.

So sehr ich auch versuche, Bettys Verhalten nicht persönlich zu nehmen, dringt ihre Distanziertheit doch langsam und unaufhaltsam, wie flüssiges Pech, in jede Ritze meiner Psyche vor. Es verklebt sämtliche Keepsmiling-Poren die ich aufbringen kann, und lässt kaum einen Lichtstrahl durch. Meine Hoffnung sitzt im Dunkeln.

Niedergeschlagen sehe ich zu Betty hinüber. Die blonden Locken stehen etwas zerzaust von ihrem Kopf ab, der rote Pullover liegt eng an ihren Rundungen an und die Jeans spannt sich fest um ihre geteilten Schenkel.

Indem ich den Kopf schnell nach links kippe, locke ich Betty zu mir. Aber sie ignoriert es und holt nur Tief Luft.

»Komm her«, versuche ich es noch einmal. Aber dieses Mal zwinge ich mich zu einem Lächeln. »Und lehn dich nicht an die kalte Türe. Bitte.«

Betty zupft an einem losen Faden ihres Pullovers und sackt leicht nach vorne. Unschlüssig blickt sie aus der Windschutzscheibe.

Weil ich nicht zurückgewiesen werden will, sehe ich meine einzige Chance darin, anzugreifen. Ich straffe die Schultern und beuge mich zu ihr hinüber. Trotzdem bin ich vorsichtig. Nur langsam lege ich eine Hand auf ihre. »Na los. Du siehst müde aus.« Einladend hebe ich den rechten Arm an.

»Na gut«, gibt sie nach, und ich lege entspannt den Arm auf der Rückenlehne ab.

Die Sitzbank des Trucks erstreckt sich von links nach rechts. Es gibt keine Lücke. Also hat Betty genug Platz, um es sich bequem zu machen. Ihr schmaler Rücken lehnt an meiner Seite und mit der rechten Hand zupft sie verspielt an meinen Fingern. Ihre Linke krault wieder mein Bein. Dabei kommt ihr Ellbogen meinem Schwanz gefährlich nahe. Eine falsche Bewegung und ich knalle Bettys Kopf reflexartig gegen das Lenkrad.

Schön vorsichtig, bitte ich sie im Stillen, und da kommt mir ein Gedanke. Sanfte Berührungen sollten vielleicht immer mit sanften Worten einhergehen. Wenn Betty meine Zärtlichkeiten akzeptiert, dann nimmt sie vielleicht auch ein paar romantische Worte von mir an.

Aber kann ich das?

Verbal einen Gang runterschalten?

Betty blickt fragend zu mir auf. Da erinnere ich mich an ihre Frage.

»Jetzt gerade bin ich offiziell im Dienst«, lasse ich sie vom Haken. »Aber Joe hält den Chief auf dem Laufenden.«

»Vertraust du ihm? Also deinem Chief.«

»Ihr«, korrigiere ich und reibe mir fest über den Nacken, in der Hoffnung, auf diese Weise noch ein paar Energiereserven aufrütteln zu können. »Mein Chief ist eine Frau. Chief White. Und ja, ich vertraue ihr.«

»Und was machen wir jetzt? Mal abgesehen davon, dass wir in Arturs Haus abtauchen. Wovon deine Chefin bestimmt nicht begeistert sein wird.«

»Da könntest du recht haben. Aber auf der anderen Seite findet uns da niemand so schnell. Ich hoffe einfach darauf, dass die Zeit für uns arbeitet. Die Polizei und garantiert auch das FBI, plus Artur suchen nach Drop-Out. Dadurch zwingen wir ihn zum Handeln. So lange darf er sich nicht versteckt halten, denn dadurch festigt sich Arturs Stand.« Das letzte Wort endet in einem langgezogenen Müdigkeitsausbruch. Gähnend presse ich die Augenlider zusammen und reiße sie anschließend wieder weit auf. Mit einem Blinzeln versuche ich, den Schleier der Schläfrigkeit abzuschütteln.

Betty ergeht es ähnlich. Sobald ich beginne den Mund zu öffnen, legt sie sich beide Hände aufs Gesicht und gähnt ebenfalls.

»Ich glaube, ich schaffe es nicht mehr bis Helena. Vorher schlafe ich im Sitzen ein. Wir müssen eine Pause machen.«

Betty nickt. »Ich bin auch ganz schön müde.«

»In zehn Minuten sind wir in Bozeman. Wir machen bei mir Halt und hauen uns aufs Ohr. Dann fahren wir direkt weiter. Ist das für dich in Ordnung?«

Betty nickt wieder.»Ein Bett wäre jetzt wirklich toll. Aber meinst du, wir können uns eine Pause leisten?«

»Ich gebe Joe Bescheid, lasse ihn aber an den richtigen Stellen falsche Informationen verbreiten. Das sollte uns genug Zeit verschaffen.«

»Du vertraust nicht allen deinen Kollegen?«

»Eigentlich schon. Ich will nur auf Nummer sicher gehen.«

Betty hebt ihr Kinn und nickt einmal.»Ich vertraue dir, Detective Jack Shepherd.«

Wir lächeln uns einen langen Moment an. Wärme füllt meine Brust und endlich kann ich mich ein wenig entspannen.

Doch plötzlich setzt Betty sich auf und reibt sich die Augen. Sie zieht die Schultern hoch, bis an die Ohrläppchen und sie reibt sich ruckartig die Arme.

»Ist dir kalt?« Verwundert sehe ich auf die Temperaturanzeige im Cockpit. Wir haben gemütliche zweiundzwanzig Grad. Betty sollte nicht frieren.

»Es war nur ein kurzer Schauer. Wahrscheinlich weil ich so übernächtigt bin.« Sie lächelt mich an.

Während ich ihr in die Augen blicke, ziehe ich ihre Finger an meine Lippen. Vorsichtig küsse ich ihre weiche Haut.

Betty wird zum ersten Mal, seit ich sie kenne, rot.

Ich ignoriere es und hoffe, dass sie sich einfach wohlfühlt.

Im Radio spielen sie die ersten Nachrichten des Morgens. Es ist halb fünf und noch beherrscht die Dunkelheit den Himmel. Die Sonne wird erst gegen acht aufgehen und da schlafen wir hoffentlich schon seit drei Stunden, damit wir um spätestens zehn wieder unterwegs sein können.

Die Straßen von Bozeman sind um diese Uhrzeit wie leergefegt. Lediglich die Bäcker, Post- und Paketboten und einige wenige Frühaufsteher kreuzen unseren Weg. Einer der Feuerwehrmänner von der Wache ist mit dem Fahrrad auf dem Weg in die Frühschicht und der ein oder andere Jogger läuft warm eingepackt auf dem Gehweg. Die kleineren Ampeln sind aus, nur an den großen Kreuzungen müssen wir halten. Die roten und grünen Lichter spiegeln sich auf der feuchten Fahrbahn wieder.

Nach einer gefühlten Ewigkeit halte ich auf meinem kleinen geschotterten Hof an. Betty steckt ihr Gesicht in ihre Armbeuge und gähnt mit weit geöffnetem Mund. Ich tue es ihr gleich. Taumelnd springe ich dabei vom

Trittbrett auf den kalten Boden. Meine Boots verursachen knirschende Geräusche auf dem harten Schotter. Wenn es warm ist, rollen die Steine bei jedem Schritt locker umher. Jetzt sind sie größtenteils festgefroren und dadurch fiese Stolperfallen.

Betty huscht vom Auto zur Treppe. Nur in ihrem Pullover und der Jeans steht sie auf der Veranda. Die Arme hat sie dabei fest um sich geschlungen. Auch ich trage keine Jacke mehr. Ich hatte sie in Arturs Wagen gelassen.

Mit hochgezogenen Schultern krame ich den Schlüssel aus meiner Hosentasche und sperre auf. Keine Wärme empfängt uns, aber es schneit nicht und der kalte Wind bleibt draußen.

»Geh schon mal ins Schlafzimmer und schlüpf unter die Decke.«

Betty sieht mich mit großen Augen an und ich könnte mir direkt in den Hintern treten, für meine unsensible Art.

»Es ist kalt hier und ich will den Ofen anschüren. Dann komme ich nach. Oder soll ich auf der Couch schlafen? Das wäre vollkommen okay für mich. Falls du etwas Abstand brauchst.«

Betty legt den Kopf auf die Seite und schielt zu mir auf. »Nur schlafen. Einverstanden?« Leise kommen die Worte über ihre Lippen. Das anschließende Lächeln erreicht ihre Augen nicht.

»Pfadfinderehrenwort«, antworte ich mit einer Hand auf der Brust, während ich meine Grübchen aktiviere und ihr fest in die Augen sehe.

Aber Betty weicht meinem Blick aus und schlüpft stattdessen, ohne Licht zu machen, ins Schlafzimmer.

Hin- und hergerissen sehe ich ihren wiegenden Hüften hinterher. Wie gerne würde ich einfach zu ihr unter die Bettdecke kriechen und ihren warmen kleinen Körper an mich ziehen. Aber Betty braucht Zeit. Ich will nicht noch so einen Top-Flop wie beim letzten Mal fabrizieren. Außerdem bin ich sowieso viel zu müde.

Glaube ich.

Wahrscheinlich.

Scheiße! Wem will ich da etwas vormachen!?

Selbst im Schlaf wäre ich für Betty bereit.

Grummelnd gehe ich vor dem Specksteinofen in die Knie und schlichte zerknülltes Zeitungspapier, Zunder und zwei Holzscheite hinein. Mit einem Streichholz zünde ich den unteren Teil des Turms an. Sobald die Flammen nach oben züngeln, schließe ich die Glastüre und warte ein paar Minuten. Dann lege ich zwei weitere Holzscheite nach und drehe die Lüftungsluke etwas zu. So brennt es länger.

Währenddessen sehe ich immer wieder nachdenklich zur Schlafzimmertüre. Sie ist nur angelehnt, aber kein Geräusch ist von Betty zu hören.

Soll ich bei ihr im Bett schlafen oder doch lieber auf der Couch?

Mein Freund Matt ist davon überzeugt, dass die wirklich guten Frauen wie Wildpferde sind. Sie brauchen ein bisschen Druck, um in die richtigen Bahnen gelenkt zu werden, aber nicht zu viel, sonst hauen sie ab. Aber was ist zu viel Druck und was zu wenig?

Unwillig schiele ich zur Couch. Der braune Dreisitzer ist uralt und dementsprechend miserabel kann man darauf schlafen. Die Polster sind schon längst durchgesessen und außerdem ist das Leder eiskalt.

Abgekämpft ziehe ich mir die Cap vom Kopf und werfe sie auf den Tisch. Betty wird ein bisschen Druck schon vertragen, und ich werde hoffentlich schnell einschlafen.

So leise es geht, öffne ich meine Hose und schiebe sie nach unten. Ebenso lautlos lege ich sie zusammen und verstaue die Jeans auf der Couch. Die Socken ziehe ich ebenfalls aus, aber die landen im Wäschekorb im Bad. Mein weißes Shirt und die Unterwäsche behalte ich an.

Mit angehaltenem Atem schmuggle ich mich ins Schlafzimmer. Es ist dunkel, aber das kleine LED-Lämpchen am Fußende meines Betts verbreitet ein kleinwenig Licht im Raum. Genug, um die Möbel und einen Deckenberg zu erkennen, zu geben.

Bettys leise Atemzüge verraten mir, dass sie auf der Fensterseite im Bett liegt. Also drehe ich gleich nach links ab. Meine übergroße Bettdecke liegt ausgebreitet über ihrem schlaffen Körper. Um sie nicht zu erschrecken, öffne ich vorsichtig den Schrank. Im Fußraum liegen noch ein paar Sofadecken. Ich schnappe mir zwei davon und falte sie auseinander. *Das wird gehen.*

»Jack?« Bettys schläfrige Stimme trifft erdbebengleich auf meinen widerstandsmüden Geist.

Ich lasse die Schultern fallen und seufze. »Soll ich doch lieber ...« Ich zeige zur Türe.

»Jetzt komm schon unter die Decke«, erlöst sie mich von meinem Bammel vor der unbequemen Couch. »Es ist okay. Aber nur schlafen«, betont sie zum zweiten Mal.

Die dünnen Decken lasse ich am Bettrand liegen, falls ich sie doch noch brauchen sollte. Dann kippe ich erschöpft auf die Matratze. Ich stöhne erleichtert und sinke ein Stück weit in den harten Schaumstoff ein.

Betty deckt mich mit einem Teil der Decke zu.

Ich lächle träge. Daran könnte ich mich gewöhnen.

»Gute Nacht Jack«, murmelt sie, während sie sich zurücklegt - starr wie eine Leiche und mit gefalteten Händen.

Hat sie wirklich so viel Angst vor meinen Berührungen?

Ekelt sie sich vor mir?

Habe ich mit meinen bescheuerten Vorwürfen alles kaputt gemacht?

»Schläfst du schon?«, flüstere ich.

»Ja«, nuschelt Betty, während ihr Kopfkissen leise raschelt.

»Ich muss dich das jetzt einfach fragen.« Ich schlucke verkrampft und zwinge mich, meine Befürchtungen laut auszusprechen. »Fühlst du dich mit mir alleine unwohl?«

»Jack ...«

»Ich merke doch, wie angespannt du bist.«

»Ja, aber nicht wegen dir.«

»Warum dann?«

»Wegen mir.« Betty schnieft leise.

Sofort blicke ich zu ihr hinüber. Mit einer Hand wischt sie sich über die Wange, dann dreht sie mir den Kopf zu.

»Weil ich mich an dich kuscheln möchte, aber wenn du dann die Arme um mich legst, dann wird es mir vielleicht wieder zu viel.«

Ich hole tief Luft, um irgendeinen belanglosen Satz von mir zu geben, aber Betty spricht schnell weiter.

»Ich will nicht von mir selbst enttäuscht sein. Jack, ich will dich berühren, aber ich habe Angst, dass es wieder so endet wie beim letzten Mal ...«

»Als *ich* dich berührt habe«, beende ich den Satz.

Bettys anklagende Stille verletzt mich. Trotzdem bin ich nicht bereit, aufzugeben. »Und wenn ich dir verspreche, dich *nicht* zu berühren?«

»Ich glaube dir ja, dass du mich nicht anfasst, aber trotzdem sitzt die Angst davor so tief in mir, dass du sie nicht einmal mit einer Horde Elefanten hervortreiben könntest.«

»Und was wäre, wenn ich dich nicht berühren *könnte*?«

»Du redest jetzt aber nicht von Fesselspielchen oder Handschellen oder so.«

»Nein, tatsächlich törnt mich das eher ab. Handschellen erinnern mich an die Arbeit. Ich benutze sie immerhin, um Kriminelle davon abzuhalten, anderen Menschen oder sich selbst etwas anzutun. Also, keine Angst. Fesseln sind definitiv etwas, mit dem du mich vertreiben könntest.«

»Und wie stellst du dir das dann vor?«

»Lass es mich dir zeigen.«

Sofort hebt und senkt sich Bettys Brustkorb schneller. Die Panik setzt ein.

Ich drehe ihr hastig den Rücken zu. Vielleicht gibt ihr das etwas Sicherheit.

»Echt jetzt?« Ich höre Betty den Unglauben an.

»Ja, es mag unter Umständen etwas einfallslos sein, aber so kann ich dich zumindest nicht anfassen. Im Gegenzug kannst du mich aber so viel berühren, wie du willst. Und ich verspreche dir, dass ich mich nicht umdrehen werde. Wahrscheinlich werde ich sowieso innerhalb von zwei Sekunden einschlafen. Ich bin todmüde.« Blinzelnd klopfe ich mein Kopfkissen zurecht und winkle die Beine etwas an.

»Und es macht dir wirklich nichts aus, wenn ich dich berühre?«

»Es wird mich wahrscheinlich um den Verstand bringen, aber ich werde trotzdem jede Sekunde davon genießen.«

Betty lacht leise.

Aber nichts passiert. Ich schließe die Augen und warte.

Und gerade, als ich betrübt ausatme, spüre ich eine flatterhafte Berührung an meinem Rücken. Bettys Hände schlüpfen unter mein Shirt. Ein sengender Blitzschlag fährt von der Stelle, die sie vorsichtig befühlt direkt in meine Brust. Meine Kehle wird mit einem Mal eng und ich schlucke schwer.

Zuerst streift sie nur mit den Fingerspitzen von links nach rechts über meine Schultern. Es kitzelt, aber ich halte still. Dann legt sie ihre Handflächen breit gefächert auf meine Schulterblätter und warme Luft streift über mein Rückgrat. Bettys Atem löst einen wahren Gefühlstsunami in mir aus. Das Resultat ist ein zufriedenes Brummen, welches sich in meiner Brust entknotet.

Noch bevor die letzte Vibration verhallt, zieht Betty ihre Hände zurück. Mein Shirt rutscht nach unten, und plötzlich fühle ich mich wie im Theater, wenn der Vorhang fällt und das Licht erlischt.

Die Show ist zu Ende.

Bewegungslos warte ich ab, ob sie mich wieder berühren wird. Ich flehe Gott um eine kleine Zugabe an, atme ganz flach und spitze die Ohren. Aber es bleibt still hinter mir.

Enttäuscht schnaufe ich einmal tief ein und aus. Da treffen mich ihre Fingerspitzen erneut. *Und Halleluja!* Dieses Mal knipst sie alle Lichter mit einem schlichten Handstreich über meinen unteren Rücken an. In kleinen Kreisen bewegt sie ihre Hände über meine Haut hinauf, immer weiter, bis ich es kaum noch aushalten kann.

Schweren Herzens unterdrücke ich die ganzen aufrichtigen Laute, die sich in meiner Kehle formen. Auch wenn es dadurch nur halb so schön ist, fühlt es sich besser an, als alles, was mir auch nur irgendeine Frau in meinem bisherigen ahnungslosen Dasein hat angedeihen lassen.

Bettys schmetterlingshafte Zärtlichkeiten geben mir den Rest. An Schlaf ist nicht mehr zu denken. Aber wenn es ihr dadurch besser geht, dann werde ich die ganze Nacht hindurch stillhalten. Verdammt nochmal! Ich würde die ganze Ewigkeit lang stillhalten, nur um mich einmal umdrehen und ihr in die Augen blicken zu dürfen.

»Jack?« Bettys Stimme zittert.

»Hmmmm...«, brumme ich leise.

»Darf ich näher kommen?«

Noch nie ging mir eine Frage mehr unter die Haut.

Atemlos antworte ich. »Ja.«

Mit langsamen Bewegungen schiebt sie sich näher, bis Bettys Körperwärme auf mich überstrahlt. Sie kann maximal zwei Zentimeter von mir entfernt sein.

Leise atmend warte ich auf die nächste Berührung. Aber Betty überrascht mich. Sie seufzt leise und presst ihre Zehenspitzen, die Beine und die Hüften, den Bauch, die Brüste und eine Wange an meine Rückseite. Ihre komplette Hitze trifft mich unvorbereitet. Mit einem solchen Ansturm hatte ich nicht gerechnet.

Da Bettys Annäherungsausbruch aber genau das ist, was ich mir die ganze Zeit erhofft hatte, ergebe ich mich widerstandslos in mein Schicksal und halte still.

Betty bewegt sich weiter. Sie winkelt den rechten Arm an und legt ihre Hand still neben ihrer Wange. Die andere Hand schiebt sie unter mein T-Shirt, nah an meinem Rippenbogen entlang.

Augenblicklich hebe ich meinen Arm an, damit sie weiter nach vorne, bis auf meine Brust streichen kann. Aber wohin jetzt mit dem überflüssigen Arm? Ich kann ihn schlecht die ganze Nacht nach oben recken.

Unschlüssig senke ich die immer schwerer werdende Gliedmaße wieder ab. Betty wehrt sich nicht, als ich ihn vorsichtig auf ihren Unterarm lege.

»Jack?«, wispert sie.

Blitzschnell reiße ich die Hand wieder in die Höhe. »Es tut mir leid. Ich wollte dich nicht ...«

»Jack?«

»... bedrängen. Ich kann ja auch auf der Couch ...«

»Jack!« Betty wird lauter.

Ich verstumme abgehackt. *Gleich wird sie mich aus dem Zimmer schicken.*
»Jack, du brauchst mich nicht wie ein rohes Ei zu behandeln. Wenn du aber einfach ein paar Gänge runterschalten könntest, wäre es toll.«
»Also darf ich meinen Arm über deinen legen?« Zitternd halte ich noch immer still.

Betty kichert. Dabei zieht sie ihre Hand von meiner Brust zurück. Sie schiebt sie über meine Seite und bis auf meine Schulter hinauf.

»Stillhalten«, befiehlt sie mir und streicht weiter unter meinem Shirt, über meinen Oberarm hinauf, bis zu meinem Handgelenk. Weiter reicht ihr Arm nicht. Wie eine kleine Schlange liegt ihre Haut an meiner und Bettys Hand zieht an meiner. Ich knicke den Ellbogen ein und folge ihren Finger hinab auf meine Brust. Während ihre Hand meine Haut versengt, lege ich meine auf ihre. Ich möchte dieses Feuer festhalten und meine Seele daran wärmen.

Träge kraulen Bettys Finger meine Brust, ihr warmer Atem streicht über meinen Nacken und mir fallen die Augen zu. Jeder behäbige Schwung ihrer kleinen Finger lässt die Welt in weite Ferne rücken. Mein eigenes Gewicht drückt mich tiefer in die Matratze und ich sacke etwas nach vorne. Betty dreht sich mit mir. Zur Hälfte liegt sie auf meinem Rücken. Das linke Bein liegt zwischen meinen Schenkeln und ihre Haare liegen, ausgebreitet wie eine Decke, auf meiner Schulter und dem Hals. Müde reibe ich mein Gesicht am Kissen, bis die Daunen eine perfekte Mulde bilden.

Bettys Finger streicheln noch immer meine Brust.

Ich seufze leise und lasse los.

Kapitel 38: Nur in der Dunkelheit kann man Sterne sehen

Betty

Jack schnauft tief und fest. Er schläft.

Ich liege zur Hälfte auf ihm und gleiche insgeheim meine hektischen Atemzüge seinen entspannten an. Dabei kraule ich in kleinen Bewegungen seine Brust.

Ich wage es nicht, damit aufzuhören, denn die sanften Bewegungen halten Jack im tiefen Schlummer. Mich beruhigen sie und die Ruhe hat einen positiven Nebeneffekt. Denn ich habe endlich Zeit zum Nachdenken. Ein klares Plus. Denn in mir regen sich Gedanken und Gefühle, die neu für mich sind, die ich erst in aller Ruhe ergründen und von allen Seiten durchleuchten will.

Mein Herz schlägt zugegebenermaßen unverkrampft und gleichmäßig, aber in meiner Brust stiftet ein nervöses Flattern Unruhe.

Was macht man mit einem Mann im Bett, ohne dabei Sex zu haben? Diese Erfahrung ist neu für mich. Wie eine weiße Leinwand liegt sie vor mir, darauf wartend, dass ich sie mit atemberaubenden Farben fülle. Vielleicht mit einer Mischung aus Kleeblattgrün und Glückssterngelb - Hoffnung und Zufriedenheit - wie das erste heiße Bad im Winter. Bratapfel und Zimt.

Dass man sich an eine Frau bindet, das kann ich nachvollziehen. Frauen sind sanft und liebevoll. Männer hingegen sind grob und herrisch. Auch Jack trägt diese dominante Seite in sich. Er war schockiert, als sie ungebeten hervorbrach, obwohl es seine klare Absicht war, mich zärtlich zu lieben. Aber ich konnte nichts fühlen. Meine Empfindungen waren wie immer ausgeknipst. Jacks Schnüffler-Spürsinn brachte ihn dann auf die vermeintlich richtige Fährte. Diese Grobheit ist mein Trigger. Sie legt einen Schalter in meinem Kopf um und macht mich zu der Schlampe im Bett, die frauenverachtende Männer bevorzugt flachlegen. Aber die Gefühle klinken sich aus. Ich verlasse meinen Köper und sehe von oben aus zu. Die

Psychologen, die versucht haben, mich zu *reparieren,* nannten das Realitätsverlust. Mein Unterbewusstsein löst meinen Geist aus einer Situation heraus, an der er zerbrechen könnte.

Als Jack so unglaublich sanft und liebevoll war, konnte ich damit nicht umgehen. Und mein Geist konnte sich nicht zurückziehen, es fehlte die gewalttätige Komponente. Ich bekam Panik. Und dabei hatte ich so sehr gehofft, dass es mit Jack anders wäre.

Traurig schließe ich die Augen. Aber dadurch schärfen sich meine restlichen Sinne. Jacks Wärme macht mich müde und sein salziger Zitronenduft berauscht meine Sinne wie ein Schluck Anejo Tequila.

Stillhaltend genieße ich diesen Trancezustand, in den mich Jacks Untätigkeit versetzt. Mein linkes Bein schiebe ich etwas weiter zwischen seine gespreizten Schenkel, denn Jack hat sein linkes Knie angewinkelt und das rechte Bein gestreckt. Sein fester Arsch ruht an meinem Bauch.

Das nervöse Kribbeln surrt nur noch leise.

Jack schläft tief und fest.

Ich horche in mich.

Mein Herzschlag?

Ruhig.

Atmung?

Etwas flach, aber das ist die Aufregung.

Magen?

Ein bisschen flau, aber nicht schlimm.

Langsam beginne ich zu lächeln. Ich öffne die Augen. Hinter den Fensterläden, an denen eisige Winde rütteln, lauert mondbeschienene Dunkelheit. Licht und Schatten wechseln sich ab. Jacks kantige Umrisse gewinnen dadurch an Sanftheit. Die Finsternis verschluckt einen Teil seiner Härte und erschafft einen Spielplatz für meine Hoffnungen. Wie ein märchenhaftes Paradies erstreckt es sich vor mir. Ohne Druck aufzubauen, entführt mich Jacks verständnisvolle Art an einen Ort, an dem alles möglich zu sein scheint. Auch normal zu sein.

Mit einem entspannten Lächeln atme ich Jacks warmen Schlafduft ein. Menschen riechen anders, während sie in Morpheus` Armen liegen. Natürlicher. Erdiger. Echter. Diesen ureigenen Duft inhaliere ich, wie ein Abhängiger seinen ersten Zug an einem neuen Tag. Jack riecht nach Sonne, Meer und Strand, nach einem gut gemixten Lady Killer aus meiner Lieblingsbar, nach frischen Zitronen, einer leckeren Saftmischung und Gin. Kurzum Jacks unwiderstehlicher Duft entlockt mir das letzte bisschen Anspannung.

Müde schließe ich nun doch die Augen. So lausche ich Jacks tiefen Atemzügen. Sie sind mein Leitstern, der mich tiefer in eine dumpfe Wolke aus Zuversicht führt. Immer weiter sinke ich hinab, bis meine Hand schlaff von Jacks Brust auf die Matratze fällt und ich in eine hoffentlich nicht mehr ganz so finstere Traumwelt entgleite.

Brrrr .... Brrrr .... Brrrr ...., zerrt ein dezentes Surren an meinem müden Verstand.

»Mhmmmm...«, seufze ich leise und genieße die Wärme in meinem Rücken und den Arm, der mich hält. Aber so mollig es auch an meiner Hinterseite ist, meine Vorderseite scheint ausgekühlt zu sein. Fröstelnd reibe ich mit kalten Händen über meine ebenso frostigen Schenkel. Mit der Oberlippe befühle ich meine kalte Nasenspitze.

Das ist der Moment, in dem ich erstarre.

Jack schnauft tief und fest *hinter* mir. Sein rechter Arm liegt auf meiner Taille und seine Fingerspitzen ruhen bequem im Tal meiner Brüste, streifen raschelnd über roten Stoff.

Mit kurzen Atemzügen warte ich auf die einsetzende Panik. Aber außer meiner kurzatmigen Wachsamkeit regt sich nichts in mir.

Jack schläft. Seine Beine liegen nah an meinen, seine Brust drückt gegen meinen Rücken und seine Wange lehnt an meinem Hinterkopf. Bei jedem Atemzug haucht er warme Luft in meinen Nacken und auf meine Schulter, sodass ein prickelnder Schauer über meinen Körper kriecht und wie ein heißer Zungenschlag über meine Brustwarzen schnalzt.

Wenn es einen Stopp-Knopf gäbe, würde ich ihn jetzt drücken. Stattdessen lege ich meine rechte Hand auf Jacks Finger.

»Betty?« Jacks heißere Stimme holt mich direkt ab.

Wo vorher noch dichter Nebel war, ist jetzt klarer Sonnenschein. Nur getrübt durch das ruckartige Verschwinden von Jacks Arm und Hand. Und auch seine willkommene Wärme rückt von mir ab.

Als ob mir der Verlust unseres Hautkontakts nicht auffallen würde, rolle ich mich auf den Rücken und strecke beide Arme und Beine weit von mir. Versucht lässig, knacke ich mit den Fingern, als ob mein Herz nicht gerade stolpern würde, weil ich in seinen Armen aufgewacht bin.

Jacks tiefes Lachen zieht an meiner Brust und ich blicke zu ihm hinüber.

Einzelne Sonnenstrahlen stehlen sich zwischen den Ritzen der Fensterläden hindurch. Kleine Staubkörner tanzen in den hellen Lichtstreifen und erinnern mich an gemütliche Tage im Bett.

Jack liegt ebenfalls auf dem Rücken, aber er stützt sich auf beide Ellbogen. Seine schwarzen Haare stehen ihm wild vom Kopf ab. Müde blickt er mir aus schläfrigen Augen entgegen. Und trotzdem umspielt ein kleines Lächeln seine Lippen.

»Guten Morgen.« Rau weht Jacks Stimme zu mir herüber.

Sie setzt den Schaueransturm fort.

»Guten Morgen«, erwidere ich einfallslos.

Jack stöhnt und fällt zurück in die Matratze. Lässig verschränkt er beide Hände hinter dem Kopf. Dadurch treten harte Muskelberge an seinen Armen hervor. Sie wecken in mir den Wunsch, einmal genüsslich über jede verführerische Wölbung zu lecken.

Mein Blick schnalzt zur Zimmerdecke.

»Gut geschlafen?«, lenkt er meine Aufmerksamkeit wieder auf sich.

Ich nicke.

Jack lächelt und dreht den Kopf zu mir. Seine tiefblickenden Augen blicken heute gar nicht so tief, und sein sonst so angespannter Kiefer scheint gelöst.

»Und du?«, will ich wissen, während ich fröstelnd die Decke von Jacks Seite zu mir und bis direkt unter mein Kinn ziehe.

»Hab geschlafen wie ein Murmeltier.« Gähnend reibt er sich mit beiden Händen über das Gesicht.

Ich beobachte jede seiner Regungen mit Argusaugen.

Jack lächelt mich noch immer an. »Wie siehts aus? Willst du duschen?«

Ich schüttle den Kopf und sehe mich zu einer Erklärung gezwungen. »Nicht, weil ich nicht möchte«, stelle ich klar. »Aber hier drin ist es arschkalt. Nicht mal ein Eisbär würde hier ins Wasser gehen.«

Jack blickt sich mit langem Gesicht um, als ob er die Raumtemperatur an der Zimmereinrichtung ablesen könnte.

»Ich könnte Roxy fragen«, schlägt er vor und springt aus dem Bett. »Im Resort ist bestimmt irgendwo ein Zimmer frei.« Er öffnet die Schlafzimmertüre und augenblicklich strömt warme Luft herein. »Ich hätte die Türe auflassen sollen. Der Ofen verbreitet genug Wärme. Im Badezimmer ist es zwar auch ein bisschen kälter ...« Jacks Stimme wird leiser, als er kurz aus meinem Sichtfeld verschwindet. Ein Quietschen und lautes Feuerknistern ist für einen Moment zu hören. Dann kommt Jack zurück ins Schlafzimmer.

»Gleich ist es hier drin warm. Also, wenn du duschen willst ...« Er zeigt auf die Türe gegenüber, der er gerade einen Schubs gegeben hat und die nun ebenfalls offensteht.

Kopfschüttelnd hebe ich einen Mundwinkel. »Lieber nicht. Wir sollten zu Arturs Strandhaus fahren. Da kann ich auch noch duschen. Oder stinke ich etwa?« Schnüffelnd hebe ich den Arm über den Kopf.

Jack grinst mich sofort an. Er schlüpft zurück unter die Decke und schüttelt den Kopf. »Nein.« Ein freches Zwinkern folgt. »Keine Stinkefüße weit und breit.«

»Da bin ich ja beruhigt, dass ich deinem zartbesaiteten Geruchssinn nicht zur Last falle.« Schmunzelnd drehe ich den Kopf weiter ins Kissen.

Jacks Blick huscht musternd an meinem Gesicht entlang. »Für mich gibt es nur drei Gerüche. *Lecker, geht* und *widerlich*.« Noch immer gleitet Jacks Blick über meine Wangen, bis hin zu meinem Hals.

»Mit, *geht*, bin ich vollkommen zufrieden.«

»Du meinst *lecker*.« Jack dreht sich auf die Seite und kommt mir näher. »Dein Duft geht mir unter die Haut.« Schnüffelnd schließt er für einen Moment die Augen. »Du riechst nach meinem Feierabenddonut.«

Verdutzt blinzle ich ihn an. »Donuts? Echt jetzt? Ist das nicht ein bisschen *zu* klischeehaft? Ein Cop, der Donuts isst?«

Gleichzeitig stelle ich mir vor, wie herbe Schokoglasur an seinem Mundwinkel haftet, ich der Versuchung nachgebe und die Leckerei von seinen Lippen schlecke.

»Ich *esse* Donuts nicht einfach nur, ich *verschlinge* sie.« Jack flüstert und schielt auf meine geteilten Lippen.

»Dann sind Donuts deine Schwäche?«

Er schüttelt den Kopf. »Nicht alle.«

Mein Herz schlägt mir bis zum Hals.

Jack kneift die Augen zusammen. Dadurch erscheint das Braun seiner Iriden nur noch satter. Es bohrt sich tief in mein Gedächtnis.

Musternd wandert sein Blick über mein Gesicht. »Ich will nur diesen einen bestimmten.«

»Erdbeere oder Kirsche?«, wispere ich, während Jack sich über mich neigt.

»Betty«, haucht er.

Weil es beinahe zu viel ist, um es auszuhalten, schließe ich mit angehaltenem Atem die Augen.

Jacks Lippen streifen schmetterlingszart über meine.

Ich hole tief Luft. Meine Hände zittern, als ich sie steif auf Jacks Schultern lege, mein Herz tobt in meiner Brust und mit jedem neuen Schlag trifft mich ein anderes Gefühl. Lust, Angst, Vertrauen, Wut, Sehnsucht, Unglaube, Feigheit, Frieden, Zweifel, Mut. Sie wiederholen sich und halten mich in einem Sturm aus Empfindungen gefangen. Es gibt keine Flucht. Wie hohe Wellen schlagen die Gefühle auf mich ein. Und ich bin wie ein kleiner Vogel, der zerzaust und angeschlagen durch ein Wellental nach dem anderen flattert, während schon das nächste Donnergrollen einen noch höheren Sturmschlag ankündigt.

Doch mit einem Mal verschwinden Jacks zarte Berührungen. Verdutzt öffne ich die Augen.

Schnelle Atemzüge heben und senken seine Brust. Mir ergeht es ähnlich.

»Ist es wirklich so unerträglich, wenn ich die küsse?« Jacks Augen glänzen traurig. Sein Mund ist verkniffen.

Verwirrt blicke ich ihn an. »Was meinst du?«

Anklagend und traurig zugleich sieht er auf meine Hände, die ihn zitternd auf Abstand halten. »Warum drückst du mich weg?«

Ein leises Stöhnen verlässt meine Lippen und ich lege meine Hände auf meine Brust. »Das war keine Absicht«, erkläre ich und schüttle den Kopf. »Und ich finde es nicht unerträglich, wenn du mich küsst.« Langsam hebe ich eine Hand und lege die Fingerspitzen auf Jacks Jelly-Belly-Mund. »Deine Zärtlichkeiten lösen nur so überviele Gefühle in mir aus, dass ich nicht weiß, ob ich mich gut oder schlecht fühlen soll. Du stellst meine Welt auf den Kopf und verdrehst alles, was ich bisher für unerträglich gehalten habe, zu etwas, dass mich neugierig macht. Plötzlich ist Küssen und Streicheln schön. Und das war es noch nie für mich.« Verwundert fahre ich den Umriss von Jacks Mund nach. »Mir gefällt das.« Verlegen zucke ich die Schultern. »Nur mein ... Unterbewusstsein geht noch auf Abstand.« Tränen steigen tief in meiner Kehle auf und ich schließe wieder die Augen. Frustriert schlage ich mir mit dem Handballen an die Stirn.

»Nicht.« Jacks Stimme ist leise aber fest. Und bevor ich mir ein weiteres Mal gegen den Kopf schlagen kann, fängt er mit schnellen Reflexen mein Handgelenk ein. Sobald ich jedoch meinen Arm bewege, lässt er ihn wieder los.

In Jacks braunen Augen blitzt Schmerz auf. Wie loderndes Feuer peitscht es mir die Seele und schlägt einen Riss in die Dunkelheit in mir. Gleißend hell und ernüchternd wie Mündungsfeuer bricht die Wahrheit daraus hervor.

»Ich vertraue dir«, drängt sich barmherzige Ehrlichkeit, schön und schneidendscharf, wie ein Diamant, an die Oberfläche.

Jack starrt mich mit großen Augen an.

Aber ich weiß, dass es wahr ist, denn als er mich festgehalten hat, hatte ich keine Angst. Ich wusste, dass er mich wieder loslassen würde.

»Was hast du gesagt?«, fragt er ungläubig.

»Jack Shepherd, ich vertraue dir.« Grinsend und mit Tränen in den Augen liege ich unter ihm. Ehrfürchtig hebe ich beide Hände an sein stoppeliges Kinn.

Jacks Lächeln wird breiter.

»Jetzt kannst du es sagen.«

Jack blinzelt verwirrt. »Was kann ich sagen?«

Ich schmunzle und zwinkere ihm zu. »Willst du mich *wirklich betteln* hören?«

Das Grinsen auf seinem Gesicht spricht Bände. Jack versteht. Er nickt. Und er hat Recht behalten. Ich werde betteln.

»Bitte Jack, sag, dass ich Dein bin.«

Aus seinen Augen funkelt mir pures Glück entgegen. Als ob er mein Nordstern wäre, den ich erst jetzt erkenne. Sein Licht leuchtet heller als das aller anderen.

»Sag es!«, fordere ich noch einmal. »Bitte.«

Jacks Grinsen lässt ihn strahlen. Er holt tief Luft und erfüllt mir meinen Wunsch. »Du gehörst mir. Mir allein. Du bist Mein!«

So muss es sein, wenn man stirbt. Glückseligkeit und eine tiefempfundene Freude durchdringen mich. Indem ich ihn darum bitte, mich zu beanspruchen, mache ich ihn glücklich. Und das macht wiederum mich glücklich.

Zuversichtlich lege ich meine Finger in seinen Nacken und ziehe ihn langsam auf mich hinab. Jeden Zentimeter, den er sich mir nähert, fiebere ich aufmerksam entgegen.

Noch liegt nur sein Oberkörper auf mir und Jacks Gewicht löst keine Panik in mir aus. Aber wird es so bleiben?

Unser Kuss wird tiefer und fordernder. Weiche Lippen gleiten herrlich verrucht an meinem Mundwinkel entlang und entlocken mir ein Stöhnen. Mit gierigen Händen greife ich nach dem Saum seines Shirts. Ich zerre es nach oben, bis Jack seine Lippen von meinen löst. Keuchend richtet er sich auf. Dabei schwingt er einen harten Schenkel über mich, bis er rittlings über meinen Beinen kniet. Dadurch habe ich Gelegenheit, ihm den hellen Stoff über den Kopf zu ziehen.

Braungebrannte Haut kommt darunter zum Vorschein. Sie spannt sich über straffe Muskeln und weckt in mir den Wunsch, mit allem, was mich ausmacht, fest über jede Wölbung zu reiben.

»Jack«, flüstere ich seinen Namen. Einfach, weil es sich gut anfühlt.

Aber mein Beschützer versteht meine Botschaft falsch. Denn er will sich davonstehlen, mir Raum lassen.

Ich lasse ihn nicht.

Schnell setze ich mich auf und platziere beide Hände auf seinem unteren Rücken. Er hält still. Mit der Nasenspitze male ich kleine Achter auf seinen Bauch. Jacks Muskeln zucken, während die Ausbuchtung in seinen Shorts unaufhaltsam anschwillt.

Mit wissbegierigen Fingern streiche ich über Jacks Rippenbögen und weiter hinauf auf seine Brust. Langsam kratze ich mit langen Fingernägeln über harte Muskeln.

Jack zischt.

Während ich zu ihm aufblicke lecke ich mit der Zungenspitze knapp über dem Saum seiner Unterwäsche entlang. Jack sieht mir stöhnend dabei zu. Die Hände hat er an den Seiten zu Fäusten geballt. Aufgepumpte Adern treten an seinen Armen hervor.

Zufrieden lehne ich mich zurück, aber bevor ich mich in die Matratze fallen lassen kann, greift Jack nach meinen Handgelenken. Kopfschüttelnd zieht er mit Daumen und Zeigefinger an den Ärmeln meines roten Shirts.

Für einen langen Moment blicke ich ihm verunsichert in die Augen. Da grinst Jack offen und ehrlich. Auf beiden Wangen erscheinen Grübchen und seine tiefgründigen Augen leuchten wie die eines Kindes, wenn die Geburtstagstorte angeschnitten wird.

Ich nicke. In meinem Kopf surrt es gefährlich, aber Jack beginnt behutsam an dem roten Stoff zu zupfen. Langsam zieht er ihn nach oben und legt nacheinander meinen Bauch, die Brüste und die Arme frei. Sobald meine Finger aus dem weichen Stoff gleiten, lege ich mich zurück.

Jack kniet noch immer über mir. Mit glänzenden Augen sieht er auf mich hinab. »Du bist wunderschön.«

Wärme breitet sich in mir aus, aber ich weiche seinem Blick aus.

»Du *bist* wunderschön«, wiederholt er.

Trotz meiner Verlegenheit sehe ich, allein auf Grund der Überzeugungskraft seiner Stimme, zu ihm auf.

Jacks Blick wird ernst. »Du bist die schönste Frau, die ich je gesehen habe.« Inbrünstig kommen die Worte über seine Lippen und bohren sich direkt in meine Seele.

Sprachlos starre ich ihn an.

Da hebt er eine Hand in meine Haare. »Deine ungebändigten Locken haben mir von Anfang an verraten, dass du eine Wildkatze bist.« Er lächelt und zwinkert mir zu. Dabei fährt er mit dem Zeigefinger meine Wange entlang. »Und deine kratzbürstige Direktheit gefällt mir genauso, wie dein zierliches Kinn, dass du fast immer stolz gereckt hältst.« Belustigung blitzt in seinen Augen auf. »Oder vielleicht für einen Kuss?« Jack reibt mit dem Daumen über meine Unterlippe.

Ich pirsche mit der Zunge hervor und lecke vorsichtig über seine Fingerspitze.

Schluckend fährt er fort. »Oder reckst du dein Kinn, um mir deine zarte Kehle darzubieten?« Jacks Finger streifen weiter zu meinem Hals. Nur der Daumen drückt leicht auf mein Kinn und schiebt es zur Seite. »Was meinst du, wie es sich anfühlen wird, wenn ich dich dort Küsse, wenn meine unrasierten Wangen rau auf deine weiche Haut treffen?«

Schon der Gedanke entsendet süße Schauer über meinen Körper. Ich schließe die Augen und drücke den Rücken durch. Dadurch schieben sich meine Brüste Jacks hartem Schwanz entgegen. Unnachgiebig drückt er gegen mein Dekolleté.

Jack knurrt. Aber das Verlangen nach mehr lodert hell in seinen Augen.

»Hinlegen«, befiehlt er.

Fügsam und ein kleinwenig ungeduldig falle ich zurück in die Matratze. Ich will wissen, was Jack alles zu bieten hat, wie fähig er als Liebhaber ist und ob ich es mit seiner Hilfe wage, die Hände nach dem Himmel auszustrecken.

Jack stützt beide Arme links und rechts von meinen Schultern ab. Noch immer sitzt er breitbeinig über meinen Schenkeln. Ohne mich aus den Augen zu lassen beugt er sich weiter über mich.

Meine Augen fallen zu.

Tief einatmend reibt Jack seine Wange über meine. Prickelnde Bartstoppeln schaben von meinem Hals über mein Schlüsselbein, bis zu meiner Brust.

»Jack«, fordere ich seine Aufmerksamkeit.

Sofort hebt er den Kopf. Abwartend sieht er mich an.

»Ich ... das fühlt sich so ... ich habe mich noch nie so gefühlt.«

Jack lächelt und der Kloß in meiner Kehle verlagert sich. Ich will mehr von diesen Zärtlichkeiten und den Gefühlen, die sie in mir auslösen. Es ist, als ob Jacks bloße Anwesenheit meinem Leben einen Sinn verleihen würde. Plötzlich suche ich nicht mehr krampfhaft nach einem Ausweg, nach einer

Schlüsselerfahrung, die mich entweder zerstört oder erlöst. Ich verstehe jetzt, dass es nicht so einfach ist, dass da mehr ist, wie nur nehmen und geben. Es gibt da auch etwas, dass dich durchleuchtet, dass dich umschließt, wie ein Lichtstrahl. Anfangs fühlst du dich verletzlich und nackt, aber dann wird dir bewusst, dass ein Lichtstrahl niemals urteilend auf dich fällt. Er *ist* einfach. Jack *ist* mein Lichtstrahl, und ich will endlich Leben und wissen, was ich noch alles verpasst und ausgesperrt habe. Und ich will es mit Jack erleben.

»Gib mich nicht auf«, wispere ich.

»Niemals«, antwortet er ebenso leise, während er die Augen schließt und mir einen bittersüßen Kuss auf die Stirn gibt.

Mit noch immer zitternden Fingern streichle ich Jacks Brust. Seine Haut gleitet weich an meiner entlang, aber wenn ich fest zupacke, sind da nur harte Muskeln. Keine Muskeln, die mir Angst machen, sondern Muskeln, die mir Sicherheit und Halt versprechen.

Obwohl ich *unter* Jack liege, habe ich das Gefühl, *in* ihn zu stürzen. Für einen Moment verliere ich den Halt in der Realität und meine Welt schwankt. Aber kein Riegel fällt klackend ins Schloss, als ich watteweich lande. Geborgenheit umfängt mich wie kühler Satin und bettet mich auf schaumprickelnder Freiheit.

Jacks Lippen wandern derweil von meiner Stirn, über meine Schläfe, bis auf meine Wange hinab. Mit einem Finger zieht er den schwarzen Spitzenstoff über meine Brust nach unten.

»Ich sags ja. Wunderschön und wie für mich gemacht«, stößt er heiße Luft über meine zärtlichkeitshungrige Haut.

»Nicht immer nur reden. Machen!« Mit beiden Händen ziehe ich den Stoff über meine Brüste hinab.

Jack schüttelt zungeschnalzend den Kopf. »Kann es sein, dass du ein kleines Bisschen ungeduldig bist?«

Ich lecke mir hungrig über die Lippen und blicke zu Jack auf. Da er nicht weitermacht, nehme ich meine Brüste selbst in die Hände. Mit Daumen und Zeigefinger zwirble ich meine harten Brustwarzen und sehe Jack dabei in die Augen.

Wir stöhnen gemeinsam auf, als Jack meine Hände ungeduldig zur Seite schiebt. Ohne Vorwarnung saugt er einen meiner Knöpfe zwischen seine feuchten Lippen. Jacks Zunge flickert flink darüber und heiße Lustblitze schießen mir direkt in meine Pussy. Keuchend spanne ich beide Pomuskeln an und Jack schiebt einen Arm unter meinem Rücken hindurch. Die andere Hand hält sein Gewicht noch immer von mir fern.

In den Wolken schwebend schiebe ich beide Hände in Jacks schwarze Haare. Brummelnd kraule ich seine Kopfhaut und dirigiere ihn mit sanftem Druck in die richtige Richtung. »Nicht so fest«, wispere ich und Jacks Bisse werden schlagartig sanfter.

Ich führe.

Ich bestimme.

Indem ich beide Arme in die Matratze fallen lasse, gebe ich Jack genug Raum, seine Zärtlichkeiten auszuweiten. Kuss für Kuss arbeitet er sich mein Schlüsselbein hinauf, zu meinem Hals und bis zu meinen Lippen. Mit einem rauen Stöhnen heiße ich ihn willkommen.

Jack bewegt sich. Ganz langsam schiebt er ein Knie weiter nach unten und dann das andere, bis er nur noch einen Hauch von mir entfernt ist. Zitternde Muskeln warten darauf, locker lassen zu dürfen.

»Ich werde mich jetzt langsam auf dich legen. Ich will deine Haut an meiner spüren. Aber wenn es dir zu viel wird, dann stoß mich bitte nicht weg. Sag es mir einfach und ich werde sofort aufhören.«

Wie um mich selbst zu beruhigen, streiche ich über Jacks starke Oberarme. Die Muskeln treten hart hervor, als er sich immer weiter auf mich herabsenkt.

Ich halte die Luft an, fühle jeden Zentimeter von Jack, jeden harten Muskel und jedes Quäntchen weicher und rauer Haut, dass sich heiß auf mir niederlässt.

Jack beobachtet jede meiner Regungen, bis er vollkommen auf mir liegt. Hektisch fliegt sein Blick über mein Gesicht. Als ich ihn jedoch nur anlächle, grinst er breit und senkt seine Lippen für einen Schmeichelkuss auf meine.

Noch immer züngelt ein kleines bisschen Unbehagen in mir, aber die Freude und die Lust überwiegen. Jacks Hände packen nicht ein einziges Mal fest zu. Er streichelt, liebkost und massiert. Nie wird er grob. Und ich lasse es zu. Dennoch schlagen unberechenbare Gefühlswellen wieder und wieder auf mich ein. Sie türmen sich in mächtigen Wogen auf, reihen sich heißkalt aneinander und preschen wie ein unwilliges Kind auf mich ein. Und wie ein unwilliges Kind heiße ich sie willkommen. Ich öffne weit meine Sinne. Machtlos, wie stumme Geisterschläge fahren sie durch mich hindurch. Und je mehr dieser Schläge ich aushalte, desto öfter wandeln sich die wabernden Angstschwaden in Lustwellen.

Meine Schultern fallen locker herab. Wie zum Ausgleich hebt sich mein Becken. Fordernd recke ich es Jack entgegen.

Als ob er meinem stummen Befehl gehorcht, schiebt er ein Knie zwischen meine Schenkel. Bereitwillig öffne ich sie ihm. Mit rollenden Hüften wiegt er sich gegen mich.

Plötzlich erwacht Gier in mir. Wie unstillbarer Hunger wühlt sie sich durch all meine Nervenknoten und entsendet klare Befehle an mein Hirn. *Mehr!*

Wie unter Zwang zerre ich an meiner Jeans.

Jacks Lachen vibriert auf meinen Lippen. »Deine Ungeduld bedeutet wohl, dass ich dieses Mal etwas richtig mache.«

Doch schlagartig sticht mir Angst nadelklein mitten ins Herz. Um die Last der Gefühle ertragen zu können, schließe ich die Augen und lege einen Finger auf Jacks Lippen. »Nicht reden.«

Jacks Blick verliert den belustigten Glanz. Nickend senkt er seine Lippen wieder auf meinen Hals. Nur langsam reibt er seinen Bartschatten über meine empfindliche Haut.

Mein Herz rast und mir bricht der Schweiß aus.

Was ist, wenn es doch wieder wie beim letzten Mal endet?

Vielleicht sollte ich ihn einfach aufhalten und das, was ich bisher gefühlt habe, in meinem Herzen bewahren? Und es nicht aus Gier nach mehr zerstören.

»Betty«, reißt Jack mich aus meinem Gedankensturzflug. Beide Hände legt er zärtlich um mein Gesicht. »Fühl einfach nur meine Berührung. Niemand kann für dich fühlen. Nur du kannst deine Gefühle zulassen. Versuch, dich auf die Guten zu konzentrieren. Ich verspreche dir, dass ich jederzeit aufhören kann und werde. Ein schlichtes *Nein* genügt.«

Jacks beruhigende Worte ziehen Kreise in meinem Kopf. Ich atme tief durch.

Da verschwindet sein Gewicht. Jack gleitet neben mich. »Einfach nur fühlen. Okay? Du brauchst gar nichts zu machen.«

Ganz bewusst entspanne ich meine Schultern, die Brust, Arme und Beine. Den Kopf lege ich bequem zurück und die Augen schließe ich zusammen mit einem tiefen Atemzug.

»Und jetzt Hose ausziehen und auf den Bauch legen.«

»Was?« Überrascht öffne ich wieder ein Auge.

Jack kehrt mir halb den Rücken zu und wühlt in einer Schublade.

Mein Herz beginnt zu rasen. Wie früher. Ich spanne jeden Muskel an, bereit zur Flucht. Aber ich zwinge mich, zu warten, mich nur aufzusetzen und Jack dabei zuzusehen, wie er ein türkises Fläschchen aus seinem Nachtkästchen holt.

»Was ist das?« Mit gerecktem Hals linse ich über seine Schulter.

»Massageöl.« Als ob es nichts Besonderes wäre, streckt er es mir entgegen. »Sieh selbst.«

Skeptisch blicke ich von Jack zu der kleinen Flasche und zurück. »Das hast du aber schon länger nicht benutzt.« Eine dünne Staubschicht hat sich darauf niedergelassen.

Jack zuckt die Schultern und wischt mit seiner großen Hand darüber. »So. Jetzt besser?« Er gibt sie mir.

Während ich die Aufschrift studiere, linse ich immer wieder zu Jack. Aber er lächelt nur und wartet.

»*Massageöl. Du & Ich. Patchouli. Zedernholz*«, lese ich laut vor. »Und was hast du damit vor?«

»Du bekommst jetzt Jacks-Deluxe-Wellness-Behandlung.« Er nickt feierlich und zeigt auf meine Hose. »Dafür solltest du dich aber ausziehen. Öl bekommt man da schlecht raus.«

»Und was ist mit deiner Bettwäsche? Die ist auch aus Stoff.«

Jack reckt das Kinn und zwinkert mir zu. »Kleiner Besserwisser.«

Schiere Muskelkraft befördert ihn in einem Affenzahn aus dem Bett. Die plötzliche Bewegung erschreckt mich und ich zucke zurück. Dabei öffnet er nur eine Schranktüre.

Aus dem obersten Fach holt er ein großes Tuch.

Während ich aufstehe und mich bis auf meinen Slip ausziehe, breitet Jack das Tuch aus. Auf allen vieren krabble ich bis in die Mitte des Betts. Dann lege ich mich auf den Bauch. Meinen Kopf drehe ich nach links zu Jack. Ich betrachte ihn genau, wie er lächelnd neben dem Bett steht und mich ansieht.

»Und jetzt einfach nur genießen.« Sobald Jack ein Knie auf die Matratze setzt, neigt sich das Bett nach links.

Ich schließe die Augen und warte auf die erste Berührung.

»Wurdest du schon einmal massiert?« Ein Klacken ist zu hören. Jack hat das Fläschchen geöffnet.

»Nein, noch nie«, antworte ich schlicht. Jack dürfte klar sein, dass ich bis jetzt dererlei Berührungen bewusst vermieden habe.

»Wenn dir irgendetwas unangenehm ist oder zu weit geht, dann heb einfach eine Hand. Du brauchst nicht mal was zu sagen. Okay?«

»Okay.« Ich nicke und werfe ihm ein letztes Lächeln zu, bevor ich die Augen schließe und die Schultern auflockernd einmal nach oben und unten schiebe.

Jack fängt bei meinen Fingern an. Mit ein wenig Druck reibt er das Öl in meine Haut. Dann zieht er an jedem Finger einzeln. Es fühlt sich gut an, wie die Erleichterung, wenn man sich eine juckende Stelle endlich kratzen kann. Nur besser.

Jack scheint genau zu wissen, was welcher Handgriff bewirkt. Immer wieder reibt, zieht und drückt er. Bei den Schultern lässt er sich mehr Zeit. Dabei richtet er meinen Kopf gerade aus. Die Stirn lege ich in die Kissen und Jack streicht über meinen Nacken, bis in meinen Haaransatz, dann wieder hinab, bis über die Schulterblätter, dazwischen wieder hinauf und nach außen, bis zu meinen Oberarmen. Seine Hände bleiben immer in Bewegung und der Druck wechselt von stark über schwach und bis hin zu kaum spürbar.

Damit löst er einen unsichtbaren Knoten in meiner Brust. Ich wusste gar nicht, dass er existiert. Heiße Tränen strömen aus meinen Augenwinkeln und versickern in dem bunten Stoff unter mir. Ein Schluchzen bricht sich Bahn.

Alarmiert beugt Jack sich über mich. »Habe ich dir wehgetan?«

»Nein«, presse ich an dem Kloß in meinem Hals vorbei. »Es tut gut. Keine Ahnung, warum ich weine. Es passiert einfach so.«

»Das ist in Ordnung. Es kommt schon mal vor, dass sich aufgestaute oder festgefahrene Emotionen in Form von Tränen lösen. Lass es einfach zu.« Jack bohrt nicht nach. Er will nicht wissen, was mich zum Weinen bringt und richtet sich nur wieder auf. Er legt tröstend eine Hand auf meine Schulter.

»Woher weißt du das alles?«, frage ich schniefend. »Massierst du so oft Frauen? Und weinen die dann jedes Mal?«

Jack lacht leise und streichelt in langsamen und langen Bewegungen meinen Rücken hinab.

»Nein, das sicher nicht. Aber in meiner Zeit als Bullenreiter war ich regelmäßig beim Massieren. Das ein oder andere Mal habe ich geheult wie ein Schlosshund. Ben, so hieß mein Masseur, war dann immer so rücksichtsvoll und hat den Raum verlassen.« Jack beugt sich zur Seite und blickt mir ins Gesicht. »Aber ich will dich nicht alleine lassen. Außer, du willst eine Weile für dich sein?«

»Nein, ich bin froh, dass du hier bist.« Ich lächle. Aber trotzdem laufen mir noch immer Tränen über die Wangen.

»Gut, denn ich möchte nirgendwo anders sein.« Wie zum Beweis legt er wieder beide Hände auf meinen Rücken. »Und jetzt Kopf aus und Gefühle an.«

Ich atme erneut tief durch und schließe die Augen.

Mit beiden Händen reibt Jack abwechselnd von links nach rechts. Es ist wie dieses Spiel, das ich als Kind immer gespielt habe. Brennnessel. Man umfasst das Handgelenk eines anderen mit beiden Händen und dreht eine Hand vorwärts und die andere rückwärts. Dadurch spannt sich die Haut dazwischen. Und bis zu einem gewissen Grad fühlt es sich noch gut an, geht man zu weit, brennt es.

Aber Feuer reinigt. Und anscheinend auch alte Wunden. Denn längst verbrauchte Ängste verlassen mithilfe von salzigen Tränen meinen Geist. Und Jack presst mit jedem Kneten und Drücken neue Hoffnungen und Wünsche in meine wärmer werdende Seele. Bis irgendwann meine Tränen versiegen und ich Jacks Zärtlichkeiten genießen kann.

Er spürt die Veränderung, die mich wie frischer Nordseewind reinigt. Denn seine Berührungen sprechen jetzt eine andere Sprache. Wagemutig schwingt er ein Bein über meine Schenkel und senkt etwas Gewicht darauf. Abwartend hält er still. Aber ich hebe keine Hand.

Wieder höre ich ein Klacken und anschließend Jacks Händereiben. Glitschige Finger berühren meine Seiten. Sie fahren hinauf über meine Rippen und ich strecke die Arme nach oben aus. Seufzend angle ich nach dem Kissen. Ich schiebe es unter meinen Kopf und lege beide Arme darum.

Jacks Hände streifen weiter nach oben. Brummend schiebt er sie unter meinen Körper und direkt über meine Brüste. Ich atme tief ein und Jack zieht die Hände wieder weg.

Neugierige Fingerspitzen fahren bis auf meinen Slip hinab. Ganz leicht hebe ich mein Becken an und Jack rutscht sofort weiter nach unten. Er schiebt seine Hände unter den Stoff. Hingebungsvoll knetet er meinen Hintern.

Mit jedem meiner ausgestoßenen Seufzer werden Jacks Berührungen verwegener. Von meinen Pobacken streift er seitlich über mein Becken nach vorne. Die Fingerspitzen streifen durch das Tal meiner Leisten und reizen meine Schamlippen.

Damit ich nicht wieder unkontrolliert stöhne, beiße ich mir auf die Lippen.

Jack zieht seine Hände zurück und reibt in großen Kreisen über meine Oberschenkel. Jeder Streifzug entspannt mich weiter und führt mich in ein sinnliches Reich. Es ist üppig und gespickt mit heißen Spitzen. Ich verliere mich darin, und Jacks Berührungen werden immer leidenschaftlicher. Immer wieder kehren seine Finger zurück zu meinen Brüsten, kneten sie kurz und verschwinden wieder. Schon längst liege ich nicht mehr still. Ich hebe und senke mein Becken, drehe den Kopf hin und her und kralle die Hände in das Tuch unter mir.

Jack schiebt ein Knie zwischen meine Waden und ich öffne meine Beine ein wenig. Zur Belohnung gleiten raue Hände über die Innenseite meiner Schenkel. Feuchtigkeit sammelt sich zwischen meinen Beinen. *Ich brauche mehr.*

Überrascht öffne ich die Augen. Jack merkt nichts von meiner Verblüffung und streichelt genüsslich weiter. Ich *will* Jack in mir haben, und ich will es nicht auf eine zerstörerische Art und Weise. Ich will es mitsamt dieser gefühlsprallen Lust und allem, was dazu gehört.

Stöhnend hebe ich mein Becken an. Darauf scheint Jack gewartet zu haben, denn er greift seitlich in meinen Slip und streift ihn meine Beine hinab. Es ist das bisher einzige impulsive Zugeständnis, dass er seiner Leidenschaft macht.

Jedes Mal, wenn ich Jack ansehe, ist sein Blick konzentriert und dunkel. Schnelle Atemzüge drängen über seine geöffneten Lippen nach draußen und sein Schwanz ist steinhart.

Aber ich ergreife nicht die Initiative. Ich bleibe liegen und fühle, so wie Jack es mir befohlen hat.

In der Hoffnung, dass seine feuchten Finger wieder auf meinen Schamlippen landen, hebe ich das Becken. Meine Unterarme stütze ich links und rechts neben meinen Brüsten ab, dabei blicke ich über meine Schulter zu Jack.

Während er mit seiner Hand von hinten über meine Pussy fährt, sieht er mir unter gesenkten Lidern hervor in die Augen. Stöhnend schließe ich die Welt aus. Ich lasse den Kopf ins Kissen fallen und Jack reibt weiter vor und zurück.

Meine Atemzüge werden schneller. Druck baut sich in mir auf.

»Es fühlt sich so anders an.« Zitternd presse ich die Augen fest zusammen und Jacks Finger verlieren an Geschwindigkeit.

»Fühlt es sich gut an? Hast du das Gefühl, die Luft anhalten zu müssen, um noch mehr fühlen zu können?« Träge reibt er mit vier schlüpfrigen Fingern über meinen Kitzler. Ich öffne die Beine noch weiter, will mehr.

»Ja, genau so. Es ist wie ein süßes Pochen, das immer stärker wird, und ich will keinen Schlag davon verpassen.«

»Dann lass dich fallen, Honey. Vertrau mir. Ich bin hier. Ich werde dich auffangen.« Seine Finger werden wieder schneller und ich schiebe die Beine so weit auseinander, wie ich kann.

Jack kniet jetzt zwischen meinen Schenkeln. Seine linke Hand hält meine Arschbacke fest und die Rechte reibt in großen schnellen Kreisen über meine gesamte Pussy. Das Massageöl macht seine Berührungen weich und schlüpfrig. Es lässt keine Grobheit zu, denn mit jedem Druck rutscht er nur weiter hin und her.

»Awwwmmhmmm...«, stöhne ich abgehackt und halte die Luft an. Jacks Finger flirren wie Glühwürmchen über meinen Kitzler.

Meine Beine zittern, meine Hüften rollen beinahe von alleine und ich spüre einen gigantischen Sog an meiner Pussy. Wie die Gischt am Strand, die sich zurückzieht, bevor sich eine riesige Welle am Horizont auftürmt. Diese Welle rollt auf mich zu, ich sehe sie nicht, aber sie zieht an mir, sie spült den Boden unter meinen Füßen davon und reißt mich mit sich.

»Jack! Ja!« Mächtige Lust bricht wellenschwer über mich herein und ich verliere den Kontakt zur Realität. Schwungvoll lüpft sie mich auf den Siedepunkt aller Empfindungen. Einen langen Augenblick verweile ich dort, bis mich die Schwerkraft mit sich reißt.

Wie im Wahn schiebe ich die Hüften vor und zurück über Jacks Finger. Ich will zurück in diesen zeitvergessenen Zustand und nie wieder weg. Dort kann ich einfach nur sein und nichts spielt eine Rolle.

»Jack. Ich muss ...« Nicht wissend, worum ich ihn bitten soll, verstumme ich.

»Du musst was?«, drängt Jack atemlos.

»Ich will dahin zurück, wo es sich so perfekt anfühlt.«

Jack stöhnt leise und drückt seine Finger in mich.

»Aaahhhwww«, seufze ich hell und stürze für einen kurzen Moment zurück in den Himmel.

Mit langsamen Stößen lockt er die letzten klimperkleinen Spasmen aus meinem sattsurrenden Körper und ich falle keuchend in die Matratze. Jack landet ächzend neben mir.

Nach ein paar langen Atemzügen drehe ich mich lächelnd auf den Rücken.

»Du bist dran.« Ohne zu überlegen, richte ich mich pflichteifrig auf.

»Oh nein!« Jack hebt eine Augenbraue und schüttelt den Kopf. »Du schließt jetzt die Augen und genießt. Dieser ... *kleine Tod* ... war nur für dich und glaub mir, ich bin auf meine Kosten gekommen.« Jack fasst sich stöhnend an den Schwanz und drückt ihn ein paar Mal. Die feuchte Stelle auf seinem Slip stört ihn nicht.

»Du hast echt abgespritzt, während du mich angefasst hast?« Erstaunt hebe ich die Brauen.

»Du hast ja keine Ahnung, wie heiß du bist, wenn du kommst.«

»Ich weiß es tatsächlich nicht. Ich ... ich habe nicht darauf geachtet, was ich tue. Das mache ich normalerweise nie. Ich habe mich immer unter Kontrolle.«

Träge blinzelnd sehe ich Jack dabei zu, wie er sich auf die Seite dreht und den Kopf auf die linke Hand stützt.

»Und es war anders, oder?« Lächelnd zwinkert er mir zu.

»Es war ein regelrechtes Erweckungserlebnis«, stoße ich glücklich aus. »Es war ... weltverändernd. *Du* bist weltverändernd.« Hitze steigt in meine Wangen und ich blicke verlegen zur Seite.

Jack fasst nach meinem Kinn und hebt meinen Kopf langsam an. Lächelnd sieht er mir in die Augen. »Es konnte nur weltverändernd sein, weil du es zugelassen hast. Es waren deine Gefühle und dein Loslassen, dass unser *beider* Welten aus den Angeln gehoben hat.« Jack verstummt und neigt den Kopf. Dann beißt er sich auf die Lippen und schlägt die Augen nieder. »Was meinst du? Ob deine Welt vielleicht in meine passt?«

Jacks Blick flirrt nach oben. Hoffnungsvolle Augen verfolgen jede meiner Bewegungen.

Mit dem Zeigefinger streife ich träge sein Kinn entlang. Dabei stelle ich mir ein Leben an der Seite dieses Mannes vor. Und wie aus heiterem Himmel stürzen heißglühende Möglichkeiten und angstzerstürmte Zweifel auf mich ein.

Zitternd hole ich Luft. »Willst du das wirklich herausfinden?«

»Was haben wir denn zu verlieren?« Jack lächelt und haucht einen Kuss auf meine Handinnenfläche. »Nichts«, beantwortet er seine Frage selbst.

Und er hat recht.

Spontan ziehe ich ihn in einen kurzen stürmischen Kuss, aus dem wir grinsend wieder auftauchen.

»Wenn ich dich jetzt noch für ein paar Augenblicke halten darf, dann machst du mich zum glücklichsten Mann der Welt.«

Nickend schiebe ich Jack auf den Rücken. Er öffnet weit beide Arme und lächelt einladend.

Für einen kurzen Moment mustere ich sein strahlendes Gesicht.

Jacks Anblick löst Herzgedanken in mir aus.

Ob es so etwas wie Schicksal wirklich gibt?

War all das, was hinter mir liegt, nötig, um genau an diesen Punkt zu gelangen?

»Was ist?« Jack hebt fragend die Brauen und schluckt.

»Glaubst du an Schicksal?«

»Schicksal, Bestimmung, Karma, höhere Gewalt. Es gibt viele Namen dafür, einen Sinn in spezielle Situationen hineinzudichten.« Er lächelt verschämt und zieht an meiner Hand. »Es ist mir egal, ob etwas Zufall, Schicksal oder Gottes großer Plan ist. Denn wenn mir etwas so wichtig ist, dass es sich dafür zu kämpfen lohnt, spielt das Woher oder Warum keine Rolle.«

»In dir steckt ja ein richtiger Poet«, stelle ich beeindruckt fest.

Jack schmunzelt und wackelt mit den Augenbrauen.

»Glaubst *du* denn an Schicksal?«, will er wissen.

»Das würde bedeuten, dass alles vorherbestimmt ist, dass wir schon bei unserer Geburt die Arschkarte gezogen haben, weil man uns keine Wahl lässt. Der Gedanke gefällt mir nicht.« Selbstsicher hebe ich mein Kinn. »Also nein. Schicksal ist etwas für Menschen, die sich ihrer Verantwortung nicht stellen wollen. Entscheidungen bringen uns dorthin, wo wir sind, und nicht irgendeine kosmische Fügung.«

Jack nickt langsam und öffnet wieder die Arme. Seine Augen blitzen belustigt. »Würdest du dann bitte die einzig richtige Entscheidung treffen und in meine Arme kommen.«

»Darum musst du mich in Zukunft nicht zweimal bitten.« Lächelnd schmiege ich den Kopf an Jacks Brust, sodass er beide Arme locker um mich legen kann. Mit einem Bein umschlinge ich seines und mit einer Hand kraule ich seine warme Brust.

Jack seufzt und drückt mich einmal fest an sich.

Und zum ersten Mal in meinem Leben fühle ich mich wirklich gehalten.

Kapitel 39: Auch der Himmel wirft einen Schatten

Jack

Ungläubig halte ich Betty in den Armen. Ihre kleinen Hände kraulen liebevoll meine Brust, und in meinem Kopf kreist ein einziger übergroßer Gedanke. *Betty vertraut mir.* Sonst hätte sie sich nicht so fallen lassen. Und sie hätte mich niemals darum gebeten, diese drei kleinen Worte auszusprechen. *Du bist Mein.* Drei kleine Worte, die für Betty gleichbedeutend mit Höllenqualen waren. Und die jetzt, dank ihrem Mut und meiner Hartnäckigkeit, für Schutz und Geborgenheit stehen.

Betty gehört mir. Und ich beschütze, was Mein ist.

Dankbar schließe ich die Augen. Bettys Vertrauen zu gewinnen, ist wie einen Orden verliehen zu bekommen. Aber einen, der noch erfunden werden muss. Wie etwa eine Medaille für die abgefahrensten Superkräfte. Als ob ich eine Mischung aus Dr. Strange, Iron Man und Thor wäre - ein mystischer, super-intelligenter und kraftstrotzender Donnergott.

»Warum lachst du so?«, nuschelt Betty schläfrig.

Schmunzelnd streiche ich ihr über die Haare. Meine Superheldenfantasien behalte ich aber für mich.

»Nicht wieder einschlafen«, wispere ich stattdessen. »Wir sollten aufstehen. Der Wecker hat schon vor ...« Mit großen Augen schiele ich auf die Digitaluhr am Nachttisch. »Wir müssen los. Jetzt.«

Ganz entgegen meiner Worte küsse ich sachte Bettys Stirn. Sie seufzt und kuschelt sich fester an mich. Was mich fasziniert. Denn so kenne ich diese misstrauische Frau nicht.

Vorsichtig, wie bei einer ungesicherten Waffe, streiche ich ihre blonde Mähne zurück über ihre Schulter. Da sie aber scheinbar meine Zärtlichkeiten genießt, lasse ich meine Anspannung fahren.

Tatsächlich möchte ich mich keinen Millimeter vom Bett wegbewegen. Und ebenso wenig möchte ich Betty aus den Augen lassen. Denn was ist, wenn sie Zeit zum Nachdenken hat und wieder zurückrudert? Wenn sie zu der Erkenntnis kommt, mir doch nicht vertrauen zu können?

»Nur noch fünf Minuten«, jammert sie mit niedlich gekräuselter Nase. Wie gerne würde ich ihr und mir diesen Aufschub gewähren. Aber so lange Drop-Out da draußen herumläuft und wir keine Ahnung haben, ob er uns auf den Fersen ist, sollten wir uns bedeckt halten. Arturs kleine Strandvilla wird uns weitaus mehr Schutz bieten, wie diese verlotterte Hütte. Trotzdem lache ich leise und drücke meine Nase in Bettys blonde Mähne. Ich nehme einen tiefen Atemzug und bade mich in ihrem süßen Duft. Dann küsse ich sie auf die Stirn und hebe ihr Kinn an. »So wird das also in Zukunft ablaufen? Ich muss dich aus dem Bett jagen?«

»Zukunft ist so ein unschönes Wort. Findest du nicht?« Betty streift über meinen Bauch und verschränkt ihre Finger mit meinen.

Während ich rede, hebt sie unsere Hände an und betrachtet sie von allen Seiten. »Die Zukunft ist nicht wirklich beängstigend. Sie ist wie eine unberührte Schneedecke, und du allein entscheidest, wie du sie durchbrichst und welche Spuren du hinterlässt.«

»Aber was ist, wenn unter der Schneedecke nur Matsch und Schlamm auf mich warten?« Bitter presst Betty die Lippen aufeinander. »Der weiße Schnee ist doch nur falscher Glitzer, der die hässliche Realität geschickt überdeckt.«

Ich schiebe den Kopf etwas zurück, um Betty in die Augen blicken zu können. »Wenn du mich lässt, dann werde ich dich über jede dieser fiesen Flocken tragen.«

Betty mustert mich stumm.

»Dann wird dich nichts und niemand je wieder verletzen können.«

Während Betty zu mir aufblickt, löst sie ihre Finger von meinen und legt ihre Handfläche an meine. Bettys Hand ist viel winziger als meine und auch zartgliedriger und gepflegter. Wie die einer klitzekleinen Fee, und ebenso magisch. Denn sobald sie mit ihren Fingernägeln kleine Kreise auf meiner Brust zieht, gehen bei mir alle Lichter aus. Als ob durch ihre Zärtlichkeiten Melatonin in meine Poren sickern würde.

Sie lächelt plötzlich und blinzelt mich an. »Willst du etwa mein Ritter in strahlender Rüstung sein?«

Ich nicke.

Da zieht Betty ihre Fingernägel langsam zusammen, sodass ihre Fingerspitzen mitten in meinem Handballen ruhen.

Erschauernd gebe ich ihr einen flüchtigen Kuss.

»Aber muss man als Ritter nicht ein weißes Pferd haben?« Spielerisch zwinkert Betty mir zu.

»Schimmel«, korrigiere ich sie. »Es heißt nicht weißes Pferd, sondern Schimmel. Und ja, natürlich besitze ich einen Schimmel.«

»Aber der Schimmel im Badezimmer zählt nicht.«

»Hahaha .... du Witzbold.« Mit gespitzten Lippen stoße ich Betty einen Zeigefinger in die Seite und sie lacht. »Mein Pferd steht auf Jims Ranch. Bei meinem Bruder.«

Das lässt die kleine freche Prinzessin innehalten. Überrascht hebt sie die Augenbrauen. »Du hast echt ein Pferd? Und was noch wichtiger ist, du hast einen Bruder?«

Ich wackle mit den Fingern und zähle meine Geschwister an einer Hand ab. »Da wären Jim, Jessy, Roxy, ich und Joe.«

»Dein Partner ist dein Bruder?« Betty blinzelt verdutzt.

»Nein, die beiden haben nur zufällig den gleichen Namen. Aber sie sind tatsächlich zusammen zur Schule gegangen.«

Betty nickt, als ob das genug Erklärungen und Offenbarungen für einen Tag wären. Sie legt den Kopf wieder auf meine Brust. »Also hat Jim eine Ranch, Roxy hat das Resort, du bist Detective. Und die anderen?«

»Jessy ist ein ziemlich erfolgreicher Bullenreiter. Und Joe hilft bei Jim auf der Ranch. Nebenbei verkauft er Pferde. Ist ein gutes Zubrot.«

»Siehst du sie oft?«

»Meine Geschwister?«

»Mhmm.«

»Nur Roxy, weil ich ständig nach ihr sehe und wir Nachbarn sind. Bei Jim helfe ich immer wieder mal auf der Ranch aus, da sehe ich dann auch Joe. Nur Jessy begegne ich selten. Zumindest, seit ich mit dem Bullenreiten aufgehört habe.«

»Also Jim, Jessy, Jack und Joe. Deine Eltern hatten eine Schwäche für Namen mit J.«

Wehmütig hebe ich die Mundwinkel. »Ja, mein Dad meinte, dann genüge es, wenn er J ruft, so würden dann alle vier Jungs auf einmal angerannt kommen.«

»Und? Hat es funktioniert?«

»Nein«, antworte ich lachend. »Irgendeiner hat immer gefehlt.« Schmunzelnd erinnere ich mich an all die unzähligen Male, bei denen Dad die Augen verdreht und uns auf die Suche nach dem fehlenden Sohn geschickt hat.

»Und was war mit Roxy?«

»Den Namen hat meine Mom ausgewählt. Sie sagte, sie wolle für ihr Mädchen einen starken Namen, weil sie dann automatisch hineinwachsen würde.« Nachdenklich zupfe ich an Bettys Zeigefinger. »Und sie hat recht behalten. Roxy ist eine echt taffe Frau geworden.«

»Und hat dein Dad auch nach ihr rufen müssen?«

»Nein.« Ich starre zum Fenster. Die Läden sind noch geschlossen und es dringt nur wenig Licht herein. »Roxy musste nie gerufen werden. Sie war Dads Schatten.«

»Und wie war dein Dad so?«

»Dad ... na ja ... er war immer ...« Auf der Suche nach den passenden Worten lecke ich mir über die Lippen. »Als ich sechszehn war, nahm ich mir aus seinem Sparbuch – das hatte er immer im Kleiderschrank zwischen seinen Hemden versteckt – hundert Dollar. Als er es herausfand, schrie ich ihn an und nicht er mich. Ich war sauer auf ihn, weil er es herausgefunden hatte, und sauer auf mich selbst, weil ich es genommen hatte, um heimlich mit meinen Freunden feiern zu können. Aber mein Dad war einfach still und irgendwann meinte er nur, lassen wir es gut sein. Geld ist keinen Streit wert. Dad wusste immer genau, was ihm wichtig war. Und für mich schien es immer so, als ob er nie Zweifel gehabt hätte.« Ich mustere Bettys weiche Haarsträhne, die ich zwischen meinen Fingern reibe. »So war er. Aber wehe, wir ärgerten Mom oder kümmerten uns nicht anständig um die Tiere.«

»Hat er euch dann geschlagen?«

»Nein!«, wehre ich sofort ab. »Niemals. Er fand immer die richtigen Worte und appellierte an unser Gewissen. Und es hat funktioniert. Zumindest glaube ich das. Wir sind alle einigermaßen normal geraten.«

»Einigermaßen?«

»Na ja, Roxy ...«

Lautes Klingeln unterbricht mich. Mein Handy surrt auf dem Boden neben dem Bett.

Ohne zu zögern, nehme ich das Gespräch an. »Joe?«

»Da braut sich irgendetwas zusammen. Wo seid ihr?«

»Was meinst du mit, da braut sich etwas zusammen?« Alarmbereit setze ich mich auf.

Betty sieht mich aufmerksam an.

»Südlich von Bozeman sammeln sich die Demons.«

»Das kann kein Zufall sein.« Grübelnd reibe ich mir über das Kinn. »Sind sie auch nördlich unterwegs?«

»Bis jetzt nicht.«

»Gut, wir nehmen die Feldwege bis Three Forks.«

»Wo wollt ihr hin?«

»In die Nähe von Helena. Ich melde mich wieder.«

»Okay.«

»Pass auf dich auf Joe.«

»Du auch.«

Nickend lege ich auf.

Unsere Schonfrist ist vorbei. »Wir müssen los.«

Betty presst die Lippen zusammen und nickt. »Über wen habt ihr gesprochen?«

»Ich erkläre es dir unterwegs. Jetzt lass uns erst mal abhauen.«

Ohne weiter Fragen zu stellen, schlüpft Betty in ihre Kleidung. Sie klebt, auf Grund des Massageöls, wie eine zweite Haut an ihr. Aber Betty beschwert sich nicht, sie wischt sich lediglich die Hände an dem Tuch auf dem Bett trocken.

Auch ich ignoriere die öligen Stellen auf meiner Haut und säubere lediglich meine Hände. So sitzen wir keine fünf Minuten später in Jims Pick-up. Dieses Mal aber besser ausgerüstet. Ich hatte immerhin genug Zeit, um eine Tasche zu packen. Auch warme Jacken und meine Angelausrüstung liegen noch auf dem Rücksitz. Mein Werkzeugkoffer, den ich eigentlich meiner Schwester hätte bringen sollen, hüpft scheppernd auf der Ladefläche umher. Auch das Wetter ist uns gewogen. Denn die Sonne scheint und keine Wolke ist am Himmel zu sehen. Nur die Temperaturanzeige im Display zeigt frostige minus drei Grad an.

»Das wird jetzt eine holprige Stunde im Auto. Wir müssen uns etwas abseits fortbewegen.«

»Da hätte ich wohl lieber meinen Sport-BH anziehen sollen.« Betty zieht sarkastisch eine Augenbraue nach oben.

»Oder gar keinen«, antworte ich, während ich Gas gebe und der festgefrorene Schotter unter den Reifen knackt.

»Was hat Joe dir denn jetzt erzählt, dass wir so übereilt aufbrechen müssen?« Betty hält sich mit der rechten Hand am Türgriff fest, während ihre weiblichen Rundungen durchgeschüttelt werden. Trotz Büstenhalter.

Aber so sehr mir ihr wogender Busen auch gefällt, nehme ich doch den Fuß vom Gaspedal. Es ist Winter, und auch wenn ich die Wege hier wie meine Westentasche kenne, könnten unter der Schneedecke Hindernisse verborgen liegen.

»Die *Demons Souls*, ein ortsansässiger Motorradclub. Sie rotten sich zusammen. Und das kann kein Zufall sein. Wenn es ein gewöhnlicher *Run* wäre, also eine groß angelegte Ausfahrt, dann hätte der Road-Captain es bei uns angekündigt. Wir hätten uns abgesprochen und mit den Road-Blockern zusammengearbeitet.«

»Warum macht es dich dann so nervös?«

»Ist nur so ein Bauchgefühl.« Grübelnd presse ich die Lippen zusammen, bevor ich eine Entscheidung treffe. »Betty ...«, setze ich an und breche doch wieder ab.

»Was?« Sie mustert mich besorgt.

»Es ist nicht nur reines Bauchgefühl«, gestehe ich. »Hunter war früher bei den *Demons*.« Neugierig werfe ich Betty einen Blick zu. Aber sie sieht mich nur abwartend an. Also erzähle ich weiter. »Er war deren Vize. Damals gab es intern wohl ein richtiges Gemetzel. Es hatten sich zwei Fronten gebildet. Ich weiß nicht viel darüber. Zu der Zeit war ich auf Rodeos unterwegs und später in Chicago. Die haben aber auch nichts nach außen dringen lassen. Aber als das alles vorbei war, erschien Artur mit einem Batzen Geld und ohne Patch auf der Bildfläche. Das war der Beginn seiner Steilkarriere als *Geschäftsmann*.«

»Du glaubst also, dass mein Bruder sie auf den Schirm gerufen hat? Hätte er das dann nicht am Telefon erwähnt?«

»Vielleicht wollte er das noch tun, und Tonis Eingreifen hat das unterbunden, bevor er dazu kam.«

»Gut möglich. Aber das würde dann doch bedeuten, dass die *Demons* auf unserer Seite wären.«

»Ich hoffe es. Trotzdem sollten wir schnell verschwinden. Auch wenn die Typen alten Damen über die Straße helfen und *Charity-Runs* veranstalten, haben sie garantiert noch genug Feuerkraft, um einen Krieg anzuzetteln. Ich will da kein Risiko eingehen.«

»Okay.«

Überrascht sehe ich Betty an. »Einfach okay?«

Sie nickt und zuckt mit den Achseln. »Schon vergessen? Ich vertraue dir.«

Während ich mich auf die nächste Kurve konzentriere, gehe ich im Kopf die Strecke durch. Noch vor Three Folks müssen wir in Richtung Nord-Ost abbiegen. Der Missouri-River beginnt hier. Eine Weile können wir dem Flusslauf folgen, dann führen uns kleine Straßen über einige Hügelketten, bis wir weiter nördlich in Toston auf den Highway stoßen. Von dort aus geht es weiter bis nach Louisville. Dann ist es nur noch ein Katzensprung.

So weit, so gut.

Betty holt tief Luft und legt den Kopf auf den straffgezogenen Gurt. Da meine Aufmerksamkeit sowieso auf die Straße gerichtet ist, störe ich sie nicht bei ihren Tagträumen und fahre stillschweigend weiter.

Kurz nach der kleinen Ortschaft Manhattan verläuft unser Weg parallel am Highway entlang. Nur zwei Grünstreifen und ein Gleis trennen die beiden Fahrbahnen voneinander. Da es Mittwoch Vormittag ist und mitten im Winter, sind die Straßen wie leergefegt. Hin und wieder sieht man einen Lastwagen fahren, aber viele Leute hier starten langsam ins neue Jahr. Es ist immerhin die erste Januarwoche.

»Du hast nicht zufällig etwas zu Essen eingepackt?« Betty neigt den Kopf und zieht entschuldigend die Schultern hoch. Die Nase kräuselt sie niedlich und beide Augenbrauen sind erhoben.

»Auf dem Rücksitz müsste ein grüner Rucksack liegen. Da drin sind ein paar Proteinriegel.«

»Dem Himmel sei Dank!« Betty seufzt glücklich.

Nachdem sie einen Blick nach vorne und hinten geworfen hat, schnallt sie sich ab. Mit dem Bauch lehnt sie sich weit über die durchgehende Lehne und angelt nach meinem Rucksack. Ihr herrlicher Arsch wackelt dabei rechts neben meinem Kopf und sorgt für Ablenkung.

Als ob man mir ein leckeres Steak vor die Nase halten würde, drehe ich grinsend den Kopf - Widerstand ist zwecklos - und öffne weit den Mund, um in eine dieser perfekten Rundungen zu beißen. Aber dazu kommt es nicht. Denn plötzlich kracht und knirscht es laut. Metall trifft auf Metall. Bettys Becken rutscht gegen meine Schulter, mein Kopf knallt gegen die Scheibe und Jims Pick-up wird nach rechts katapultiert.

Reflexartig trete ich auf die Bremse, und Betty landet kreischend im Fußraum der Beifahrerseite.

»Jack!«, schreit sie angstverzerrt, während ich mir mit dem Arm über die Stirn wische. Feuchtigkeit bleibt daran haften und der metallische Geruch von Blut steigt mir in die Nase.

»Fuck!«, fluche ich laut und stelle den rechten Fuß wieder aufs Gaspedal. Auf meinem linken Ärmel klebt Blut. Viel Blut. Aber meine Sorge gilt vor allem Betty. »Bist du verletzt?«

»Nein. Ich glaube nicht.« Sie schüttelt den Kopf und stemmt sich mit Händen und Füßen gegen den Boden und den Sitz. Ansonsten rührt sie sich nicht.

»Bist du dir sicher?« Hektisch mustere ich ihre Erscheinung. Aber nirgendwo an ihr ist Blut zu sehen. Sie zittert zwar, scheint ansonsten aber unverletzt.

»Was ist passiert, Jack? Was war das?«

»Wir wurden gerammt.« Hektisch blicke ich von links nach rechts und in den Rückspiegel. Ein dunkelgrauer Lieferwagen, dessen rechte Seite einen Haufen Schrammen zieren, folgt uns dichtauf.

»Schnall dich an!«, belle ich und fasse gleichzeitig nach Bettys Arm, um sie auf den Sitz zu ziehen.

»Du blutest!« Bettys Finger streifen zitternd über meine Stirn.

Sobald sie an die linke Seite kommt, zucke zischend zurück. »Ist nur eine Platzwunde. Es geht mir gut«, beruhige ich sie. Sehe mich aber gleichzeitig nach unserem Verfolger um.

»Wer ist das?« Betty wirft einen panischen Blick aus dem Rückfenster.

»Ich weiß es nicht«, antworte ich ihr ehrlich. »Aber wenn ich schätzen müsste, dann würde ich sagen, dass es einer von Drop-Outs Männern ist.«

Betty wird blass und schluckt. »Und was machen wir jetzt? Jack, ich kann nicht ...«

»Ruf Toni an.« Hastig ziehe ich das Handy aus meiner Jackentasche und entsperre es. Dann drücke ich es Betty in die Hand. Fluchend und mit zitternden Fingern braucht sie drei Anläufe, um die richtigen Tasten zu drücken.

Während Betty wählt, behalte ich den Wagen hinter uns im Auge. Immer wieder gibt er Gas und kommt näher, aber ich lasse ihn nicht vorbei.

»Toni!« Betty keucht. »Wir werden verfolgt. Jemand hat uns gerammt und ... Jack, wo sind wir?«

»Kurz vor Three Folks«, brülle ich so laut, dass Toni mich hören kann. »Neben dem Highway.«

»Okay. Du sollst bei Three Folks auf den Highway fahren. Toni schickt Hilfe.«

Nickend trete ich aufs Gaspedal und der Pick-up gewinnt an Fahrt.

»Sollten wir nicht auch noch die Polizei anrufen?«, fragt Betty besorgt.

»Nein. So ungern ich es auch zugebe, aber Tonis Männer haben, auf Grund ihrer *schrankenlosen* Möglichkeiten, garantiert die besseren Chancen.«

»Okay.«

»Festhalten«, warne ich und reiße das Lenkrad nach rechts, um auf den Highway abzubiegen. Federnd geht der Wagen in die Knie, als wir durch ein Schlagloch brettern, um Sekunden später mit dem linken Vorderrad abzuheben. Betty wird keuchend in den Gurt geschleudert.

Durch mein Manöver gewinnen wir an Vorsprung. Der Lieferwagen fällt zurück und ich trete das Pedal durch. Aber auch der dunkelgraue Van entlockt dem Motor noch einiges an Geschwindigkeit. Damit hatte ich nicht gerechnet.

Jims Pick-up schafft maximal einhundertsiebzig Sachen, aber unser Verfolger kommt immer näher.

»Komm schon!«, brülle ich den Dodge an und schlage aufs Lenkrad.

»Jack! Er überholt uns.« Betty krallt sich am Griff über der Türe fest und sieht nach links über die Schulter. Die Augen reißt sie panisch auf.

Sobald die Schnauze des Vans auf Höhe unserer Hinterreifen ist, macht der Wagen einen Ruck nach rechts und rammt uns.

»Was zur Hölle?!« Brüllend versuche ich, das Lenkrad ruhig zu halten, aber der Pick-up bricht hinten aus und gerät ins Schlingern.

Der Highway ist glatt und die Reifen haben schlechten Halt.

»Jack, wir drehen uns!« Bettys Stimme wird piepsig, als ob sie zu viel Luft in ihren Lungen hätte.

Der Van klebt an uns und drückt das Heck immer weiter nach rechts. Ich lenke dagegen, weiß aber schon jetzt, dass ich keine Chance habe.

In dem einen Moment halte ich das Lenkrad noch in der Hand und im nächsten rutscht es mir aus den Fingern. Krachend gibt die Achse nach und ich werde kopfüber in den Gurt geschleudert.

»Festhalten!«, brülle ich, während Scherben, Schnee und Dreck auf mich herabregnen. Die Welt dreht sich um mich und das Letzte, was ich wahrnehme, ist Bettys schlaffer Körper. Ohne Kontrolle fliegen ihre Arme und Beine vor und zurück, während sich unser Wagen immer weiter überschlägt.

Kapitel 40: Nur ein Teufel kann den Teufel besiegen

Betty:

Frostklirrend beißt sich eisige Luft meine Atemwege entlang, bis sie zäh wie Winternebel in meine Lungen strömt. Dann explodieren stechende Schmerzen in meinem Brustkorb. Röchelnd reiße ich die Augen auf. Blut rauscht in meinen Ohren und meine Halsschlagader pulsiert im Technotakt. Ich huste, als ob ich mich verschluckt hätte, und schlage mir die Faust auf die Brust. Nur mühsam bekomme ich Luft.

Einatmen, ausatmen, bete ich sekundenlang mein lautloses Mantra vor mich her, bis mir klar wird, dass ich atmen *kann.* Ich muss mich lediglich darauf konzentrieren. Dann verliert sogar mein donnernder Herzschlag an Tempo.

Zeit sich umzusehen.

Die Schwerkraft zieht mich nach oben und meine Finger streifen über nassen Stoff. Vor mir liegen grünliche Glassplitter im rot gesprenkelten Schnee. Das Wagendach neigt sich mir entgegen und meine Schläfe sticht.

»Jack?«, frage ich in die Stille hinein, während ich desorientiert um mich taste.

Da er mir aber nicht antwortet, drehe ich den Kopf nach links, wo er sitzen müsste.

Jack hängt bewusstlos neben mir im Gurt. Das Auto liegt auf dem Dach.

»Jack!«, krächze ich etwas lauter und hoffe, ihn damit aufwecken zu können. Aber er rührt sich nicht.

Probeweise strecke und beuge ich meine Arme und Beine. Die Bewegungen schmerzen, als ob ich ein paar Schläge auf die falschen Stellen abbekommen hätte, aber ich scheine nicht ernsthaft verletzt zu sein.

Indem ich die rechte Hand über mich in den Schneematsch stütze, hebe ich mich aus dem Gurt. Mit der Linken greife ich an die Schnalle. Sobald der Gurt sich löst, geben meine Kräfte nach und ich falle japsend in das gepolsterte Wagendach.

Sofort frisst sich eisige Feuchtigkeit durch meine Jeans und sticht mir mit rauer Januarkälte in die Haut. Zitternd reibe ich mir die Oberarme.

Jack ist immer noch bewusstlos.

»Hab ich dich!« Plötzlich landen frostkalte Hände auf meinen Knöchel. Ich kreische erschrocken, und eine gewaltige Gänsehaut jagt mir wie eine unaufhaltsame Gerölllawine über meinen Rücken hinab. Mit weit aufgerissenen Augen blicke ich hinter mich - zu den Resten der Beifahrerscheibe.

Dort kniet Otu, mein fehlgeleiteter Engel. Und er sieht mich ernst an.

»Otu!« Sofort verebbt das lähmende Angstgefühl. »Du bist es. Dem Himmel sei dank.« Meine Schultern fallen erleichtert herab. »Zum Glück bist du hier.« Die nächsten Worte kommen tränenerstickt über meine Lippen. Ob aus Furcht um Jack oder Erleichterung, weil ich nun nicht mehr alleine mit einem möglichen Angreifer klarkommen muss, weiß ich nicht. Vielleicht ist es auch eine Mischung aus beidem. »Du musst mir helfen. Jack ist bewusstlos. Und jemand hat uns von der Straße abgedrängt.« Warme Tränen laufen mir über die Wangen. »Ich bin so froh, dass du hier bist. Hilf mir, Otu. Bitte! Jack rührt sich nicht.«

»Komm erst mal raus da.« Otu behält, wie schon früher, die Ruhe.

»Jack«, versuche ich es ein letztes Mal, während ich an seiner Schulter rüttle. Aber er wacht nicht auf.

Nachdem ich mit zitternden Fingern Jacks Puls ertasten konnte, fällt mir ein Stein vom Herzen. Zumindest lebt er noch. Jack ist nur bewusstlos.

Also höre ich auf Otu und krabble rückwärts aus dem Wagen. Dabei lasse ich Jack nicht aus den Augen. »Sein Puls schlägt gleichmäßig und er atmet. Wir brauchen aber dringend einen Krankenwagen.« Mit wackligen Knien richte ich mich auf und drehe mich zu Otu um.

Schweiß glänzt auf seiner Stirn, als er mit goldberingten Fingern nach meiner Hand greift. Ruckartig zieht er an mir, sodass ich taumelnd hinter ihm herstolpere. Mit schnellen Schritten entfernen wir uns vom Wagen. Und auch von Jack.

»Was machst du?«, blaffe ich ihn an und stemme beide Füße in den Boden. »Wir müssen Jack helfen.«

»Ich höre immer nur *Jack, Jack, Jack!*« Schnaubend bleibt Otu stehen. Als er sich zu mir umdreht, senkt er wutschnaubend den Kopf. Speichel klebt in seinen Mundwinkeln. Sein Anblick erinnert mich an den eines tollwütigen Hundes. »*Jack hier. Jack da. Jack, Jack, Jack.*« Er knurrt und greift wieder nach meiner Hand. Dieses Mal packt er fester zu. »Ich hab die Schnauze voll.«

»Was soll das? Lass mich los. Du tust mir weh.« Mit einem Ruck befreie ich meine Hand.

Otu dreht sich wieder zu mir um. Nur wenige Schritte hinter ihm steht der dunkelgraue Van, der uns verfolgt und gerammt hat. Die vordere Hälfte ist zerschrammt und eingedellt, aber der Motor schnurrt leise.

»Du hast dich ganz schön verändert.« Er schnieft und wackelt mit der Nase.

»Wie meinst du das?« Ich verschränke die Arme vor der Brust und mustere ihn im Gegenzug. Otu hat sich gleichfalls verändert.

»Hast du denn alles vergessen, was ich dir beigebracht habe?« Er tritt von einem Bein aufs andere. Dabei nähert er sich mir immer weiter, bis er direkt vor mir steht. Seine kurzen Locken glänzen fettig.

»Ich verstehe nicht ...«

Blitzschnell wie eine Schlange zuckt Otu nach vorne. Mir bleibt nicht genug Zeit, um auszuweichen, bevor er mit hartem Griff meine Oberarme umfängt. Nur Sekunden später berühren seine Lippen mein Ohr.

»*Du bist Mein!*«, zischt er.

Drei kleine Worte genügen. Und die Hölle hat mich wieder.

Bittere Galle steigt in meiner Kehle auf, während goldgetränkte Erinnerungsfetzen höllengrell wie explodierende Säure in meinem Bewusstsein aufspritzen.

»Nein«, flüstere ich entsetzt. Dann schüttle ich seine Hände ab und weiche Schritt um Schritt zurück. »Das kann nicht wahr sein.« Mit großen Augen starre ich einem Mann ins Gesicht, der den Moment meiner Erkenntnis diabolisch grinsend auskostet. »Du kannst nicht *er* sein! Du hast mich doch gerettet!«

»Du dummes Kind. Meine Leute haben dich aufgegabelt und zu mir gebracht. Es war nicht wirklich schwer, dir die Story vom gesetzestreuen Polizisten aufzutischen. Du *wolltest* jedes Wort glauben.«

Seinen Worten folgt ein gehässiges Schnauben.

Ich ignoriere es und stelle eine andere Frage. »Du hast die ganze Zeit gewusst, wo ich war?«

Er nickt. Sein Lächeln ist schadenfroh.

»Warum hast du mich nicht einfach zurückgeholt?«

»Das hast du meiner Frau zu verdanken. Ich war dazu gezwungen, die Füße stillzuhalten, weil dein beschissener Bruder Amok lief.«

»Artur?«, wispere ich mit bebenden Lippen und schüttle gleichzeitig den Kopf. »Ich verstehe nicht.«

»Er hat jeden verfickten Stein umgedreht«, zischt er boshaft. Weißer Speichel fliegt mir entgegen, und ich verziehe angewidert das Gesicht. »Und das jahrelang! Aber nachdem Candice dir einen neuen Namen verpasst hatte, konnte er dich nicht mehr finden. Für mich warst du aber ebenso unerreichbar, denn dein idiotischer Bruder hat mich ewig nicht aus den Augen gelassen!«

»Das heißt, du hättest jederzeit ...« Schluckend fasse ich mir an die Kehle.

»Jaaa...«, haucht er grinsend wie ein Wahnsinniger. »Jetzt verstehst du es. Ich habe dir damals schon gesagt, *du bist Mein*.« Wie ein erwartungsvoller Liebhaber, der nach den atemlosen Seufzern seiner Geliebten lechzt, lauert er auf den Moment, in dem das gesamte Ausmaß seiner Worte in mein Hirn sackt.

Als ich mir dann die Hand vor den Mund schlage und die ersten Tränen mit lautlosen Schluchzern über meine Lippen kommen, stöhnt er erregt auf. Voller Genuss schließt er für einen Moment die Augen. Als ob mein Entsetzen ihn kurz vor den Orgasmus katapultiert hätte.

»Du warst es! Du hast es geflüstert. Du hast es immer nur geflüstert. Ich kannte deine Stimme nicht.« Mit der Hand an der Kehle starre ich auf den Boden vor mir. »Wie konnte mir das nur entgehen!? Wie konnte ich das nicht kapieren!?«

»Geh nicht zu hart mit dir ins Gericht, mein kleiner Engel. Du warst nur eine reizlose Göre.« Lächelnd breitet er die Arme aus. »Aber wie schön du geworden bist?! Ein regelrechtes Vollblut! Es wird mir eine wahre Freude sein, dich wieder zuzureiten.« Er reibt gierig die Hände aneinander und nähert sich mir.

Meine Knie schlottern, mein Herz rast und ich taumle wie ein bibberndes Kleinkind fort von ihm.

»Geh weg!«, schluchze ich und blicke dem Monster meiner Kindheit entgegen. Dieses Mal bedeckt ihn keine goldene Farbe und er trägt auch keine Maske.

Die Wahrheit sickert langsam wie zähfließender Honig in meinen Verstand. Der Mann, der all die Jahre mein Licht verkörpert hat, war auch schon immer die Finsternis, vor der ich davongelaufen war.

»Du bist ...« Ich schüttle den Kopf und wage nicht, die Worte in den Mund zu nehmen.

Mit wahnsinnigem Glanz in den Augen grinst er mich an. »Ja! Sprich es ruhig aus!«

»*Du* bist ... der goldene Teufel. *Du* bist Drop-Out. *Du* bist Arturs Feind. *Du* hast mir das angetan!« Meine Stimme wird immer lauter. Wut flammt in mir auf. Sie nimmt der Angst die Luft, erstickt sie, wie Feuer in einem Vakuum.

Er klatscht und strafft die Schultern, als ob er stolz auf mich wäre. »Endlich.«

»Du bist ein krankes Schwein«, beschuldige ich ihn und beiße die Zähne zusammen.

»Falsch. Ich bin deine Zukunft.« Grunzend macht er einen großen Schritt auf mich zu.

Da ertönt ein lauter Knall. Der goldene Teufel erstarrt und reißt erschrocken die Augen auf. Seine Schritte erlahmen. Langsam senkt er den Kopf. Dabei legt er beide Hände auf seinen mageren Bauch. Als er wieder aufblickt, ist der Glanz aus seinen Augen verschwunden. Wie in Zeitlupe kippt er vornüber und schlägt hart auf dem Boden auf.

Gebannt starre ich auf den reglosen Teufel zu meinen Füßen. Blut färbt den Schnee um seine Mitte rot. Viel Blut. Kein Gold.

»Das hätte ich schon viel früher tun sollen.« Hinter dem Van tritt eine ramponierte Candice hervor. Ihr schwarzes lockiges Haar ist zerzaust. Risse und Blutflecken zieren ihr Hemd.

»Candice?« Zitternd ziehe ich die Schultern hoch.

»Sag deinem Bruder, dass ich keinen Ärger mit ihm will. Ich werde mich von ihm fernhalten.« Mit der Waffe zeigt sie auf ihren toten Ehemann. »*Das* ist der Beweis, für meinen guten Willen.«

»Artur hat gesagt ...«, setze ich an.

Aber Candice lässt sich auf keine Diskussion ein. Sie dreht sich humpelnd um, steigt in den Van und fährt davon. Nicht ein einziges Mal blickt sie zurück.

Unfähig, mich zu bewegen, sehe ich ihr hinterher. Es ist mir egal, was mit ihr geschieht. Soll Artur entscheiden, ob er sie laufen lässt oder nicht.

Ein einsames Stöhnen reißt mich aus meinen überforderten Gedanken.

Jack!

Hastig drehe ich mich um. Mit großen Schritten hetze ich zurück zum Wagen. Immer wieder rufe ich Jacks Namen, bis ich neben seinem Fenster auf die Knie falle.

»Betty ... geht ... gut?«, nuschelt Jack kaum verständlich. Dabei streckt er die Hände vor sein Gesicht aus und blinzelt.

»Ja. Es geht mir gut.« Schniefend fasse ich nach seiner tastenden Hand.

»Der Andere?« Sein Blick irrt ziellos umher.

»Er ist ...« Dröhnende Motorengeräusche unterbrechen mich. Ich sehe mich um.

Wie ein Sternenmeer nähern sich uns viele einzelne Lichter.

»Betty? Was ist das? Ich ... ich kann nichts sehen. Alles ist Dunkel.« Jacks Atmung beschleunigt sich. Die Panik in seiner Stimme sticht klar hervor.

Besorgt wende ich mich ihm wieder zu. Ich drücke seine Hand und streichle über seinen Arm. Noch immer blickt er starr umher. Jacks Pupillen sind geweitet und blutunterlaufen.

Selbst in meinen Ohren zittert meine Stimme. »Da nähern sich mindestens dreißig Motorräder.«

»Die *Demons*.« Jacks Stimme ist ernst. »Toni schickt Verstärkung.«

»Die brauchen wir nicht mehr. Otu ... also Drop-Out ... ist tot. Candice hat ihn erschossen.«

»Otu war hier? Er ist tot? Und Drop-Out auch?« Jack wird lauter.

»Otu *war* Drop-Out.«

»*Was?!*«

»Das erkläre ich dir alles später. Meinst du, du schaffst es da raus? Wir müssen dich abschnallen. Das Auto liegt auf dem Dach.«

Jack hebt die Augenbrauen und nickt. »Auf die Story bin ich echt gespannt.«

»Später. Und jetzt stütz dich mit den Armen ab. Ich schnalle dich ab. Schaffst du das?«

»Honey, ich kann nur nichts sehen. Einen Liegestütz bekomme ich locker hin.« Jack grinst, aber seine Mundwinkel zittern.

»Witzbold«, schimpfe ich liebevoll und dränge die Sorge um Jacks Augenlicht zurück. »Dann zeig mal, dass du nicht nur große Töne spuckst.«

Mit einem Ächzen hievt er sich aus dem Gurt. Ich löse die Schnalle und drücke mit der anderen Hand gegen Jacks Schulter. »Und jetzt langsam runter. Krabbel in meine Richtung und gib mir die Hände.« Ich rutsche auf den Knien rückwärts durch den Schnee und strecke die Hände Jack entgegen.

»Mir macht es ein kleines bisschen Sorgen, dass ich nichts sehen kann.« Jacks Stimme trieft vor Sarkasmus. Trotzdem richtet er sich Stück für Stück auf. Nur langsam findet er sein Gleichgewicht.

»Das wird bestimmt wieder. Du bist wahrscheinlich nur mit dem Kopf irgendwo dagegen geknallt. Ist gewiss nur so eine vorübergehende Sache.« Beruhigend lege ich beide Hände um Jacks kaltes Gesicht. »Und jetzt küss mich endlich.«

Jack schließt lachend die Augen.

Ich ziehe ihn für einen Kuss zu mir herunter. Derweil werden die Motorengeräusche immer lauter, bis sie direkt vor uns ersterben.

Die *Demons Souls* sind hier.

»Und ihr beiden seid wohl Ferdinand und die Blume, die wir retten sollen«, ertönt eine tiefe Stimme hinter mir.

»Wie bitte?« Mit gerunzelter Stirn drehe ich mich um.

Jack lächelt nur, während er starr vor sich auf den Boden blickt.

Vor mir steht ein regelrechter Berg von einem Mann. Mit in den Nacken gelegtem Kopf sehe ich zu dem mützetragenden Hünen auf. Seine Augen liegen hinter einer Sonnenbrille verborgen. Er trägt ein rot-schwarz kariertes Hemd, eine schwarze Lederhose, ebenso dunkle Boots und natürlich eine Kutte, auf der unterschiedliche Aufnäher verteilt sind.

»Nichts für ungut, Gänseblümchen.«

»Ich habe einen Namen. Und der lautet, Betty. Das neben mir ist Jack.«

»Gänseblümchen gefällt mir besser.« Einer seiner unrasierten Mundwinkel hebt sich.

»Das ist ja wohl ...« Ich hole tief Luft, um dem blonden Wikinger die Leviten zu lesen. »Was fällt ...«, setze ich an und mache einen Schritt nach vorne. Aber Jack umfängt blitzschnell meine Taille und zieht mich zurück. Sobald ich fest an seine Seite getackert bin, streckt er dem Goliath die Hand entgegen.

»Was geht ab, Bear?«

»Jack«, grüßt er zurück, während er mir zuzwinkert.

»Betty, ich möchte dir Bear vorstellen. Bear, das ist Betty.«

Nur zögernd reiche ich dem blonden Grizzly die Hand.

Er zieht die Sonnenbrille ab und seine eisblauen Augen blitzen mir fröhlich entgegen.

»Bear ist der Höllenhund der Demons«, klärt Jack mich auf.

»Aha. Und das soll mich jetzt beeindrucken?«, gebe ich schnippisch zurück.

Der Biker vor mir bricht in schallendes Gelächter aus. »Vielleicht steckt in dir doch eher ein kleiner Löwenzahn.« Noch immer lächelnd legt er den Kopf auf die Seite. Aber da ich ihn nur mit gerecktem Kinn anstarre, wendet er sich wieder Jack zu.

»Und wie geht es Roxy?«

Jacks Miene verliert schlagartig jeglichen Ausdruck.

»Ich muss ins Krankenhaus«, übergeht er die Worte des Bikers.

Epilog

Jack:

Nachdem mich ein Sanitäter abtransportiert hat, wurde ich ins Krankenhaus gebracht und für rund vier Stunden von Kopf bis Fuß durchleuchtet. Es wurden zwar keine Knochenbrüche gefunden, dafür aber ein paar Prellungen und eine Gehirnerschütterung. Daher rührt wohl auch der Sehverlust.

»Der Druck auf Ihren Sehnerv lässt immer mehr nach. Keine Sorge. In ein paar Stunden sollten Sie wieder wie gewohnt sehen können. Aber jetzt ruhen Sie sich erst einmal aus, Detective Shepherd. Ich werde Ihre Kollegen noch ein wenig zurückhalten, bevor ich sie zu Ihnen vorlasse.«

»Danke, Doc.« Erleichtert sinke ich in das weiche Kissen zurück. Als Cop genießt man im Krankenhaus einen gewissen Luxus.

»Doc?«, halte ich den Arzt dennoch auf. »Mit mir zusammen kam eine junge Frau an. Sie hat blonde lange Haare, Kurven bis in den Himmel und strahlt puren Sex aus. Haben Sie sie zufällig gesehen?«

Der Arzt schnaubt belustigt. »Es tut mir leid, aber mir ist niemand aufgefallen, auf den diese Beschreibung passen würde. Und ich bin mir sicher, so eine Dame wäre mir aufgefallen.« Er schnalzt mit der Zunge. »Aber ich werde die Schwestern fragen und Ihnen Bescheid geben lassen, falls so eine Dame nach Ihnen fragen sollte.«

»Danke.« Ein wenig enttäuscht, dass Betty nicht schon an meine Türe hämmert, sehe ich der nebligen Silhouette des Arztes hinterher. Wahrscheinlich wird sie ebenfalls untersucht.

Betty:

»Finger weg!«, blaffe ich den bulligen Krankenpfleger an, der mich von Jacks Zimmer fernhalten will.

»Detective Shepherd braucht Ruhe«, wiederholt er mittlerweile zum dritten Mal. »Und außerdem, sehen Sie sich mal an. Wollen Sie mich verarschen?! So werde ich Sie sicher nicht zu einem verletzten Cop lassen. Ziehen Sie sich gefälligst etwas Anständiges an.«

Mit offenem Mund sehe ich an mir hinab. »Na gut, das Kostüm ist etwas gewagt, aber ich bin Jacks ... Detective Shepherds Freundin ...« Für eine Millisekunde verziehe ich die Lippen. »... zumindest glaube ich das. Aber was ich mit Sicherheit weiß, ist, dass er den Witz dahinter verstehen wird. Und wenn ich ihm sage, dass Sie ...« Drohend richte ich den Zeigefinger auf Mr Besserwisser. »... wie heißen Sie überhaupt?«

»Mein Name ist Humphrey. Und Sie ...« Humpty-Dumpty hebt eine Augenbraue und mustert mich von oben bis unten. »... sind sicherlich keine Polizistin. Und Sie werden Detective Shepherd auch keinen Lap-Dance oder Ähnliches aufzwingen. Das ist Nötigung.«

»Wollen Sie damit etwa andeuten, ich sei eine Stripperin?!« Schockiert reiße ich Augen und Mund auf. »Das ist Verleumdung und kann Sie Ihren Job kosten.«

Der glattrasierte Eierkopf hebt herausfordernd beide Augenbrauen. »Wollen Sie etwa behaupten, dass Sie ein Cop sind?«

Genervt verdrehe ich die Augen und stemme die Hände in die Hüften. »Nein, das will ich nicht. Das ist ja auch der Witz dabei. Ich will hier nur meinen Freund überraschen. Und wenn Sie mich jetzt nicht durchlassen, dann mache ich Ihnen die Hölle heiß!«

»Das reicht mir jetzt. Sie sind hier in einem Krankenhaus und nicht in irgendeinem Bordell. Die Security wird sie gerne vor die Türe begleiten.« Humpty-Dumpty versucht, mich mit großen Augen niederzustarren. Vergeblich.

»Sie werden ...«, setze ich an, als mich eine vertraute Stimme unterbricht.

»Humphrey, lassen Sie die Dame durch. Ich kenne Betty, und Jack wird sich garantiert freuen.«

Lächelnd drehe ich mich zu Joe um. »Endlich ein vernünftiger Mensch.«

Dem Krankenwärter - anders kann man den Typen nicht betiteln – lächle ich übertrieben freundlich ins grimmige Gesicht.

»Sind Sie sicher, Detective Hart?«

»Ja, ich kenne die Dame. Sie ist tatsächlich Jacks Freundin. Also lassen Sie sie ruhig zu ihm. Ich nehme alles auf meine Kappe.«

Grinsend drücke ich Joe einen Schmatz auf die Wange und schlüpfe dann an einem stinkig blickenden Humpty-Dumpty vorbei.

Während Joe mir versichert, dass er mir für zwanzig Minuten den Rücken freihält, drücke ich leise die Klinke hinunter und schiebe den Kopf durch den so entstandenen Spalt.

Jack hat ein Einzelzimmer. Er liegt auf dem Rücken, hat den Kopf aber von der Türe abgewandt.

Ich räuspere mich, trete ein und schließe die Türe hinter mir. Jack dreht sich ruckartig in meine Richtung und neigt fragend den Kopf.

Als Jack zum ersten Mal in mein Krankenzimmer kam, hatte ich mir gewünscht, die Zeit würde stillstehen, dass er sich langsam ausziehen würde und ich ihn stundenlang betrachten dürfte.

Sicherlich wird er sich das gleiche *von mir* wünschen.

Also beiße ich mir auf die Lippe und streichle verspielt über meine Seiten hinab.

Ob ihm mein Kostüm gefällt?

Jack kneift auf jeden Fall die Augenlider zusammen und blickt mich direkt an.

Zufrieden öffne ich mit einem Ruck alle Druckknöpfe meines geliehenen Polizeihemdchens. Jack zuckt zusammen und seine Augen werden groß. Ich kichere leise und schiebe die Träger meines BHs nach unten. Gleichzeitig drehe ich mich um und beuge mich nach vorne. Mein Rock ist so kurz, dass meine Arschbacken darunter hervorschauen. Jack müsste also wirklich *alles* sehen können.

Da es mucksmäuschenstill bleibt, blicke ich neugierig über die Schulter. Wie festgefroren sitzt Jack in seinem weißen Bett. Mit starrer Miene schluckt er mehrmals.

»Ma´am? Hören Sie? Sicherlich haben meine Kollegen Sie geschickt. Bitte nehmen Sie es mir nicht übel, aber mir steht der Sinn gerade nicht nach einer Entkleidungsnummer. Auch wenn er von einer so schönen Dame wie Ihnen ausgeführt wird.«

Verblüfft richte ich mich auf.

Kann er immer noch nicht sehen?

»Detective Shepherd. Jack? Geht es Ihnen nicht gut?«, spiele ich mein Spiel weiter.

»Betty?« Hastig richtet Jack sich auf. Wieder kneift er beide Augen zusammen. »Wo warst du die ganze Zeit?«

»Du Spielverderber«, jammere ich mit gespitzten Lippen. »Ich wollte dich eigentlich verführen.«

»Das darfst du gleich auch noch.« Jack wackelt mit den Augenbrauen. »Aber jetzt will ich erst wissen, warum es so lange gedauert hat, zu mir zu kommen.«

»Sie haben mich nicht gelassen.« Nickend zeige ich hinter mich. »Vor deiner Türe steht Humpty-Dumpty und droht jedem mit Rausschmiss, der es auch nur wagt, die Luft vor deiner Türe *wegzuatmen*.«

»Und wie bist du dann reingekommen?« Jack neigt den Kopf und verschränkt die Arme vor der Brust.

»Joe.« Ich zucke die Schultern. »Er hat Humpty-Dumpty gesagt, ich wäre deine Freundin.«

Jacks Mund steht für einen Moment offen. »Hast du den gutherzigen Humphrey gerade nach einem übergroßen Ei benannt?«

»Ich habe ihn nach dem Kerl benannt, den ich von der Mauer geschubst hätte, wenn Joe nicht gekommen wäre und ihn ... na ja ... gerettet hätte.«

»Na dann hat Humphrey ja richtig Glück. Alle gewinnen, und Joe ist endlich mal zu was gut. Halleluja!« Jack wirft die Arme in die Luft und lacht.

»Hey, sei nicht so gemein zu deinem Partner«, verteidige ich Detective Hart.

Jack hört tatsächlich auf, zu lachen.

Und ich lege nach. »Er kann auch echt witzig sein. Das sind zwei tolle Sachen, die er kann.«

Schnaubend schüttelt Jack den Kopf. »Er wird sich echt freuen, wenn er erfährt, dass seine Existenz von dir begründet wird.«

»Dann kannst du also immer noch nicht sehen?«, stelle ich die Frage, die mir schon die ganze Zeit auf der Zunge brennt.

»Nicht wirklich. Aber vielleicht, wenn du hier rüber kommst?« Jack ködert mich mit dem Entblößen seines Bauches und ich folge schnurrend seinem Lockruf.

Langsam krabble ich über sein Bett. Aber Jack sieht mich nicht an. Stattdessen starrt er auf die Wand hinter mir.

Enttäuscht verziehe ich die Lippen. »Ich hatte so sehr gehofft, dass es dir schnell wieder besser gehen würde.« Mit gespreizten Beinen setze ich mich auf Jacks Schoß. Dabei nehme ich seine stoppligen Wangen in meine Hände. »Wie geht's dir?«

»Würdest du mir einen Gefallen tun?«

»Alles, was du willst«, antworte ich sofort.

»Dann mach bitte die Augen zu. Damit wir auf dem gleichen Level starten können.«

Zuerst runzle ich skeptisch die Stirn, aber dann schließe ich brav die Augen. »Hab sie zu. Aber wir haben nur zwanzig Minuten.«

»Gut«, sagt Jack. »Und jetzt bitte nicht rühren.«

Die Sekunden dehnen sich zu Minuten, aber ich halte still. Bis ich es dann doch nicht mehr aushalte. »Soll ich nicht vielleicht irgendetwas tun?«

»Nein. Bleib einfach so, wie du jetzt bist.«

»Na gut.« In Gedanken zähle ich bis fünfzig, dann spitze ich zwischen meinen Augenlidern hervor.

Jack lehnt in den Kissen. Die Hände hat er lässig hinter dem Kopf verschränkt, während er grinsend auf meine Brüste starrt.

»Du kannst ja doch wieder sehen!« Lachend schlage ich mit der flachen Hand auf Jacks Brust. »Du Schummler!«

»Du kannst es mir wirklich nicht übelnehmen, dass ich diesen Anblick voll auskoste. Und außerdem sehe ich immer noch schlecht. Nur wenn du so nah bist, wie jetzt, habe ich die volle Scharfsicht. In zweierlei Hinsicht sogar.«

Grinsend beuge ich mich noch näher zu ihm. »Wird es so noch schärfer?«

Jack setzt sich etwas auf und legt beide Hände auf meinen Hintern. »Unerträglich scharf sogar.«

Plötzlich wird die Türe aufgerissen. »Mr. Shepherd ...« Ein verdutztes kleines Männlein im weißen Kittel starrt uns mit offenem Mund an. Aber er schüttelt seine Verblüffung erstaunlich schnell ab. »Detective!« Die Augen des Arztes treten weit hervor. »Was ist hier los?« Seine Stimme wird lauter und die restliche Bestürzung verpufft. An ihre Stelle tritt die typische Autorität eines Arztes. »Sie sollen sich ausruhen. Wenn Ihr Blutdruck steigt, dann verschlimmert sich Ihre Situation.« Mit rotem Kopf kommt er ans Bett. Ernst wendet er sich mir zu, als Jack die Bettdecke über meinen Oberkörper stülpt. »Und Sie, junge Dame, sollten sich schämen. Detective Shepherd hatte einen schweren Unfall. Verlassen Sie sofort dieses Zimmer.«

»Doc.« Jack hebt beschwichtigend die Hände. »Das ist meine Freundin, Betty. Sie wollte keinen Ärger machen. Sie wollte mich nur etwas aufmuntern. Verzeihen Sie ihren derben Humor. Das wird auch nie wieder vorkommen. Versprochen.«

Ich nicke fleißig, als der Arzt mich anblickt. »Versprochen!«

»Hmmm.« Mit gespitzten Lippen starrt er mir in die Augen. »Dann bedecken Sie sich bitte und raus aus dem Krankenbett.«

Während er kopfschüttelnd das Zimmer verlässt, breche ich kichernd auf Jack zusammen.

»Du kleine Sünderin, du. Verführst einfach so einen armen braven Cop.«

Prustend vergrabe ich den Kopf an Jacks Hals und er nimmt mich fest in den Arm.

»Dann lass mich noch einen kurzen Blick auf diese Hammertitten werfen, bevor du sie endgültig wegpackst und ich die nächsten paar Tage darben darf.«

Ohne zu zögern richte ich mich auf und hebe im gleichen Atemzug meine Brüste aus dem BH. Jack grinst wie ein Zuckersüchtiger, bevor er das letzte Stück Schokolade in den Mund nimmt. Er packt mit beiden Händen zu. Aufstöhnend steckt er sein Gesicht in das Tal meiner Brüste.

Lachend werfe ich den Kopf zurück.

»Ich bin im Himmel«, kräht er zufrieden, als er sich zurück ins Bett fallen lässt.

Kopfschüttelnd packe ich meine Brüste wieder ein. Dann nicke ich ihm zu. »Jetzt bin ich dran.«

Jack grinst breit. »Soll ich dir jetzt *meine* Brüste zeigen?«

Feixend wackle ich mit den Augenbrauen. Da hebt Jack sein Krankenhaushemd an. Zentimeter für Zentimeter legt er braungebrannte Bauchmuskeln frei.

Ohne mein bewusstes Zutun entweicht mir ein kleines gieriges Fiepen.

»Was ist es, dass dich so sehr fasziniert?«, reißt Jack mich aus meinen Schlemmerblicken. Sein kleines Lächeln und die leuchtenden Augen fesseln mich. Jack ist mein Augenspielzeug.

»Alles an dir«, antworte ich ehrlich.

»Aber was genau?« Er kneift die Augenlider zusammen und mustert mich.

»Die Kleinigkeiten eben.« Schulterzuckend setze ich mich auf und zeichne Kreise um Jacks Nabel. »Dass es dir nicht auffällt, wenn eine andere Frau mit dir flirtet. Zum Beispiel.«

Mit erhobenen Augenbrauen blickt er mich an. »Wann hat denn eine andere Frau, außer dir, mit mir geflirtet?«

»Genau das meine ich!«, rufe ich. »Und das, obwohl du ein Cop bist. Diese Tatsache lie... ähm, gefällt mir sehr gut an dir. Also, dass dir das nicht auffällt.«

»Was *liebst* du denn noch an mir?« Jacks Stimme wird leiser. Er neigt den Kopf nach unten und reibt sich den Nacken, während er immer wieder wie ein kleiner Bengel zu mir aufschielt.

Mir steigt die Hitze in die Wangen und ich schlucke nervös.»Ich ... ich ...«
Das Lächeln bleibt mir plötzlich im Hals stecken, als Jack seine tiefblickenden Augen direkt auf mich richtet.

»Was *liebst* du an mir?«, wispert er.

Keine Geheimnisse mehr.

Ich schüttle leicht den Kopf und blicke ihn offen an.»Ich liebe deine direkte Art. Weil sie mich dazu zwingt, ehrlich zu mir selbst zu sein und dadurch kann ich, *ich* sein. Ich muss mich nicht verstellen.«

Jack nickt einmal.»Bei mir brauchst du dich niemals verstellen.«

»Du bist wie ein Spielplatz«, fahre ich fort.

»Weil man auf mir so toll rutschen und schaukeln kann?« Jacks Augenbrauen flippen wild auf und ab.

»Das natürlich auch«, bestätige ich lachend.

»Und was noch?«

»Weil ich mich bei dir ausleben darf. Du nimmst meine überschüssige Energie und machst sie zu etwas Friedvollem, zu etwas Surrendem, dass in mir wie ein kuschlig warmer Bienenschwarm glüht.« Um ihm zu zeigen, was ich meine, lege ich beide Hände auf meinen Bauch.»Hier drin ist es warm, wenn du bei mir bist. Wie ein Shot Tequila, der mich von innen wärmt und meine flatternden Nerven beruhigt.«

»Ich weiß, was du meinst.« Jack legt seine Hände auf meine.»Wie Sommerregen, der prasselnd auf ein altes Scheunendach fällt.«

Überrascht hebe ich die Augenbrauen.»Du vergleichst mich mit einem alten Scheunendach?«

Jack holt tief Luft und zieht mich neben sich.»Nein.«

Ich lege den Kopf an seine Brust und höre ihm zu.

»Du bist dieses morgenblanke Gefühl, welches mir unter die Haut geht und das ich in der Sekunde vermisse, in der ich es zum ersten Mal fühle. Einfach weil ich von der ersten Sekunde an weiß, dass es das Beste ist. Weil ich wusste, dass *du* das Beste bist. Du warst von der ersten Sekunde an in meinem Kopf und pulsierst seitdem in meinem Herz.«

»Jack?«

»Hmmm, Honey?« Er zupft träge an meinen Locken.

»Ich glaube, ich liebe dich.«

»Endlich!« Jack verdreht die Augen und grinst.»Warum verdammt nochmal hat das so lange gedauert?!«

»Was soll das denn bitte bedeuten?!«

»Das muss dir doch schon länger klargewesen sein. Ich weiß schon seit unserem ersten Kuss, dass du mich liebst.«

»Pffft!« Ich schnaube und will aufstehen. Aber Jack ist schneller. Mit beiden Händen schnappt er sich meinen Kopf und schiebt seine Lippen auf meine. Und erst, als ich meine Lippen öffne, verschwindet der Druck.

Er lächelt mich an. »Nicht gehen.«

Mein Herz rast und ich blicke Jack ernst an. »Ich bleibe nur unter einer Bedingung.«

Der Cop in ihm spürt meine Anspannung. Er lässt mich los. »Spuck es aus.«

»Ich bleibe, wenn du mich liebst«, sage ich leise, während ich mich aufsetze und in Jacks Gesicht blicke.

»Ich?« Plötzlich schmunzelt er. Dabei zieht er an einer meiner Haarsträhnen.

»Mhmmm«, bestätige ich nickend und neige den Kopf.

Da zuckt Jack mit den Schultern, als ob meine Bitte keine große Sache wäre. »Keine Ahnung warum und Gott möge mir beistehen, aber ich tue es.«

»Jack!« Empört boxe ich ihm in die Seite.

Er zuckt. Zumindest ein bisschen. Aber ebenso zupft ein kleines Lächeln an seinem Mundwinkel. »Sobald ich hier raus bin, gehe ich Blumen für dich kaufen. Blumen für die Lady.«

Ende

Mein schönster Zufall - Funkensturmtänzerin

Manchmal braucht es einen grenzenlosen Cowboy, um frei zu sein ...

Lisa ist 27, frisch geschieden und kinderlos. Nur von ihrem Hund Archimedes begleitet macht sie eine Auszeit in der unberührten Wildnis Montanas. Durch die Gunst des Schicksals lernt sie den unbeugsamen Rancher Matt kennen. Bereitwillig nimmt sie sein Angebot an, die nächsten Tage mit ihm zu verbringen.

Matt ist 32 und ein waschechter Cowboy. Verbissen kämpft er um den Erhalt der Familienranch. Aber die dabei heraufbeschworenen Probleme vereiteln seine Zukunftsträume. Bis die kurvige Schönheit Lisa in sein Leben gleitet. Fasziniert, von ihrem scheuen Wesen will er sie wie eines seiner wilden Rodeopferde zähmen. Aber wird ihm seine Vergangenheit dabei im Weg stehen?

Ein mitreißender Liebesroman für heiße Stunden!

Als Paperback oder E-Book auf allen gängigen Plattformen erhältlich.

Mein schönster Zufall - Taschenherzkämpferin

Erfahre, wie es mit Lisa und Matt weitergeht. Aber gib auf deine Gefühle Acht, denn die Fortsetzung von „Mein schönster Zufall – Funkensturmtänzerin" wird ein wilder Ritt.

Die schüchterne Backpackerin Lisa hat ihr Glück gefunden. Und sie ist fest entschlossen, den Rest ihres Lebens mit Matt in Montana zu verbringen.

Aber der Weg in eine gemeinsame Zukunft führt sie zurück nach Hamburg und ist mit hoffnungsraubenden Entscheidungen, herzfressenden Verlusten und gellender Einsamkeit gepflastert. Wird Lisa für die Erfüllung ihrer Träume kämpfen oder wird sie an den Unwägbarkeiten, versteckt im Nebel des Schicksals zerbrechen?

Der selbsternannte Glückspilz Matt möchte nie wieder von Lisas Seite weichen. Und für einen flüchtigen Moment gelingt dem sturen Cowboy das. Bis eine Sturmwolke unbequeme Nachrichten heranträgt und Matt zum Handeln zwingt. Dem verzweifelten Rancher bleibt keine Wahl, er muss zurück nach Montana.

Wird Matt dem Hilferuf aus seiner Heimat gerecht werden? Und kann er gleichzeitig Lisas Dämonen aus der Ferne in Schach halten?

Ein mitreißender Liebesroman für heiße Stunden!

Buchbeschreibung:

Eine Frau ohne Namen.
Ein Cop mit bitterer Vergangenheit.
Und eine Bedrohung, dessen Ausmaß alle Rahmen sprengt.

Als die namenlose Lady ohne Erinnerungen im städtischen Krankenhaus von Bozeman erwacht, ahnt sie nicht, wie folgenschwer ihr
Gedächtnisverlust wirklich ist. Bis die bedrohlichen Geschehnisse
außer Kontrolle geraten, und Hilfe in Form eines unverwüstlichen
Ermittlers anrückt.

Die Akte Jane Doe sollte für Detective Jack Shepherd lediglich ein
Standardfall sein. Doch nichts an dieser Frau entspricht irgendeinem
Standard. Eine Tatsache, die den Gesetzeshüter dazu bringt, auf sein
Bauchgefühl zu hören und alles zu riskieren. Und tatsächlich gerät
mit jedem aufgespürten Hinweis ein weiterer Stein ins Rollen. Bis die
Grenzen von richtig und falsch verschwimmen.

Über den Autor:
    Wenn Miss Billy Rose gerade einmal nicht schreibt, lässt sie sich
von ihrem kochlöffelschwingenden Ehemann umsorgen, kümmert
sich um ihre vier Kinder, die zwei Hunde, Haus, Garten und Hof. Sie
liebt es zu backen und verliert sich zum Ausgleich auch gerne im
Sport.